Nadine d'Arachart
Sarah Wedler

# ABGRÜNDE

Nadine d'Arachart
Sarah Wedler

# ABGRÜNDE

Telescope Verlag

Impressum

1. Auflage: September 2014

www.telescope-verlag.de
Umschlagfotos: Piotr Pawel ,Thomas Bush, Josh Sapla

ISBN: 978-3-941139-22-0
Preis: 9,99 Euro

***Gute wie böse Gedanken haben ihre Abgründe.***

*Victor Hugo*

# *Prolog*

Claire konnte nicht glauben, dass sie wieder hier war. Wieder in dieser Hütte, wieder gefesselt. Ihr Handgelenk blutete nicht mehr, doch die Wunde, die die Säge hinterlassen hatte, war tief und pochte unheilvoll. Die kleinen Schnitte und Kratzer, die ihren Körper überzogen, brannten und ihr Hals fühlte sich an, als wäre er übersät von blauen Flecken.

Claire holte tief Luft, auch wenn es ihr schwer fiel. Sie durfte den Schmerzen und der Erschöpfung, die sie immer wieder zu übermannen drohte, jetzt nicht nachgeben. Vorsichtig richtete sie sich auf und zwang sich zu ruhigen, tiefen Atemzügen. Sie musste sich sammeln. Einmal war sie bereits entkommen, es konnte auch ein zweites Mal funktionieren. Sie durfte jetzt nur nicht die Nerven verlieren.

Langsam ließ sie ihren Blick durchs einzige Zimmer der winzigen Hütte wandern. Noch immer schien Mondlicht durch die zerbrochene Fensterscheibe und zeigte ihr das Chaos, was sie bei ihrem Fluchtversuch verursacht hatte. Der Stuhl lag am Boden, umgeben von Messern, Sägen, dem Gasbrenner und dem Rest des bizarren Spielzeugs des Ungeheuers, das sie hier gefangen hielt. Beim Anblick der Folterinstrumente drohte neue Panik in ihr aufzuwallen. Sie mochte sich kaum ausmalen, welche Folgen ihr erster Widerstand haben würde, wenn es ihr nicht gelang, erneut abzuhauen. Sie würde büßen, einzig und allein dafür, dass sie am Leben bleiben wollte.

Sie musste weg, ganz egal wohin, einfach nur fort aus diesem Albtraum.

Claire zerrte an den Stricken, mit denen ihre Handgelenke an einen Querbalken gebunden worden waren, doch sie saßen zu fest und schnitten bei jeder Bewegung in ihr Fleisch.

Beinahe wäre sie entkommen, schoss es ihr immer und immer wieder durch den Kopf. Diese quälende Erkenntnis machte es ihr schwer, einen klaren Gedanken zu fassen. So nah war sie der Rettung gewesen und jetzt war alles noch schlimmer als zuvor. Wieso nur war sie auf einen so billigen Trick hereingefallen? Aus blinder Hoffnung vermutlich, aus der Weigerung heraus, anzuerkennen, dass sie so gut wie tot war.

Plötzlich vernahm sie Schritte im Unterholz und ihre Kehle fühlte sich mit einem Mal wieder wie zugeschnürt an. Die Striemen am Hals brannten noch schlimmer als zuvor und es schien keine Luft in ihre Lungen zu gelangen. Die Hoffnung, dass jemand kam, um sie zu retten, hatte sie längst aufgegeben. Ihr

Puls beschleunigte sich, als die Tür geöffnet wurde. Sie erkannte den Umriss einer schlanken Gestalt, die in die Hütte trat und die Tür hinter sich ins Schloss fallen ließ. Beinahe gemächlich nahm sie ihre Kapuze ab und Claire erstarrte. Sie kannte dieses Gesicht. Die ausdrucksstarken Augen, die markanten Züge – sein Anblick fühlte sich an wie ein Stich ins Herz. Claire versuchte, Augenkontakt herzustellen, suchte nach den richtigen Worten, nach irgendeiner Chance. Doch es war zu spät.

Das Ungeheuer legte ihr die Schlinge um den Hals, und ehe es Claire den Atem raubte, schrie sie seinen Namen.

# -1-

Ein heißer Donnerstag in Virginia Beach neigte sich dem Ende zu und es schien, als würde sich die Hitze des ganzen Tages in diesem kleinen Motelzimmer stauen.

Ethan lag auf dem Bett, die Laken unter ihm waren feucht und zerwühlt. Er brauchte einen Moment, bis er wieder klar denken konnte und sein Puls sich beruhigt hatte. Dann stand er auf und begann sich anzuziehen. Liegen bleiben und Kuscheln war weder seine Spezialität noch angebracht.

Während er sein Hemd zuknöpfte, warf er einen Blick in den Spiegel über dem Waschbecken und vermied es dabei, sich selbst in die Augen zu sehen. Der Grund dafür war die Frau, die regungslos auf dem Bett lag.

Vorsichtig blickte Ethan zu ihr herüber. Die fliederfarbene Perücke war von ihrem Kopf gerutscht und hatte hellblondem Haar Platz gemacht. Ihre Schminke war verlaufen und auch Ethan hatte nicht unbedingt das Gefühl, heute Nacht sein Gesicht gewahrt zu haben.

Er betrachtete einen Moment lang das Chaos, das sie hinterlassen hatten. Der Slip der Blondine, die sich selbst Cara-Mia nannte, lag auf einem ihrer glänzenden Stiefel und auch der Rest ihrer Kleidung war im Zimmer verteilt. Auf dem Tisch neben dem klapprigen Bett lagen siebzig Dollar.

Auf einmal war Ethan versucht, das Geld zurück in seine Hosentasche zu stecken, um ungeschehen zu machen, was er getan hatte. Glücklicherweise war er bei ausreichend klarem Verstand um zu wissen, dass das rein gar nichts geändert hätte.

Er warf einen letzten Blick auf Cara-Mia oder wie auch immer sie wirklich heißen mochte, dann wandte er sich zur Tür und trat hinaus in die Nacht.

Kaum hatte er das Zimmer verlassen, hörte er drinnen Schritte. Anscheinend hatte sie nur darauf gewartet, dass er ging. Ethan nahm es ihr nicht übel. Doch er nahm es sich selbst übel, was er mit ihr gemacht hatte.

# -2-

Die Nacht war sternenklar und lauwarm. Ames schloss für einen Moment die Augen und lauschte dem Meeresrauschen. Es klang so gleichmäßig wie der Motor einer Maschine und er musste sich zwingen, die Lider zu öffnen, um nicht einzuschlafen.

Widerwillig stieg er aus dem Wagen, schmeckte die salzige Luft und fragte sich, wie viele Pärchen sich heute Nacht am Strand verabredet hatten, um es dort zu treiben. Er ging um das Auto herum, dann presste er beide Hände gegen die Fensterscheibe und schenkte seiner Beifahrerin ein charmantes Lächeln. Ihre Züge blieben unbewegt. Er seufzte.

Als er die Beifahrertür öffnete, musste er sie an den Schultern stützen, damit sie nicht vom Sitz kippte. Er packte sie unter beiden Achseln und hob sie aus dem Wagen. Sie war schwer und half nicht mit. Nie halfen sie mit.

Ames brachte sie zu einer Bank, wobei sie einen ihrer Schuhe verlor, weil ihre Füße grotesk verdreht über den Boden schleiften. Das Geräusch, das sie dabei verursachten, raubte ihm den letzten Nerv. Zum Glück war es nicht weit.

Er ließ die Frau, die für heute Nacht seine Freundin war, auf die Bank sinken. Ihre weit geöffneten Augen sahen ihn fragend an. Vielleicht hätte sie ihm eine Frage gestellt, wenn sie könnte, doch er hatte ihre Lippen fest zusammengeklebt. Er legte ihr die Hände gefaltet in den Schoß und ordnete das kinnlange Haar, dann trat er einen Schritt zurück. Das Mondlicht spiegelte sich in der goldenen Kette um ihren schlanken Hals. Ames fand sie wunderschön. Ein Meisterwerk.

Eine Weile stand er einfach nur da, genoss den sanften Luftzug an seinen bloßen Unterarmen und betrachtete die junge Frau, deren Gesichtzüge einmal fein und hübsch gewesen waren. Er wusste, dass er sich bald von ihrem Anblick lösen musste, doch das war nicht weiter schlimm. Spätestens morgen würde in allen Zeitungen über sie berichtet werden.

Außerdem war sein Werk noch längst nicht vollendet. Sein Herz schlug schneller bei dem Gedanken an all die wundervollen, blutigen Dinge, die noch vor ihm lagen.

Er betrachtete seine Freundin noch einen Moment, dann verabschiedete er sich von ihr und wandte sich ruckartig ab. Den Wagen würde er stehen lassen, er brauchte ihn nicht mehr.

## *-3-*

Im Morgengrauen holte das Klingeln seines Handys Ethan aus einem wirren Traum. Er drehte sich zum Nachttisch um und tastete nach dem Mobiltelefon.

»Hayes?« Er gähnte und hielt sich die Hand vor dem Mund, während ihm vom anderen Ende der Leitung eine wohlbekannte und viel zu laute Stimme entgegen schallte.

»Detective Hayes, hier ist Ihr Weckruf!« Am Apparat war unverkennbar Donovan Caulfield, Ethans Partner. Er konnte selbst schlechte Nachrichten überbringen, als erzähle er einen Witz. »Am besten bewegst du deinen Hintern schnellstens runter zum Strand, Kumpel!«

Als Ethan klar wurde, was diese Aufforderung bedeuten musste, war er schlagartig hellwach. Während er die dünne Decke von sich schlug und die Beine aus dem Bett schwang, redete Donovan munter weiter.

»Wir haben eine weitere Leiche. Die Presse hat schon wieder Wind von der Sache bekommen und hier ist die Hölle los.«

Ethan konnte sich lebhaft vorstellen, was sich am Fundort abspielte und der Lärm, den er im Hintergrund hörte, bestätigte seine Befürchtungen. »Warum werde ich erst jetzt informiert?«

»Maul nicht rum, sieh lieber zu, dass du herkommst! Du kannst an der Atlantic Avenue, Ecke Einunddreißigste parken und dann folgst du einfach den Übertragungswagen zur Neptunstatue.«

Ethan stand auf und tappte in Unterhose zum Bad. Währenddessen berichtete ihm Donovan, dass es sich bei der Getöteten vermutlich um Ava Draper handelte, eine Reinigungskraft aus Green Run. Zwei junge Touristinnen hatten sie auf dem Rückweg von einer Party entdeckt und sich über ihre leblose Erscheinung gewundert – zu Recht.

»Ich springe schnell unter die Dusche, dann bin ich da.« Er beendete das Gespräch und legte das Handy für den Fall der Fälle auf dem Waschtisch gleich neben der Duschkabine ab. Dann stellte das kalte Wasser an, um seinen Kreislauf auf Touren zu bringen. Es würde ein langer Tag werden.

***

Als er kurz darauf in die Küche kam, saß Haley bereits auf der Fensterbank und starrte konzentriert auf seinen Laptop. Seit seinem Einzug war das Fenster in der Küche so was wie sein Lieblingsplatz. Man hatte von dort aus einen Blick auf die ruhige Cypress Avenue und in der Ferne sah man den Ozean. Mittlerweile war Ethans Sohn mit seinen Eins Fünfundachtzig jedoch zu groß für die schmale Fensterbank und benötigte einen Stuhl zur Hilfe, auf dem er seine in teuren Turnschuhen steckenden Füße ablegte.

»Du bist schon auf?«

»Ich bin gestern früh schlafen gegangen.«

Ethan selbst war erst spät nach Hause gekommen. Beim Gedanken an Cara-Mia machte sich schlagartig ein schlechtes Gewissen in ihm breit. Er nahm sich viel zu wenig Zeit für Haley und viel zu viel davon für andere Dinge.

»Weshalb bist *du* so früh wach?« Haley blickte auf und sah seinen Vater über den Bildschirmrand an. Er war es gewöhnt, dass Ethan nach ihm aufstand – dann, wenn er schon fast auf dem Weg zum College war. Haley wies auf sein Notebook und ein Grinsen huschte über seine Züge. »Gibt es was Neues bei euch? Neuen Stoff für meine Geschichten?«

»Hier sterben echte Menschen.« Ethan wandte sich ab und stellte die Kaffeemaschine an.

Er konnte förmlich spüren, wie Haley die Augen verdrehte. Was erwartete er? Der Junge war erst zwanzig und hatte es sich zudem in den Kopf gesetzt, Schriftsteller zu werden. Da kam ihm vermutlich jedes spannende Ereignis gelegen.

»Es wurde eine Leiche gefunden. Wieder eine Frau. Diesmal ...« Ethan unterbrach sich selbst und blickte über die Schulter zu Haley. »Du kannst das doch für dich behalten?«

»Du meinst, ich habe es nicht nötig, auf dem College damit anzugeben?« Haley trommelte nachdenklich mit den Fingern auf dem Laptop herum, bevor er fortfuhr: »Nein, ich glaube, das habe ich echt nicht nötig.«

Ethan musterte seinen Sohn, dann berichtete er, was er bereits wusste. Er war froh, dass Haley ihn anschließend nicht mit Fragen bombardierte. Wahrscheinlich wollte er die dunklen Seiten des Polizistendaseins gar nicht so genau kennen. Nachdem er vor rund fünf Jahren zu Ethan gezogen war, hatte er sich im sonnigen Virginia Beach, das wegen seiner vielen Ferienanlagen auch Resort City genannt wurde, bestens eingelebt. Er interessierte sich für Sport, Mädchen, Musik und seine Schreiberei, aber er hatte nicht Ethans Hang zur Verbrecherjagd geerbt. Ethan war es nur recht. Wenn sein Sohn kein Cop wurde, musste er sich wenigstens keine Sorgen um ihn machen.

»Dann kommst du heute wieder spät?«

»Ja, vermutlich schon.« Ethan zog sein Portemonnaie aus der Hosentasche und holte dreißig Dollar heraus, die er auf den Küchentisch legte. »Unternimm was mit deinen Freunden. Es ist schließlich Freitag.«

Haley blickte auf das Geld, dann schaute er auf und zwinkerte ihm zu . »Keine Sorge. Das vergesse ich schon nicht.«

# -4-

Die Sonne war gerade erst aufgegangen, doch die Küstenstadt heizte sich schon wieder auf wie ein gigantischer Backofen. Als Ethan den Tatort erreichte, sah er zuerst die Traube aus Reportern, die sich um die abgesperrte Zone an das Strandpromenade drängten und nur mühsam von ein paar Officers zurückgehalten werden konnten.

Donovan entdeckte Ethan als Erster und winkte ihn in den Schutz eines provisorisch aufgestellten Zeltes, das das Opfer vor Reporterfotos schützen sollte. Der Rest seines Teams, das neben Donovan Caulfield aus den beiden Detectives Scott Dewey und Alex Mason sowie der ehemaligen FBI-Fallanalystin Gladys Larkin bestand, war bereits eingetroffen. Sie waren allesamt ein wenig blass um die Nase. Trotzdem zwang sich Ethan, die Leiche der jungen Frau, die bis vor ein paar Stunden wahrscheinlich sehr attraktiv gewesen war, genauer zu betrachten.

Ihre Haut war wächsern und marmoriert von feinen, violetten Blutgefäßen. Um ihren Hals hing eine goldene Kette, die im Sonnenlicht glitzerte und ihre Kleidung war makellos und sauber, doch Ethan wusste um die Spuren stunden- oder tagelanger Qual, die sich darunter verbargen.

Es gab nur zwei sichtbare Verletzungen: Die aufgeschnittene Kehle der jungen Frau, die nach ihrem Tod sorgsam wieder zugenäht worden war und drei feine Schnitte auf ihrer Stirn, die zusammen ein großes A bildeten. Die blutige Signatur des Killers.

»Schöne Scheiße, was?« Donovan traf den Nagel auf den Kopf.

»Haben wir es hier wieder mit dem gleichen Dreckschwein zu tun, Glad?«, fragte Ethan. Gladys' Spezialität war es, sich mit der Psyche der Täter zu beschäftigen, sich in sie einzufühlen und ihr Innerstes zutage zu fördern. Eine Aufgabe, um die er sie wirklich nicht beneidete.

»Haltet die Reporter zurück«, wies Gladys die Officers an, bevor sie antwortete. »Die Spurensicherung hat zwar unzählige Fingerabdrücke, Haare und Fasern im Umkreis des Tatorts gefunden, aber mal wieder nichts an der Leiche selbst. Ich schätze also, es war das gleiche gerissene *Dreckschwein* am Werk, wie schon die beiden Male zuvor.«

»Bei den ganzen Touristen und Strandfreaks, die jeden Tag auf den Bänken hier herumsitzen, kann es eine halbe Ewigkeit dauern, die ganzen Spuren auszuwerten und abzugleichen«, merkte Donovan an.

»Schöner Mist«, knurrte Ethan und sah missmutig herüber zu den Journalisten, die sich an der Absperrung beinahe gegenseitig zerquetschten, um ein paar gute Fotos zu bekommen. Als Leiter der Sonderkommission galt ihm die meiste Aufmerksamkeit und er war froh um den Sichtschutz sowie das menschliche Polster aus Officers, das sich zwischen ihm und den Reportern befand.

»Na dann los, Freunde.« Donovan klopfte Ethan auf die Schulter. »Machen wir uns auf die Suche nach einem glatzköpfigen Kerl ohne Fingerabdrücke, der nicht spuckt und nicht schwitzt.«

Ethan wandte sich ab und betrachtete den Wagen des Opfers, an dem sich die Spurensicherung momentan zu schaffen machte. Den Wagen, an dessen Steuer letzte Nacht ein perverser Mörder gesessen hatte. Ein gefährlicher Killer, der sich wahrscheinlich halb tot lachte, weil die Polizei nach fünf Wochen und drei Opfern noch immer komplett im Dunklen tappte.

Er sah sich noch einen Moment lang den Tatort an, dann machte er sich auf, mit den bestürzten Touristinnen zu sprechen, die abseits in der Obhut eines Polizeipsychologen auf ihn warteten. Er durchquerte die abgesperrte Zone rund um die Parkbank und schob sich dann erneut durch die Menge aus Handykameras und Teleobjektiven, um zu den zwei übernächtigten Studentinnen aus Portland, Oregon zu gelangen.

Trotz des Schlafmangels und seiner missmutigen Stimmung verfehlte Ethan seine Wirkung auf die beiden nicht. Er wusste, dass er mit seinen stahlblauen Augen und dem durchtrainierten Körper anziehend auf viele Frauen wirkte und hatte so seine Vermutungen, dass deshalb auch die meisten Befragungen von weiblichen Zeugen auf ihn abgeschoben wurden.

Donovan mit seiner bulligen Erscheinung war fürs Einschüchtern zuständig, obwohl jeder, der den Iren näher kannte, wusste, dass von ihm nicht viel zu befürchten war.

Eines der Mädchen blickte ihn an und ein Lächeln umspielte ihre Züge, erreichte ihre Augen jedoch nicht. Kein Wunder, dachte Ethan. Es war befremdend, zum ersten Mal eine Leiche zu sehen. Er kannte dieses Gefühl nur zu gut.

## -5-

*Ein Messer gleitet tief in weiche Haut. Sie platzt auf, Blut sickert aus der Wunde. Es ist eines dieser kleinen Schälmesser, der Griff besteht aus violettem Plastik. Die Klinge ist kein Plastik, sie ist metallen und scharf. Sie schneidet tiefer, durchbohrtes Gewebe zuckt und windet sich. Blut spritzt. Schreie gellen durch das neonbeleuchtete Zimmer. Fliegen summen um die Lampe herum, sie wollen lieber gegrillt werden, als Teil dieses Schauspiels zu sein, aber Neon ist kalt und die Hand, die das Messer führt, ist es auch. Augen weiten sich vor Schrecken. Eine Stimme droht, sie herauszuschneiden und sie schließen sich. Das Messer tanzt durchs Fleisch. Schreie. Gelächter. Schmerz. Und dann –*

Ames schreckte auf. Die Ampel war grün geworden und hinter ihm hupte jemand. Schnell zog er den Fuß von der Bremse und der Wagen setzte sich in Bewegung. Er strich sich das schweißnasse Haar aus der Stirn und schüttelte den Kopf über sich selbst. So kurz nach seiner letzten Tat hätte er sich entspannt und ausgeglichen fühlen sollen. Stattdessen raste sein Herz, er war angespannt und musste all seine Willenskraft aufbringen, um sich nicht heute noch ein neues Opfer zu suchen. Wenn er nicht leichtsinnig und unvorsichtig werden wollte, dann musste er sich dringend ablenken.

Er schloss kurz die Augen, dann blinzelte er die Tränen weg, die ihm die Sicht verschleierten und verscheuchte die düsteren Gedanken. Es war ein sonniger Tag und er hatte sich unter Kontrolle. Noch.

## -6-

Befragungen in Restaurants zur Mittagszeit waren nervtötend. Es war hektisch und laut und kaum jemand hatte die Zeit, sich auf ein paar Fragen der Polizei zu konzentrieren. Das South Easy, in dem Ava Draper geputzt hatte, lag jedoch Gott sei Dank etwas außerhalb des Stadtkerns und so war es noch nicht allzu überfüllt, als Ethan und Donovan eintraten. Die wenigen Gäste würdigten die beiden Detectives keines Blickes. Das war einer der Vorteile, die man genoss, wenn man nicht mehr zu den Uniformierten gehörte.

Der Gastraum war groß und wurde von einer langen, rot gekachelten Theke dominiert. Entlang der Fenster befanden sich vinylbezogene Sitzbänke mit dem Emblem der Restaurantkette auf der Lehne. Die Tische waren sauber poliert, genau wie der Boden. Ava hatte bei ihrer letzten Schicht ganze Arbeit geleistet.

»Wusstest du, dass sie hier diese viereckigen Riesenburger verkaufen?« Donovan studierte konzentriert die Karte.

»Nein.« Ethan sah sich nach jemandem um, der aussah, als hätte er etwas zu sagen. Doch weder die junge Kellnerin hinter der Bar noch der Schüler, der für das Abräumen der Tische verantwortlich war, erweckten diesen Anschein. Er entschied sich für das Mädchen an der Bar.

»Die haben hier auch diese Kokosnuss-Cremetörtchen.« Donovan schien völlig vergessen zu haben, weshalb sie eigentlich hier waren. »Und gegrillte –«

»Detective Ethan Hayes. Das ist mein Partner Detective Donovan Caulfield«, unterbrach ihn Ethan und hielt dem Barmädchen seine Marke ins Gesicht.

»Ich … hab ich …« Das Mädchen fing an zu stammeln, brach dann ab.

Die vollkommen Unschuldigen fangen im Angesicht einer Polizeimarke immer an zu stammeln, dachte Ethan und die Kleine begann, ihm zu gefallen. »Wir würden gerne mit dem Geschäftsführer sprechen. Ist er hier?«

»Joshua kommt immer erst gegen vier. Sie können hier warten, wenn Sie wollen.«

Ethan sah seinen Partner kurz an, entschied dann jedoch selbst. »Wir sprechen erst einmal mit den Angestellten. Und am besten fangen wir direkt mit Ihnen an.«

***

Die Kellnerin war leider genauso ahnungslos, wie sie hübsch war und auch der Junge wusste weder mit wem noch wann Ava Draper am vergangenen Abend das Restaurant verlassen hatte. Er war vor ihr gegangen, wie er erklärte, während er nervös an einem geflochtenen Armband herumfummelte, das an einer Stelle fast vollständig durchgerissen war.

Nach ihm waren zwei weitere Kellnerinnen an der Reihe, die mit ihren blondierten Haaren eher erfolglose Schauspielerinnen in Los Angeles hätten sein können. Sie waren Schwestern und hatten sich nach eigenen Angaben nicht sonderlich gut mit Ava Draper verstanden, aber immerhin konnten sie die beiden Detectives auf Evangeline Stark, die Köchin verweisen.

»Die kam gut mit Ava zurecht und bleibt immer lange, räumt ihre Küche selbst auf«, erklärte Rosalie, die Dickere der beiden.

»Ist sie da?«, wollte Donovan wissen und Ethan wurde den Verdacht nicht los, dass sein Interesse mehr dem Essen der Köchin galt, als einem Gespräch mit ihr.

Die Kellnerin wies ihnen den Weg zur Küche und sie setzten sich in Bewegung. Ethan wunderte sich, dass es eine Köchin war, die hier arbeitete. Er war nicht oft in Diners, doch zumindest seiner Vorstellung nach waren die Köche in Schnellrestaurants wie diesem typischerweise behaarte Männer, die einen riesigen Bauch in einem verschwitzten T-Shirt vor sich her schoben. Das Bild der Köchin, das sich unwillkürlich in seinem Kopf zusammensetzte und der penetrante Geruch von Bratfett trugen dazu bei, dass der Gedanke, hier mit Donovan nach Feierabend zu essen, noch abwegiger wurde.

Er schilderte seinem Partner in allen Einzelheiten die Vision, die er von der Diner-Köchin hatte, und sie näherten sich feixend der Küche. Als sie eintraten, wurde Ethans Überheblichkeit jedoch Lügen gestraft. Evangeline Stark war anders, als alles, was er sich hätte ausmalen können. Bisher hatte er immer den Eindruck gehabt, dass seine Bar-Bekanntschaften wie Models aussahen, aber wenn das stimmte, war die Diner-Köchin eine Schönheitskönigin. Sie war zierlich und warf ihm und seinem Partner einen belustigten Blick aus braunen Rehaugen zu, die ihr Gesicht puppenhaft wirken ließen. Ihre Haut war leicht gebräunt und ihre Züge waren absolut symmetrisch. Ihr kurzes, dunkles Haar stand in schroffem Gegensatz zu ihrem sanften Gesicht und machte sie nur noch interessanter.

»Meine Herren, die Gästetoilette ist zwei Türen weiter.« Damit wandte sie sich einer dampfenden Industrie-Grillplatte zu und begann Steaks zu wenden.

»Misses Stark …« Ethan rang regelrecht nach Worten. Zum ersten Mal seit Jahren befand er sich in der Situation, einer Frau nicht völlig gelassen gegenüber zu stehen.

Evangeline musterte ihn eingehend, aber ohne eine Spur von Begeisterung. Als er nicht weiter sprach, schlich sich Irritation in ihren Blick. Sie hob die Hand, um sich eine Strähne aus der Stirn zu streichen und ein Hauch ihres Parfums wehte zu ihm herüber. Für einen Moment überlagerte ein kaum wahrnehmbarer Kirschduft den schweren Essensgeruch. Ethan hatte süße, weibliche Parfums schon immer gemocht und ganz automatisch stiegen Erinnerungen an letzte Nacht in ihm auf. Es kostete ihn einige Mühe, sie zu verscheuchen und endlich aus seiner Erstarrung zu erwachen.

Er zog seine Dienstmarke und hielt sie Evangeline Stark vors Gesicht, während er erst sich, dann seinen Partner vorstellte. Donovan hob die Hand an seinen imaginären Hut und ließ ein breites Good-Cop-Lächeln sehen, aber die zierliche Frau wirkte nicht, als habe sie solch beruhigende Gesten nötig.

»Wir sind hier, um mit Ihnen über Ava Draper zu sprechen«, fuhr Ethan fort.

»Was ist mit Ava?« In Evangelines Stimme schwang Besorgnis mit.

Ethan hoffte, inständig, dass die beiden keine dicken Freundinnen gewesen waren, denn er hasste es, Freunden und Angehörigen von Opfern schlechte Nachrichten zu überbringen. Sein angestrengter Versuch, sachlich zu bleiben führte regelmäßig dazu, dass ihm Gefühlskälte und Rohheit vorgeworfen wurden.

Deshalb überließ er das Übermitteln von Todesnachrichten lieber seinem rücksichtsvollen, dauerlächelnden Partner. »Es tut mir sehr leid, Misses Stark, aber ich muss Ihnen mitteilen, dass Ihre Kollegin heute Morgen tot aufgefunden wurde. Es sieht alles danach aus, als sei sie ein weiteres Opfer …«

»Die Resort-City-Bestie!«, entfuhr es Evangeline und ihre großen Augen starrten die beiden Cops entsetzt an.

Ethan ärgerte sich über den reißerischen Namen, den die Presse dem Täter verliehen hatte, obwohl er mittlerweile selbst mehr und mehr dazu neigte, ihn zu benutzen.

»Das wissen wir noch nicht …«, begann Ethan, doch Donovan vervollständigte seinen Satz.

»Es sieht jedoch alles danach aus. Wir müssen Ihnen ein paar Fragen stellen. Wenn Sie uns vielleicht an einen der Tische folgen möchten?«

***

Evangeline vergoss während des Verhörs keine Träne und Ethan spürte, wie viel Kraft es sie kostete, ruhig zu bleiben. Sie nestelte an ihrer Schürze herum, während sie den beiden Detectives erklärte, dass Ava gestern gegen elf mit ihr gemeinsam das Lokal verlassen habe.

»Ich bin zum Bus gegangen und Ava zu ihrem Wagen. Sie ist in Richtung Green Run gefahren. Ich wohne drüben in Salem.«

Ethan machte sich Notizen, aber Evangelines Anwesenheit lenkte ihn immer wieder ab. Er hätte sie lieber abends in einer Bar kennen gelernt als bei einem Verhör. Im Gegensatz zu den beiden Studentinnen heute morgen schien sein Charme bei ihr allerdings wirkungslos zu sein. Sie erwiderte nicht einmal sein Lächeln. Es machte ihn rasend, dass sie nicht auf ihn einging.

»Stimmt etwas nicht?« Sie klang, als habe er sie provoziert.

»Alles in bester Ordnung.« Da er keine weiteren Fragen hatte, hielt er der Köchin seine Karte hin und bat sie, sich zu melden, falls *ihr noch etwas einfiele*. Er legte eine gewisse Doppeldeutigkeit in seine Stimme, was ein ziemlich verzweifelter Versuch war, und Evangeline zeigte sich dementsprechend unbeeindruckt.

»Ich glaube nicht, dass mir noch etwas einfällt, Detective.« Sie ließ die Karte in ihrer Hosentasche verschwinden und bat die beiden Polizisten, sie zu entschuldigen.

Ethan starrte ihren langen Beinen hinterher, bis sie in dem kleinen Korridor verschwunden war, der zur Küche führte. Er sah sich um und wunderte sich über die vielen Gäste, die mittlerweile an den Tischen des Schnellrestaurants saßen. Er war so auf die Köchin fixiert gewesen, dass er gar nicht gemerkt hatte, wie sich das Diner gefüllt hatte.

»Tz, tz, tz«, machte Donovan und schüttelte den Kopf. »Denkst du eigentlich auch mal an was anderes? Wir sind im *Dienst*, mein Freund.« Damit stand er auf.

»Ich weiß, aber sie ist der Wahnsinn, oder?«

»Du bist einfach nichts Gutes gewöhnt. Vielleicht suchst du dir mal ein anderes Jagdrevier als die Bars an der Promenade.«

Auch Ethan stand auf und warf einen bedauernden Blick in den leeren Korridor. Er hatte ja nicht ahnen können, was sich so alles in Virginias Küchen versteckte.

Auf dem Weg nach draußen sah er in seine spärlichen Notizen, um zum eigentlichen Grund ihres Besuches zurückzukehren. Niemand wusste etwas über Ava Drapers Privatleben, ihre Freunde, ihre Familie, die Clubs, die sie besucht hatte oder ob sie in irgendwelchen zwielichtigen Chatrooms im Internet aktiv gewesen war. Er sah jetzt schon die Schlagzeile von morgen vor sich: Resort-City-Bestie – noch immer keine heiße Spur.

Kein Wunder, dass die Presse durchdrehte. Virginia Beach war immer ein vergleichsweise friedlicher Ort gewesen. Manchmal glaubte Ethan, der Killer hatte sich genau deshalb diese Stadt ausgesucht.

# -7-

Durch den Lärm, den die startenden und landenden Flugzeuge der Naval-Flugstation machten, war es unmöglich, ein vernünftiges Gespräch im Wagen zu führen. Deshalb beschränkten sich Ethan und Donovan auf das Nötigste.

»Hier links.« Auf Donovans Schoß lag ein Stadtplan. Im Gegensatz zu Ethan hielt er nichts von Navigationssystemen. Seiner Meinung nach waren sie nur so gut wie das eingespeiste Kartenmaterial, sodass er die Karte auch gleich selbst in die Hand nehmen konnte. Donovan war in vieler Hinsicht ziemlich eigen, aber Ethan war längst daran gewöhnt. Er konnte sich auf seinen Partner verlassen und das war das Wichtigste. Sie beide arbeiteten jetzt seit neun Jahren zusammen und es hatte nie Probleme zwischen ihnen gegeben, obwohl sie unterschiedlicher kaum hätten sein können: Donovan lebte mit seiner Frau und zwei Kindern in einem umgebauten Farmhaus, die Ehe verlief harmonisch. Ethans Beziehungen hingegen hielten selten länger als eine Nacht. Er wusste selbst nicht, wieso es ihm nie gelang, sich in eine Frau so zu verlieben, dass er bereit war, sein unkompliziertes Leben für sie aufzugeben. Vielleicht, weil sein Leben ganz und gar nicht so unkompliziert war, wie er sich gern einredete.

Er bog von der London Bridge Road auf eine scheinbar in die Wildnis führende Nebenstraße ab. Das Gespräch mit dem South-Easy-Geschäftsführer Joshua Bates hatte nicht viel ergeben. Lediglich ein paar Informationen zu Avas Exfreund Rusty Hilbredge hatte er ihnen geben können. Bates erinnerte sich sehr gut an Rusty, dem er zum ersten Mal an seinem ersten Tag als Restaurantleiter begegnet war. Rusty tauchte spät abends betrunken auf und verlangte von Ava, sofort mit nach Hause zu kommen. Ava, noch mitten in ihrer Schicht, verwendete ihre gesamte Zigarettenpause darauf, Rusty zum Gehen zu überreden und ihm klar zu machen, dass ihre Beziehung beendet sei. Seitdem war sie immer wieder verstört bei der Arbeit aufgetaucht und hatte sich beklagt, dass ihr Exfreund sie verfolge.

Ethan hatte Donovan angesehen, dass sie das Gleiche dachten: Der verschmähte Liebhaber war immer ein guter Verdächtiger mit einem nachvollziehbaren Motiv. Sie mussten dieser Spur nachgehen.

»Ganz schön friedlich hier!«, brüllte Donovan über den Lärm eines landenden Kampfjets hinweg und betrachtete die durchweg schäbigen Fassaden der wenigen, freistehenden Häuser entlang der Straße.

»Ja, die Gegend wird total unterbewertet«, entgegnete Ethan in derselben Lautstärke.

»Das hier ist es.«

Ethan brachte den Wagen vor einem grün gestrichenen Haus zum Stehen. Die Fassade war verwittert, der Anstrich blätterte an vielen Stellen ab. Die Fenster waren schmutzig und trüb, der Balkon über der Veranda windschief. Eine ausgeblichene gelbe Windmühle steckte im Gras vor der Haustür und ein Stück entfernt parkte ein klappriger europäischer Wagen.

»Willkommen in Sleepy Hollow.« Ethan stieg aus.

Donovan tat es ihm gleich und schloss leise die Tür. Mit einem Male herrschte eine fast unnatürliche Stille. Aus dem Inneren des Hauses waren weder Fernseher noch Radio noch das Geklapper von Töpfen oder das Rauschen eines Ventilators zu hören.

Sie traten näher und plötzlich schlug ihnen ein unverkennbarer Geruch entgegen.

Ethan sah seinen Partner alarmiert an. »Riechst du das?«

Donovan nickte. Sie zogen ihre Waffen und positionierten sich links und rechts von der Tür. Die morsche Veranda knarrte bedrohlich unter ihrem Gewicht.

»Mister Hilbredge, sind Sie zu Hause?« Ethan bemühte sich, seine Stimme fest klingen zu lassen, obwohl ihm von dem penetranten Geruch kotzübel war. Dass man sich mit der Zeit an den Gestank von Verwesung gewöhnte, war eine Lüge. Zumindest galt das für ihn.

Donovan und er warfen einander einen kurzen Blick zu, dann klopfte Ethan an die Tür, die quietschend aufschwang. Der Geruch verschlimmerte sich augenblicklich und Ethan unterdrückte ein Würgen.

»Mister Hilbredge? Hier ist die Polizei!«

Die Diele war stockdunkel und niemand rührte sich. Draußen brachte ein Luftstoß die gelbe Windmühle dazu, sich in Bewegung zu setzen, aber ansonsten blieb alles totenstill.

Ethan bedeutete seinem Partner, ihm ins Innere des Hauses zu folgen. Es war so verkommen, wie die Fassade von außen vermuten ließ. Die Tapeten waren teils abgerissen, in den Ecken wucherte Schimmel. Der Treppe, die vom Flur aus ins Obergeschoss führte, fehlte ein Stück vom Geländer.

Zu ihrer Linken befand sich eine geschlossene Tür, die sie als Erstes anvisierten. Ethans Herz raste, sein hämmernder Puls machte ihn nervös. Er gab Donovan ein Zeichen, drückte die Klinke herunter und ließ die Tür aufschwingen. Dahinter verbarg sich ein kleiner Flur, an dessen Ende eine weitere Tür lag. Der Todesgeruch war hier um einiges stärker und Ethan bildete sich ein, das Summen und Scharren winziger Insekten hören zu können. Er schritt weiter und Donovan folgte ihm angewidert. Schweigend wiederholten sie das Ritual an der nächsten Tür, aber diesmal bereute Ethan sofort, sie geöffnet zu haben.

Der Raum dahinter war zweifelsfrei die Küche. Schmutziges Geschirr stapelte sich in und neben der Spüle, der billige Tisch war von klebrigen Flecken bedeckt. Dutzende Fliegen vernebelten die Luft und auf dem Boden lag der Hausherr, oder das, was von ihm übrig war: ein schwarzer, von Fäulnisblasen übersäter Körper, die Zunge grotesk geschwollen, die Lippen und Augen von Maden zerfressen und die blanken Zähne ein breites Grinsen parodierend. Rusty Hilbredges schmuddeliges Shirt war ein Stück nach oben gerutscht und entblößte seinen aufgeblähten Leib.

»Das ist nicht unser Mann«, brachte Ethan gepresst hervor. »Der ist seit mindestens einer Woche tot.«

## *-8-*

Ethan lag auf dem Rücken und betrachtete die Schatten, die sich an der Decke zu immer neuen Formen zusammenzusetzen schienen. Er war todmüde und konnte trotzdem nicht einschlafen. Der Fall beschäftigte ihn und er konnte nahezu spüren, wie ihm die Zeit davon rannte. Auch wenn Ava Drapers Bekanntenkreis nicht sonderlich groß gewesen war, hatte die Befragung kostbare Stunden in Anspruch genommen. Ava und Rusty hatten hauptsächlich gemeinsame Freunde gehabt, sodass es immer gleich *zwei* schlechte Nachrichten zu überbringen gegeben hatte. Es war ein anstrengender Tag gewesen. Anstrengend und sinnlos, wenn man daran dachte, dass der Serienmörder, den sie jagten, immer noch auf freiem Fuß war. Womöglich suchte er sich gerade sein nächstes Opfer aus. Vielleicht kam er nach dem Töten nach Hause und gab seinen Kindern noch schnell einen Gute-Nacht-Kuss. Vielleicht lag er aber auch wach, so wie Ethan und wartete sehnsüchtig auf die Zeitung von morgen. Die Presse ließ ihm genau die Aufmerksamkeit zukommen, nach der es jeden Serienmörder dürstete.

Die Vorstellung machte Ethan krank. So krank wie die Erinnerung an die Überreste von Rusty Hilbredge und das wächserne Gesicht von Ava Draper.

Ihre entsetzten Augen. Vor Jahren, als er noch Streifenpolizist gewesen war, hatten sie eine Wohnung öffnen müssen, in der eine ältere Frau seit mehr als vier Wochen tot lag. Die Nachbarn hatten die Polizei erst verständigt, als der Geruch unerträglich geworden war. Es war nicht die beste Gegend gewesen. Wahrscheinlich konnte man die Gleichgültigkeit der Nachbarn damit erklären.

Ethan konnte die Bilder bis heute nicht vergessen. Den Körper, der keiner mehr war. Das Gesicht, ähnlich entstellt wie das von Hilbredge, und den Telefonhörer in der zerfallenden Hand. Er hatte sich in den Hausflur übergeben müssen. Drei Mal. Manchmal fragte er sich, ob es Cops gab, die diesen ganzen Mist abends einfach hinter sich lassen konnten.

## *-9-*

Am darauf folgenden Tag, einem Samstag, fanden sich Ethan, Donovan sowie Mason und Dewey um acht Uhr im Besprechungszimmer des *Virginia Beach Police Department* ein. Sie alle waren Mitglieder der Mordkommission oder, wie es Donovan scherzhaft nannte, der *richtigen Polizei*. Sie beschäftigten sich mit allen Todesfällen innerhalb des Stadtgebietes, bei denen Mord oder Totschlag nicht eindeutig ausgeschlossen werden konnten. Am Ende klärte sich die Angelegenheit allerdings meistens schnell und unspektakulär: Herzanfall, Suizid, Unfall mit Fahrerflucht. Es blieben im Schnitt vier oder fünf Morde pro Jahr, was verdammt wenig war für eine amerikanische Großstadt. Ethan hatte schon andere Verhältnisse erlebt. Er war in Detroit, Michigan geboren, aufgewachsen und hatte dort auch die ersten Jahre seiner Polizeilaufbahn verbracht. Detroit war die Stadt mit der höchsten Kriminalitätsrate in den USA. Ein Überfall reihte sich an den nächsten Autodiebstahl.

Ethan hatte sich gleich nach dem College bei der Polizei beworben, als gewöhnlicher Streifenpolizist angefangen und den Streifendienst ein paar Jahre lang genossen. Am besten fand er, immer gleich an Ort und Stelle zu sein. Immer dort, wo die Action war. Doch irgendwann reizten ihn die größeren Themen: Mord oder Totschlag. Er wollte die richtig bösen Jungs schnappen und sich nicht weiter mit Kleinganoven und Temposündern abgeben. Im Alter von sechsundzwanzig ließ er sich zum Detective ausbilden.

Damals hatte er erwartet, dass es weiterhin gut laufen würde, dass er weiterhin einer der Besten sein würde, aber er wurde schnell eines Besseren belehrt.

Die Arbeit als Detective verlangte ihm einiges ab, doch er verschwendete niemals auch nur einen Gedanken ans Aufgeben.

Vor etwa zehn Jahren war er nach Virginia Beach gekommen. Es war hier nicht so hart wie in Detroit, was Ethan die Möglichkeit gab, gründlicher zu arbeiten und ihn am Abend befriedigter nach Hause gehen ließ. Sein Team hatte eine wirklich vorzeigbare Aufklärungsquote. Bisher.

Ethan sah auf, als Gladys den Raum betrat. Ihre sommerliche Kleidung brachte zwar etwas Farbe in das fensterlose Zimmer, über ihre Müdigkeit konnten das helle Kostüm und das geblümte T-Shirt jedoch nicht hinwegtäuschen.

»Also«, begann sie ohne Umschweife und nahm auf einem der freien Stühle Platz. »Ich fasse kurz die Fakten zusammen: Wir haben drei Opfer, alle weiblich. Der Täter hat sie gefoltert und schließlich getötet, indem er ihnen Kehlkopf und Halsschlagader glatt durchtrennte. Allen wurde post mortem ein ‚A' in die Stirn geritzt. Äußerlich gibt es keine Gemeinsamkeiten. Ethan?«

Ethan nickte, erhob sich von seinem Platz und trat an die Pinnwand, an die Bilder der drei Frauen geheftet waren, vor und nach ihrem Zusammentreffen mit der Resort-City-Bestie.

»Das erste Opfer, Grace Mitch, vierunddreißig, war Friseurin und wurde am zwölften Juni vermutlich aus der Tiefgarage ihrer Arbeitsstelle in Reedtown gekidnappt. Sie wurde erst am Mittag des fünfzehnten Juni in einem Bus von *Casinos Unlimited* gefunden. Das zweite Opfer war Tiffany Jaiden, fünfundsechzig. Sie saß im Rollstuhl und wurde am Abend des dritten Juli aus ihrem Haus in Acredale entführt. Es gab keine Einbruchsspuren. Entweder muss sie den Täter hereingelassen haben oder er hatte einen Zweitschlüssel. Wir haben ihren Bekanntenkreis überprüft, es gibt keine Verdächtigen. Ein Friedhofsbesucher fand Jaiden am frühen Abend nach ihrer Entführung vor dem Grab ihres Mannes, an ihren Händen Spuren von Arsen. Unser letztes Opfer ist Ava Draper. Einunddreißig Jahre alt, gefunden an der Strandpromenade, nur ungefähr neun Stunden nach ihrem Verschwinden.«

Ethan nickte Gladys zu. Sie nahm einen Schluck von dem Kaffee, den Donovan zu ihr herüber geschoben hatte, erhob sich und übernahm erneut.

»Der Rechtsmediziner hat etliche Spuren von Gewalteinwirkung an ihrem Körper gefunden, genau wie bei den beiden anderen Frauen. Quetschungen, Prellungen, oberflächliche und tiefe Schnitte. Keine Fingerabdrücke, Haare, Sperma- oder Speichelspuren.«

»Was für eine Überraschung!«, kommentierte Mason. Dem untersetzten Detective war die Enttäuschung deutlich anzusehen. Unvorsichtig wurden Kriminelle erst, wenn es eng für sie wurde, aber die Resort-City-Bestie fühlte sich vermutlich so frei wie ein Fisch im Wasser.

»Ich habe das ursprüngliche Täterprofil erweitert, bin jedoch immer noch der Meinung, dass wir es mit einem organisierten Serienmörder zu tun haben. Die Merkmale hierfür sind eindeutig: Es gibt niemals brauchbare Spuren, er geht also planvoll vor, überstürzt nichts und scheint intelligent zu sein. Ich gehe davon aus, dass er sozial angepasst lebt, möglicherweise Frau und Kinder hat, was ihn dazu zwingt, sich seine Opfer nachts zu suchen. Da sich höchstwahrscheinlich mindestens zwei der drei Opfer freiwillig auf unseren Täter eingelassen haben, ist davon auszugehen, dass er nicht nur äußerlich einen sehr gepflegten und attraktiven Eindruck macht, sondern dass er aufgeschlossen, freundlich und hilfsbereit auf andere Menschen wirkt. Der Stil der Verbrechen ist eindeutig: Der Leichenfundort ist niemals auch der Tatort. Unser Täter tötet aggressiv, quält seine Opfer lange und gerne, nimmt allerdings keine sexuellen Handlungen an ihnen vor. Nach der Tat scheint er zwiegespalten darüber zu denken. Einerseits verbirgt er die Wunden der Opfer unter frischer Kleidung, säubert sie und näht die tödliche Verletzung sogar, andererseits markiert er die Frauen mit seinem Zeichen, einem A. Was dies bedeutet, kann ich zu diesem Zeitpunkt noch nicht sagen, aber das nur am Rande. Das Arrangieren der Leichen könnte bedeuten, dass der Mörder seine Tat bereut und sie deshalb der Gesellschaft zurück gibt.« Sie warf einen kurzen Blick in die Runde. »Des Weiteren fällt natürlich auf, dass sich unser Täter ausnahmslos weibliche Opfer sucht. Das könnte auf ein Problem mit Frauen im Allgemeinen hindeuten. Vielleicht wurde seine Liebe nicht erwidert, vielleicht wurde er verlassen, vielleicht ist er aber auch einfach nicht fähig zu lieben. Die zweite Möglichkeit wäre, dass unser Täter homosexuell ist und dafür in seiner Jugend bestraft wurde oder noch heute von der Gesellschaft ausgeschlossen wird, sodass er seinen Hass auf Frauen projiziert. Die dritte und für mich wahrscheinlichste Möglichkeit ist, dass das Töten auf ein Kindheitstrauma zurückführen ist. Auf eine strenge, dominante Mutter, Großmutter oder Ziehmutter. Er tötet Frauen jeder Altersgruppe, was auf eine lange Zeitspanne der Misshandlung hindeuten könnte.« Gladys sah ihre Kollegen wieder an, die sichtlich damit beschäftigt waren, die Fülle an Informationen zu verarbeiten.

Donovan hob zögernd die Hand. »Warum sucht er sich dann nicht zumindest Frauen aus, die vom Typ her gleich sind? Ich meine… seine Mutter wird doch bestimmte Merkmale gehabt haben. Eine besondere Haarfarbe, Figur und Statur. Würde er sich keine Opfer suchen, die ihr ähnlich sind?«

»Nicht unbedingt. Erstens …«

»Vielleicht hat sie Perücken getragen. War krebskrank oder sogar *käuflich*. Ihr wisst schon, ein leichtes Mädchen«, unterbrach sie Mason breit grinsend.

Ethan warf ihm einen finsteren Blick zu, doch Gladys fuhr unbeeindruckt fort.

»*Erstens* pauschalisieren Serienmörder gerne. Zweitens glaube ich, dass unsere Resort-City-Bestie keine wirkliche Bindung zu seiner Mutter hatte. Sie war ihm fremd, unheimlich, hat vielleicht sogar das Verhalten einer multiplen Persönlichkeit an den Tag gelegt. Möglicherweise war sie mal liebende Mutter, was den Tod von Tiffany Jaiden – äußerlich der Inbegriff von Fürsorge und Liebe – erklären würde. Manchmal war seine Mutter aber auch verletzlich, verunsichert und hat sich unter Druck setzen lassen, so wie Ava Draper. Und dann gab es wohl auch Momente, in denen unser Mörder absoluter Brutalität ausgesetzt war. Ihr kennt ja die Vorgeschichte von Grace Mitch. Ehemaliges Mitglied einer Mädchengang, vorbestraft wegen Körperverletzung und räuberischer Erpressung. Sie war eine Frau, die Aggressivität ausstrahlte. Ihr versteht, was ich meine?«

Ethan atmete durch und fuhr sich mit einer Hand durchs Gesicht, dann stieß er sich von der Wand ab und betrachtete sein Team. Was Gladys sagte, klang logisch. Sie würden dieser Theorie nachgehen müssen. »Also gut. Dewey und Mason, ihr überprüft Fälle von Misshandlung im Elternhaus hier in der Gegend. Wir suchen ein männliches Opfer häuslicher Gewalt. Wie alt?«

Gladys zuckte die Achseln und eine Spur von Resignation mischte sich in ihre Stimme: »So zwischen sechzehn und sechzig?«

»Na toll. Das wird ja ein Kinderspiel.« Ethan wandte sich an seinen Partner. »Donovan, wir zwei sprechen noch mal mit der Spurensicherung und der Rechtsmedizin wegen Drapers Wagen. Was mir außerdem nicht aus dem Kopf geht, ist die Sache mit dem Arsen an Jaidens Händen. Gladys, könntest du herausfinden, wer Zugriff auf das Zeug hat?«

»Das habe ich bereits erledigt. Auf legalem Wege haben alle Mitarbeiter der Schädlingsbekämpfung und Arzneimittelherstellung Zugriff darauf. Durch illegale Beschaffung über das Internet könnte jedoch jeder an das Gift kommen.«

Ethan seufzte. »Es wäre auch zu einfach gewesen.«

Gladys wandte sich zur Tür, drehte sich dann, die Hand an der Klinke, noch einmal zu ihren Kollegen um. »Fast hätte ich es vergessen: Ich habe die Laborberichte abgeholt: Rusty Hilbredge starb an multiplem Organversagen, ausgelöst durch jahrelangen Alkoholmissbrauch.«

Donovan machte ein überraschtes Geräusch. »Der Kerl war gerade mal Mitte *dreißig*!«

»Überrascht dich das?«

»Ein wenig.«

»Don«, Gladys lachte. »Willkommen in der echten Welt!«

## -10-

Am Samstagabend traf sich Ethan wie so oft mit Donovan und Gladys in einer der vielen lauten Bars an der Strandpromenade. Sie hatten Glück und konnten einen Tisch am Rand ergattern, von dem aus sie den ganzen Gastraum einsehen konnten.

Ethan nahm einen Schluck von seinem Bier und schaute sich die zahlreichen Gäste genauer an. Der ein oder andere Blick streifte ihn und er fragte sich, ob er und seine Kollegen als Cops zu erkennen waren, ob sie anders wirkten als die anderen. Er musterte Gladys und Donovan und kam zu dem Schluss, dass sie zusammen zumindest seltsam wirken mussten.

Donovan trug ein geschmackloses Hemd aus den Neunzigern mit kleinen, bunten Dreiecken darauf. Gladys war gewohnt attraktiv und fiel, trotz ihrer schlichten Satinbluse, durch ihr langes rotes Haar auf, welches sie, anders als im Dienst, offen trug. Ethan war wie immer leger gekleidet. Er trug Jeans und ein dunkles T-Shirt, das eng genug war, um seine Muskeln zu betonen, aber nicht so eng, dass er aussah als käme er, wie Donovan es genannt hätte, „vom anderen Ufer".

»Denkt ihr manchmal: Einer von denen hier könnte es sein?« fragte Donovan zwischen zwei kleinen Schlucken aus seinem Whiskyglas. »Hier in der Bar? Im Supermarkt? An der Tankstelle?«

»Pausenlos.« Gladys nickte. »Das macht mich völlig verrückt. Andauernd glaube ich, er geht mir vielleicht gerade durch die Lappen.« Sie machte eine kurze Pause und ließ, wie Ethan eben, den Blick durch die Bar schweifen. »Andererseits glaube ich nicht, dass er sich in unserer Nähe aufhält, wenn es sich vermeiden lässt.«

Donovan lachte. »Das wäre ja auch reichlich blöd!«

Gladys sah ihn an. »Es gibt solche Täter. Die halten sich im Dunstkreis der Ermittler auf und bieten manchmal sogar ihre Mitarbeit an.«

»Warum, um alles in der Welt, sollte jemand so was tun?«, fragte Donovan und nippte wieder an seinem Whisky.

»Aus den verschiedensten Gründe. Aber an einem Samstagabend will ich wirklich nicht so weit ausholen.« Gladys grinste. »Nur so viel: Es geht um Aufmerksamkeit.«

»Und unser Täter hält sich von uns fern, weil er davon genug bekommt?«, mischte Ethan sich ein.

»Ja. Und er will kein unnötiges Risiko eingehen, denn er ist mit seinen Taten noch *ganz am Anfang.*« Sie warf einen bedeutungsvollen Blick in die Runde.

Donovan atmete durch. »Okay, Themawechsel.« Er leerte seinen Whisky. »Kann ich jemandem was von der Bar mitbringen?«

»Ich geh' schon.« Ethan stand auf.

***

Die Singles saßen immer an der Bar, genau wie die bemitleidenswerten Gestalten, die Streit mit ihrem Partner hatten und versuchten, ihren Ärger in Schnaps zu ertränken.

Ethan stellte sich zwischen eine Blondine und eine Schwarzhaarige in einem kurzen, weißen Kleid, die schon von hinten viel versprechend aussah. Während er bestellte, blickte sie zu ihm herüber und er lächelte sie an.

Sie erwiderte sein Lächeln, dann schaute sie auf das perlmuttfarbene Smartphone in ihrer Hand. Ethan kannte das. Seit ein paar Jahren versteckten sich die Frauen immer hinter ihren Handys. Er nahm die Getränke entgegen und flüsterte dem Barkeeper zu, er solle der hübschen Dunkelhaarigen noch einen Drink machen. Dann schlenderte er zurück zum Tisch.

»Sieht so aus, als müsste ich heute nicht allein nach Hause gehen.«

Gladys verdrehte die Augen und nahm einen großen Schluck von ihrem Rotwein.

Donovan grinste und schob sich eine Handvoll Erdnüsse in den Mund. »Welche ist es?«, fragte er mit einem Blick zur Bar.

Ethan zeigte ihm die Frau, die sich in diesem Moment mit ihrem Drink in der Hand zu ihm umdrehte und ihm zuprostete. Er lächelte gewinnend und hob seine Bierflasche.

»Wie machst du das nur?«, wunderte sich Donovan.

»Die Frau ist vermutlich eine Touristin. Und Ethan ist genau der Typ Mann, den man im Urlaub sucht. Unkompliziert, gut aussehend, offen. Er kommt rüber, als könne man mit ihm schnellen, vergänglichen Spaß haben. Ohne jeden Tiefgang.«

»Danke, Gladys. Du hast Recht. Es geht um Sex, nicht um *Tiefgang.*« Ethan wusste, dass sie ihn für oberflächlich hielt. Gladys wäre überrascht gewesen, hätte er ihr erzählt, dass er immer noch über die schöne Köchin aus dem South Easy nachdachte.

»Dürfen diese Mädchen wenigstens zum Frühstück bleiben?«, fragte Gladys voll emanzipierter Empörung.

Ethan schüttelte den Kopf. »Das geht nicht. Wegen Haley.«

Seine beiden Kollegen warfen einander einen kurzen, aber viel sagenden Blick zu.

»*Was*?«

Donovan räusperte sich. »Was sagt Haley denn überhaupt dazu, dass du dauernd irgendwelche Frauen mitbringst? Ist das nicht schwer für ihn?«

Ethan grinste ungläubig. »Er ist *zwanzig*.«

»So wie die meisten deiner Freundinnen.« Gladys musterte Ethan missbilligend über den Rand ihres Glases hinweg.

»Was wollt ihr mir damit sagen?« Er trank einen Schluck Bier und sah herüber zu seiner Barbekanntschaft.

»Du bist sein *Vater*, Eth. Ihr führt keine Männer-WG.« Donovan klang versöhnlich, aber eindringlich. »Du solltest eine Respektperson für ihn sein. Ich glaube nicht, dass er so viel vom Sexleben seines Erzeugers mitbekommen will.«

Ethan murmelte etwas Unverständliches, lehnte sich zurück und nahm noch einen Schluck. Er blickte wieder zu der Dunkelhaarigen an der Bar, die sich jetzt zu ihm umgedreht hatte und ihn zu sich herüber winkte. Gut möglich, dass Donovan Recht hatte.

Donovan folgte seinem Blick und seufzte. »Denk einfach mal drüber nach, mein Freund.«

# -11-

Ethan war nervös. Er nutzte den Sonntagvormittag, um noch einmal durchzugehen, was sie bis jetzt hatten, doch ihm wollte einfach nichts einfallen, was er die Zeugen noch fragen könnte.

Seit dem späten Samstagnachmittag hatten er und sein Team nichts Sinnvolles mehr tun können. Um etwas über die Missbrauchsfälle vergangener Jahre herauszufinden, würden sie die Mithilfe von Behörden brauchen, die am Wochenende sowieso geschlossen hatten. Auch sonst gab es nicht viel Neues, was nicht nur Ethan ärgerte, sondern auch den Captain und erst recht den Bürgermeister, der tatenlos zusehen musste, wie die Touristen in Scharen abreisten oder ihre Buchungen in den Hotels und Resorts in und um Virginia Beach stornierten.

Es herrschte eine veränderte Stimmung in der Stadt, seit die *Bestie* unterwegs war. Die Menschen waren nervös, weil sie wussten, dass es sie überall treffen konnte. Im Parkhaus. Auf dem Heimweg. Zu Hause.

Ethan musste an damals denken, an seinen ersten größeren Fall vor über 10 Jahren. Sie waren lange Zeit nicht weitergekommen und dann, beim ersten vielversprechenden Hinweis, hatte er alles überstürzt. Den Fall versaut. Die Erinnerung daran schmerzte und er war froh, als gegen halb zwölf endlich das Telefon klingelte und ihn aus seiner düsteren Vergangenheit riss.

»Hayes?«

»Detective Hayes, hier ist Josephine King vom forensischen Institut in Norfolk. Falls Sie das Wochenende genau so wenig genießen können wie ich, habe ich etwas für Sie.«

»Großartig, schießen Sie los.«

»Wir haben auf der Motorhaube von Ava Drapers Wagen eine Delle entdeckt, vermutlich verursacht durch einen kleinen, harten Gegenstand. Auf dem Beifahrersitz des Opfers haben wir Rückstände gefunden, von Stärkehydrolysat, Hydroxyethylcellulose, Polyoxyethylen-7-Glycerylcocoat und E 124, also Cochenillerot.«

Ethan verdrehte die Augen. »Oh, toll, jetzt wird mir alles klar. Für Normalsterbliche, bitte.«

Josephine King lachte leise. »Filmblut, Detective. Herkömmliches Filmblut, wie man es bei jedem Theaterbedarf kaufen kann.«

»Filmblut? Was hat das zu bedeuten?«

Wieder lachte die Wissenschaftlerin. »Detective - das herauszufinden, ist ja wohl *Ihre* Aufgabe.«

Ethan beendete das Gespräch und blickte nachdenklich aus dem Fenster. Ava Draper war weder Laienschauspielerin noch Hobbyvisagistin oder Geisterbahnangestellte gewesen. Sie war ein einfaches Mädchen mit einem Riesentalent gewesen, an die falschen Kerle zu geraten. Kerle, die sich ihr Vertrauen erschlichen und sie dann wie Dreck behandelt hatten. Eine ehemalige Mitbewohnerin hatte sie als hilfsbereit beschrieben ...

Plötzlich durchfuhr es Ethan wie ein Blitz. Er erhob sich von seinem Schreibtisch und eilte zur Tür. Was tat eine hilfsbereite, junge Frau, wenn jemand einen Autounfall hatte? Wenn dieser Jemand auch noch augenscheinlich verletzt war?

Ethan schnappte sich die Autoschlüssel und verließ das Haus.

***

Er hatte gerade einmal zwei Meilen auf dem Weg vom South Easy Diner zu Avas Wohnung in Green Run zurückgelegt, als er auf die Elbow Road stieß, eine Straße, die so einsam war, dass er den mit Filmblut beschmierten Killer praktisch vor sich sehen konnte.

Ethan verlangsamte sein Tempo und richtete den Blick auf die an den Seitenstreifen angrenzende Wiese. Weit und breit war kein Mensch zu sehen. Er konzentrierte sich, um sich in den Täter einzufühlen. Dies funktionierte dank seiner Eingebungen und Instinkte immer recht gut, auch wenn er es vorzog, diesen Job Gladys zu überlassen. Doch sie war nicht hier und so musste seine Fantasie herhalten.

Die Szenerie baute sich ganz automatisch vor seinem inneren Auge auf, während er die Straße abfuhr. Der Killer hatte Ava beobachtet, vermutlich ab und zu das South Easy besucht und mit der Zeit herausgefunden, wo sie wohnte. Dann hatte er sich auf dieser Strecke die unbelebteste Stelle ausgesucht und sein kleines Schauspiel abgezogen.

Ethan fuhr rechts ran und schloss die Augen, um sich besser konzentrieren zu können. Der Täter musste ein verbeultes Auto oder zumindest ein Fahrrad dabei gehabt haben, wenn er Ava glaubhaft weismachen wollte, sich durch einen Unfall verletzt zu haben. Doch hätten ihm die Streifenbeamten oder die Highway Patrol längst mitgeteilt, wenn ein herrenloses Fahrzeug in dieser Gegend gefunden worden wäre. Ethan rieb sich die Schläfen.

*Der Täter hat irgendwo gelauert und auf Ava gewartet. Er hat ihre Scheinwerfer von weitem gesehen, ist auf die Straße getreten und - Nein, das war viel zu offensichtlich. Er hat irgendwo im Gebüsch gelauert, bis Avas Auto fast auf seiner Höhe war und dann ...*

Ethan gab Gas und raste die verlassene Straße entlang, auf der Suche nach einem Gebüsch, das dicht genug war, um einen erwachsenen Mann zu verbergen. Sein Puls beschleunigte sich und er starrte angestrengt nach vorne.

Meilenweit, wie es ihm vorkam, gab es nichts als verdorrtes Gras und vereinzelte Bäume, aber dann, endlich, tauchte vor ihm ein Rosmarinbusch auf, der seinen Vorstellungen entsprach. Er fuhr auf den Seitenstreifen und trat auf die Bremse. Das Auto kam mit quietschenden Reifen zum Stehen und er sprang aus dem Wagen auf die leere Fahrbahn. Zügig lief er auf den Busch zu und stolperte über einen großen Stein, der ihn beinahe zu Fall brachte. Er war auf dem richtigen Weg. Mitten auf der Straße lag noch ein weiterer, kleinerer Stein.

Ethan sah sich um, während sich sein Puls noch weiter beschleunigte. Hier gab es weit und breit kein Schlagloch, keinen Hang, kein Flussufer, nur verwilderten Rasen und die asphaltierte Straße. Wo also kamen diese Steine her? Beide auf der Fahrbahn, an fast derselben Stelle.

Als stünde der Täter hinter ihm und flüsterte es ihm zu, glaubte Ethan plötzlich zu wissen, was passiert war.

*Er hat im Gebüsch gelauert, bis Avas Wagen fast auf seiner Höhe angekommen ist. Dann hat er ihr den ersten, kleinen Stein auf die Motorhaube geworfen und sie so von der Straße abgelenkt. Den Bruchteil einer Sekunde, in dem sie den Blick von der Fahrbahn abgewendet hat, hat er genutzt und den zweiten, größeren Stein zwischen ihre Reifen geworfen. Ava hat erschrocken gebremst und ist ausgestiegen.*

Und weil dies einer der Pechtage im kurzen Leben der Ava Draper gewesen war, hatte hinter ihrem Wagen auf der menschenleeren Straße der Resort-City-Killer gelegen. Scheinbar von ihr angefahren, scheinbar schwer verletzt, überströmt von Filmblut.

Die Presse hatte Recht. Dieser Mann war eine wahre Bestie.

# -12-

Ethan legte auf und fuhr sich mit beiden Händen durch das verschwitzte Gesicht. Der Reihe nach hatte er die Spurensicherung, seine Leute und den Captain über seinen Fund informiert.

Das Team von der Kriminaltechnik war beleidigt losgezogen und hatte ihn am mutmaßlichen Ort der Entführung abgelöst, nicht ohne sich wegen der gestörten Sonntagsruhe zu beschweren. Offensichtlich war noch immer nicht allen Mitarbeitern der Polizei klar, in was für einer ernsten Situation sie sich befanden. Ein Serienmörder war eine tickende Zeitbombe, die jede Sekunde aufs Neue explodieren konnte. Ethan wünschte sich, die Spurensicherung würde aus lauter Josephine Kings bestehen.

Er ersparte seinem Team die Mühe, sämtliche Theaterbedarfe abzuklappern und nach den Kunstblutkäufern der vergangenen Wochen zu befragen. Es war wie die Sache mit dem Arsen: Es gab nichts, was man sich nicht schnell und anonym über das Internet beschaffen konnte.

Seufzend verließ Ethan sein Arbeitszimmer. Es war mittlerweile später Nachmittag und Haley war vom Tennis nach Hause gekommen. Seit seiner Zeit auf dem Kenyon College war er ganz verrückt nach diesem Sport. Etwas, das er garantiert nicht von seinem Vater hatte.

Das rasselnde Geräusch der Klingel holte ihn aus seinen Gedanken. Er stand nicht auf spontanen Besuch und um ehrlich zu sein hatte er auch nicht sehr oft welchen. Der spärliche Rest seiner Familie war sein Vater, der in einem Altersheim in Richmond seinen Lebensabend genoss, wenn man es so nennen wollte.

»Ich mach auf!«, rief Haley und lief los.

Bevor Ethan ihn davon abhalten konnte, riss er auch schon die Eingangstür auf und drehte sich verdutzt zu seinem Vater um, der gerade aus dem Wohnzimmer kam.

Vor der Tür stand Evangeline Stark, die Köchin aus dem South Easy. Sie hatte dezentes Make-up aufgelegt und die Schürze gegen helle Jeans und eine Bluse getauscht. Wie bei ihrer letzten Begegnung traf Ethan ihr Anblick wie ein Schlag. Er war irritiert darüber, dass sich eine nervöse Unruhe in ihm ausbreitete.

»Mir ist noch etwas eingefallen, Detective Hayes, aber wenn ich ungelegen komme ...«

Endlich bemerkte Ethan sein unmögliches Verhalten. Sie hatte ihn zum zweiten Mal total schachmatt gesetzt. »Nein, nein!« Er griff an seinem Sohn vorbei nach ihrem Arm und hielt sie fest.

Evangeline drehte sich zu Ethan um und sah ihn befremdet an. Jetzt gab sie ihm das Gefühl, ihren Stolz verletzt zu haben. Er sehnte sich nach einem dieser braungebrannten, dauerkichernden Mädchen, die Küstenstädte wie Virginia Beach immer zu Tausenden bevölkerten und eigentlich genau seine Kragenweite waren. Gott, warum gefiel ihm diese Frau bloß?

Haley brachte ihn durch ein wissendes Lachen noch mehr in Verlegenheit und gab die Tür frei. »Ich bin oben!« Grinsend eilte er die Stufen zu seinem Zimmer hinauf.

»Was?«, fragte Evangeline mit einem belustigten Blick auf ihren Arm. »Bin ich verhaftet?«

»Natürlich kommen Sie nicht ungelegen ...«, murmelte Ethan und ließ Evangeline los. »Wollen Sie nicht reinkommen, damit wir uns drinnen unterhalten können?« Er trat zur Seite und Evangeline kam ins Haus.

»Ich störe Sie und Ihre Familie doch nicht beim Abendessen?«

Ethan schloss die Tür hinter ihr und zog unauffällig sein Hemd glatt. »Nein nein, ich bin unverheiratet.«

Sie warf ihm einen Blick zu, als bestätige dieser Satz genau ihre Meinung über ihn. Dabei hatte er noch nicht einmal ‚Single' gesagt. Dann ging sie wie selbstverständlich ein paar Schritte vor. Ethan verfluchte sich selbst für den Basketballkorb, der an der Wand neben der Treppe hing und die gerahmten Bilder von Sportwagen auf dem Weg nach oben. In diesem Moment wünschte er sich, er hätte etwas mehr Klasse.

Sie blieb zwischen Wohnzimmer und Küche stehen und sah Ethan fragend an.

»Die Küche ist rechts und –«

»Ja, das sehe ich, Detective.« Jetzt lag wieder dieser belustigte Ausdruck auf ihren Zügen.

»Wir setzen uns am besten ins Wohnzimmer.« Ethan versuchte, seine Nervosität zu verdrängen, gab sich einen Ruck und ging vor in den größten Raum des Hauses. Das Wohnzimmer wurde zur Rechten begrenzt von einer Glastür, die in den Garten führte und zur Linken eingenommen von einer mit dunkelblauem Leder bezogenen Sitzgruppe. Dem größeren Sofa gegenüber befand sich ein Kamin, der nie benutzt wurde und in der Zimmerecke daneben stand ein schreiend hässlicher Sessel, dessen Polster mit geblümtem Stoff bezogen waren. Ein

Erbstück von Ethans Großvater. Der Eichendielenboden ließ den Raum trotz der großen Fenster dunkel wirken und es war Ethan seit seinem Einzug vor neun Jahren einfach nicht gelungen, etwas Gemütlichkeit zu schaffen.

»Bitte«, bot er Evangeline Stark an. »Setzen Sie sich.«

»Einen tollen Sessel haben Sie da«, bemerkte sie ohne jede Spur von Ironie und ließ sich auf dem Sofa nieder.

Ethan nahm auf dem kleineren Sofa Platz. Der Tisch war bedeckt von Automagazinen und unter der Couch, auf der sie saß, lag eine zerknüllte Bierdose. Er kam sich vor wie ein Collegejunge bei einem Termin mit seiner heißen Lehrerin. Das war so ziemlich die letzte Position, in der er bei einem beruflichen Gespräch sein wollte.

»Also, Misses Stark, was kann ich für Sie tun?«

»Nennen Sie mich Evangeline. Misses Stark klingt immer so autoritär.«

Ja, da hatte sie verdammt Recht. »Gut, Evangeline.« Ethan fand sie entwaffnend.

»Wie Sie sich denken können, geht es um Ava. Ich kann gar nicht glauben, dass ihr das passiert ist.«

»Es ist ihr nicht passiert. Es wurde ihr angetan. Wenn Sie also irgendetwas wissen, das uns hilft, ihren Mörder zu finden…«

»Ich weiß nicht, ob es Ihnen hilft. Wahrscheinlich eher nicht.« Sie betrachtete für einen Moment das Chaos auf Ethans Wohnzimmertisch und er tat es ihr gleich. Auf den Automagazinen standen Kaffeetassen, daneben lagen die letzten fünf oder sechs Ausgaben der Tageszeitung. Wenigstens rauchte er nicht.

»Ava hatte früher mal Ärger mit dem Geschäftsführer. Damals war das noch Charlie Sutherland, der ist aber mittlerweile im Ruhestand. Es hat Geld in der Kasse gefehlt und allem Anschein nach hat sie es gestohlen.«

»Allem Anschein nach?«

»Detective!« Sie sah auf und ihre braunen Augen blitzten. »Ich gucke weder durch Schlüssellöcher noch lausche ich an Türen. Ich kann Ihnen nur sagen, dass am einen Tag Geld in der Kasse gefehlt hat und Ava am nächsten Tag weinend aus Sutherlands Büro gelaufen kam. Als ich sie gefragt habe, was passiert ist, sagte sie nur, sie habe Mist gebaut.«

»Halten Sie Charlie Sutherland prinzipiell für fähig, Ihrer Kollegin etwas angetan zu haben?«

Evangeline lachte kurz. »Charlie? Nein, niemals. Der tut keiner Fliege was zuleide, und das meine ich wörtlich.«

Ethan lehnte sich zurück und dachte über das Gehörte nach. Ava Draper sollte also eine Diebin gewesen sein.

»War das eben Ihr Sohn?«, wollte Evangeline wissen und Ethan sah auf.

»Ja. Haley.«

»Oh, das überrascht mich. Ich hatte Sie eher für einen Aufreißer gehalten als für einen Familienvater.«

Evangelines Offenheit wiederum überraschte *ihn.* »Haleys Mutter ist verstorben.«

Evangeline errötete. »Oh nein, das hätte ich ahnen müssen.« Sie schlug die schmalen Hände vors Gesicht und Ethan bemerkte ihre signalrot lackierten Fingernägel. »Der Detective mit dem dramatischen Schicksal.«

»Nein, der bin ich nicht«, erwiderte er. »Ich habe seine Mutter nicht sehr gut gekannt. Vermutlich bin ich eher der ... Aufreißer, für den Sie mich zuerst hielten.«

Evangeline betrachtete ihn prüfend und er ohrfeigte sich innerlich selbst. Warum hatte er das sagen müssen? Vielleicht sollte er sich abgewöhnen, in jeder Situation unbedingt seine harte Schale wahren zu wollen.

»Nein, wirklich. Wir waren noch auf der High School, als sie von mir schwanger geworden ist. Sie hat Haley allein groß gezogen und als sie dann vor fünf Jahren starb, kam er zu mir.«

»War sie krank?«

Ethan lachte humorlos. »Nein, sie war sturzbetrunken und ist mit einer Zigarette in der Hand eingeschlafen. Das Haus hat gebrannt. Die Feuerwehr fand Haley bewusstlos in seinem Zimmer im oberen Stock.«

»Der arme Junge.«

Ethan nickte. »Aber er hat es ganz gut verkraftet. Er hat schnell Freunde gefunden.«

»Freunde gefunden? Hat er mit seiner Mutter nicht hier gelebt?«

»Nein. Sie stammte, genau wie ich, aus Detroit.« Ethan erzählte ihr, dass er erst vor einigen Jahren nach Virginia Beach gezogen war, aber weiter ging er auf das Thema nicht ein. Es gab Gründe dafür, dass er mehr als siebenhundert Meilen zwischen sich und seine Vergangenheit in Michigan gebracht hatte. Er war froh, dass Evangeline nicht nachfragte, doch er fühlte, dass ihre Haltung nicht mehr ganz so feindselig war, obwohl er sich nicht als treusorgendes Oberhaupt einer perfekten Familie erwiesen hatte.

Als er Evangeline an der Tür verabschiedete, fasste er sich ein Herz und fragte sie, ob sie am nächsten Abend mit ihm Essen gehen wollte.

Sie lachte leise und wirkte für einen Moment fast mädchenhaft schüchtern. Hatte er sie überrumpelt? Sich vielleicht nur eingebildet, dass sie längst gemerkt hatte, wie sie auf ihn wirkte? Er setzte ein charmantes Lächeln auf, das sich seltsam maskiert anfühlte. Trotzdem zeigte es Wirkung.

»Gut, also ... Holen Sie mich um halb neun am South Easy ab. Aber ich kann nichts versprechen.« Damit ging sie und ließ ihn verdutzt zurück.

Evangeline Stark war nicht nur die erste Frau seit Langem, die ihn ernsthaft interessierte – sie war auch sein erstes Date, das offensichtlich nichts davon hielt, *ihn* den Ton angeben zu lassen.

## -13-

»Ratet, was ich herausgefunden habe. Kommt schon, ratet! Was habe ich gefunden?« Gladys konnte gar nicht aufhören zu grinsen. Nachdem Ethan ihr und den anderen von Avas diebischem Geheimnis erzählt hatte, war sie am Montagmorgen in ihrem Tatendrang gar nicht mehr zu bremsen.

»Einen kleinen Hund. Oder was ähnlich Weltbewegendes.« Mason sah Gladys kurz gelangweilt an, dann trank er einen Schluck Kaffee.

»Du bist so ein verdammter Schwachkopf.« Gladys und Mason hatten sich noch nie besonders gemocht. Er gab sich immer absolut unbeeindruckt von ihren Erkenntnissen und sie fand ihn einen faulen Fettsack, der zu nichts zu gebrauchen war außer zum Vernichten von Sahnetörtchen und Milchshakes.

Ethan lehnte sich in seinem Stuhl nach vorne und sah Gladys an. »Komm schon, Glad, was hast du gefunden? Mach's nicht so spannend.«

»Also schön.« Sie zwang sich ernster zu werden. »Ich habe Evangeline Starks Aussage überprüft und bin dabei auf einige kleinere Diebstähle gestoßen, die Draper während der vergangenen zwei Jahre vermutlich gemeinsam mit Rusty Hilbredge begangen hat. Weil Hilbredge die Schuld an den Taten jedes Mal auf sich genommen hat, wurde in *ihrer* Strafakte nichts gefunden. Ava Draper ist also offiziell nicht vorbestraft.«

»Na, super.« Masons zweifelnder Gesichtsausdruck wurde begleitet von erbosten Blicken seiner Kollegen.

»Gib mal Ruhe, Mason«. Ethan kannte Gladys lange und gut genug, um zu wissen, dass sie die ganze Mannschaft nicht wegen so einer Nichtigkeit zusammengetrommelt hatte. Wenn Mason frustriert war, weil sie nur so schleppend vorankamen, war das in Ordnung, aber er machte es nicht besser, indem er alle mit seinen Kommentaren nervte.

»Ich habe heute Morgen mit Charlie Sutherland gesprochen und er hat Starks Geschichte bestätigt. Draper hat Sutherland gegenüber die Diebstähle gestanden, aber weil sie ihm mit der rührenden Geschichte von ihrem prügelnden Freund kam, hat er auf eine Anzeige verzichtet und sie sogar weiter in seinem Lokal beschäftigt. Allerdings nur noch als Putzkraft, um sicher zu gehen, dass sie keinen Zugang mehr zu den Tageseinnahmen hat. Draper hat ihre Schulden bei Sutherland abgearbeitet und wurde schlussendlich von Bates übernommen, als Sutherland in den Ruhestand gegangen ist. Kaum jemand weiß von den Diebstählen, doch unter denen, die es wissen, muss unser Täter sein.«

Ein erstauntes Raunen ging durch die Reihe der Detectives.

»In der gleichen Nacht, in der Draper verschwunden ist, wurde ein Einbruch bei „Smith & Hill" verzeichnet, einem bekannten Juweliergeschäft nahe dem Leichenfundort. Und was wurde als gestohlen gemeldet? Eine Fünftausend-Dollar-Kette aus 750-er Gold. Die Kette, die Ava Drapers Leiche um den Hals getragen hat, als sie gefunden wurde.«

Ethan wischte sich über die feuchte Stirn und nickte anerkennend. »Gute Arbeit.«

»Tja, und es geht noch weiter.«

»Lass uns auch noch was übrig«, scherzte Donovan.

»Zu spät, Jungs. Unser Täter hat von den Diebstählen gewusst, die Draper begangen hat. Anscheinend war *er* es, der bei „Smith & Hill" eingebrochen ist. Er hat Drapers Leiche dann bewusst so arrangiert, dass man durch ein paar kleine Nachforschungen schnell auf ihre kriminelle Vergangenheit stoßen kann.«

»Gibt es Überwachungskameras?«

Gladys winkte ab. »Vergiss mal den Juwelier, Eth. Unser Täter ist nicht blöd. Denken wir stattdessen lieber mal weiter. Grace Mitch wurde in einem Bus von *Casinos Unlimited* gefunden. Gehen wir davon aus, unser Täter kannte auch sie besser. Was könnte wohl ihr Laster gewesen sein? Es ist ganz banal.«

»Glücksspiel!«, entfuhr es Donovan.

»Ganz genau. Mitch war spielsüchtig.« Gladys machte eine kurze Pause, bevor sie weiter bohrte. »Was könnte es bei Jaiden gewesen sein? Schließlich wurde Arsen an der Leiche entdeckt, die vor Albert Jaidens Grab kniete.«

Ethan rieb sich die Schläfen, dann blickte er überrascht auf. »Sie hat ihn vergiftet. Tiffany Jaiden hat ihren Mann vergiftet!«

Gladys nickte. »Genau *das* gilt es jetzt herauszufinden. Ich habe die Exhumierung von Albert Jaidens Leiche für morgen früh beantragt.«

## -14-

Am späten Nachmittag machte sich Ethan auf den Weg zur Psychiatrischen Klinik von Virginia Beach. Er musste sich dringend etwas Zeit für Madison nehmen. Viel zu lange schon hatte er sich nicht mehr bei ihr blicken lassen. Abends, wenn er von der Arbeit kam, war in der Klinik die Besuchszeit längst vorbei und wenn sie tagsüber einmal nicht in einer der scheinbar endlosen Therapiestunden saß, musste er arbeiten.

Besuche bei Madison waren nicht immer einfach. Ethan hatte noch nie eine derart verbitterte junge Frau gesehen, doch wenn er sich ihr Schicksal vor Augen hielt, konnte er ihr diese Bitterkeit nicht verübeln. Unglücklicherweise war er für das, was ihr zugestoßen war, maßgeblich mit verantwortlich. Immer wieder versuchte er sich einzureden, dass er nicht hätte verhindern können, was damals geschehen war. Dass er den Wahnsinnigen, der ihr das angetan hatte, nicht hätte aufhalten können. Doch es war vergebens – die Selbstvorwürfe blieben.

Er drängte sie zurück und parkte seinen Wagen. Dann nahm er den Topf mit dem Stiefmütterchen vom Beifahrersitz und stieg aus.

***

Das Psychiatrische Center von Virginia Beach war ein großer, kastenförmiger Bau, etwa drei Kilometer vom Ozean entfernt. Von Madisons Zimmer aus hatte man eine beeindruckende Aussicht, aber sie hielt die Vorhänge meist geschlossen.

»Das ist jetzt mein Stiefschwesterchen.« Madison stellte die Topfpflanze zu ihrer Sammlung verdorrter Stiefmütterchen auf der breiten Fensterbank ihres Zimmers. »Ich nenn‘ sie treulose, alte Schlampe!« Sie kritzelte den Namen mit schwarzem Edding auf den terrakottafarbenen Topf.

Ethan trat zu ihr ans Fenster und legte ihr eine Hand auf die unversehrte

Schulter. »Madison ... versuch bitte, nicht immer so negativ zu sein. Okay?«

Sie drehte sich zu ihm um und ihr Anblick traf ihn wie jedes Mal mit unvermittelter Wucht. Die rechte Gesichtshälfte zeigte eine hübsche junge Frau. Perfekter Teint, ein stechend grünes Auge und volle Lippen. Das rotblonde Haar fiel ihr leicht gewellt bis auf die Schulter. An der linken Seite wuchsen ihr keine Haare, weshalb sie ein paar Strähnen von rechts über den kahlen Kopf gekämmt hatte. Ihre Gesichtshaut war zerfurcht und von Narben durchzogen, an manchen Stellen gerötet, an anderen unnatürlich weiß. Das linke Auge war blind und kaum mehr als solches zu erkennen, die Lider waren ungleichmäßiges, verwachsenes Gewebe. Ihre Nase war nahezu unverletzt, aber ihr Mund war an der linken Seite verzerrt nach unten gezogen wie bei einem traurigen Clown aus einem Horrorfilm. Was von Hals und Schulter zu sehen war, ließ erahnen, dass es an der linken Hälfte ihres Körpers nicht viel besser aussah als im Gesicht. Über der Hand, die so gut wie unbeweglich war, trug sie einen Handschuh und wenn sie lief, hinkte sie. Jeder Schritt bereitete ihr sichtlich Schmerzen.

»Ich bin nich' negativ!«, schnappte sie. »Ich bin aussätzig. Die haben wohl Angst, ich bin ansteckend!« Sie ließ sich schwer auf einen Stuhl fallen.

Mit fünfzehn Jahren war sie von einem Wahnsinnigen entführt und anschließend angezündet worden. Ihre Familie, *perspektivloser weißer Abschaum*, wie Madison sie nannte, war mit der Situation nicht zurecht gekommen. Sie hatten nicht akzeptieren wollen, dass Madison zu einem Pflegefall geworden war, hatten ihr jegliche Hilfe verweigert und letztendlich den Kontakt zu ihr abgebrochen. Zu diesem Zeitpunkt hatte Madison sich bereits in einer Klinik für psychisch gestörte und traumatisierte Menschen befunden. Es war eine gute Klinik, dafür hatte Ethan gesorgt, aber das entschädigte sie nicht für ihr verpfuschtes Leben.

»Was meinst du, wollen wir eine Runde durch den Park laufen?«, startete er einen hoffnungsvollen Versuch. Sie hatte sich nach der Entführung jahrelang geweigert, sich außerhalb vom vermeintlichen Schutz geschlossener Gebäude aufzuhalten, doch sie hatte Fortschritte gemacht. Manchmal, vor allem in der letzten Zeit, ließ sie sich zu einem kleinen Spaziergang mit Sonnenbrille und Kapuze überreden.

»Das kannste dir mal schön abschminken!«

»Komm schon, Maddi. Das Wetter ist toll, es ist warm ...«

»Ethan!« Sie blickte ihn zweifelnd aus ihrem einzelnen Auge an. »Da draußen läuft ein Bekloppter rum und sticht Frauen ab. Glaubst du, ich bin blöd? Glaubst du, ich krieg' hier keine Zeitung zu lesen oder was?«

»Du hast Polizeischutz.«

»Schönen Dank auch!« Sie holte eine Zigarettenschachtel aus der Tasche ihrer Jogginghose und verkündete mit Grabesstimme: »Setz dich, wir müssen reden.«

Widerwillig nahm Ethan auf dem Stuhl ihr gegenüber Platz. Sie ließ ein Feuerzeug auflodern und steckte sich eine Zigarette an. Er zuckte nur unmerklich zusammen, aber sie kannte ihn.

»*Verbrannt ist alles ganz und gar, das arme Kind mit Haut und Haar. Ein Häuflein Asche bleibt allein und beide Schuh', so hübsch und fein*«, zitierte sie in ihrem besten Detroiter Dialekt und warf einen missbilligenden Blick auf ihre Turnschuhe.

Ethan fröstelte. So hatte er sie lange nicht erlebt. Er lehnte sich zurück, um seine Anspannung zu verbergen und sie blies Ringe in Richtung des Fensters.

»Was ist mit dir, Madison?«

»Das weißt du doch genau!«

»Dann würde ich nicht fragen. Musst du wieder operiert werden? Sind die Kopfschmerzen schlimmer geworden?« Es war den Ärzten damals nur mit Mühe und Not gelungen, die verkohlte Haut über dem blanken Schädel wieder zusammenzuflicken. Jetzt spannte sie oft und verursachte Schmerzen, die es Madison manchmal sogar unmöglich machten, eine Mütze zum Schutz gegen das aggressive Sonnenlicht zu tragen.

»Das ist es nich', Ethan. Ich mach' mir Sorgen wegen diesem Mörder, den ihr jagt.« Sie beugte sich zu ihm herüber. »Wir beide wissen doch, dass es *Birch* ist.«

Ethan schluckte und versuchte, den Hauch von paranoidem Wahn in ihrer Stimme zu überhören. Wilbur Birch, der Mann, der sie damals entführt, tagelang festgehalten und zum Schluss bei vollem Bewusstsein in Brand gesteckt hatte, war vor knapp zehn Monaten aus dem Gefängnis freigekommen. Damals, als Madison in seiner Gewalt war, hatte er sich wie ein Monster aufgeführt, aber im Knast war er augenscheinlich zu einem Musterknaben geworden. Wut stieg in Ethan auf, als er sich Birchs feistes Gesicht ins Gedächtnis rief. Die alten Bilder. Das Abrisshaus voller Puppen, das bildhübsche Mädchen auf dem Boden, dahinter dieser geisteskranke Feuerteufel. Am Ende hatte Ethan ihn gekriegt – aber zu welchem Preis.

»Entspann dich, Madison. Nicht jeder Verrückte da draußen ist Birch.«

Sie schnaubte verächtlich. »Denk doch mal nach! Du und ich, wir haben Detroit verlassen und sind nach Virginia Beach gegangen und ein paar Jahre später beginnt hier plötzlich ‚ne Mordserie.«

Ethan schüttelte den Kopf. »Du bist paranoid.«

Sie zog an ihrer Zigarette und Wut loderte in ihrem heilen Auge auf. »Ich bin paranoid? Na komm schon, Ethan! Erzähl mir die Details. Zündet der Wichser sie an?« Ihre unversehrte Gesichtshälfte war vor Zorn verzerrt, was ihre Züge annähernd symmetrisch wirken ließ.

»Madison. Du weißt, dass es mir leid tut, was damals passiert ist, aber das –«

Madison ließ ihn nicht ausreden. Sie sprang auf und ihr Stuhl fiel krachend zu Boden. »Weißt du was, Ethan? Wenn du mir nicht glaubst, dann verpiss dich! Wenn du mich für verrückt hältst, dann verpiss dich auch und wenn du mich schonen willst, dann verpiss dich erst recht!« Sie wies mit ihren behandschuhten Fingern zur Tür.

»Madison ...« Er erhob sich langsam, um sie nicht noch mehr in Rage zu versetzen und trat an sie heran, doch sie stieß ihn von sich.

Eine einzelne Träne lief ihr übers Gesicht und sie wandte sich ab.

Ethan konnte ihre Angst förmlich spüren. Vorsichtig näherte er sich ihr und sah ihrer beider Reflexionen in der Fensterscheibe. Seine eigene, einschüchternde Gestalt und das zierliche Mädchen, dessen Schicksal er zu verantworten hatte. Sie hatte ihm nie einen Vorwurf gemacht. Er hoffte, sie würde irgendwann damit anfangen.

## *-15-*

Ethan parkte seinen Pontiac G6 ein paar Straßen von seinem eigentlichen Ziel entfernt. Er stieg aus, schob sich die dunkle Sonnenbrille ins Haar und sah sich um. Heute war er früher dran als sonst. Die Sonne stand hoch über Virginia Beach und brannte auf seine bloßen Unterarme.

Er setzte sich in Bewegung und dachte nach. Der Besuch bei Madison hatte ihn aufgewühlt. Er wünschte, er könnte sie endlich vom Dämon Wilbur Birch befreien. Sie hatte die Gerichtsverhandlung nicht miterlebt, hatte ihre Aussage aus dem Krankenhaus gemacht. Von daher wusste sie nichts von Birchs Drohungen gegen Ethan und sie sollte auch nichts davon erfahren. Sie hatte in den letzten Jahren so gute Fortschritte gemacht. Die Ärzte hatten Hoffnungen, dass

Madison vielleicht irgendwann eigenständig würde leben können und jetzt *das*. Er machte sich große Sorgen um sie und das schlechte Gewissen, das ihn seit ihrer Entführung in regelmäßigen Abständen befiel, war mit voller Wucht zurückgekehrt.

Der erste Einsatz als leitender Detective in seiner Polizeikarriere und dann hatte ihm direkt so ein folgenschwerer Fehler unterlaufen müssen. Er würde sich nie verzeihen können, dass er schuld an Madisons Psychosen war. Das Schlimmste an der Situation war jedoch, dass er sie nicht ändern, nicht kontrollieren konnte. Egal wie sehr er es wollte, er würde Madison nicht helfen können. Er konnte nicht mehr für sie tun als sie regelmäßig zu besuchen und ihr zu zeigen, dass er für sie da war. Und selbst das konnte er nicht so oft, wie er es gern wollte.

Ethan bog um die Ecke und verscheuchte Madison aus seinen Gedanken. Sie gehörte nicht hierher. Er wollte sie nicht mit hierher nehmen, sie nicht mit seinem Dreck beschmutzen.

***

Zu Fuß überquerte er die breite Straße und schlenderte zwischen all den Mädchen her, die mit hohen Schuhen, kurzen Tops und noch kürzeren Röcken versuchten, sich ihre tägliche Ration Crystal Meth oder ihren Schuss Heroin zu finanzieren.

»Hey, Ethan.«

Er blickte auf und direkt in Cara-Mias Gesicht, das halb von einer riesigen Sonnenbrille mit weißem Plastikgestell verdeckt wurde.

Er wünschte, die Huren würden seinen Namen nicht kennen, aber er war so dumm gewesen, bei einem seiner ersten Besuche seine Dienstmarke dabei zu haben. Das Mädchen von jenem Abend hatte sie entdeckt und seitdem wussten sämtliche Prostituierten von Virginia Beach, wer er war. Glücklicherweise konnten sie es sich nicht erlauben, ihm Ärger zu machen, wenn sie nicht wegen ihres illegalen Jobs vor dem Richter landen wollten.

Cara-Mia lächelte schief und Ethan sah, dass ihr linkes Auge zugeschwollen war, obwohl sie versuchte, die Blessur durch Make-up zu verbergen. Beinahe hätte er sie nach dem Kerl gefragt, der sie geschlagen hatte, doch er verkniff es sich. Er war nicht im Dienst, es ging ihn nichts an. Stattdessen lächelte er kurz zurück und setzte seinen Weg fort. Cara-Mia war nicht das, was er jetzt brauchte.

»Ethan«, rief sie ihm hinterher. »Ethan, komm schon! War ich dir letztes Mal nicht gut genug?«

Er ging einfach weiter, denn er wusste, dass es keinen Sinn hatte, mit ihr zu diskutieren. Manchmal gefiel es Ethan, seine Fantasien mit der unterwürfigen Cara auszuleben, doch heute wollte er etwas Anderes: eine Frau wie Jillian Cherry. Ein wasserstoffblondes Monster.

Während er sich weiter umsah, grüßte er das eine oder andere bekannte Mädchen kurz. Dann entdeckte er Jilly. Sie stieg gerade aus einem alten Buick und verabschiedete sich von einem südamerikanisch aussehenden Freier. Ethan setzte seine Sonnenbrille wieder auf und kam näher.

»Jilly?«

Jillian drehte sich grinsend um und musterte Ethan interessiert. »Lange nicht gesehen, Boss. Was gibt es? Kann ich dir etwas Erleichterung verschaffen oder stattest du uns beruflich einen Besuch ab?«

»Hab' ich das je getan?« Es war eine stille Vereinbarung zwischen ihm und den Huren, dass er sie nicht verpfiff und sie ihn nicht verpfiffen. Ethan musterte Jillians lange Beine, während er fortfuhr: »Hast du einen Moment?«

Das Gespräch vorab war ihm immer etwas unangenehm, weshalb er sich mit der Zeit eine Handvoll Mädchen gesucht hatte, zu denen er regelmäßig ging. Sie wussten von seinen Vorlieben und das ersparte ihm lästige Fragen.

»Für dich immer.« Jilly hielt ihm die Hand mit den krallenartigen Nägeln hin und Ethan ergriff sie. Wie ein Liebespaar schlenderten sie gemeinsam zum nahe gelegenen Blue Sunset Motel.

Jillian zählte das Geld, das Ethan ihr wortlos gereicht hatte. Ein billiges, versilbertes Armband mit Herzchenanhänger klimperte an ihrem Handgelenk, als sie die Scheine in ihre Rocktasche steckte. Sie lächelte zufrieden, dann betraten sie das Zimmer.

Drinnen änderte sich Ethans Miene und wurde streng. Auch Jilly lächelte nicht mehr. Sie sah ihn ernst, fast ängstlich an. Beide wussten, worum es in diesem bizarren Rollenspiel ging.

»Ausziehen«, befahl Ethan und verriegelte die Tür.

Jilly verschränkte die Arme, sah ihn trotzig an und schob ihre grell geschminkte Unterlippe nach vorn.

»Na los!« Ethan packte Jilly an den Oberarmen und zerrte sie zum Spiegel. Er legte ihr eine Hand unters Kinn, zwang sie, sich anzusehen und vermied es, selbst hineinzublicken. »Was siehst du, he?? Glaubst du, ich bin hier, um mir dein angemaltes Gesicht anzugucken?«

Jilly kniff ihre katzenartigen Augen zusammen und löste sich aus seinem Griff. Ethans Blick folgte ihr, während sie zum Bett stöckelte und mit dem Rücken zu ihm stehen blieb.

»Worauf wartest du?« Ethan lehnte sich an die dünne Wand des Motels und hatte das Gefühl, dass sie bedrohlich nachgab. Er beobachtete Jilly, wie sie ihr rotes Tank-Top auszog.

»Weiter!«

Jillian öffnete den Reißverschluss ihres Rocks, dann streifte sie ihn langsam und verführerisch ab. Ethan schluckte, als er das kleine Totenkopf-Tattoo auf ihrer linken Pobacke entdeckte. Es war neu, die Haut um die Ränder war gerötet.

»Mach schon. Die Wäsche auch noch.« Ethan wischte sich nervös über die Stirn. Seine Augen wanderten zum Fenster. Irgendwo da draußen lief die Resort-City-Bestie frei herum, während er versuchte, sich mit Jillian zu vergnügen. Scheiße. Er war nicht bei der Sache. Das hier war der falsche Zeitpunkt für einen seiner Ausflüge. Doch wenn er es heute Abend mit Evangeline nicht versauen wollte, musste er den Stress der letzten Tage loswerden.

Ethan wandte sich wieder Jillian zu und hustete überrascht. Sie hatte sich bis auf die schwarzen High Heels ausgezogen und zu ihm herum gedreht. Eine Rose zierte ihre rechte Brust. Anscheinend hatte sie sich in den letzten Tagen gleich mehrfach verschönern lassen. Oder in den letzten Wochen? Ethan wusste nicht, wie lange er sie nicht mehr besucht hatte, aber das war ihm auch schlagartig egal. Er griff an seine Hose und löste die Handschellen vom Gürtel. Dann trat er auf Jilly zu. Bei allem, was von nun an geschah, ging ihm ein Gedanke nicht aus dem Kopf: Wenn Father Stevens wüsste, was er hier tat ...

## *-16-*

Rose stand vor dem verbeulten Spiegel der öffentlichen Toilette an der Interstate 64 und verwandelte sich langsam zurück zu Roxanna Johnsonn, der Mutter von vier bezaubernden Töchtern. Sie ließ das vom Lippenstift verfärbte Abschminktuch in den überquellenden Mülleimer fallen und betrachtete ihre Metamorphose im Spiegel, während sie die künstlichen Wimpern löste.

Sean, ihr Mann zu Hause in Pecan Gardens, wusste nichts von ihrem Doppelleben. Er glaubte, sie sei bei ihrer kranken Mutter drüben in Hampton Downtown. Ursprünglich war sie das auch gewesen. Jede Woche, von Samstagabend bis Montagabend, weil Sean an diesen Tagen frei hatte und sich um die Kinder kümmern konnte. Doch dann war ihre Mutter eines Abends verstorben, während Roxanna an ihrem Bett saß.

Roxanna hatte ihrem Mann nie davon erzählt. Sie brauchte einfach die Freiheit, sich samstags abends ins Auto setzen zu können und die knapp sechsundzwanzig Meilen nach Hampton zu fahren. Anfangs hatte sie noch genug mit der Beerdigung und der Nachlassverwaltung zu tun gehabt, aber irgendwann war sie nur noch nach Hampton gefahren, um ihrem Alltag zu entfliehen. Bis sie eines Abends in einer Bar Lance Reese begegnet war, einem charmanten Geschäftsmann in den Vierzigern. Sie hatten sich sofort ineinander verliebt und seitdem führte Roxanna an ihren freien Tagen ein luxuriöses Leben als Rose, Reeses verwöhnte Geliebte. Für den Rest der Woche blieb sie Roxanna, die sich um die Hausarbeit und die Kinder kümmerte und den Samstagabend herbeisehnte.

Roxanna ließ die künstlichen Wimpern zu dem Rest des langen Wochenendes in den Mülleimer fallen. Sie bürstete ihr Haar und band es zu einem Knoten zusammen. Dann hob sie ihre Reisetasche vom Boden auf und verschwand damit in einer der Toilettenkabinen. Sie musste nur noch schnell aus dem Cocktailkleid in ihren praktischen Jogginganzug schlüpfen und sich dann auf den letzten fünf Meilen nach Hause endgültig zurück verwandeln.

***

Ethan war nervös. Da er Dates bisher immer ziemlich entspannt gegenüber gestanden hatte, verunsicherte ihn dieser Umstand noch mehr. Er lehnte an seinem G6 und schaute herüber zum South Easy, aus dem Evangeline hoffentlich bald kommen würde.

Unterwegs hatte er noch schnell einen Strauß Rosen gekauft. Vor zwanzig Minuten, als er sich auf den Weg gemacht hatte, schienen Rosen noch das perfekte Geschenk für Evangeline zu sein, doch ungefähr eine Meile vor seinem Ziel war er schließlich rechts ran gefahren und hatte die Blumen im Kofferraum verschwinden lassen. Für eine Frau wie sie musste es etwas Besonderes sein und weil er nicht besonders kreativ war, wartete Ethan jetzt ohne Geschenk. Er wusste nicht, wohin mit seinen Händen und wünschte sich, er hätte das Rauchen nicht aufgegeben. Sich an einer Zigarette festzuhalten beruhigte nicht nur, es ließ einen auch noch extrem gelassen aussehen. Aber Zigaretten hatten den Nachteil, dass man sie anzünden musste. Seit Madisons „Unfall" war dies ein unüberwindbares Hindernis für ihn. Aus ihm würde nie ein großer Romantiker mit einer Vorliebe für Candle-Light-Dinner werden. Hoffentlich störte das Evangeline nicht.

Zum hundertsten Mal während der letzten fünf Minuten sah Ethan auf die Uhr, als sich endlich die Tür öffnete und Evangeline heraus kam. Er löste sich vom Auto und trat auf sie zu. Sie sah hinreißend aus in ihren schwarzen Jeans, dem dunkelroten Top und den ebenfalls roten High Heels. Sie kam näher und lächelte.

»Einen schönen Wagen haben sie da, Detective. Ich liebe Pontiacs.« Sie ging um das Auto herum und betrachtete es begeistert, ohne Ethan weiter zu beachten.

»Ja, er ist…« Ethan wusste nicht, was er sagen sollte. »Du interessierst dich für Autos?«

»Ein wenig.« Evangeline öffnete die Beifahrertür. »Darf ich? Oder wollen wir hier stehen bleiben?«

Ethan verzog das Gesicht. »Nein, aber ich hätte dir doch die Tür –«

Evangeline stieg ein und schlug die Tür zu. Dann ließ sie das Fenster herunter und beugte sich nach draußen. »Entschuldige, was hast du gesagt?«

Ethan schüttelte verwundert den Kop und ging ums Auto herum. Evangeline war eigenartig, das gefiel ihm. Sie war nicht so leicht zu durchschauen wie andere Frauen. Er wusste nicht einmal, ob sie seine Einladung angenommen hatte, weil er sie genauso reizte wie sie ihn, oder nur, um höflich zu sein.

Nachdem er eingestiegen war, startete er den Wagen und blickte lächelnd zu ihr herüber.

Evangeline erwiderte seinen Blick fragend. »Was ist? Will er nicht?«

»Wer? Oh der … der Wagen.« Ethan wandte den Blick ab und fuhr los. »Doch doch, der will«, murmelte er. Diese Frau schaffte es sogar, ihn verlegen zu machen. Er straffte die Schultern und nahm sich vor, auf der Stelle mit dem Gestammel aufzuhören. Wenn er nicht wollte, dass der Abend in einer Katastrophe endete, musste er sich zusammenreißen.

***

Ames war ihr gefolgt, seit sie in Hampton das Gallant Plaza verlassen hatte. Jetzt saß er vor dem Toilettenhäuschen in seinem Auto und zählte leise bis hundert. Er gab ihr eine Chance. Er gab ihnen *immer* eine Chance, eine gewisse Zeitspanne, in der sie die Möglichkeit hatten, ihrem Schicksal zu entkommen. Das war fair, fand Ames, doch als er bei hundert angelangt war, hatte sie noch immer keinen Fuß vor die Tür gesetzt.

Bedauernd schüttelte er den Kopf und glitt lautlos aus dem Wagen. Die Nacht war ungewöhnlich kalt und er musste den Reißverschluss seiner Jacke zuziehen. Er steckte die Hände in die Hosentaschen und stapfte leise auf das Häuschen zu. Respektvoll betastete er die beiden Gegenstände, die er gleich würde benutzen dürfen.

Dann öffnete er die Tür und stellte fest, dass sie sich in einer der Kabinen eingeschlossen hatte. Ein zufriedenes Lächeln huschte über seine Lippen. Perfekt für sein Vorhaben. Schlecht für sie.

## *-17-*

Ethan hatte eigentlich geplant, mit Evangeline in sein Lieblingslokal zu fahren, doch sie hatte erklärt, dass sie nach Feierabend genug von stickigen Restaurants habe. Er hätte sie mit in eine seiner angestammten Bars nehmen können oder gleich mit zu sich nach Hause - wäre sie eine seiner bisherigen Freundinnen. Weil sie aber alles andere als das war, fuhren sie schließlich ins Virginia Aquarium. Ethan selbst war noch nie dort gewesen, hatte sich jedoch von Gladys, die einen ausgezeichneten Geschmack hatte, davon vorschwärmen lassen. Außerdem sahen sich doch alle Frauen gerne Tiere an, oder nicht?

Er parkte den Wagen und räusperte sich. »Tu mir den Gefallen und zähl bis zehn.«

Sie blickte zu ihm herüber und zog eine Augenbraue hoch.

Ethan hob die Hand. »Vertrau mir.« Er stieg aus, ging um den Wagen, hielt ihr die Tür auf und bat sie mit einer galanten Handbewegung, ebenfalls auszusteigen.

Evangeline blickte ihn verwundert an, dann lachte sie, ohne dabei den Kopf in den Nacken zu werfen, wie es seine weiblichen Bekanntschaften sonst gern taten. Er war überrascht, wie ehrlich ihr Lachen klang.

***

Roxanna hörte, dass sich die Tür öffnete und schämte sich ein wenig für den Müll, den sie vorne im Waschraum hinterlassen hatte. Sie zog das schicke schwarze Kleid aus, ließ es an ihren Beinen zu Boden gleiten und achtlos dort liegen. Es war jedes Mal schade um Lance' teure Geschenke, die Schuhe und den Schmuck, doch leider konnte sie all das nicht mit nach Hause nehmen. Sean würde sicher misstrauisch werden und das galt es zu vermeiden. Lediglich die edlen Dessous behielt sie an. So nah, dass sie ihm hätten auffallen können, kamen sie sich schon lange nicht mehr.

Roxanna öffnete gerade den Reißverschluss ihrer Tasche, als etwas so laut gegen die Tür krachte, dass sie erschrocken zusammenfuhr.

»Hallo?« Ihre Stimme zitterte und sie wunderte sich selbst darüber.

Stille.

»Hallo, ist da wer?«

Ein leises Schaben an der Tür.

Roxanna wich zurück und presste sich mit dem Rücken gegen die metallene Wand neben der Toilette.

Das Schaben wurde lauter.

»Lassen Sie das«, keuchte sie. »Bitte, Sie machen mir Angst!«

***

Ethan hatte sich noch nie sonderlich für Fische interessiert. Sie schwammen im Meer herum, klappten ihre kleinen Mäuler auf und zu und hatten ansonsten nicht viel zu bieten. Dieses Aquarium schien einfach kein Ende zu nehmen und er musste feststellen, dass er nicht der beste Unterhalter war, wenn ihm ein Date wirklich etwas bedeutete. Sie liefen schon seit ein paar Minuten schweigend nebeneinander her und er hoffte, dass wenigstens *ihr* die Fische gefielen.

»Also. Wie laufen deine Dates für gewöhnlich so ab?«

Ethan sah ertappt auf.

Evangeline lachte leise. »Ich verstehe schon. Wie lange, sagtest du, ist deine letzte richtige Beziehung her?«

Ethan wandte den Blick ab und fand sich Auge in Auge mit einem Seepferdchen, das durchs Wasser schwebte wie ein großes Fragezeichen. »Ewig.«

»Also, *so* wirst du dein Aufreißerimage nie los, Detective!«

»Evangeline, *bitte*!« Ethan blieb stehen und sah seiner Begleitung in die Augen. »Hör endlich auf, mich *Detective* zu nennen.«

Evangeline erwiderte seinen Blick, dann verzogen sich ihre Lippen zu einem Lächeln. »Ich kenne Typen wie dich. Du bist es gewöhnt, zu kriegen was du willst. Aber ich werde keine deiner Trophäen sein. Wenn du eine Chance bei mir willst, zeig mir den *wahren* Ethan.«

Damit ging sie weiter und sah sich das Becken zu ihrer Linken an, als wäre nichts gewesen. Ethan blickte ihr einen Moment lang hinterher. Er war sich nicht sicher, ob sie das wirklich wollte. Den *wahren Ethan* kennen lernen.

***

Ames stand vor der Toilettentür und lauschte belustigt ihrem Flehen. Manchmal fragte er sich, warum alle Frauen gleich reagierten, wenn sie ihn trafen. Ob es einfach nur typisch weibliche Floskeln waren, die sie dann von sich gaben oder ob sie wirklich glaubten, dieses Gejammer und Gebettel würde einen Vergewaltiger davon abhalten, sie zu missbrauchen, einen Dieb davon, sie auszurauben oder einen Mörder davon, sie zu töten.

Er fuhr noch einmal mit dem Feuerzeug über die Tür und verursachte wieder dieses bedrohliche Scharren. Aus dem Inneren der Kabine hörte er seine neue Freundin schnaubend atmen. Ganz offensichtlich hatte sie Angst.

»Bitte …«

Ames lachte leise und spürte, wie es ihn erregte, dass sie ihn bat, aufzuhören. Anscheinend wusste sie genau, wer die Macht hatte und wer das Opfer war, wehrlos eingesperrt auf einer verdreckten Raststättentoilette. Er musste grinsen. Sie war klug. Ein kluges Mädchen.

Ein letztes Mal kratzte er mit dem Feuerzeug über die lackierte Tür und begann dabei leise mit ihr zu sprechen. »Weißt du, wer ich bin?«

»Nein!«

»Sie nennen mich die Resort-City-Bestie.« Verdammt, er liebte diesen Namen.

Ein erschrockenes Keuchen von der anderen Seite der Tür.

»Keine Angst. Ich bin nicht so, wie sie sagen.«

»Nicht?« Ihre Stimme war brüchig und zittrig.

»Nein. Ich töte nicht *wahllos*.«

»Dann lassen Sie mich leben? Ich … ich kenne Sie nicht! Ich kenne Ihre Stimme nicht! Wenn Sie mich töten, dann wäre es völlig wahllos, also –«

»Falsch.«

Sie fing augenblicklich an zu weinen und Ames warf einen Blick zurück in den Waschraum. Er hoffte inständig, dass niemand kommen und ihm den Spaß verderben würde. Doch er war guter Dinge: Es war nach einundzwanzig Uhr und die meisten Menschen saßen um diese Zeit zu Hause vor dem Fernseher oder lagen im Bett. Und ganz bestimmt war niemand so dumm, sich jetzt auf einsamen Raststätten herumzutreiben. Erst recht nicht in Zeiten der Resort-City-Bestie. Niemand außer der kleinen Miss Heulkrampf.

»Wie heißt du?« Ames versuchte es auf die sanfte Tour. In Wahrheit kannte er ihren Namen längst.

»Ro ... *Rose ...*«

## *-18-*

»Weißt du, ich finde Fische eigentlich ziemlich langweilig«, erklärte Evangeline lächelnd.

Es war spät abends, als Ethan sie in Salem absetzte. Sie lebte in einem verspielten Haus im viktorianischen Stil, das eigentlich nicht in die Gegend passte.

So wenig, wie sie in dein Leben passt, schoss es ihm durch den Kopf. Doch trotz des eher mittelmäßigen Dates hielt seine Faszination für sie an.

»Dann sag mir etwas, das dich nicht langweilt. Fürs nächste Mal.«

»Wer sagt, dass es ein nächstes Mal gibt?« Sie grinste ihn an und stieg aus dem Wagen.

Ethan schüttelte den Kopf. Sie war unglaublich.

»Hol mich am Freitag Abend von der Arbeit ab!« Sie warf ihm einen Handkuss zu, dann verschwand sie zwischen dichten Rosenbüschen, die die Zufahrt zu ihrem Haus flankierten.

***

Roxanna wusste selbst nicht, warum sie ausgerechnet in dieser Situation den Namen benutzte, den ihr Lance gegeben hatte. Sean, ihr Mann, nannte sie immer nur Roxie. Bis auf Lance nannten sie eigentlich alle nur Roxie.

»Rose ...«, wiederholte der perverse Drecksack von der anderen Seite der Tür. »Ein wirklich schöner Name.«

Roxanna wischte sich die Tränen weg, doch es half nichts. Sofort waren ihre Augen wieder feucht. Sie presste sich mit dem Rücken gegen die Wand und wagte es nicht, sich zu rühren – als könnte sie das Schlimmste abwenden, wenn sie sich nur ganz still verhielt.

»Komm raus, Rose. Na komm schon.« Er sprach leise und seine Stimme war freundlich; ganz anders, als sie sie sich vorgestellt hätte.

Roxanna schüttelte den Kopf, obwohl sie wusste, dass er sie nicht sehen konnte. Sie war unfähig, ihm zu antworten. Ihre Kehle war wie zugeschnürt.

»Ich bitte dich jetzt noch ein letztes Mal. Komm raus.«

Roxanna schluchzte und wischte sich mit dem Handrücken erneut die Tränen von den Wangen. Sie starrte nach vorne und traute sich nicht zu blinzeln, aus Angst, er würde plötzlich das Hindernis Tür überwinden, wenn sie es nur kurz aus den Augen ließe.

»Na schön.«

Roxanna hörte ein Geräusch wie von einem Schraubverschluss.

»Na schön, na schön«, sagte er wieder. »Dann muss ich dich eben dazu zwingen.«

»Bitte … bitte nicht!« Ihre Worte waren nicht mehr als ein panisches Flüstern.

»Zu spät.«

Roxanna sah, wie unter dem Türschlitz her eine durchsichtige Flüssigkeit zu ihr ins Innere der Kabine sickerte. Sofort stieg ihr ein würziger Geruch in die Nase. Brennspiritus!

»Ich gebe dir jetzt genau fünf Sekunden, um die Tür zu öffnen. Wenn nicht, dann räuchere ich dich aus, Rose. Eins …«

Roxanna wich jede Farbe aus dem Gesicht. Schnell sah sie sich nach etwas um, womit sie die leicht entzündliche Flüssigkeit aufwischen konnte.

»Zwei …«

Das edle Designerkleid fiel ihr ins Auge und sie hob es rasch auf. Ihr Herz raste wie verrückt.

»Drei …«

Roxanna bückte sich und begann hektisch, das Brennmittel zu beseitigen, doch es sickerte immer mehr unter dem Türspalt her.

»Vier …«

Ihre Gedanken überschlugen sich. Sie sprang auf und betrachtete ihre vom Spiritus feuchten Hände und Füße. Sie griff nach dem Riegel der Tür und versuchte, ihn zu öffnen, aber er klemmte für einen Moment.

»Fünf.«

Panisch riss sie die Tür auf, Flammen stoben ihr entgegen und dahinter sah sie *ihn*. Lachend.

## *-19-*

Ethan goss sich eine Tasse Kaffee ein, nahm am Küchentisch Platz und überflog die Zeitung, die seit Wochen voll war von den neuesten Erkenntnissen über die Resort-City-Bestie. Empörte Leserbriefe füllten eine ganze Seite. Ein sogenanntes Medium war zu Rate gezogen worden und malte eine düstere Vision von der nahen Zukunft. Entfernte Bekannte der Opfer klagten ihr Leid und ein Kolumnist ließ sich über die überbezahlte, schlecht ausgebildete Polizei aus.

Das Klingeln des Handys lenkte Ethan von seiner Lektüre ab. Er stand auf, nahm es von der Anrichte und ging ran. Hoffentlich gab es keine neue Leiche.

»Hayes?«

»Ich bin's«, meldete sich Donovan über lautes Kinderlachen hinweg. Wahrscheinlich hatte er für seine beiden kleinen Töchter gerade mal wieder den Clown gespielt. »Ich wollte nur fragen, wie es gestern mit Madison lief.«

»Na ja, es ging. Sie ist nervös wegen dem Serienmörder. Sie glaubt, es ist Birch.«

Haley betrat die Küche und Ethan blickte auf. Er lächelte seinem Sohn kurz zu, der hastig eine Schüssel mit Cornflakes füllte. Das erste, was Ethan ihm nach seinem Umzug aus Detroit eingeschärft hatte war, nie ohne Frühstück aus dem Haus zu gehen. Ein väterlicher Rat, dem wenig Anderes gefolgt war, aber immerhin hatte dieser eine gefruchtet

»Und, was denkst du?«, wollte Donovan wissen.

»Reden wir später darüber.« Ethan hielt Madisons Gedanken für ein Hirngespinst, doch er wollte das Thema Haley gegenüber nicht vertiefen. Der Junge kannte Madisons Geschichte, aber Ethan hatte ihm die Details vorenthalten.

»Dann sehen wir uns beim Leichenschmaus?«

»Bitte?«

»Die Exhumierung, Eth. Wir haben ein Date auf dem Friedhof, vergiss das nicht.«

»Sicher nicht. Bis gleich.« Damit legte er auf.

Exhumierungen am Morgen, dachte Ethan und kippte den Rest von seinem Kaffee in den Ausguss. Was konnte es Schöneres geben?

»Dein Kaffee war schon immer mies.« Haley goss Milch über seine Cornflakes. »Endlich hast du's kapiert.«

## -20-

Ethan, Gladys und Donovan standen etwas abseits des Geschehens, während zwei Männer in grauen Arbeitsanzügen mit Masken über dem Mund die Überreste von Albert Jaiden und seinem Sarg aus dem Grab hoben. Zwei Ärzte und der Friedhofswärter des Rosewood Memorial sahen aufmerksam zu.

Ethan fuhr sich mit der Hand über die Stirn und blickte seine Kollegen an. »Was glaubt ihr? Wurde er ermordet?«

Gladys und Donovan nickten fast gleichzeitig.

»Es muss so gewesen sein«, sagte Gladys und erklärte weiter: »Das ist die einzig mögliche Verbindung zwischen den Opfern. Das, wonach wir die ganze Zeit gesucht haben.«

Ethan gab ihr Recht. Es gab keine Mordserie ohne Verbindung zwischen den Getöteten. Manchmal war der Zusammenhang offensichtlich – bestimmte äußerliche Merkmale, Mitglieder einer speziellen Familie oder einer bestimmten Gruppe. Viel seltener kam es vor, dass die Gemeinsamkeiten nicht so offenkundig waren und erst nach langer Überlegung ins Auge stachen. Dies schien für die Opfer *ihres* Serienmörders zu gelten.

»Vielleicht haben wir es mit so einem Bibelfanatiker zu tun. Er hat eine Diebin, eine Spielsüchtige und eine eventuelle Mörderin getötet«, überlegte Ethan.

»Ist Spielsucht eine Sünde?« Donovan sah ihn fragend an.

Ethan atmete nachdenklich aus und blickte herüber zu Jaidens offenem Grab, das nur mehr ein Loch im feuchten Erdreich war. »Zumindest Habgier ist eine. Sogar eine Todsünde, um genau zu sein.«

Donovan blickte Ethan überrascht an. »Woher weißt denn *du* so was?«

Ethan zuckte mit den Schultern. »So was weiß man doch.« Seine Antwort klang ausweichend und genau das beabsichtigte er. Er schaute erst Gladys an, dann wieder Donovan, der zweifelnd den Kopf schüttelte.

»Ich bin erzkatholisch erzogen worden und weiß es nicht mehr. Kennst du noch mehr solche Todsünden?«

Ethan lachte kurz. Ja, er kannte eine Menge Sünden. »Es sind ja nicht wirklich *Todsünden*. Sie werden so genannt, aber eigentlich sind es nur die schlechten Charaktereigenschaften, aus denen Sünden *entstehen.*« Er dachte kurz nach. »Völlerei ... Neid und Zorn ...«

»Hochmut und Faulheit«, ergänzte Gladys.

Donovan nickte anerkennend.

»Und *Wollust*«, vervollständigte Ethan ihre Überlegung.

»Diebstahl und Spielsucht passen beide zu Habgier«, grübelte Donovan. »Oder aber zu Neid.«

»Ich werde mit einem Bibelforscher sprechen.« Gladys löste sich aus der kleinen Gruppe der Ermittler und ging auf das Grab zu. »Doch zuerst mal prüfen wir, ob Albert Jaiden *wirklich* getötet wurde.«

## *-21-*

Wieder einmal wollte die Zeit einfach nicht vergehen. Ethan saß an seinem Schreibtisch, trank bereits die dritte Dose Red Bull und wartete auf ein Lebenszeichen aus dem forensischen Institut, doch das Telefon wollte einfach nicht klingeln. Sein Blick fiel auf die Wand, an der die Fotos aller Mordopfer aufgereiht hingen.

Die hübsche, aber verschlagen dreinblickende Grace Mitch, die gutmütig schauende Tiffany Jaiden und Ava Draper. Ava lächelte auf dem Foto, doch ihre Augen waren leer. Sie hatte das kinnlange Haar zurückgekämmt und große, glitzernde Kreolen zierten ihre Ohren. Vermutlich gestohlener Schmuck. Alle drei Frauen hatten äußerlich wirklich nichts gemeinsam. Man konnte nicht einmal behaupten, dass sie alle gleich attraktiv waren. Ava Draper stach hervor und ließ die anderen beiden gnadenlos verblassen. Ihr schwarzes Haar und die helle Haut gaben ihr schneewittchenhafte Züge, die dunklen Augen ließen sie geheimnisvoll wirken. Wäre Ethan ihr auf der Straße begegnet, hätte er sie nicht für einunddreißig gehalten. Obwohl ihr Gesicht von all dem Ärger mit Rusty Hilbredge gezeichnet war, hatte sie etwas seltsam Unschuldiges und Jugendliches an sich, was ihn an Madison erinnerte. Der Gedanke an Maddi versetzte Ethan einen schmerzhaften Stich. Er hasste es, dass sie sich fürchtete und er ihr diese Furcht nicht nehmen konnte. Er nahm sich vor, heute rechtzeitig aus dem Büro zu kommen, um noch einmal mit ihr zu sprechen.

Endlich klingelte das Telefon – lauter als sonst, wie es Ethan vorkam. Vielleicht lag es daran, dass er mit den Gedanken in Madisons stiller Welt war, in der es außer Furcht und Zorn nichts gab. Sie ließ sich schon von dem leisesten

Geräusch aus der Bahn werfen, wenn es ihr unbekannt war. Früher, kurz nach Wilbur Birchs Verhaftung, hatte sie ihn oft nachts aus dem Bett geklingelt, weil irgendein Laut von draußen sie in Angst und Schrecken versetzt hatte. Sie hatte geglaubt, Birch sei ausgebrochen, um sie zu finden. Ethan war nach jedem ihrer Anrufe zu ihr gefahren, hatte die ganze Klinik in Aufregung versetzt und nicht eher Ruhe gegeben, bis er sicher gewesen war, dass nirgends eine Gefahr für das traumatisierte Mädchen lauerte.

Mittlerweile kamen keine Anrufe mehr. Ethan hoffte, dass es an den Fortschritten lag, die sie machte und sie nicht etwa das Vertrauen in ihn verloren hatte. Das Telefon klingelte weiter. Er rief sich ins Gedächtnis, dass er genau wegen dieses Anrufs den ganzen Mittag samt seiner Mittagspause hier gesessen hatte und nahm den Hörer ab.

»Ethan Hayes?«

»Ich bin's, Ethan. *Scott.*«

Sein Kollege Scott Dewey. Entnervt lehnte Ethan sich zurück.

»Was gibt es? Ich warte eigentlich auf einen Anruf aus dem Labor.«

»Es gibt eine neue Vermisste.«

Schlagartig wurde ihm heiß.

»Roxanna Johnsonn, zweiundvierzig, aus Pecan Gardens.«

Ethan stand auf, um das Fenster zu öffnen. Seine Kehle war wie zugeschnürt.

»Ihr Mann hat sie gestern Nacht als vermisst gemeldet. Sie ist am Samstag zu ihrer kranken Mutter nach Hampton gefahren und wollte eigentlich Montagabend gegen zehn zurück sein. Als sie nicht kam, hat er sie angerufen, aber ihr Handy war ausgeschaltet.«

»Vielleicht ist der Gute etwas übernervös ... Sie hat ihren Urlaub bei der Mutter sicher einfach verlängert, ihr Handyakku war leer und sie meldet sich bald.« Ethan glaubte zwar selbst nicht, was er da sagte, aber es tat gut, sich so zu beruhigen.

»Sorry Ethan, aber das ist absolut unwahrscheinlich. Ihre Mutter ist seit zwei Jahren tot.«

# -22-

»Verflucht noch mal!« Ethan schlug mit der Faust gegen das Lenkrad. »Fahrt doch weiter!« Er holte erneut aus, aber Donovan hielt ihn zurück, indem er ihm seine linke Hand mit dem für Ethans Geschmack etwas zu protzigen Ehering auf den Unterarm legte.

»Du löst noch den Airbag aus, Sportsfreund.«

Ethan schloss für einen Moment die Augen und zwang sich zur Ruhe. Dann blickte er sich erneut um. Sie steckten mitten in einem Stau, aus dem ihn auch seine Polizeisirene nicht würde retten können. Ein Lastwagen hatte sich quergestellt und die gesamte Rosemont Road lahm gelegt. Es gab auch kein Entkommen nach hinten raus, denn der Verkehr staute sich bis zur Kreuzung an der Dam Neck Road. Über den Mittelstreifen konnte er wegen der zahlreichen Bäume nicht abkürzen und auf dem Bürgersteig scharten sich Schaulustige, sodass dieser als Alternative ebenfalls wegfiel.

»Verflucht!« Diesmal verzichtete er darauf, seine Wut am Auto auszulassen.

»Wenn du weiter so schimpfst, trifft dich noch der Schlag.« Donovan lehnte sich zurück und holte einen Schokoriegel aus seiner Innentasche.

Ethan fragte sich, wie jemand, der soviel aß wie Donovan, derart wenig Fett am Körper haben konnte und zog seinerseits einen Energy Drink aus dem Seitenfach. Er brauchte Koffein und keine Schokolade.

»Das moderne Bullen-Aufputschmittel, was? Früher trank man als anständiger Cop noch schwarzen Kaffee«, kaute Donovan und spuckte dabei kleine Schokostückchen aufs Armaturenbrett. »Dieses Chemiezeug macht dich nur noch aufgekratzter, als du es ohnehin schon bist, Eth. Außerdem kannst du davon Herzrhythmusstörungen bekommen.«

Am liebsten hätte Ethan seinem Partner den Riegel aus der Hand gerissen und ihn aus dem Fenster geworfen. Doch er wollte nicht auch noch Streit provozieren und so wechselte er lieber rasch das Thema.

»Ich wollte heute eigentlich zu Maddi.«

»Schon wieder?«, nuschelte Donovan.

Obwohl er sich vorgenommen hatte, sich zu beruhigen, war er derart gereizt, dass ihn selbst diese harmlose Frage auf die Palme brachte. »Schon wieder. Hast du ein Problem damit?«

Donovan hob abwehrend die Hände. »Nicht im Geringsten. Ich wundere mich nur, dass du ausgerechnet jetzt dauernd zu ihr fährst. Hast du nicht schon genug Stress?«

»Du meinst, ich soll Madison darunter leiden lassen, dass ich gestresst bin? Sie war so einem Verrückten näher, als wir alle es uns vorstellen können. Es wäre ja wohl ziemlich beschissen, sie *jetzt* hängen zu lassen.«

Donovan lachte leise. »Beruhig dich, Mann. Keiner kann was dafür, dass der Captain sich ausgerechnet dich für diese Pressekonferenz ausgeguckt hat.«

Jetzt erinnerte ihn Donovan auch noch daran. Der Captain hatte es für nötig befunden, das Team vor den Reportern Stellung beziehen zu lassen. Gladys und ihm war diese ehrenvolle Aufgabe zugekommen. Ethan konnte es gar nicht erwarten. »Darum geht's gar nicht! Ich finde es nur einfach zum Kotzen, dass Frauen niemals ehrlich sein können!«

»Also wie du plötzlich darauf kommst, musst du mir erklären.«

Ethan zuckte mit den Schultern und blickte wieder nach vorne in den Stau. Ein besonders ungeduldiger Zeitgenosse in einem signalroten Sportflitzer begann zu hupen und ein paar andere Autofahrer setzten mit ein. »So ist es doch.« Seine Stimme klang in seinen eigenen Ohren ein wenig kleinlaut. »Wäre diese Roxanna Johnsonn ehrlich zu ihrem Mann gewesen, dann wüssten wir jetzt wenigstens, wo sie war, als sie angeblich ihre Mutter gepflegt hat. Dass musst du dir doch mal überlegen: Die Schwiegermutter von Sean Johnsonn ist seit zwei Jahren tot und er glaubt, seine Frau würde sie immer noch regelmäßig besuchen!«

»Vielleicht war ihre Ehe nicht mehr in Ordnung.«

»Oder sie hat ihre Mutter getötet und wir haben's hier nach Jaiden mit der zweiten Mörderin zu tun.«

»Seit wann bist du so ein Frauenhasser?«

»Bin ich nicht.« Er hasste Frauen nicht, ganz im Gegenteil. Aber im Moment verzweifelte er zusehends an ihnen und ihrer Verschlossenheit. Evangeline, Madison und jetzt auch noch diese Roxanna. Sie waren allesamt undurchsichtig und machten ihm auf allen Ebenen das Leben schwer. Doch das musste er, vor allem was Evangeline betraf, nicht vor Donovan breittreten. Es war ihm lieber, sein Partner hielt ihn weiterhin für den großen Verführer als für einen Mann, der sich von den Frauen vorführen ließ.

»Maddi hat sich gestern so merkwürdig verhalten«, wich er aus. »Irgendwie *ruhelos*. Sie glaubt, dass Birch die Morde begangen hat, aber ich habe

Angst, dass mehr hinter ihrem Verhalten steckt. Was ist, wenn sie ihr in der Klinik etwas antun?«

»Ach Unsinn. Sie ist dort gut aufgehoben. Es ist doch klar, dass sie diese Morde nicht kalt lassen. Was ich nicht verstehe ist, warum die sie dort überhaupt Zeitung lesen und Nachrichten schauen lassen.«

»Verstehe ich auch nicht.« Ethan atmete auf. Endlich setzten die Autos vor ihm sich in Bewegung.

»Gott sei Dank«, stöhnte Donovan.

Ethan fuhr los und schwieg. Er hoffte, dass das Gespräch mit Sean Johnsonn sie wenigstens im Fall der verschollenen Roxanna weiterbringen würde.

## -23-

Die Johnsonns lebten in einem ruhigen Vorstadtviertel voller identischer Einfamilienhäuser, die sich nur durch die kreative Ausgestaltung der Briefkästen unterschieden. Es war genau die Art von kleinbürgerlicher Vorstadtidylle, die in jedem zweiten MTV-Musikclip von irgendeiner Rockband zerstört wurde.

Ethan parkte und stieg aus. Der schwerfällige Ire folgte ihm mit einiger Verzögerung. Auf dem quadratischen Rasen vor dem Haus spielten die vier Mädchen des Ehepaars. Die Älteste mochte zehn sein, die Jüngste vielleicht drei. Trotz des Altersunterschieds spielten sie einträchtig und wirkten zufrieden. Es war offensichtlich, dass sie noch keine Ahnung vom Verschwinden ihrer Mutter hatten. Die beiden Polizisten nickten sich stumm zu und gingen Seite an Seite den schmalen Weg zur Haustür hinauf.

Sean Johnsonn war ein breit gebauter Mann um die vierzig, das mürrische Gesicht umrahmt von schütterem, lockigem Haar. Der nicht zu übersehende Bierbauch dehnte das Hemd unterhalb der verschränkten Arme so stark, dass der Stoff zwischen den Knöpfen zum Zerreißen gespannt war. Seine Stirn war in tiefe Sorgenfalten gelegt und sein Mund schmal vor Anspannung.

»Zum zehnten Mal: Nein, ich hatte keine Ahnung, dass ihre Mutter tot ist!«, erklärte er Ethan.

»Sie wollen mir also erzählen, dass Ihre Frau zwei Jahre lang Woche für Woche nach Hampton gefahren ist, obwohl ihre Mutter längst unter der Erde ist und Sie rein gar nichts davon mitbekommen haben? Von der Beerdigung? Der Trauer Ihrer Frau?«

Johnsonn reckte die Faust. »Was wollen Sie damit andeuten?« Seine Augen loderten vor Zorn und gekränktem Stolz.

»Lass mich das machen.« Donovan legte dem irritierten Ethan eine Hand auf die Schulter, dann wandte er sich an Johnsonn. »Mein Partner will Ihnen nichts unterstellen, Sean. Wir verstehen, dass Sie sich Sorgen machen und gereizt sind.«

»Sorgen? Gereizt?« Johnsonns Stimme überschlug sich fast. »Meine Frau ist verschwunden und ich habe alle Mühe, meine Mädchen vom Fernseher fernzuhalten, wo sie die ganze Zeit Fotos von ihrer Mutter zeigen und mutmaßen, was ihr nicht alles zugestoßen sein könnte! Was Roxie da in Hampton gemacht hat, ist im Moment meine kleinste Sorge.«

Ethan runzelte die Stirn, sagte jedoch nichts. Wie konnte die Presse über das Verschwinden von Roxanna Johnsonn Bescheid wissen? Sie hatten eigentlich vereinbart, die Information erst einmal zurückzuhalten.

Donovan startete einen neuen Versuch. »Wir verstehen Sie, Sean. Das ist eine schwere Situation. Ich möchte verdammt noch mal nicht in Ihrer Haut stecken.« Mit einem Blick auf die kleine Hausbar, ein schmales Regal voller Flaschen, fügte er hinzu: »Sie trinken Jameson?«

Johnsonn nickte und seine Mundwinkel zuckten nervös. »Midleton Very Rare. Mein einziges Laster. Sauteuer, das Zeug.« Wie ferngesteuert nahm Roxannas Ehemann zwei polierte Whiskybecher von einem zweiten, niedrigeren Hängeregal. Die Anspannung, die in seinen Bewegungen lag, war nicht zu übersehen. »Trinken Sie einen mit?«

»Immer gern.« Donovan trat herüber zu Sean Johnsonn, während Ethan in der Nähe der Tür stehen blieb. »Aus welcher Ecke der Insel stammt Ihre Familie?«

»Portstewart, das ist ganz im Norden.«

»Tatsächlich? Meine Großeltern kamen aus Killarney. Schon mal gehört?«

Ethan wusste, dass Donovan log. Seine Familie stammte aus der Nähe von Belfast, aber sein Partner wollte wohl keine eventuellen religiösen Konflikte zum Entflammen bringen.

Johnsonn goss zwei Gläser teuren Whisky ein und reichte eins davon Donovan.

»Setzen wir uns doch.« Donovan wies auf die Sitzgruppe, die gut die Hälfte des hellen Wohnzimmers einnahm.

Ethan fiel auf, wie liebevoll der Raum dekoriert worden war. Bis auf ihre mysteriösen Ausflüge nach Hampton war Roxanna anscheinend eine vorbildliche Hausfrau, Ehefrau und Mutter.

Johnsonn nahm Platz und warf Ethan einen finsteren, fast vorwurfsvollen Blick zu. Er beschloss, draußen zu warten.

***

Die Befragung von Sean Johnsonn und der vorangehende Stau hatten mehr Zeit in Anspruch genommen, als Ethan eingeplant und weniger gebracht, als er gehofft hatte. Johnsonn hatte allem Anschein nach wirklich nichts von den Ausflügen seiner Frau geahnt. Zumindest hatte er selbst nach dem fünften Jameson noch darauf beharrt.

Jetzt war es beinahe siebzehn Uhr und Ethan hatte nur wenige Minuten Zeit, sich umzuziehen und zurück ins Dezernat zu fahren, um sich dort den bohrenden Fragen der Presse zu stellen. Als er das Haus betrat, erblickte er Haley, der grinsend auf den Stufen nach oben saß und bereits das Tennis-Outfit mit dem Logo seines Colleges trug.

»Ich hätte nicht gedacht, dass du es noch pünktlich schaffst!« Haley stand auf und schnappte sich seinen Tennisschläger.

Ethan verzog das Gesicht und sah seinen Sohn bedauernd an. »Haley«, begann er vorsichtig. »Gleich um sechs muss ich eine Pressekonferenz geben, wegen der Mordfälle ...«

Haleys Grinsen verschwand.

»Entschuldige. Ich habe heute Mittag erst davon erfahren.«

»Wie soll ich denn pünktlich jetzt zum Match kommen? Ich habe Steve meinen Wagen geliehen! Wenn ich jetzt nicht komme, sieht es aus, als würde ich kneifen.«

Ethan atmete durch und dachte nach. Wenn er sich auf der Toilette des Polizeireviers umzog, konnte er Haley vorher am College absetzen und trotzdem pünktlich zur Pressekonferenz kommen. Vorausgesetzt, der Verkehr spielte mit.

»Ich fahre dich hin. Und zurück nimmst du dir ein Taxi, okay?«

Haley nickte. »Na schön, dann lass uns.«

# -24-

Die Presse von Virginia war nicht wie die blutrünstige Meute aus New York oder Washington D.C., wo Mord praktisch an der Tagesordnung war. Es waren hauptsächlich Reporter in Hawaiihemden, die große Augen machten, weil sich im ruhigen Virginia Beach plötzlich so ein Spektakel abspielte. Das Problem stellten vielmehr die Journalisten von außerhalb dar, die nur darauf warteten, mit ihren Smartphones reißerische Schlagzeilen an die Welt schicken zu können. Von Mord zu Mord waren mehr von ihnen angereist und jetzt, nach Entführung Nummer vier, wurde die *Virginia-Beach-Mordserie* langsam zu einer großen Sache.

Doppelmorde gab es viele in den USA und noch mehr in der Welt. Dreifachmorde sorgten ebenfalls kaum mehr für Aufsehen: Ein ehemaliger Kinderstar, der drei Menschen tötete genau so wenig wie eine zwölfjährige Kanadierin, die ihre ganze Familie auslöschte. Gut für ein paar Titelstorys, aber alles in allem schnell vergessen. Doch das hier erschien den Reportern erfolgversprechend und so lauerten sie auf jede Einzelheit.

Ethan fragte sich, ob es einen Presse-Informant gab, der über Roxanna Johnsonns Verschwinden unerlaubt Auskünfte erteilt hatte. Es musste so sein, auch wenn er niemandem aus dem Team zutraute, unerlaubt Informationen weiter zu geben. Er würde noch einmal mit allen darüber sprechen müssen. Allerdings erst *nach* dieser nervtötenden Konferenz.

Auf der Toilette seiner Abteilung, einem winzigen Abstellraum mit einer einzigen Kabine, einem Waschbecken und einem Spiegel lockerte Ethan den Knoten der Krawatte, die er eigentlich hatte tragen wollen. Er kam sich albern damit vor, also ließ er sie weg, öffnete den obersten Knopf seines dunklen Hemdes und betrachtete sich prüfend. Trotz seiner achtunddreißig Jahre und all dem Chaos in seinem Leben hatte er sich eine gewisse Jungenhaftigkeit bewahrt, die ihm normalerweise zugute kam, wenn er Frauen beeindrucken wollte. Eine kleine Narbe an der linken Braue zeugte von einem Angriff mit einer Bierflasche bei einem seiner ersten Einsätze als junger Streifenpolizist und gab seinem Gesicht etwas Verwegenes. Doch da war noch etwas. Je länger er sich betrachtete, desto deutlicher erschien ihm auch die Ähnlichkeit, die er mit seinem Vater hatte. Als er schließlich anstelle seiner selbst den alten Mann im Spiegel sah, löste er sich von dem Anblick, wandte sich zur Tür und verließ die Toilette.

Der Bürgermeister – der bereits gesprochen hatte – Donovan, Dewey und

Mason standen Spalier in Richtung der Lobby, wo die Pressekonferenz schon in vollem Gange war. Sie sprachen ihn nicht an, wofür er ihnen dankbar war.

Auf einem kleinen Podest ließ sich momentan Stan Cooper, der Captain der Homicide Unit, über *das Grauen, welches in Virginia Beach Einzug gehalten hatte,* aus.

Gladys wartete etwas abseits. Sie sollte mit Ethan gemeinsam, stellvertretend für die gesamte Mordkommission, vor die Presse treten, weil der Bürgermeister glaubte, dass sich der Auftritt einer attraktiven, schlagfertigen Polizistin, die professionell distanziert zu den Ereignissen stand, gut machen würde.

Ethan stellte sich zu ihr und betrachtete die Pressemeute. Unbedarfte Reporter in geblümten Hemden hinten, Bluthunde von der *Times* und der *Post* ganz weit vorne. Eine Blondine mit langen, violetten Fingernägeln, die konzentriert auf die Tasten eines kleinen Netbooks einhämmerte, fiel Ethan ins Auge. Sie erinnerte ihn an Jillian, aber er verscheuchte den Gedanken. Donovan warf ihm stets vor, Beruf und Privatleben nicht trennen zu können. Vermutlich hatte er Recht.

Gladys interpretierte seinen unglücklichen Gesichtsausdruck falsch und lächelte ihn aufmunternd an. Je stressiger es wurde, desto mehr genoss sie ihren Job.

»Ich habe gestern Nacht noch diese Sünden- und Bibelspinner-Nummer überprüft«, flüsterte sie. »Negativ, wenn du mich fragst. Das ist alles viel zu vage. Wenn es ihm wirklich darum ginge, Sünder auszulöschen, dann hätte er sich vermutlich andere Opfer gesucht. Er hätte sein Motiv deutlich herausgestellt, vielleicht ein Kreuz in die Haut der Opfer geritzt, anstatt einem A.«

Ethan nickte. Es war eine Spekulation wert gewesen, obwohl es auf ihn von Anfang an beinahe zu klischeehaft gewirkt hatte. Fahrig strich er sich das Haar zurück. Seit er heute Morgen von der neuesten Entführung erfahren hatte, jagte Adrenalin durch seinen Körper und er konnte seine Nervosität nur schwer kontrollieren. Hoffnung, dass diesmal nicht der Killer dahintersteckte wechselte sich ab mit Schreckensvisionen, die sich zusammensetzten aus alten Tatortfotos und den gängigen Vorstellungen dessen, was ein wahnsinniger Serientäter mit seinen Opfern anstellte. Er wollte etwas tun. Er wollte Roxanna Johnsonn retten.

»Und damit übergebe ich an den leitenden Ermittler, Detective Ethan Hayes und seine Mitarbeiterin Detective Gladys Larkin«, riss ihn Coopers Startschuss aus seinen Gedanken.

Blitzlicht. Ethan und Gladys tauschten die Plätze mit ihrem Boss. Die Mikrofone bildeten einen Halbkreis, die Fernsehkameras schienen ihn anzustarren.

Der Bürgermeister hatte ihn gebeten, die Zuhörer zu beschwichtigen und die Sache zu verharmlosen, damit niemand in Panik geriet, aber war das die richtige Vorgehensweise? Wollte er, dass die Menschen arglos waren? So arglos wie Grace, Tiffany, Ava und Roxanna?

Es konnte manchmal verdammt schwer sein, die richtigen Worte zu finden. Ethan besaß weder Galgenhumor, mit dessen Hilfe er die Situation hätte auflockern können, noch die kalte Arroganz eines Wissenschaftlers, der durch ein paar kluge Worte aus Tragödien Fakten zu machen vermochte. Er beschloss, einfach das darzustellen, was er war. Einen Detective, der einen Serienmörder fangen wollte. Jemanden, der jedes weitere Opfer persönlich nahm.

»Ich könnte Sie jetzt beruhigen, die Gefahr herunterspielen, Ihnen so etwas sagen wie ‚Machen Sie sich keine Sorgen, wir haben alles unter Kontrolle'«, begann er. »Aber die Wahrheit ist, dass da draußen ein Monster herumläuft, das es auf Frauen aller Altersgruppen und aller sozialen Schichten abgesehen hat. Der Täter entführt diese Frauen, quält sie, tötet sie und verspottet sie, indem er ihre Körper der Öffentlichkeit preisgibt.«

Ein Raunen ging durch die Menge und Ethan konnte förmlich spüren, wie der Bürgermeister ihn mit Blicken durchbohrte.

»Wir wissen noch nicht, wer die Resort-City-Bestie – wie Sie den Täter bezeichnen – ist, aber wir wissen, dass dieser Kerl klug ist und dass er sich ganz besonders sicher fühlt, wenn er diese Frauen anspricht, sich ihnen nähert und wenn er am Ende ihre Leichen an öffentlichen, belebten Orten ablädt. Was aber bringt diesen Mann dazu, sich so sicher zu fühlen?« Er machte eine kurze Pause und überblickte die Menge der Reporter, deren Hemden von Schweißflecken überzogen und deren Gesichter vor Sensationsgier verzerrt waren. Dann richtete er sich auf, wissend um die beeindruckende Wirkung seiner fast Eins neunzig. »Er weiß, dass die Bürger in einer friedlichen Stadt wie Virginia Beach dazu neigen, arglos zu sein. Dass ältere, alleinstehende Frauen wie Tiffany Jaiden keine Angst haben, einem Fremden die Tür zu öffnen. Ich, als leitender Detective der Mordkommission, kann Sie heute also maßgeblich um eine Sache bitten: Seien Sie nicht mehr leichtsinnig, bis wir den Täter gefasst haben. Seien Sie misstrauisch. Öffnen Sie nicht die Tür, wenn Sie niemanden erwarten. Sehen Sie zwei Mal hin, wenn Ihnen etwas seltsam vorkommt.

Schließen Sie sich ein und gehen Sie nach Möglichkeit nicht mehr allein auf die Straße. Achten Sie auf sich selbst und auf Ihre Mitmenschen. Helfen Sie uns, der Resort-City-Bestie etwas entgegen zu setzen. Danke.« Bevor die Reporter ihn mit Fragen löchern konnten, fügte er hinzu: »Meine Kollegin Gladys Larkin wird Ihnen jetzt noch eine ungefähre Beschreibung des Mannes geben, nach dem wir suchen.«

Er trat einen Schritt zurück und nickte Gladys zu, die wie auf Knopfdruck die wissenschaftliche Kälte an den Tag legte, die er immer bewundern und nie verstehen würde. Er sah den Gesichtern der Anwesenden an, dass sie sich jetzt alle wie kleine Ermittler fühlten. Genau das hatte er erreichen wollen, auch wenn er sich auf ein Donnerwetter vom Bürgermeister gefasst machen musste.

Donovan kam mit einem leichten Grinsen auf den Lippen zu ihm herüber und klopfte ihm auf die Schulter. »Clever.«

## *-25-*

Ames ließ sich kaltes Wasser über die Handgelenke laufen, um sich abzukühlen. Sein Herz raste und seine Wangen glühten. Er hatte die Pressekonferenz in allen Einzelheiten verfolgt, jeden Satz in sich aufgesogen und gespeichert. Er fragte sich, was dieser Klugscheißer sich einbildete. Anscheinend hatte er rein gar nichts verstanden. Er tat ja gerade so, als würde Ames sich seine Opfer wie beim russischen Roulette aussuchen! Ganz offensichtlich war er noch nicht deutlich genug geworden. Das würde er schleunigst nachholen müssen.

Er hob den Kopf und blickte in den Spiegel. Das Haar klebte an seiner Stirn und die hellen Augen starrten ihn eiskalt an. Er wusste, dass er gut aussah. Anscheinend wusste es diese Gladys Larkin auch. Ihr Täterprofil war gar nicht schlecht, doch hatte es zu viele Fehler, um Ames zu überführen. Heute Nacht würde er sich an Roxanna abreagieren und dann würde er sich um den Bullen kümmern. Er war klug. Zu klug für die Polizei.

»Detective Hayes ...«, flüsterte er dem Spiegel zu. »Ich werde dein Leben zerstören, so wie du meins zerstört hast, das schwöre ich dir!«

***

Es war später Abend, als Ethan nach Hause kam. Die Journalisten hatten Gladys und ihn noch fast eine Stunde lang ausgefragt, doch der Ärger mit dem

Bürgermeister war erstaunlicherweise ausgeblieben. Gladys hatte Ethans Rede gelobt und mit psychologischen Argumenten begründet, warum es besser war, die Bürger zu warnen, anstatt sie zu beruhigen. Beeindruckt hatte sich der Bürgermeister dann sämtliche bissigen Bemerkungen über Ethans Ansprache gespart.

Ethan ließ die Tür hinter sich ins Schloss fallen und horchte für einen Moment in die Stille. Nirgendwo brannte Licht, also nahm er an, dass Haley schon schlief. So leise er konnte ging er nach oben ins Bad. Zeit, diesen Anzug loszuwerden. Für die Hitze, die im Moment in Virginia Beach herrschte, war das die komplett falsche Kleidung.

Als Ethan kurz darauf im Bett lag, gehörten seine Gedanken wieder einmal ganz Evangeline. Ihrem selbstbewussten Lächeln, ihrer aufregend abweisenden Art. Jede Andere hätte er bei einem Essen dazu gebracht, anschließend mit ihm ins Bett gehen zu wollen. Oder spätestens bei ein paar Drinks nach dem Essen. Aber an ihr würde er sich noch die Zähne ausbeißen. Wann war er zum letzten Mal so fasziniert von einer Frau gewesen? Es war eine ganze Weile her, wie er sich eingestehen musste. Bisher hatte er sein Privatleben so arrangiert, dass er von Frauen umgeben war, die unverbindlichen Spaß suchten, genau wie Gladys es gesagt hatte. Er hasste es von Haus aus, eingeengt oder gemaßregelt zu werden. Wahrscheinlich rührte daher seine Abneigung gegen feste Bindungen. Und dann traf er ausgerechnet auf Evangeline, die viel zu eigenständig und selbstbewusst für ihn war und ihn gleichzeitig so in ihren Bann zog.

Er sollte mit Donovan darüber sprechen, auch wenn ihm diese plötzliche Gefühlsduselei ein wenig unangenehm war. Doch wofür hatte man einen Partner? Donovan selbst war mit einer starken Frau verheiratet, einer Afroamerikanerin namens Shantelle, vor der er, wie er immer wieder betonte, einen *an Angst grenzenden Respekt hatte*. Beim Gedanken an das ungleiche Paar musste Ethan lächeln.

Vielleicht war es gar nicht so schlecht, jemanden zu haben. Vielleicht, dachte er und drehte sich auf die Seite, war es aber auch gut, nicht allzu viel zu haben, das ein Wahnsinniger einem nehmen konnte.

# -26-

*The Lost City* war nicht schwer zu finden, wenn man sich in der Gegend auskannte. Ames parkte seinen Wagen am Technology Boulevard, wo jetzt, spät abends, alles ausgestorben war und machte sich zu Fuß auf in die Wälder. Der verlassene Wasserturm diente ihm dabei als Orientierungshilfe.

Die kleine Geisterstadt, die Ames' Ziel darstellte, war während des zweiten Weltkrieges erbaut worden, um eventuelle feindliche Bomber vom nahe gelegenen Flughafen abzulenken. Mit einem einzigen Knopfdruck hatten sich damals die Lichter in den umliegenden Ortschaften löschen lassen. Gleichzeitig war The Lost City zum Leben erwacht; mit Straßenbeleuchtung und einem eigenen künstlichen Flughafen inklusive Start- und Landebahn. Nach dem Krieg war die Stadt verfallen und der Wasserturm heute nahezu das einzige intakte Gebäude.

Ames erreichte seine Stadt über Trampelpfade, die mehrmals scheinbar zu enden schienen und dann doch weiterführten auf andere, noch schmalere Wege. Es gab einen direkteren, weniger komplizierten Zugang, aber der führte über das Gelände eines großen Technologiekonzerns. Dort waren Wachleute unterwegs, die die Bosse aus Angst vor Industriespionage Nacht für Nacht patrouillieren ließen. Was für ein lächerliches Problem, wenn man an das Schicksal dachte, das auf seine neue Freundin wartete.

Ames musste über zwei Zäune klettern und aufpassen, dass er in der Dunkelheit nicht über die noch stehenden Fundamente der damals erbauten Häuser stolperte, bevor er endlich da war. Er steckte den Schlüssel in das Schloss der schweren Kette, die er selbst am Tor des Zaunes, der den Wasserturm einschloss, angebracht hatte. Quietschend öffnete sich das Tor und ließ Rose wissen, dass er zu Hause war. Ames hörte sie durch die verwitterten Bretter der kleinen Hütte unterhalb des Turms schluchzen.

Er ließ die Tür aufschwingen und blieb für einen Moment stehen, wissend, dass allein sein Umriss sie in Panik versetzte. Er atmete durch und genoss den Anblick, der sich ihm bot. Durch das einzige, schmutzige Fenster fiel fahles Mondlicht in die winzige Hütte. Rose saß auf einem Stuhl, den er vor Ewigkeiten hergeschafft hatte. Er hatte ihn im Boden verschraubt, sodass sich keine seiner Freundinnen die Blöße geben und ungeschickt damit zur Tür robben musste. Der Stuhl war früher einmal weiß gewesen, weiß gestrichenes Zedernholz, aber all das Blut, das an ihm hinab geflossen war, hatte ihn rostig braun gefärbt.

Roses Hände waren hinter ihrem Rücken mit Handschellen gefesselt, sodass ihre Rippen unter dem linken und rechten Schlüsselbein deutlich hervor traten. Vielleicht lag das auch an der Dehydrierung, der sie ausgesetzt war, nachdem sie seit über vierundzwanzig Stunden nichts getrunken hatte. Ihre schlanken Beine zitterten sichtlich, die Brandverletzungen an ihren Knöcheln und Füßen waren dunkel und nässten. Ihre geschwollenen Augen starrten ängstlich zwischen einem Vorhang aus schmutzigem, langem Haar hervor. Für ihr Alter war sie wirklich attraktiv und es war eine Freude, mit ihr zusammen zu sein. Mit einem Schaudern dachte Ames an Tiffany zurück, ihre runzlige, raue Haut ...

»Bitte ...«, flehte Rose mit krächzender Stimme. »Lassen Sie mich gehen!«

Ames löste sich endlich aus dem Türrahmen. Er schloss die Tür und es wurde ein wenig dunkler. Eigentlich schade, aber er konnte es sich nicht erlauben, Licht zu machen und musste seine Abenteuer in Schwarzweiß genießen. Während er auf Rose zutrat, genoss er die Panik in ihrem Blick, die Wirkung, die er auf sie hatte.

*Wie das Monster unter dem Bett, wenn man klein ist. Oder wenn man beim Spielen mit dem Ball eine Vase zerschossen hat, sich den ganzen Tag Sorgen deswegen macht und dann abends das Geräusch der Tür hört ...*

Ames ballte die Hände zu Fäusten und konzentrierte sich wieder auf Rose. Mit jedem Schritt, den er tat, wuchs das Grauen in ihren Augen. Er dachte fieberhaft nach, was er als Erstes mit ihr anstellen sollte. Der menschliche Körper bot so viele Möglichkeiten, ihn zu zerstören.

Langsam blickte er zur Seite, wo sich seine kleine Werkzeugsammlung befand. Messer unterschiedlichster Art, eine Stichsäge, eine Knochensäge, eine große Heckenschere und verschiedene medizinische Geräte. Heute hatte er ein neues Spielzeug mitgebracht. Mit einem Lächeln holte er den Gasbrenner aus seiner Hosentasche und hielt ihn Rose vor die Augen.

»Weißt du, was das ist, meine Liebe?«

Rose blickte verstört auf den Gegenstand in seiner Hand. »Bitte«, wimmerte sie und Tränen liefen über ihre Wangen.

»Das ist keine Antwort auf meine Frage«, stellte Ames fest und umrundete sie langsam, bis er hinter ihr stand. Aus Erfahrung wusste er, dass es seine Freundinnen nervös machte, wenn sie nicht sehen konnten, was er ihnen antat. Er drehte das Rädchen am hinteren Ende des Brenners. Gas strömte aus. Ein Knopfdruck, der die Flamme entzündete, dann strich er das Haar von Roses linker Schulter und hielt den Brenner ganz nah über ihre Haut.

»Rose … ich wette, du *brennst* darauf, mir ein paar Fragen zu stellen. Das darfst du jetzt.«

»Was wollen Sie von mir?«, entfuhr es ihr. »Warum ausgerechnet ich? Was muss ich tun, damit Sie mich gehen lassen?«

Ames verharrte immer noch mit der Flamme kurz über ihrer Schulter, doch sie wagte es nicht, den Kopf zu drehen. Das Rauschen des ausströmenden Gases musste sie verrückt machen. »Du musst nur eins tun, damit ich dich gehen lasse.«

»Was?«

»Es ist eigentlich ganz einfach. Mich interessiert weder, wer du bist noch, wie du dein spießiges Kleinstadtleben führst noch, was für eine süße Familie du zurücklassen musst, wenn ich dich töte. Alles, was ich von dir wissen will, ist eine Sache: Was ist dein dunkelstes, schmutzigstes, am besten gehütetes Geheimnis? Die eine Sache, die du niemals irgendwem verraten würdest? Die gut versteckte Leiche in der hintersten Ecke deines Kellers?«

Stille. Rose musste wohl erstmal nachdenken. Dann schluchzte sie laut auf. »Das kann und will ich Ihnen nicht sagen!«

Für einen Moment blickte Ames nach draußen in den dichten, ruhigen Wald. Dann senkte er die Flamme auf Roses Haut und ein Schrei zerriss die Nacht.

***

Sie hatte lange geschrien. Er hatte Gas nachfüllen müssen und ihr die Zunge versengt, bis ihre Schreie zu einem blutigen Gurgeln geworden waren. Das Geräusch hatte ihn zum Lachen gebracht – nicht, weil er diabolisch hatte wirken wollen, sondern weil es einfach zu komisch gewesen war. Jedes Wort ihres Geständnisses musste geschmerzt haben.

Diese Nutte hatte ihren Mann betrogen. Jahrelang. Fünf Tage die Woche spielte sie die brave Hausfrau, um am sechsten und siebten zum zügellosen Jetset-Luder zu mutieren. Ihr mieser, zwiegespaltener Charakter kam in seinem Werk perfekt zum Ausdruck. Jetzt war sie zur Hälfte Roxanna Johnsonn und zur Hälfte Rose, das Monster. Passend zu der Glatze, die sie jetzt an der linken Seite trug, hatte er ihr ein Glasgow Smile vom Mundwinkel bis in die Wange geschnitten. Mit jedem Schrei war ihr Lächeln breiter geworden. In der guten Rose hatte sich wohl, so kam es Ames zumindest vor, eine kleine Masochistin versteckt. Ihr linkes Augenlid hatte er mit einem scharfen Skalpell entfernt, einfach weil er gewollt hatte, dass sie ihn ansah. Ihren Oberkörper hatte er zu großen Teilen versengt, aber dann hatte sie begonnen, andauernd bewusstlos zu werden, sodass er das Interesse verloren hatte. Am Ende hatte er sie mit einem Schnitt durch die Kehle erlöst, so wie er es bei allen tat. Ihm gefiel die Vorstellung, dass es nur einer kräftigen Handbewegung bedurfte, um die perfekte Maschinerie eines Körpers für immer und unabänderlich außer Kraft zu setzen, aller Gegenwehr zum Trotz.

Er riss sich von Roses – und Roxannas – Anblick los und wandte sich der Tasche zu, die er mitgebracht hatte. Darin befanden sich Reinigungsmittel, ein Waschlappen, ein Handtuch sowie frische Kleider für sie und für ihn. Ein Blick auf die Uhr verriet ihm, dass er noch genug Zeit hatte.

## *-27-*

Ethan saß zusammen mit Mason am Schreibtisch in seinem Büro und wertete die über zweihundert Hinweise aus, die sie seit der Pressekonferenz über die extra eingerichtete Hotline erreicht hatten. Öffentliche Aufrufe dieser Art waren immer eine heikle Sache. Es gab Menschen, die sich besonders witzig dabei vorkamen, der Polizei falsche Tipps zu geben. Meistens ließen sich diese Spinner aber leicht erkennen und herausfiltern. Schwieriger war es mit den Hinweisen von Menschen, die sich einbildeten, den Mörder oder das Opfer *wirklich* gesehen zu haben. Sie schilderten ihre Sichtung in allen Einzelheiten und so überzeugend, dass Ethan und seine Kollegen gezwungen waren, die Sache zu prüfen. Das kostete Zeit und war frustrierend. Sie alle wussten jedoch, dass sich zwischen hunderten von Anrufern immer der Eine verbergen konnte, der sich nicht nur wichtig machen wollte oder übersensibel war, sondern entscheidende Angaben zu Tat, Täter oder Opfer machen konnte.

Ethan seufzte und sah Mason an. »Hier will jemand Roxanna gesehen haben. Das Problem ist nur, dass es vor einer Woche auf der anderen Seite der Welt war.«

»Im indischen Ozean?«

Ethan blickte Mason an. »Ich meine nicht punktgenau auf der anderen Seite, Mason! *Australien*, okay? Melbourne.«

»Gegenüber von Melbourne liegt aber der Nordatlantik.«

»Willst du mich eigentlich verarschen?« Ethan stand auf. Die bisherigen

Hinweise waren allesamt sinnlos und unbrauchbar. Roxanna in Melbourne, was kam als nächstes – der Täter auf dem Mond?

»Ich werde jetzt diese Leute hier besuchen.« Er nahm einen Stapel Papiere von seinem Schreibtisch und hielt ihn Mason vors Gesicht. »Vielleicht ist einer von denen *wirklich* Johnsonn oder dem Killer begegnet.«

Ohne auf eine Antwort zu warten, verließ Ethan das Büro. Er hielt es einfach nicht länger mit Mason aus. Er wusste, dass Schreibtischarbeit ein wichtiger Bestandteil seines Jobs war, trotzdem kam er sich dabei immer nutzlos, ja regelrecht faul vor.

Er würde drei der Anrufer aufsuchen. Sie hatten Namen und Adressen hinterlassen, was schon mal ein gutes Zeichen war. Falschinformanten blieben in der Regel lieber anonym.

***

Die ersten beiden Hinweise ergaben leider nichts Brauchbares. Eine alte Dame, die an einer Sehschwäche litt hatte sich schlicht verguckt, wie sich herausstellte, als sie sich Roxannas Foto noch einmal genauer ansah und der zweite Anrufer behauptete, dass Roxanna seine Nachbarin sei. Natürlich hatte Ethan dies sofort überprüft. Die Nachbarin hatte zwar eine gewisse Ähnlichkeit mit der Vermissten, war jedoch gut zehn Jahre jünger.

Jetzt war er auf dem Weg zum dritten und letzten Anrufer und hoffte, dass wenigstens *sein* Hinweis sinnvoll war. Am Telefon hatte der Mann nur erklärt, dass er Roxannas Wagen am Montagabend gesehen hatte und seine Adresse an der Mace Hill Street genannt. Mehr nicht. Er hatte komisch geklungen und irgendetwas sagte Ethan, dass der Kerl vielleicht mehr wusste.

Er parkte am Ende der Sackgasse vor dem heruntergekommenen Haus, in dem sein Informant wohnte und stieg aus. Noch bevor er seine Wagentür geschlossen hatte, hörte er ein Klopfen und blickte sich verwirrt um. An einem der oberen Fenster des Hauses stand ein kleiner, dünner Mann und deutete verhalten auf die angelehnte Haustür. Dann verschwand er vom Fenster. Ethan runzelte die Stirn, schloss seinen Pontiac ab und trat mit der Hand an der Waffe ein.

Im Inneren war es stickig und dunkel. Auch wenn die Außenfassade einen anderen Eindruck vermittelt hatte, wirkten die Wohnräume eigenartig unbewohnt und steril, wie in einem Möbelhaus. Alles stand an seinem Platz, nichts lag unnötig herum. Es war still und niemand war zu sehen.

Ethan hatte seine Pistole gezogen. Es wäre nicht das erste Mal, dass sich ein Mörder bei der Polizei meldet, um einen Cop in einen Hinterhalt zu locken.

»Hallo?« Ethan klang ungehalten. Er hatte keine Lust auf Spielchen.

»Hier ...« Ein Flüstern aus einem der Räume über ihm.

Ethan blickte zur Treppe, konnte jedoch immer noch niemanden entdecken. »Wo sind Sie? Kommen Sie raus, machen Sie schon!«

Keine Antwort.

Er runzelte die Stirn und entsicherte seine Waffe. Dann ging er vorsichtig auf die Treppe zu, wobei er sich vergewisserte, dass ihn niemand aus einem der anderen Zimmer anspringen würde.

»Ich bin hier ...«, flüsterte es plötzlich wieder.

»Kommen Sie runter!«

»Nein ... Kommen Sie hoch. Ich kann das Zimmer nicht verlassen. Nicht *jetzt.*«

Ethan schüttelte den Kopf und zwang sich innerlich zur Ruhe. Er hatte große Lust, seinen Informanten zu sich herunter zu prügeln, doch er konnte es sich nicht leisten, gegen das Protokoll zu verstoßen. Deshalb zählte er innerlich bis drei, bevor er – die Waffe schussbereit vor sich – die Treppe nach oben stampfte. »Wenn Sie nicht einen verdammt guten Grund für diesen Aufstand haben, dann –«

»Sssh.« Die Stimme kam von links neben ihm. Ethan fuhr ruckartig herum und entdeckte den Mann, der durch einem Türspalt zu ihm hinauf sah. Er war höchstens einen Meter sechzig groß und hatte einen fast kahlen Schädel.

»Was soll das Theater? Geben Sie die Tür frei.«

Der dürre Mann schaute Ethan eingeschüchtert aus großen, grauen Augen an, dann trat er zur Seite. »Bitte, seien Sie leise. Und vorsichtig.«

Ethan schob seinen Informanten zur Seite und erstarrte. Das ganze Zimmer war voller Katzen – ausgewachsene Katzen, Babykatzen, schwarze, weiße, getigerte ... und überall lag Katzenkot. Es stank erbärmlich.

Ethan taumelte hustend zurück in den Korridor.

Das kahlkäpfige Männchen sah ihm verdutzt zu, dann schloss es hastig die Tür und trat ebenfalls in den Korridor. »Wir können hier draußen nicht reden, unmöglich«, wisperte es, wobei seine Augen unruhig hin und her wanderten.

Da von dem kleinen Mann keine Gefahr auszugehen schien, sicherte Ethan seine Dienstwaffe wieder und steckte sie zurück ins Holster.

»Warum zur Hölle –«, begann er.

*Haben Sie so viele Tiere, wenn sie nicht in der Lage sind, sich vernünftig darum zu kümmern*, führte er in Gedanken den Satz zu Ende. Ihm war immer noch übel. Der Gestank, der aus dem Katzenzimmer drang, war unerträglich. Er versuchte, Ruhe zu bewahren und den komischen, kleinen Kerl nicht gegen die nächste Wand zu schleudern.

»Warum«, versuchte er es wieder und unterdrückte einen Würgereiz. »Warum haben Sie uns angerufen, Mister …?«

Anstatt seinen Namen zu nennen trat der Mann von einem Bein auf das andere und blickte sich weiter verunsichert um. »Ich weiß nicht. Wegen der Mordfälle. Ich …«

Ethan öffnete das Fenster und sog gierig die frische Luft ein. Er hoffte, der Mann würde von selbst weiter sprechen. Als er dies nicht tat, drehte Ethan sich energisch zum ihm herum. »Sie sagen mir jetzt auf der Stelle, was Sie gesehen haben oder ich lasse Sie vorladen!«

»Nein!«, kreischte der Mann und hielt sich die Ohren zu.

»Verflucht noch mal, was sind Sie für ein Irrer?« Ethan packte die Hände des Mannes und nahm sie von seinen Ohren.

Schwer atmend und ängstlich starrte er zu ihm hinauf. »Ich habe ihren Wagen gesehen. Den der Miss, ich habe ihn gesehen, hören Sie, Detective?«

»Schon gut, schon gut! Ich habe es verstanden. Wo, Herrgott noch mal, haben Sie den Wagen von Roxanna Johnsonn gesehen und vor allen Dingen wann?«

»Montagabend«, zischelte das Männchen und zuckte unter einem imaginären Schlag zusammen.

Ethan ließ ihn lieber los. »Wo?«

»An einer Raststätte …«

»Wo genau?« Klare, einfache Fragen. Damit lief es anscheinend am besten.

»An der Interstate 64.« Der Mann trat wieder von einem Bein auf das andere und seine Augen wanderten paranoid umher.

»Welche Raststätte?«

»Ich weiß nicht, ich weiß nicht. Ist abgebrannt. Alles stand in Flammen. In Feuerflammen! Lauter Flammen …« Wahnsinn und Angst loderten im Blick des Mannes.

Flammen. Gott, *ausgerechnet*.

»Es ist alles in Ordnung.« Menschen zu beruhigen war nicht gerade Ethans Stärke. Vor allem dann nicht, wenn es sich um solche Riesensoziopathen wie diesen Kerl hier handelte. »Warum haben Sie nicht früher die Polizei gerufen?«

Der Mann drehte sich weg, lehnte seinen Kopf gegen die Tür des Katzenzimmers, wimmerte und schluchzte auf einmal leise. Aus ihm war keine Antwort mehr heraus zu bekommen.

## *-28-*

Nachdem Ethan Donovan und Gladys zu allen Rastplätzen an der Interstate 64 zwischen Hampton und Virginia Beach geschickt hatte, hatte er den Notruf und den Tierschutz verständigt, um dem Elend an der Mace Hill Street ein Ende zu bereiten. Gerade war er auf dem Weg zurück ins Büro, als sein Handy klingelte. Es war Gladys.

»Hey Glad.«

»Hi. Der Verrückte hat die Wahrheit gesagt. Wir haben den Rastplatz gefunden, ziemlich abgelegen und anscheinend nur schwach frequentiert. Das Toilettenhäuschen ist komplett abgebrannt. Roxannas Wagen steht ebenfalls dort. Die Spurensicherung ist gerade dabei, die Brandtrümmer zu untersuchen. Gut möglich, dass Roxanna Johnsonn hier gestorben ist.«

Ethan war einen Moment lang unfähig, etwas zu erwidern. Wenn es so war, dann hatte der Resort-City-Killer sich wenigstens kein neues Opfer gesucht. Andererseits gab es dann auch keine Chance mehr, Roxanna lebend zu finden.

»Ethan? Bist du noch dran?«

»Ja.«

»Ich weiß, das ist wirklich nicht das, was wir alle zu hören gehofft hatten.«

»Ist schon gut. Wir sprechen uns dann später.«

»Nein, warte, Eth! Die Ergebnisse der Untersuchung von Albert Jaidens Überresten sind angekommen. Die Forensiker haben tatsächlich Spuren von Arsen in seinen Haaren nachweisen können. Albert Jaiden ist getötet worden. Wahrscheinlich von seiner eigenen Ehefrau.«

***

Es gab vorerst nichts mehr zu tun, also machte Ethan sich auf den Weg nach Hause. Vielleicht konnte er sich heute Abend ein bisschen Zeit für Haley nehmen. Donovan hatte Recht. Er sollte sich angewöhnen, den Dreck des Tages auf dem Revier zu lassen. Sein Partner hatte gut Reden. Als Ethan das Haus betrat, hörte er den Fernseher leise laufen.

»Haley?«

»Hier, Dad.«

Er kam ins Wohnzimmer und sah seinen Sohn auf dem Sofa liegen, das Notebook auf dem Bauch.

»Du schreibst?« Ethan lehnte sich in den Türrahmen.

»Hm.« Haley starrte weiter den Fernseher an. »Grad' nicht, nein.«

»Kommst du denn weiter?« Manchmal war es unglaublich schwer, Vater zu sein. Vor allem Vater eines fast fremden Zwanzigjährigen, der den Großteil seines Lebens nicht bei ihm, sondern irgendwo in einer schäbigen Gegend von Detroit verbracht hatte.

»Es geht. Ich versuche, Abby was zu schreiben, als Geschenk. Sie hat am nächsten Wochenende Geburtstag. Ich fahre hin, wenn du nichts dagegen hast.«

»Nein, keine Einwände. Wie war das Match gestern?«

»Verloren.« Haley klappte seinen Laptop zu, stand auf und wollte das Wohnzimmer verlassen.

»He, Champ!« Ethan hielt seinen Sohn am Arm fest. »Wie wär's, wenn wir zwei irgendwo ein Bier trinken gehen?«.

» ... Okay.«

»Ich geh nur schnell duschen und dann können wir los.«

»Geht klar.« Mit einem lauten Geräusch ließ Haley sich zurück aufs Sofa fallen. »Ach, übrigens: Heute Morgen hat die Klinik von der kleinen Verrückten angerufen.«

Ethan drehte sich zu seinem Sohn herum. »Madison. Sie heißt Madison.«

Haley zuckte mit den Schultern. »Wie auch immer.«

»Was wollten sie?«

Haley zuckte wieder mit den Schultern. »Haben sie mir nicht gesagt.«

Ohne ein weiteres Wort ging Ethan nach oben. Obwohl er darauf brannte, zu erfahren, was Madison wollte, war es zu spät für einen Rückruf. Die Klinikmitarbeiter hatten ihm mehr als einmal deutlich gemacht, dass Maddi geregelte Zeiten brauchte und es nicht zuträglich war, wenn er außerhalb der offiziellen Öffnungszeiten anrief oder vorbei kam. Also würde er sein Gespräch mit ihr auf morgen verschieben müssen. Für Notfälle hatte sie ein Handy, das er zu ihr in die Klinik geschmuggelt hatte. Wenn es dringend war, würde sie ihn darüber erreichen.

***

Als Ethan in Jeans und T-Shirt die Treppe herunter kam, hatte Haley bereits den Fernseher ausgemacht und überall das Licht gelöscht. Er achtete immer darauf, dass keine elektrischen Geräte in Betrieb waren, wenn niemand zu Hause war. Das Flammeninferno, dass er als Kind miterlebt hatte, hatte ihn sensibilisiert und Ethan war froh darüber, denn so musste er sich nicht die Blöße geben und seine eigene Feuerphobie offenbaren. Bei ihnen zu Hause gab es keinen knisternden Kamin, keine glimmenden Zigaretten, zum Geburtstag keine Kerzen, sie hatten nicht einmal ein Feuerzeug im Haus.

»Haley, bist du fertig?«

Der Junge kam aus dem Wohnzimmer. »Wir nehmen deinen Wagen und ich fahre!« Haley ging vor, öffnete die Tür und verharrte überrascht, als er in Evangeline Starks makelloses Gesicht blickte. Sie stand mit einer gefüllten Einkaufstüte und der Hand an der Klingel vor ihm und wirkte nicht weniger perplex. Dann erblickte sie Ethan hinter Haley und fand ihr selbstsicheres Lächeln wieder.

»Detective ...«

Ethan trat einen Schritt auf sie zu. Für einen Moment befürchtete er, es sei schon Freitag und er habe ihre Verabredung vergessen.

»In so einem Männerhaushalt wird sicher nicht allzu oft gekocht und deshalb dachte ich, komme ich mal vorbei, weihe eure Küche ein und wir essen zusammen.«

»Tolle Idee.« Die Ironie in Haleys Stimme war kaum überhörbar.

Ethan hingegen freute sich über Evangelines Besuch. Vielleicht fand sie entgegen seiner Befürchtungen doch Gefallen an ihm.

»Dad und ich wollten gerade irgendwo was trinken gehen«, fügte Haley gleichmütig hinzu.

»Was trinken.« Evangeline klang, als befürchte sie, er wäre einer dieser Väter, die ihren Söhnen das Saufen beibrachten und anschließend mit ihnen in den Puff gingen. »Wenn das so ist ... ich will natürlich nicht stören.« Sie lächelte, aber zu seiner eigenen Überraschung hatte Ethan den Eindruck, dass sie ein wenig gekränkt war.

Dann schlug er das wahrscheinlich Idiotischste vor, was in so einer Situation möglich war: »Wir können ja was zu dritt machen.«

»Eine tolle Idee, Dad.« Haley wandte sich von der Tür ab und grinste spöttisch.

Ethan konnte es ihn nicht verdenken. Welcher Sohn wollte schon sehen, wie sein Vater versuchte, eine Frau abzuschleppen?

»Ruft mich, wenn das Essen fertig ist. Ich wär' nicht sauer über Nachtisch.« Damit verschwand er nach oben.

Ethan bat Evangeline herein, nahm ihr die Tüte ab und hoffte, dass er nicht so ein schlechter Vater war, wie es ihm im Moment vorkam. Schließlich verhielt sich Haley ähnlich, wenn Abigail zu Besuch war. Abby war seit der High School seine Freundin, doch seit sie auf dem College in New York war, sahen die beiden sich nur noch selten. Für Ethan war es selbstverständlich, dass sie dann jede freie Minute miteinander verbrachten. Seufzend wandte er sich Evangeline zu. Er merkte selber, dass seine Rechtfertigungsversuche mehr als kläglich waren.

»Die Küche ist ja uralt!« Evangeline drehte sich um die eigene Achse und bestaunte die betagten Holzmöbel in der Küche.

»Sie war schon hier, als ich eingezogen bin.« Ethan folgte ihr langsam.

»Schon mal über eine Neuanschaffung nachgedacht?«

Ethan stellte die Papiertüte auf der Anrichte ab und Evangeline begann, sie auszupacken.

»Nein. Um ehrlich zu sein, hattest du Recht mit deiner Vermutung. Wir kochen nicht allzu oft.«

»Ihr wärmt nur auf«, stellte Evangeline mit einem amüsierten Blick auf die Mikrowelle fest. »Tja, du kannst das Kochen jetzt nachholen.« Sie warf ihm einen Bund Karotten zu. »Waschen und schälen bitte. Wir machen Lasagne und Salat. Zum Nachtisch gibt es meine Spezialität.«

Ethan lächelte, nahm ein scharfes Messer aus der Schublade und drehte sich zu ihr um.

»Crème Brulée. Danach wird mich auch dein Sohn mögen.« Sie stand am Herd, hob einen kleinen Gasbrenner und ließ ihn aufflammen.

Ethan prallte zurück und ließ das Messer fallen.

Evangeline löschte die winzige Flamme und blickte ihn irritiert an. »Ist alles in Ordnung mit dir?«

»Ja, es geht schon«, log Ethan, aber sie durchschaute ihn mühelos.

Sie kam auf ihn zu und blieb dicht vor ihm stehen. »Diese Flamme ist ganz anders als die einer Zigarette. Du kannst jederzeit –«

»Nein, es geht nicht um meine Ex.« Ethan hob das Messer wieder auf und versuchte, seine Coolness zurückzugewinnen. »Bei einem Fall vor vielen Jahren ...« Er wusste nicht, wie viel oder wie wenig er ihr über Geschehnisse von damals sagen konnte. »Da ist jemand angezündet worden. Ich war dabei und habe gesehen, was das Feuer angerichtet hat. Seitdem habe ich ein kleines Problem mit offenen Flammen«, deutete er schließlich an, aber es schien drastisch genug für sie zu sein, denn ihre Augen weiteten sich vor Schrecken.

»Ich versteh' schon. Ich bin sehr vorsichtig mit dem Brenner.« Sie lächelte ohne eine Spur von Häme und berührte Ethan kurz an der Schulter.

Er erwiderte ihr Lächeln, doch in Wahrheit sah er in diesem Moment nicht ihr perfektes Gesicht. Er sah Madison. Sie stand in Flammen.

***

Es war ungewohnt, zu dritt zu essen. Die familiäre Stimmung schien Haley genauso zu befremden wie Ethan. Sein letztes Familienessen war Jahrzehnte her und damals war er noch der Sohn gewesen. Wie Haleys Mahlzeiten in Detroit ausgesehen hatten, konnte er sich nur ausmalen.

Evangeline schien die seltsame Stimmung nicht zu stören. Sie quetschte Haley über seine Zeit auf dem Kenyon College aus. Ethan hatte seinen Sohn nach der High School dorthin geschickt, was ihn einiges an Überredungskraft gekostet hatte. Haley hatte jedoch trotz aller guten Argumente geglaubt, sein Vater wolle ihn möglichst schnell wieder loswerden und die Verantwortung abschieben. Ethan dachte lieber nicht darüber nach, ob etwas Wahres daran war. Er liebte Haley, schließlich war er sein Sohn, doch als dieser mit fünfzehn zu ihm zog, war er ein fremdes Kind gewesen.

»Auf dem College ist jemand umgekommen«, erklärte Haley gerade. »Ein Student wurde umgebracht und ... Sie kennen ja meinen Dad.« Es bereitete ihm sichtlich Spaß, Evangeline die Geschichte des in der Dusche getöteten Studenten zu berichten. An dem schaurigen Unterton in seiner Stimme erkannte Ethan, dass Haley sich der Ernsthaftigkeit des Geschehnisses nicht im Geringsten bewusst war.

»Ein Mord auf dem Kenyon College?« Evangeline sah überrascht auf. »Davon habe ich damals gar nichts gehört.«

Ethan ließ die Gabel sinken. »Das College hat die Geschichte heruntergespielt, um seinen guten Ruf nicht zu verlieren. Die Polizei hat ebenfalls dicht gehalten, vermutlich war eine Menge Geld im Spiel. Mir war das alles zu unsicher. Und da Haley von Anfang an sowieso lieber in Virginia bleiben wollte, habe ich ihn hierher zurück geholt.«

»Wieso hast du ihn erst nach Gambier geschickt, wenn es ihm hier besser gefällt?«

Ethan sah ein leichtes Grinsen über das Gesicht seines Sohns huschen. Eins zu Null für Haley.

»Das Kenyon ist ein gutes College für angehende Schriftsteller. E.L. Doctorow war auf dem Kenyon.«

»Du schreibst?« Evangeline sah Haley überrascht an.

Haley bejahte und ging dann auf ihr Bitten hin nach oben, um eine seiner Geschichten zu holen.

»Er ist nett.« Evangeline lächelte.

»Nett, talentiert und wortgewandt. Kaum zu glauben, dass er mein Sohn ist.«

»Du hast ihm dein Aussehen vererbt. Ich könnte mir vorstellen, dass er ganz froh darüber ist.« Sie schmunzelte und nahm einen Schluck von dem Rotwein, den sie mitgebracht hatte.

Ethan verzeichnete diesen Abend als ersten Erfolg. Sie hatte noch keine einzige bissige Bemerkung fallen lassen und mochte seinen Sohn. Und Haley schien sich ebenfalls mit ihr anzufreunden.

## *-29-*

Als Ethan am nächsten Morgen aufwachte, hing ihm der Abend mit Evangeline, oder Eve, wie sie von Freunden genannt wurde, noch in den Knochen. Sein Kopf dröhnte von zu viel Wein und in seinem Bauch hatte sich über Nacht ein Gefühl breit gemacht, dessen Existenz er beinahe vollkommen vergessen hatte. Je näher er Eve kennen lernte, desto mehr mochte er sie und umso größer wurde sein Ehrgeiz, diese Frau nicht wieder gehen zu lassen.

Mit den Gedanken noch bei ihrem gemeinsamen Abend ging Ethan ans Fenster und öffnete es. Draußen war es bereits warm und sonnig und er hatte das Gefühl, dass sie heute einen Durchbruch würden erzielen könnten. Vielleicht würden sie einen entscheidenden Hinweis erhalten oder die *Bestie* würde endlich einen Fehler machen.

Dann schellte das Telefon und holte ihn jäh in die Realität zurück. Schlagartig wusste er, dass etwas nicht stimmte. Es war wie eine Eingebung. Das Klingeln klang nicht anders als sonst, es zuckten keine Blitze vom Himmel, die Erde bebte nicht, aber trotzdem spürte er es ganz deutlich.

Verwirrt eilte er zum Apparat, der an der Wand in der Küche hing und nahm den Hörer ab.

»Detective Hayes? Hier ist Bobby Jackson vom Psychiatrischen Zentrum.«

»Was ist mit ihr?« Ethan erschrak über den panischen Klang seiner Stimme. Er wusste es. Er wusste es, bevor Jackson es aussprach.

»Miss Madison West hat sich in der vorletzten Nacht an ihrem Bettlaken erhängt. Es tut mir leid.«

Die Worte hallten in Ethans Kopf wider wie ein grausames Echo.

Madison war tot.

Von einer Sekunde auf die andere fühlte er sich schuldiger denn je. Er hätte ihre Ängste ernster nehmen sollen. Er hätte irgendetwas für sie tun müssen!

Stets hatte er sich bemüht, Madisons Leben wieder auf einen guten Weg zu bringen und Birch nicht die Genugtuung zu lassen, sie vollends zerstört zu haben. Aber jetzt, nach zehn Jahren, sollte er es doch noch geschafft haben. Sie hatte keinen anderen Ausweg mehr gesehen, als sich das Leben zu nehmen. Ethan konnte es einfach nicht glauben. Er knallte den Hörer auf die Gabel und lehnte die Stirn gegen die Wand. Nicht nur Maddi, sondern auch er hatte den Kampf gegen ihre inneren Dämonen für immer verloren.

## -30-

Keeley Piper stand in der prallen Sonne vor der King's Grant Elementary School und wartete auf ihre Tochter Zoe. Die Lynnhaven Road war um diese Zeit überfüllt von den Autos wartender, besorgter Eltern. Alle hatten Angst vor dem Mörder, der sein Unwesen in der Stadt trieb. Niemand wollte sein Kind mehr nach Hause laufen oder den Schulbus nehmen lassen. Keeley hatte sich, wie so oft in den letzten Tagen, früher frei genommen. Glücklicherweise hatte ihre Chefin selbst eine Tochter und somit vollstes Verständnis.

Das Schulgebäude flimmerte in der Hitze. Es war unerträglich warm. Keeley warf einen sehnsüchtigen Blick auf die gegenüberliegende Straßenseite. Eine Frau saß dort im Schatten der Bäume, auf dem Kopf einen riesigen Sonnenhut.

Keeley fächerte sich Luft zu und stellte erfreut fest, dass der Unterricht endlich beendet zu sein schien. Kinder strömten in Massen aus dem Gebäude. Von einer Sekunde auf die andere wurde es laut und Gelächter durchbrach die Stille der Mittagshitze.

Auch Zoe war unter den Kindern. Als sie ihre Mutter entdeckte, die ihr lächelnd zuwinkte, rannte sie los. Keeley drückte ihr einen Kuss auf die Wange und nahm ihr den Rucksack ab. Hand in Hand schlenderten sie zu ihrem kleinen Wagen. Es dauerte eine Weile, bis Keeley ihre Tochter und die Einkäufe vernünftig verstaut hatte und selbst eingestiegen war. Die Straße war mittlerweile ein bisschen freier geworden und sie legte den Rückwärtsgang ein.

Zoe plapperte ununterbrochen und berichtete über ihre Erlebnisse in der Schule. Sie war schon immer gerne zum Unterricht gegangen, was Keeley sehr zu schätzen wusste. Als sie gerade zurücksetzte, sah sie im Rückspiegel, dass die Frau auf der Bank gegenüber plötzlich nach vorne kippte.

Sie runzelte die Stirn. »Schätzchen, du wartest einen Moment, ja?«

Ohne auf eine Antwort ihrer Tochter zu warten, stieg sie aus und eilte über die Straße.

»Entschuldigung?« Vorsichtig trat sie an die Frau mit dem großen Sonnenhut heran. Sie war merkwürdig gekleidet und hing regungslos von der Bank, wobei ihre Hände den Rasen berührten.

»Geht es Ihnen nicht gut?«

Keine Reaktion.

Sie berührte die Schulter der Frau und bemerkte, dass sie unnatürlich kalt war. »Kann ich Ihnen irgendwie helfen?« Vorsichtig hockte sie sich hin und hob den riesigen Hut der Frau ein Stück an. »Großer Gott!!«, entfuhr es Keeley und sie fiel rücklings ins Gras.

## *-31-*

Ethan konnte noch immer keinen klaren Gedanken fassen, so sehr er sich auch bemühte. Wie in Trance sah er der Spurensicherung bei der Arbeit zu. Es hatte keine Stunde gedauert, bis sie herausgefunden hatten, dass es sich bei der Leiche auf der Bank vor der Schule um Roxanna Johnsonn handelte. Es war nicht besonders schwer zu erraten gewesen, worauf der Killer mit seinem ‚Werk' abzielte. Er hatte offenbar von Roxannas Doppelleben gewusst und es auf seine Art der Öffentlichkeit mitgeteilt: Durch eine grausame Version von Doktor Jekyll und Mister Hyde. Signiert hatte er die Leiche wie üblich mit einem blutroten A, dass er dem Opfer in die Stirn geritzt hatte.

Ethan sah sich dem Schicksal gegenüber machtlos. Egal was er tat, es war falsch. Madison war tot. Roxanna Johnsonn war tot. Grace, Tiffany und Ava ebenfalls. Er hatte diese Frauen nicht retten können und er fürchtete sich vor dem, was noch kommen würde. Wie lange würde der Killer sein grausames Spiel noch fortführen, wie lange würde er der Polizei noch einen Schritt voraus sein?

Alles, was sie gegen ihn in der Hand hatten, waren einzelne Bausteine, die sich einfach nicht zu einem logischen Gebilde zusammenfügen ließen. Immer passte etwas nicht. Es fing schon mit dem Täterprofil an. Obwohl er noch nie an Gladys' Fähigkeiten gezweifelt hatte, ordnete Ethan an, noch einmal ein neues zu erstellen. Irgendetwas passte nicht. Gladys' Theorie eines in der Kindheit misshandelten Mannes ließ sich einfach nicht bestätigen. Zwar hatte Dewey mit allen wichtigen Behörden gesprochen, doch waren die Fälle von misshandelten Kindern in Virginia Beach und der angrenzenden Umgebung erfreulicherweise schwindend gering. Die wenigen Opfer familiären Missbrauchs passten nicht zum Profil des Gesuchten und so hatte sein Kollege seine Nachforschungen immer mehr ausgeweitet. In ganz Virginia war er zu dem gleichen Ergebnis gekommen wie in Virginia Beach und hatte daraufhin die gesamten Staaten überprüfen müssen. Hier waren allerdings derart viele Fälle häuslicher Gewalt gegen Kinder verzeichnet, dass ohne weitere Hinweise auf den Täter keine Möglichkeit bestand, den Verdächtigenkreis einzugrenzen. Momentan ging Donovan noch einmal den Bekanntenkreis der Opfer durch, in der Hoffnung, irgendwo eine Verbindung zu finden.

Mason sprach erneut mit dem verrückten Katzenfreak, der mittlerweile in der geschlossenen Abteilung der Psychiatrie saß.

Ethan selber hoffte, am Leichenfundort brauchbare Hinweise zu finden, doch er schweifte in Gedanken immer wieder ab zu Madison. Die Ärzte hatten zuletzt gesagt, sie sei auf dem Weg der Besserung. Vielleicht hätte sie die Klinik sogar bald verlassen können. Ethan verstand sie einfach nicht. In seine Trauer um sie mischten sich Wut und das unbestimmte Gefühl, von ihr verraten worden zu sein. Wie hatte sie ihm das antun können?

## *-32-*

»Au! Verdammt noch mal! Musste das sein?« Talisha lag, mit Handschellen an die schweren Bettpfosten gekettet, unter Ethan. Sie wandte den Kopf zur Seite und wischte ihre blutige Nase an ihrer bloßen Schulter ab.

Ethan starrte abwechselnd Talisha und seine eigene Faust entsetzt an. »Du ... du hast nein gesagt«, stammelte er.

»Na und?« Talishas Augen blitzten erbost. »Das hier ist ein verschissenes Rollenspiel! Du wolltest doch, dass ich mich widersetze!« Erneut wischte sie sich unbeholfen das Blut aus dem Gesicht. »Außerdem habe ich danach ungefähr vierhundert Mal ‚Saint Andrew's' gesagt. Das Safeword, falls du dich erinnerst!«

Ethan wusste, dass sie Recht hatte. Herrgott, er konnte sie doch nicht einfach schlagen. Vorsichtig stieg er von ihrem nackten Körper und zog seine Hose über.

»*Hallo*?« Talisha klang noch immer wütend. »Machst du mich vielleicht mal los?«

Ethan atmete durch. Er wusste, dass seine Neigung, fremden Nutten seine Macht durch Handschellen und seine Dienstwaffe zu demonstrieren, nicht normal war, aber damit hatte er sich einigermaßen arrangiert. Schläge gehörten allerdings nicht zu diesem Arrangement. Bisher war immer alles mit dem Einverständnis der Mädchen geschehen. *Bisher.*

»Wenn du mich nicht sofort losmachst, schreie ich!«

Als würde sie das nicht ohnehin schon tun. Sie drohte, hysterisch zu werden und Ethan beeilte sich, die Handschellen von ihren schmalen Gelenken zu lösen. »Es tut mir leid, Talisha. Wirklich.« Er hielt ihr sein T-Shirt hin.

Sie riss es ihm aus der Hand und wischte sich das Blut aus dem Gesicht. »Davon kann ich mir auch nichts kaufen«, knurrte sie und Ethan verstand.

Er kramte schnell ein paar Scheine aus seiner Hosentasche und legte sie zusätzlich zu ihrem Lohn auf den Nachttisch. »Das kommt nie wieder vor, ich verspreche es dir.«

»Natürlich kommt das nie wieder vor«, wetterte sie und griff nach einem nachtblauen Morgenmantel, der über dem Fußende hing. Er war aus Seide, oder zumindest sah er so aus. Sie streifte ihn über, wobei sie Ethan keine Sekunde aus den Augen ließ. »Wir werden uns nämlich nie wieder sehen!« Talisha bückte sich und hob ein paar lose Kleidungsstücke vom Boden auf, wobei der glatte Stoff des Mantels immer wieder von ihren Schultern rutschte.

»Talisha ...«

»Du gehst jetzt besser.« Sie richtete sich auf und drückte ihm seine Kleidung in die Hände.

»Nein ... Beruhig dich, das war doch nichts.« Ethan wollte nicht gehen.

»Du glaubst doch nicht im Ernst, dass ich dich noch mal in meinen Wohnwagen lasse!«

Er hatte ihr Vertrauen verspielt. Das wurde ihm klar, während er sich anzog. Heute hatte sie ihn zum ersten Mal mit in den kleinen Wohnwagen direkt gegenüber des Straßenstrichs genommen, den sie bewohnte. Sie hatte gesagt, dass sie es ihm zum Gefallen tue, damit er die Kosten für das Motelzimmer sparen konnte, aber er wusste, dass sie es so einfach schneller wieder zu ihren Arbeitsplatz schaffte.

»Okay, dann gehen wir das nächste Mal eben wieder ins Motel.« Er versuchte, seine Unsicherheit mit seiner gewohnt lockeren Art zu überspielen. Es tat ihm unendlich leid, was er getan hatte und er fragte sich, wie er es jemals wieder gut machen konnte. Er wusste selbst nicht, wie es zu diesem Schlag gekommen war. Plötzlich hatte ihn die Wut gepackt und er hatte ausgeholt.

»Raus!«

»Talisha ...« Ethan streckte die Arme nach ihr aus und kam auf sie zu.

Sie packte seine Handgelenke und zerrte ihn zur Tür. »Glaub ja nicht, dass du alles darfst, nur weil du ein Bulle bist!«

»Talisha.« Ethan löste seine Handgelenke aus ihrem Griff, legte ihr im Gegenzug seine Hände ins blasse Gesicht und zwang sie, ihn anzusehen. »Es tut mir *wirklich* leid, hörst du?«

Talishas Gesichtsausdruck ließ nicht erahnen, was sie dachte. Ihre Augen blitzen ihn an, sie presste die Lippen fest zusammen. Ethan erwiderte ihren Blick noch einen Moment lang, dann ließ er sie los. Er öffnete die Tür und erstarrte. Auf der anderen Straßenseite, inmitten der Mädchen, standen Dewey und Mason. Für einen kurzen Augenblick dachte Ethan, sie würden sein Laster teilen, aber dann erkannte er, dass sie eine Befragung durchführten. Erschrocken sog er die Luft ein und taumelte zurück in den Wohnwagen.

»Was?«

Ethan knallte die Tür zu und lehnte sich dagegen. »Ich kann da jetzt nicht raus.«

»Natürlich kannst du!« Sie wollte die Tür aufreißen, aber Ethan lehnte zu schwer dagegen.

»Du verstehst nicht. Da draußen sind zwei meiner Kollegen. Wenn die mich hier sehen, dann kriegen sie uns beide dran.«

Talisha blinzelte verwirrt, dann verstand sie und eilte zum Fenster, um durch die vergilbten Gardinen nach draußen zu spähen.

»Die beide Kerle in schwarz?«

»Nein, die in den halterlosen Strümpfen und den Miniröcken daneben.«

Ethan trat neben sie. »Die beiden Kerle in den dunklen Klamotten sind Polizisten, okay? Ich weiß nicht, warum sie hier sind, aber wenn sie uns erwischen, dann –«

»Kriegen wir beide einen dran, ich *weiß*, Ethan. Dann bleibst du eben noch.« Sie schien unbeeindruckt. Es war keine Seltenheit, dass Polizeibeamte die Mädchen hier besuchten. Beruflich oder privat.

Talisha schlenderte zum Bett und begann, das Chaos zu beseitigen. Ethan blieb weiter am Fenster und hoffte, dass Dewey und Mason ihn aus dem Winkel, in dem sie zum Wohnwagen standen, nicht sehen konnten und er seinen Wagen weit genug von hier geparkt hatte, als dass sie daran vorbei kommen würden. Er fragte sich, was sie hier zu suchen hatten. Zu dumm, dass er nicht einfach raus laufen und sie zur Rede stellen konnte.

Eins stand jedoch fest: Die beiden hatten es auf ein Mädchen besonders abgesehen. Cara-Mia. Sie hatte die fliederfarbene Perücke gegen eine schwarze getauscht, doch er erkannte sie. Sie schien sich furchtbar aufzuregen. Mason hatte alle Mühe, ihre dünnen Arme festzuhalten, mit denen sie immer wieder gegen seine Brust schlagen wollte. Sie kreischte unverständliche Worte. So kannte Ethan sie gar nicht.

»Cara.«

Ethan hatte gar nicht bemerkt, dass Talisha hinter ihn getreten war.

»Sicher hat sie wieder Mist gebaut. Dauernd kommen irgendwelche Bullen wegen ihr her. Sie nehmen sie mit und bringen sie eine Stunde später wieder zurück. Anscheinend hat sie so ihre Mittel, sich mit euch Bullen zu einigen.« Neid schwang in ihrer Stimme mit und Ethan erinnerte sich daran, dass Cara-Mia ihm einst von dem harten Konkurrenzkampf unter den Mädchen erzählt hatte.»Wie schade für die Kleine.« Der Spott in Talishas Stimme war beißend. »Deine zwei Freunde kassieren sie ein.«

## -33-

Ethan hatte sich beeilt, zurück zum Revier zu kommen. Irgendetwas musste geschehen sein, während er mit Talisha beschäftigt gewesen war. Dewey und Mason hatten mehrfach versucht, ihn auf seinem Handy zu erreichen, doch er hatte den Ton ausgeschaltet, bevor er den Wohnwagen betreten hatte. Er hastete durch den Flur in Richtung seines Büros, wo Mason schon auf ihn wartete. Er lehnte im Türrahmen und trank Wasser aus einem trichterförmigen Pappbecher. Über seine linke Wange verlief eine tiefe, rote Kratzspur, die zweifelsfrei von Cara-Mia stammen musste. Ethan öffnete den obersten Hemdknopf und verlangsamte seine Schritte ein wenig.

»Hayes«, stellte Mason fest und löste sich träge aus dem Türrahmen. Um die Achseln herum zeichneten sich auf seinem grauen Hemd dunkle Schweißflecken ab.

»Was gibt's?« Ethan tat sein Bestes, um nicht wie ein Cop herüberzukommen, der von seinen Kollegen beinahe bei illegalem Sex erwischt worden wäre.

»Donovan hat nach dem Ergebnis der Exhumierung ein wenig im Leben der Jaidens gestöbert. Die Nachbarin konnte ihm sagen, dass Mister Jaiden wohl ein kleine Schwäche hatte.«

»Ach ja?« Ethan tat, als sei er ahnungslos. Er hoffte, dass er nicht errötete.

»Ja. Er hat seine Frau regelmäßig mit Prostituierten betrogen. Die rüstige Lady ist ihm eines Abends zum *Poker spielen* gefolgt und hat es herausgefunden. Zumindest hat sie ihrer Nachbarin die Geschichte so erzählt.« Mason zog eine Tüte Skittles aus der Hosentasche und ließ sich ein paar davon in die Hand fallen. »Und dann hat sie ihm augenscheinlich verziehen.«

»Und unaugenscheinlich hat sie ihn mit Arsen vergiftet.«

»Ganz genau.«

»Damit haben wir ein Motiv für einen Mord, der nicht mehr bestraft werden kann.«

»Korrekt. Aber jetzt wird es erst richtig interessant: Auch Sean Johnsonn stattet Jaidens Lieblingsprostituierter regelmäßig einen Besuch ab.«

Ethan sah überrascht auf. Er hatte Sean Johnsonn für treu gehalten. Auf eine gewisse Weise vertrauenswürdig. Doch anscheinend war in der Ehe der Johnsonns doppelt etwas schief gelaufen.

Mason schmunzelte zufrieden beim Anblick von Ethans erstauntem Gesicht. »Sieht aus, als hätten wir endlich unsere Verbindung. Und im Verhörzimmer wartet auch schon das Objekt der allgemeinen Begierde.«

»Die Prostituierte?« Ethan bemühte sich, neutral zu klingen.

Mason nickte. »Dewey und ich haben uns bei der Verhaftung schon unbeliebt bei ihr gemacht. Ich wünsche Ihnen viel Spaß mit ihr.« Er warf sich ein Kaubonbon in den Mund und ließ Ethan stehen.

***

Cara-Mias richtiger Name war Delilah Linney. Sie war vierundzwanzig und kam aus Indian Springs, Nevada. Es wunderte Ethan ein wenig, dass sie nicht auf dem Sunset Strip in Los Angeles geendet war und es sie stattdessen in den Osten verschlagen hatte. Er notierte sich die wenigen persönlichen Informationen, die er von ihr brauchte, wobei seine Hand einen feuchten Abdruck auf dem Papier hinterließ.

Delilah saß Ethan gegenüber und tupfte sich mit einem Taschentuch schwarze Eyeliner-Tränen aus dem Gesicht. Auch ihre Fingernägel waren schwarz. Ethan fragte sich, was diese plötzliche Veränderung zu bedeuten hatte. Trauerte sie?

»Bist du deswegen immer zu mir gekommen? Um mich auszuhorchen?«

Ethan sah kurz in Richtung Tür. »Darüber können wir jetzt nicht reden, Miss Linney.«

Sie antwortete mit einem kurzen, harten Lachen.

»Glauben Sie mir, das hier hat nichts mit ... dieser anderen Sache zu tun.« Sein rückgratloses Gestammel war ihm unangenehm. Er kam sich vor wie ein mieser Heuchler.

Cara-Mia betrachtete ihn voller Geringschätzung, dann senkte sie den Blick auf die Tischplatte. »Ich weiß, dass es verboten ist. Ich krieg aber keinen anderen Job. Da standen bestimmt zehn Mädchen rum, warum musstet ihr ausgerechnet mich einkassieren?« Ihr Tonfall schwankte zwischen weinerlich und wütend.

»Es geht nicht um Ihren Job.«

Sie blickte auf und beugte sich zu ihm herüber. »Was anderes habe ich aber nicht verbrochen.«

Ohne es zu wollen glotzte Ethan in ihr tiefes Dekolleté. Er hatte sie so oft gehabt, dass es ihm schwer fiel, distanziert zu bleiben. In Gedanken ermahnte er sich und zwang sich, sie als Fremde zu sehen. Das schwarze Haar half ihm ein wenig dabei. So sachlich und kurz wie möglich erklärte er ihr, weshalb sie hier war. Sie verzog angewidert das Gesicht.

»Albert, dieser widerliche Sack!«

»Sie mochten ihn nicht besonders?«

»Ich sag doch, er war widerlich. Viel Geld, wenig Feingefühl. Bin ich froh, dass der abgekratzt ist!«

»Sie wissen, dass Sie sich damit verdächtig machen?«

Ihre großen Augen blickten ihn ungläubig an. »Das ist jetzt nicht dein Ernst.«

»Einer Ihrer Freier und zwei Ehefrauen Ihrer Freier sind tot.«

»Soll ich dir etwas verraten? Ich bin einfach nur froh, dass es dieser gestörte Killer offensichtlich nicht auf *Nutten* abgesehen hat!« Sie betonte das Wort, als widere es sie an.

»Wissen Sie, ob Roxanna Johnsonn eine Ahnung davon hatte, dass ihr Mann fremd ging?«

»Nein, die war ahnungslos. Er war stolz drauf. Kam sich vor wie ein Geheimagent oder so.« Sie ließ ein schiefes Grinsen sehen.

Ethan blickte in seine Notizen und machte mit ein paar Routinefragen weiter. Ihre Antworten waren einsilbig und wenig brauchbar. Für Ethan war es ein Rätsel – wie konnten die Morde in Verbindung mit den sexuellen Vorlieben der Ehemänner der Opfer stehen? Er fragte, ob sie Rusty Hilbredge gekannt hatte und zeigte ihr ein Foto, aber sie verneinte.

»Er sieht nett aus«, kommentierte sie.

Das hatte Ava Draper wohl auch mal gefunden.

Ethan lehnte sich seufzend zurück und fuhr sich nachdenklich mit der Hand durchs Haar.

»War's das, Detective?« wollte sie wissen.

Ethan blickte auf die Adresse, die Cara-Mia ihm genannt hatte. Er kannte sie. Ein Motel in der Nähe des Straßenstrichs. Solange er den Verdacht gegen sie nicht durch weitere Hinweise stützen konnte, hatte er nichts in der Hand. Zumindest für heute würde er sie gehen lassen müssen.

»Eine Frage noch, Miss Linney. Haben Sie jemandem von den Besuchen der beiden Männer erzählt?«

Sie schüttelte energisch den Kopf und ihre riesigen Ohrringe klapperten. »Das tu' ich nie. Ist schlecht fürs Geschäft, also …« Sie beugte sich wieder vor und senkte die Stimme zu einem Flüstern. »… keine Sorge.«

***

Als Ethan sein Büro betrat, wartete Donovan bereits auf ihn und sein Blick verriet nichts Gutes.

»Frag mich nicht, wie«, begann er, »aber diese Plage von Reportern hat rausbekommen, dass wir die kleine Prostituierte verdächtigen.«

Ethan runzelte verwirrt die Stirn. »Wie soll das denn gehen? Wir wissen es doch selbst erst seit ein paar Stunden.«

»Tja.« Donovan zuckte die Achseln. »Sie haben mich gerade eben darauf angesprochen, als ich das Gebäude betreten wollte. Ich war selbst überrascht, als ich gehört hab', dass ihr eine Verdächtige haben sollt.«

»Hast du es abgestritten?«

»Sicher habe ich das. Wieso sagt ihr mir denn nicht Bescheid? Kann ich mit ihr –«

»Sie war es nicht. Wir haben zumindest keinerlei Beweise.« Ethan trat ans Fenster und betrachtete die Meute aus Presseleuten und Fotografen, die sich noch immer vor dem Gebäude der Polizei tummelte. »Warum erteilt denen niemand einen Platzverweis oder so was?« Er hasste die Presse. Die Reporter richteten mehr Schaden an, als sie wahrscheinlich ahnten. Falsche, voreilige Berichte konnten Mörder nervös machen oder, wie in Cara-Mias Fall, den Verdacht zu schnell auf die Falschen lenken.

»Ich bin entschieden gegen die Pressefreiheit.« Donovan trat grinsend neben ihn.

Ethan blieb ernst. »Donovan ...« Er sah seinen Kollegen kurz an, dann wieder starr nach draußen. »Hör mal, ich muss ...«

Donovan verstand sofort. »Raus mit der Sprache. Was ist passiert?«

»Madison ist tot.«

Einen Augenblick herrschte Schwiegen. Wahrscheinlich hatte Donovan mit einer weniger schockierenden Nachricht gerechnet. Dann sog er scharf die Luft ein und atmete schwer wieder aus.

»Wie?«, fragte er nur.

»Sie hat sich erhängt.« Ethan spürte Tränen in seinen Augen brennen. »Ich wollte es dir nur sagen, aber jetzt ... Können wir vielleicht nicht weiter darüber sprechen?«

Donovan nickte verständnisvoll, doch sein entsetzter Blick sprach Bände. »Klar.« Er zwang sich sichtlich, die Fragen herunter zu schlucken, die ihm auf der Zunge brannten, um Ethan nicht weiter zu quälen. »Kann ich dir irgendwie helfen? Dir Arbeit abnehmen?«

»Hast du nichts zu tun, im Moment?« Ethan beobachtete die Reporter draußen aus feuchten Augen: Gerade blockierten sie die Putzkolonne, die ihren Dienst antreten wollte.

»Außer, die Bestie zu fangen? Nein.«

»Dann fahr bitte noch mal zu Sean Johnsonn. Ihr zwei habt euch doch so gut verstanden. Er soll dir ein bisschen was über sich und sein Verhältnis zu Straßenprostituierten erzählen.«

Donovan riss ungläubig die Augen auf. »Ist nicht wahr!«

»Doch.« Ethan nickte und atmete durch. »Ist es.«

»Sean Johnsonn macht auf liebenden Ehemann und Vater und treibt es heimlich mit Prostituierten? Was für ein Schwein.«

Ethan seufzte. Das hatte gesessen.

***

Es dämmerte bereits, doch Ethan war immer noch im Büro. Neben den Bildern der Opfer an der Wand hingen jetzt Fotos von allen, die etwas mit dem Fall zu tun haben könnten. Sean Johnsonn, Albert Jaiden, ja sogar Cara-Mia. Zwei der Männer hatten sexuellen Kontakt zu derselben Prostituierten gehabt. War es möglich, dass der Täter aus der Szene kam? Dass es jemand mit Insiderwissen war, der gezielt – ja, was eigentlich? Die Ehefrauen untreuer Männer tötete und ihre eigenen Sünden sichtbar machte? Das war nicht schlüssig, um viel zu viele Ecken gedacht.

Ethan hatte zunehmend das Gefühl, dass er sich von irgendetwas in die Irre führen ließ. Vielleicht übersah er etwas ganz Entscheidendes. Es musste Zusammenhänge geben, die sich ihm einfach noch nicht offenbart hatten.

Als es draußen dunkel wurde, hatte er endlich etwas gefunden, das Grace Mitch indirekt mit Cara-Mia verband. Eine von Graces ehemaligen Klassenkameradinnen hatte nach dem College eine Zeitlang als Prostituierte gearbeitet. Sie hatte sogar eine eigene Polizeiakte, da sie mehrfach erwischt worden war. Zugegeben, eine wirklich kleine Gemeinsamkeit, aber Ethan klammerte sich an jeden noch so dünnen Strohhalm.

Er betrachtete gerade Ava Drapers Foto, als plötzlich die Tür aufflog. Donovan stand, völlig außer Atem, im Türrahmen. »Gerade eben ist ein Anruf rein gekommen. Es gab eine weitere Entführung!«

# -34-

Ames starrte an die Decke. Er hatte Claire in sein Versteck gebracht, ohne ein Wort mit ihr zu sprechen und war gleich darauf zu Bett gegangen. Der Drang zu töten war seit seinem Rendezvous mit Roxanna noch nicht zurückgekehrt, doch er hatte nicht anders gekonnt, als eine weitere Frau zu entführen. Eine ganz besondere Frau.

Ethan Hayes und Claire Havering, das ehemalige Traumpaar. Die einzige Frau, die Ethan jemals länger als ein paar Wochen an sich heran gelassen hatte. Sie hatten heiraten wollen, doch dann ließ der gute Detective sie sitzen. Die offizielle Version lautete, dass die beiden sich aus Karrieregründen getrennt hatten, aber Ames wusste es besser. Dieses Miststück Claire war bei Weitem nicht so harmlos, wie sie vorgab. Irgendwann hatte dies auch ihr Zukünftiger schmerzhaft verstehen müssen und die Hochzeit kurzum abgesagt.

Vor ein paar Tagen hatte Claire dann doch noch bekommen, was sie wollte und den Immobilienmakler Christopher Travis geheiratet. Zu schade für das junge Paar, dass Ames ihrem Glück ein allzu jähes Ende bereiten musste.

Es war nicht allzu schwierig gewesen, Claire die Visitenkarte unterzujubeln. Von seiner Verkleidung bis hin zu dem Moment, als sie sich mit ihren verseuchten Fingern die Tränen weggewischt hatte, war alles nach Plan gelaufen. Perfekt.

Er gab den Frauen immer eine Chance, aber die Kleine hatte ja unbedingt beim Anblick der Karte sentimental werden müssen. Bedauerlicherweise ihr Todesurteil.

Ein zufriedenes Grinsen huschte über Ames' Züge. Er schloss die Augen und war augenblicklich müde. Heute Nacht würde er hoffentlich ohne Albträume schlafen können.

***

Keine dreißig Minuten nach dem alarmierenden Anruf versammelte sich das Team in Ethans Büro. Donovan hatte noch einmal genauere Informationen eingeholt und wirkte seit seiner Rückkehr seltsam nervös. Allerdings waren sie alle nicht in der besten Verfassung. Die Anspannung im Raum war spürbar und auf unangenehme Weise elektrisierend.

Mason, in dessen Gesicht die Kratzer nur noch als dünne, rote Linie zu sehen waren, betrat als Letzter den Raum und Ethan ergriff das Wort. »Also schön. Was haben wir?«

»Ein gewisser Christopher Travis hat seine Frau als vermisst gemeldet«, begann Donovan. »Der Fall ist diesmal besonders tragisch, denn die beiden waren frisch verheiratet.«

Damit fiel die Möglichkeit weg, dass es der Killer auf zerrüttete Paare abgesehen hatte.

Dewey schüttelte betroffen den Kopf und blickte zu Boden.

»Und da ist noch etwas ...« Donovan sah Ethan an, doch sein Blick war undeutbar.

Ein ungutes Gefühl machte sich in Ethans Eingeweiden breit. »Was? Raus mit der Sprache, Donovan.«

»Die Vermisste hört auf den Namen Claire Travis ... geborene Havering.«

Ethan spürte, wie ihm schwindelig wurde und ließ sich auf seinen Schreibtischstuhl sinken. Das durfte nicht wahr sein. Von allen Frauen aus Virginia Beach sollte sich der Verrückte ausgerechnet seine Exfreundin herausgepickt haben?

Gladys fing seinen Blick auf und sah ihm fest in die Augen. »Du glaubst doch nicht, dass das ein Zufall ist, oder?«

Bevor Ethan etwas erwidern konnte, meldete sich sein Partner erneut zu Wort. »Ich denke, das sollten wir alle nicht glauben. Das Auto der Vermissten wurde auf einem Supermarktparkplatz gefunden. Neben der Fahrertür lag eine Visitenkarte.«

»Und?« Ethan hatte keine Ahnung, worauf Donovan hinaus wollte.

»Und darauf stand dein Name, Eth.«

***

*Neue Kleider sollen immer etwas verbergen. Kleider, die zu lange getragen werden, entwickeln einen speziellen Geruch. Wie Ammoniak. Beißend und scharf. Wie der Messerblock in der Küche. Die Messer, die darin stecken, passen nicht zusammen. Wenn man nur die bunten Griffe sieht, wirken sie freundlich. Eine Hand greift nach einem davon. Los, unter die kalte Dusche, sonst schneide ich dir die Kehle durch! Ein Lächeln, ein geblümtes Kleid. Sie rührt in einem Topf. Unter die Dusche sage ich! Eine Hand schließt sich um ein Handgelenk, jede Weigerung ist jetzt nutzlos. Wenn nicht kalt, dann eben heiß. Heiß und kalt.*

*Verbrennungen und Erfrierungen haben fast die gleichen Symptome, die gleichen Wunden, die gleiche Art von Schmerz. Aber es ist ein unvergleichlicher Schmerz, wenn ein Arm auf die heiße Herdplatte gedrückt wird.* Er *erstickt den Schrei mit einer riesigen Hand.* Sie *rührt weiter in ihrem Topf. Der Inhalt ist blutrot. Der Geruch nach verbranntem Fleisch –*

Ames setzte sich ruckartig in seinem Bett auf. Er wusste nicht, ob er geschrien hatte, doch seine Kehle brannte und fühlte sich ausgetrocknet an. Sein Atem ging schnell und die Laken unter ihm waren schweißnass. Er hatte gehofft, schlafen zu können; hätte alles gegeben für eine Nacht, die er durchschlafen konnte. Er glaubte nicht, dass Menschen, die die Fähigkeit hatten, ruhig und friedlich zu schlafen, dies zu schätzen wussten.

Ames war hellwach und schwang die Beine aus dem Bett. Es gab etwas, womit er die Nacht zubringen konnte. Etwas, das fast so gut wie Schlafen war.

## -35-

Claire Travis saß auf einem im Boden verankerten Stuhl. Ihre Hände waren hinter ihrem Rücken mit Handschellen gefesselt, die Kette war um die Lehne geschlungen. Sie wusste nicht, wie spät es war. Die benebelnde Wirkung der Droge hatte nachgelassen. Ihre Augen ließen sich wieder scharf stellen und sie hatte nicht mehr das Gefühl, abheben zu müssen, würde dieser Stuhl sie nicht am Boden halten. Ihr war kalt und sie hatte Kopfschmerzen, aber immerhin war sie noch am Leben und konnte einigermaßen klar denken. Ihre Augen hatten sich an die Dunkelheit gewöhnt und sie erkannte durch das kleine Fenster, dass außerhalb ihres Gefängnisses nichts als Bäume und Sträucher waren. Zumindest, so weit sie gucken konnte.

In der Hütte selbst befand sich außer dem Stuhl, auf dem sie saß, noch ein kleiner Tisch voller Gegenstände, die das Mondlicht reflektierten. Die Spielzeuge des Verrückten. Es waren diese Gerätschaften, die ihr am meisten Angst machten. Immer wieder schossen ihr Tränen in die Augen und verschleierten ihre Sicht. Sie zwang sich, nicht in Panik zu geraten. Keinesfalls wollte sie es zulassen, dass ihr Entführer mit seinen Werkzeugen Hand an ihren Körper legte.

Claire ging im Kopf die Möglichkeiten durch, die sie hatte. Entweder, sie fand in ihren Hosentaschen irgendetwas, das sie als Schlüssel für die Handschellen benutzen konnte oder sie bekam es irgendwie hin, den Stuhl vom

Boden zu lösen. Dann könnte sie zum Tisch robben und dort etwas suchen, womit sie die Fesseln öffnen konnte. Es gab noch eine dritte Möglichkeit, doch dafür fehlte ihr der Mut. In einem Buch hatte sie mal gelesen, dass sich eine Frau aus ihren Handschellen befreit hatte, indem sie ihre Finger durch die Metallringe gequetscht hatte. Dabei waren ihre Hände fast gehäutet worden, sodass sie das austretende Blut als Schmiermittel benutzen konnte. Es war vielleicht absurd, aber Claire scheute sich vor den Schmerzen und vor allem vor den Narben, die dieses Prozedere mit sich bringen würden. Sie dachte an ihren Ehering und daran, dass sie ihn an einer unversehrten Hand tragen wollte. Sie wusste, dass ihre Hände im Moment ihr kleinste Sorge sein sollten, aber der Gedanke an ihren Mann Christopher und ihre gemeinsame Zukunft, die Vorstellung, dass sie überhaupt eine Zukunft hatte, gab ihr Kraft.

Sie streckte die Finger aus und betastete ihre Gesäßtaschen. Sie fühlten sich leer an. Der Entführer hatte ihr alles weggenommen.

Also Plan B. Sie senkte den Blick und erkannte, dass der Stuhl ursprünglich von vier Schrauben im morschen Holzboden gehalten worden war. Eine Schraube fehlte jedoch und eine andere stand weiter heraus als der Rest. Sie sammelte sich einen Moment, dann begann sie, mit aller Kraft hin und her zu schaukeln. Immer wieder warf sie sich mit ihrem gesamten Gewicht gegen die linke, dann gegen die rechte Armlehne. Ihr Puls begann zu rasen und ihr Atem ging rasselnd, aber sie gönnte sich keine Pause. Wenn es eine Chance gab, dem Monster zu entkommen, dann war es diese.

Plötzlich knirschte das Holz unter ihr. Einen Moment hielt Claire inne und fürchtete, der Mann würde zurückkehren, um zu vollenden, womit er begonnen hatte. Doch dann wurde ihr klar, dass sie selber das Geräusch verursacht hatte. Ein kurzes, hysterisches Lachen entwand sich ihrer Kehle, als sie sah, dass sich die Bodendielen an der linken Seite ein Stück angehoben hatten.

Panik und Hoffnung gaben ihr gleichermaßen Kraft. Wieder und wieder warf sie sich gegen den Stuhl. Das Knirschen wurde lauter und plötzlich von einem Krachen abgelöst. Claire landete unsanft auf dem Boden und musste sich erst einmal orientieren.

Dann robbte sie los so schnell sie konnte. Immer noch an den ungestürzten Stuhl gefesselt, kam sie nur langsam von der Stelle. Splitter bohrten sich in ihre Haut.

Nach Stunden, wie es ihr vorkam, erreichte sie den Tisch. Einen Moment lang blieb sie liegen und rang nach Atem. Als ihre Lungen zu brennen aufhörten, begann sie den Tisch mit Tritten zu malträtieren. Anscheinend war er nicht viel stabiler als die Dielen und so dauerte es nicht lange, bis eines der Beine nachgab. Gegenstände prasselten auf Claire herunter. Etwas Spitzes stach in ihren Oberarm und blieb stecken. Ein Dartpfeil.

Claire unterdrückte einen Schmerzensschrei und sah sich genauer an, was vom Tisch gefallen war: Ein Gasbrenner, ein Messer und – sie jubelte innerlich – eine *Säge* …

***

Als Ames die kleine Geisterstadt erreichte, in der er sich mehr zu Hause fühlte als überall sonst, hatte er sich einigermaßen gefasst. Er hatte geduscht, um den Albtraum abzuspülen, doch ein ungutes Gefühl war geblieben.

Der Mond war heute Nacht nicht mehr so voll wie bei seinem Abenteuer mit Roxanna Johnsonn, aber es war immer noch hell genug, um sich ohne Taschenlampe durch den Wald bewegen zu können. Mittlerweile hätte er den Weg allerdings auch blind gefunden.

Er öffnete das Tor zum Wasserturm, lehnte es hinter sich an und schritt durch das raschelnde Laub zu der windschiefen Hütte, die aussah, als würde sie jeden Moment unter der Last der vergangenen Jahrzehnte zusammenbrechen. Er sah sich kurz prüfend um und genoss die Erwartung einer Nacht mit einer neuen Freundin, die ihm vollkommen ausgeliefert sein würde.

Dann öffnete er die Tür und erstarrte. Der Stuhl lag auf dem Boden, Teile der Bodendielen waren gesplittert und herausgebrochen. Die Lehne des Stuhls war an einer Seite zersägt worden, Sägespäne sprenkelten den schmutzigen Boden. Das Fenster war eingeschlagen, sein Werkzeug lag auf dem Boden verteilt und, was ihn am meisten erschreckte: Claire war verschwunden.

## *-36-*

Seit Claires Vermisstenmeldung lief der Countdown – das war ihnen allen klar. Sie mussten so schnell wie möglich so viele Informationen wie möglich sammeln, um diesmal vielleicht den Hauch einer Chance zu haben.

Ethan war froh über das Vertrauen seiner Kollegen. Gott sei Dank hatten sie nach dem Fund der Visitenkarte keine falschen Schlüsse gezogen und ihn verdächtigt. Dieser Fehler hätte dem Täter nur zusätzlich Luft verschafft. Zeit, die er sicher dazu genutzt hätte, noch mehr Unheil anzurichten.

Mason war der Letzte, der am späten Abend das Büro betrat.

»Wie geht es Christopher Travis?«, wollte Gladys wissen, als er schnaubend zu Atem gekommen war.

»Wie wohl? Er feiert sicher keine ausgelassene Party mit seinen Jungs und ein paar Stripperinnen, soviel steht fest.«

Gladys sparte sich einen Kommentar und wandte sich Ethan zu. »Am Fundort war nicht mehr viel zu holen.«

Ethan nickte und hatte alle Mühe, sich nicht von der Ergebnislosigkeit ihrer bisherigen Ermittlungen erdrücken zu lassen. »Gut, also ... Donovan und mir kam die Visitenkarte seltsam vor. Die Pappe war dick und weich, eher wie Löschpapier. Im Labor haben sie durch einen Schnelltest herausgefunden, dass die Karte mit LSD präpariert war.«

»Mit LSD?« Dewey sah Ethan zweifelnd an.

»Lysergsäurediethylamid. Gramm und nicht wie üblich Milligramm. Auf einem so genannten Blotter«, fügte Donovan hinzu.

Ethan setzte zu einer genaueren Erklärung an. »Ein Blotter ist eine Pappe, die eine extrem hohe Menge LSD aufsaugen kann. Eigentlich gelangt das Zeug über die Schleimhäute in den Körper, aber der Entführer spekuliert darauf, dass die Frauen es durch die hohe Menge über die Haut aufnehmen.

Gladys nickte wissend. »Wie bei Albert Hofmann, dem Entdecker der Droge.«

Ethan pflichtete ihr bei. »Offensichtlich ist sein Plan aufgegangen.«

»Euch ist klar, welche Frage sich uns dann jetzt stellt?« Gladys warf einen Blick in die Runde. »Hat der Mörder sich Claire ausgesucht und sie mit Ethans Karte geködert, um uns eins auszuwischen oder beziehen sich all seine bisherigen Taten in irgendeiner Form auf Ethan?«

Ethan senkte den Blick und spürte, wie sich alle Augen auf ihn richteten. Er wollte das nicht glauben. Er wollte derjenige sein, der den Killer jagte und ihn letzten Endes zur Strecke brachte, aber ganz sicher nicht der Auslöser für seine Taten. Welche Schuld er mit jedem weiteren Mord auf sich lud, sollte Gladys Recht haben, wollte er sich gar nicht ausmalen. Er sammelte all seine verbliebene Energie und zwang sich, seine Kollegen anzusehen.

»Finden wir es heraus.« Er fuhr sich mit der Hand übers Kinn. »Und beeilen wir uns besser.«

# -37-

Claire konnte noch nicht lange fort sein. Ames hatte den Stuhl und den Boden inspiziert und dabei frisches, noch feuchtes Blut gefunden. Die Blutstropfen hatten eine dünne Spur bis zur Tür gebildet, dann war sie im Laub verschwunden. Draußen hatte er ein Loch im Zaun entdeckt. Claire hatte mit einer Kneifzange den Draht durchtrennt. Er hob das Werkzeug auf, das sie liegen gelassen hatte und leuchtete mit einer Taschenlampe durch die Öffnung in den dunklen Wald. Er wünschte sich, dass es geregnet hätte, denn dann hätte sie Fußabdrücke im feuchten Unterholz hinterlassen. Doch der Boden war knochentrocken und der Wind, der vom Ozean herüber zog, verwehte das Laub zu ständig neuen Formationen.

Seine Gedanken rasten. Was hätte er an ihrer Stelle getan? War sie einfach blindlings in den Wald gelaufen oder hatte sie den Wasserturm umrundet, um Ames auf eine falsche Fährte zu führen und war wieder am Tor angelangt? Langsam drehte er sich um die eigene Achse und suchte den dichten Wald nach der perfekten Richtung ab. Der Richtung, die Rettung versprach. Was taten die Frauen in Horrorfilmen, wenn sie versuchten, dem Killer zu entkommen? Die klugen Frauen, wohlgemerkt. Die, die nicht einfach losrannten, um dann im nächsten Moment ihrem Jäger vor den Geländewagen zu laufen. Sie dachten nach, was ihnen die höchste Überlebenschance sicherte. Eine Hauptverkehrsstraße zum Beispiel. Oder eine Telefonzelle. In jedem Fall *Zivilisation*.

Ames stoppte ruckartig und blickte grinsend über die Bäume hinweg. In drei der Himmelsrichtungen war der Wald stockdunkel, aber im Norden erkannte er die gleißenden Lichter des Technology Boulevard.

Er rannte los.

***

Claires Lungen brannten. Ihre dünnen Turnschuhe boten keinen Schutz gegen den verwurzelten, unebenen Waldboden; Dornen hatten Löcher in ihre Kleider gerissen und ihr das Gesicht zerkratzt. Es hatte ewig gedauert, bis sie den Stuhl zersägt hatte. Zu allem Unglück hatte sie sich in der Hektik auch noch selbst das Handgelenk angesägt. Umständlich war sie durch ihre Handschellen gestiegen, sodass sie nun zwei Finger auf den Schnitt pressen konnte, um die Blutung zu stoppen. Die Wunde schmerzte noch immer, aber das war nicht weiter schlimm. Der Schmerz hielt sie wach und trieb sie weiter. Sie durfte gar nicht an den Verrückten denken, der sie hergebracht hatte, sonst würde sie vermutlich vor Panik den Verstand verlieren. Es musste die Resort-City-Bestie sein, über die die Medien momentan andauernd berichteten. Sie hatte keine Feinde, die ihr so etwas hätten antun können und keine Freunde, die sich einen derart makabren Scherz mit ihr erlaubt hätten.

Sie musste unbedingt die Straße erreichen, weg aus diesem Wald, wo er sich wahrscheinlich auskannte und ihr deshalb weit überlegen war. Sie jagte vorwärts und versuchte dabei, sich die Gestalt des Kidnappers in Erinnerung zu rufen, doch er hatte sie derart stark betäubt, dass ihre Entführung ihr vorkam wie ein Traum, durchzogen von irrwitzigen Details und komischen Gestalten. Sie wusste lediglich, dass es ein Mann gewesen war und dass er eine Kapuze getragen hatte. Sie würde der Polizei keine Details nennen können, aber das sollte ihr völlig egal sein, wenn sie die Polizei nur erstmal lebend erreichte.

Claire kämpfte sich weiter durch das Unterholz; tausend Gedanken schossen ihr durch den Kopf. Wie hatte er sie betäubt? Wieso hatte sie es nicht bemerkt? Was hatte sie abgelenkt? Der letzte Moment, an den sie sich klar und deutlich erinnerte, war der Gang zu ihm zu ihrem Wagen und das Stolpern über eine kleine Unebenheit auf dem Parkplatz. Alles andere war verwirrend und verdreht.

Sie erreichte eine Lichtung und blieb stehen, um Luft zu holen. Schwer atmend beugte sie sich vor wie nach einem Dauerlauf, um das Seitenstechen in den Griff zu kriegen. Sie atmete drei, vier Mal tief durch, dann blickte sie auf und sah, dass die Straßenlaternen jetzt viel deutlicher durch die Bäume schienen und die Lichter der ortsansässigen Firmen schon ganz nah waren. Sie lächelte nervös und zugleich hoffnungsvoll, dann setzte sie sich wieder in Bewegung, wenn auch langsamer als zuvor. Um sich von dem Gedanken abzulenken, dass der Perverse mittlerweile womöglich zurückgekehrt war und bemerkt hatte, dass sie fort war, begann sie, ihre Schritte zu zählen. Sie stellte sich den Entführer wie einen Wolf vor, dem die sicher geglaubte Beute entkommen war. Es würde ihn furchtbar wütend machen, dass sie geflohen war.

Plötzlich knackte es im Geäst.

Claire blieb wie angewurzelt stehen und horchte. Ihre Siegessicherheit verflog. Sie wünschte, ihr rasselnder Atem würde leiser gehen und hoffte, dass ihr Herzschlag sie nicht verriet.

Wieder ein Knacken, irgendwo rechts von ihr, aber die genaue Entfernung vermochte sie nicht abzuschätzen.

Sie zog das Messer, das sie aus der Hütte mitgenommen hatte, aus dem Hosenbund. Es war ein Butterfly, wie es die Straßengangs in den Großstädten benutzten. Mit einer schwungvollen Bewegung klappte sie es auf und befestigte den kleinen Haken hinten am Griff. Ihre gefesselten Hände zitterten. Ihre Nerven waren zum Zerreißen gespannt.

Ein erneutes Knacken, diesmal näher. Sie umklammerte den Griff des Messers so fest, dass ihre Finger unter dem Druck schmerzten.

»Komm zurück, komm!«

Claire zuckte zusammen. Tränen schossen ihr in die Augen und sie hätte am liebsten losgeheult. Wie hatte er sie so schnell finden können?

Ein Pfiff, dann: »Sparky! Na komm schon, sei ein guter Junge! Dann darfst du heute Nacht auch mit im Bett schlafen!«

Claire schloss die Augen und musste sich die Hand vor den Mund halten, um nicht laut loszulachen. Ein harmloser Spaziergänger mit Hund. Sie kannte das. Sie hatte selbst mal einen Hund gehabt und es war ihr nie gelungen, ihm das Verlangen nach nächtlichen Spaziergängen abzugewöhnen. Sie atmete erleichtert durch. Der Hundebesitzer würde mit Sicherheit ein Handy dabei haben und sie würden die Polizei rufen können.

»Entschuldigung!« Ihre Stimme war ein heiseres Krächzen. Erst jetzt bemerkte sie, dass sie entsetzlichen Durst hatte.

»Hallo? Ist da wer?« Der Mann klang verwundert. Sie machte ein paar vorsichtige Schritte in seine Richtung.

»Hallo, hier, hinter Ihnen!« Jetzt konnte sie die hochgewachsene Silhouette des Hundebesitzers ausmachen. Er stand mit einer Leine in der Hand auf einem befestigten Spazierweg und drehte sich ruckartig zu Claire herum, als diese hinter ihm aus dem Unterholz sprang. Als sie den Mann sah, flammte für den Bruchteil einer Sekunde ein Bild vor ihrem inneren Auge auf. Dann war das Bild weg und grenzenlose Erleichterung machte sich in ihr breit. Sie war so gut wie in Sicherheit.

»Haben Sie mich erschreckt!«

»Bitte entschuldigen Sie«, keuchte Claire. »Ich wurde entführt und in einer Waldhütte festgehalten. Ich konnte fliehen, aber ich weiß nicht, ob der Kerl hinter mir her ist! Bitte, wir müssen dringend die Polizei rufen!« Sie spürte Tränen in sich aufsteigen und ihre Stimme versagte.

»Okay, okay, beruhigen Sie sich. Nehmen Sie erst mal das Messer runter.« Der Spaziergänger hob die Hände und trat alarmiert einen Schritt zurück.

Erschrocken blickte Claire auf das Butterfly-Messer, um das ihre Hände noch immer verkrampft waren. Sie schloss es und stammelte eine Entschuldigung.

»Schon gut, schon gut. Kommen Sie. Ich bringe Sie aus dem Wald und von der Straße aus rufen wir die Polizei.«

Claire trat näher an ihn heran und ergriff die Hand, die er nach ihr ausgestreckt hatte. Ihre Handschellen schabten mit einem metallischen Geräusch aneinander, das sie erschauern ließ, doch die Stimme ihres Retters hatte etwas Vertrautes an sich, das sie augenblicklich ruhiger werden ließ. Sie schluchzte und wischte sich über die Augen.

»Ganz ruhig, kommen Sie.«

»Und Ihr Hund?« Claire blickte auf.

»Welcher Hund?«

Sie brauchte einen Moment, um die Worte zu verstehen, aber als sie endlich die passenden Schlüsse gezogen hatte, war es zu spät.

Er ließ ihre Hand los, zog das Seil, welches sie für eine Hundeleine gehalten hatte straff und schloss es von hinten um ihren Hals. Seine Stimme war eiskalt, als er ganz nah an ihrem Ohr zischte: »Mein Hündchen ist ausgerissen. Aber jetzt habe ich es wieder.«

Seine Worte jagten ihr einen Schauer über den Rücken und sie empfand nichts als unendliches Grauen. Dann sank sie in eine tiefe, gnädige Schwärze.

## *-38-*

*Ethan wusste nicht, den wievielten Kaffee er gerade trank. Ausnahmsweise war es einmal nicht sein Job, der ihn wach hielt, sondern es waren die beiden bedeutendsten Frauen in seinem Leben: Seine Ex-Verlobte Claire und Madison, wie auch immer man die Beziehung beschreiben wollte, die ihn mit ihr verband. Um drei Uhr nachts war der Anruf aus der Klinik gekommen. Maddi ginge es nicht gut und er solle schnellstmöglich herkommen. Bei seiner Ankunft hatte man ihm erklärt, sie haben einen neu angestellten Pfleger mit ihrer Gabel bedroht. Jetzt saß Ethan auf ihrer Bettkante und versuchte, sie zu beruhigen.*

*»Ich kannte den Kerl nicht! Er hätte von Birch bezahlt sein können!«*

*»Maddi, du musst nicht bei jedem Fremden befürchten, dass er dir etwas antun will.«*

*»Genau das habe ich bereits einmal zu wenig in meinem Leben befürchtet!«*

*Ethan sah auf und ihr wütender Blick bohrte sich in seinen. Er schüttelte den Kopf und nahm einen weiteren Schluck Kaffee.*

*»Was ist mir dir?« Sie betrachtete ihn jetzt neugierig, hatte offenbar bemerkt, dass mit ihm ebenfalls etwas nicht stimmte. Innerlich verfluchte er sie für ihre gute Menschenkenntnis, denn wenn er an eines nicht erinnert werden wollte, dann war das die wohl schmerzhafteste Trennung seines Lebens, die nur wenige Stunden zurücklag.*

*»Lass uns das Thema wechseln.«*

*»Ach komm schon, Ethan.« Maddi setzte sich auf, was dank ihrer fixierten Arme zum Balanceakt wurde.*

*Was sollte er ihr erzählen? Dass er sich zu einhundert Prozent in der Frau getäuscht hatte, die er hatte heiraten wollen? Dass die Liebe, die er für sie zu empfinden geglaubt hatte, von einer Sekunde auf die andere in nichts als Wut und Verständnislosigkeit umgeschlagen war?*

*»Du bist zu jung, um so was zu verstehen.«*

*»Du meinst, zu weltfremd.«*

*Er schwieg. Vielleicht meinte er genau das. Was wusste Madison West schon über die Welt da draußen, die sie kaum mehr betreten hatte, seit sie fünfzehn war? Was wusste sie schon über Frauen wie Claire? Er wünschte, sie hätte ihn einfach nur betrogen. Oder ihm eröffnet, dass sie gar keine Lust hatte zu heiraten. Er hätte ihr viel verziehen. Aber nicht* das.

*»Hat sie einen Anderen? Oder hat sie ...«*

*»Ich hole mir noch einen Kaffee.« Damit stand er auf. Er brauchte ein paar Minuten für sich und hoffte, dass Madison dann aufhören würde, ihn zu löchern, denn er wollte nicht auch noch auf sie wütend sein. Sie war ein Opfer. Sie war nicht wie Claire.*

Ethan schrak aus seinen Gedanken auf, als Gladys seinen Namen sagte. Offenbar war sie mit ihrem Schaubild fertig. Er rieb sich die Augen und suchte irgendwo in seinem Kopf nach einem letzten Rest Konzentration.

Sie hatten die Nacht durchgearbeitet, sich in einem der Besprechungsräume eingerichtet und den Ermittlungen einen neuen Mittelpunkt gegeben: Ethan selbst.

Endlich schienen sich die losen Fäden zu einem stabilen Netz zusammenzufügen. Am Freitagvormittag hatte Gladys aus ihren Ergebnissen eine Tafel erstellt und Fotos der Opfer um seinen Namen geschart wie Fliegen. Für jede Einzelne der Frauen ergab sich eine Verbindung zu Ethan.

Gladys schien nach der langen Nacht noch den klarsten Kopf zu haben. Sicherlich kannte sie solche Arbeitsorgien von ihrer früheren Tätigkeit beim FBI. Genau wie Ethan in Detroit hatte sie dort aufgehört, um etwas mehr Ruhr zu haben. Jetzt war sie jedes Mal froh, wenn es in Virginia Beach richtig rund ging. Versteh einer die Frauen.

Nachdem sie sicher war, die Aufmerksamkeit aller zu haben, fasste sie die Ergebnisse noch einmal grob zusammen. »Beginnen wir mit Opfer Nummer eins. Grace Mitch. Ihr Bruder Alex hat 2003 betrunken ein Kind angefahren. Verhaftet wurde er von niemand Geringerem als Ethan. Opfer Nummer zwei, Tiffany Jaiden, hat eine Tochter, die mit Ethan auf der High School war.«

»Ernsthaft? Das hätte uns eher auffallen sollen.« Ethan schwirrte der Kopf und er stand auf, um seinen Kreislauf ein wenig in Schwung zu bringen.

»2005 hat Ethan einen Arbeitskollegen von Rusty Hilbredge hinter Gitter gebracht.« Gladys hob die Hände, als sie sah, dass Mason etwas einwenden wollte. »Zugegeben, eine lose Verbindung. Aber immerhin eine Verbindung.« Sie wandte sich wieder der Tafel zu. »Roxanna Johnsonn, die Letzte im Bunde, hat einen Neffen namens Elijah Candell. Du weißt, von wem die Rede ist, Ethan?«

»Allerdings.« Er blickte in die Runde. »Mein Sohn geht aufs gleiche College wie Candell. Die beiden sind ein paar Mal aneinander geraten.«

Donovan atmete durch und lehnte sich zurück. »Gut, die bisherigen Opfer sind also Frauen, die du über drei Ecken kanntest. Wieso dann jetzt gleich deine Ex-Verlobte?«

Ethan hatte keine Antwort darauf und auch Gladys musste einen Moment lang überlegen, bevor sie zurückgab: »Offenbar hat es der Kerl satt, dass wir im Trüben fischen. Er will Ethan schaden. Und er will, dass wir das wissen.«

## *-39-*

Als Ethan am frühen Abend das Büro verließ, grübelten die anderen noch über den Neuigkeiten. Er selber hatte sich bereit erklärt, Doktor Terence Jermyn, Claires Psychotherapeuten, zu befragen. Er kannte Jermyn: Eine Zeitlang, gleich nach seinem Umzug aus Detroit, war Haley bei ihm in Behandlung gewesen. Auch wenn Ethan nicht gerade ein Fan von Psychologen und ihren

Röntgenblicken war, würde er sich um Jermyn kümmern. Dass er kein Unbekannter war, konnte von Vorteil sein.

Das Haus des Therapeuten lag an einer ruhigen Landstraße in Hill Landing. Hier draußen gab es eine Menge Felder, Pferdekoppeln und ausgedehnte, einstöckige Bungalows – alle gut in Schuss und meist mit teuren Geländewagen davor. Einzig vor Jermyns Haus stand ein ausgedienter Mercedes, den Ethans Pontiac gnadenlos verblassen ließ.

Ethan stieg aus und beeilte sich, das Haus zu erreichen. In einem Zimmer im unteren Stock brannte Licht, ansonsten war alles dunkel. Er klingelte und es ertönte ‚Oh when the saints go marching in'. Hier konnte er sich wohl auf etwas gefasst machen.

Schritte hinter der Tür, dann wurde sie von Jermyn persönlich geöffnet. Er war ein hagerer, dunkelhaariger Typ, den Ethan – wüsste er es nicht besser – auf höchstens fünfundzwanzig geschätzt hätte. Seit er Haley vor Jahren behandelt hatte, war er augenscheinlich keinen Tag gealtert.

Mit einem besorgten Lächeln bat er Ethan herein und führte ihn in eine große Wohnküche. Auf dem Herd garten Nudeln in einem Topf; in einer Pfanne daneben briet etwas, das wie Tofu aussah. Ironischerweise kannte Ethan dieses Zeug ausgerechnet von Claire. Offensichtlich verstand sie sich auf ernährungstechnischer Ebene gut mit ihrem Therapeuten.

»Bitte setzen Sie sich doch, Detective Hayes.« Der jugendliche Psychotherapeut wies auf den Esstisch und begab sich selbst an den Herd. Ethan nahm sicherheitshalber auf einem Stuhl Platz, von dem aus er den Mann im Blick hatte. Dann zog seinen kleinen Block und einen Stift aus der Innentasche, um sich Notizen zu machen.

»Ist eine schlimme Sache mit Claire.«

»Sie duzen einander?«

Jermyn drehte sich grinsend zu Ethan um. »Und Sie glauben jetzt, dass das etwas zu bedeuten hat?«

Himmel, es ging schon los!

»Keine Ahnung, sagen Sie es mir. Wie persönlich ist Ihr Verhältnis?«

»Nicht allzu persönlich oder – wenn Sie so wollen – sehr persönlich.« Jermyn drückte Tofuscheiben mit einer Gabel klein. Das Zeug quietschte in der Pfanne, als wolle es protestieren.

»Erklären Sie das.«

»Na ja, einerseits ist unser Verhältnis auch nicht anders als bei einem Hals-

Nasen-Ohren-Arzt und seinem Patienten. Eben unpersönlich. Andererseits erzählt Claire mir eine Menge. Eine weitere Menge lese ich aus ihrer Mimik, ihrer Gestik, ihrer Ausdrucksweise.« Wieder grinste Jermyn.

Die Selbstgefälligkeit dieses Mannes ging Ethan auf die Nerven.

»Sie finden mich ziemlich ätzend«, stellte der Therapeut prompt fest.

Ethan sah überrascht auf. »Ich habe gar keine Meinung über Sie, Doktor. Die will ich mir ja gerade bilden.«

»Weil Sie mich verdächtigen?«

»Als Bekannter der Entführten sind Sie ein potenzieller Verdächtiger, ja.«

»Und Sie, als der Ex-Verlobte?«

Die Erinnerungen an seine gemeinsame Zeit mit Claire lösten einen dumpfen Schmerz in Ethans Magen aus. Er versuchte, sie auszublenden. »Sie hat mit Ihnen über mich gesprochen?«

»Ja, aber Sie verstehen wohl, dass ich da nicht ins Detail gehen darf.«

»Wie lange ist Misses Travis schon bei Ihnen in Behandlung?«

Jermyn hob die Gabel und drehte sich zu Ethan um. »Ich gehe jetzt mal nicht weiter auf Ihre emotionale Distanzierung von *Misses Travis* ein. Seit mehr als drei Jahren.«

»Hat sie jemals etwas davon erzählt, dass sie bedroht wird? Oder dass ihr jemand nachstellt?«

»Nein, bedaure.«

»Hatte sie jemals Probleme mit ihrem jetzigen Mann? Oder einem anderen Mann in ihrem Leben?«

»Ja.«

Ethan sah hoffnungsvoll auf, während sich Jermyn in aller Ruhe Spaghetti auf den Teller schaufelte. Dann drehte er sich zu Ethan um.

»Aber keine, die implizieren, dass sie einer davon entführen oder töten will.«

Ethan stöhnte genervt und senkte den Blick wieder auf seine Notizen.

»Wollen Sie mitessen?«

Obwohl ihm mittlerweile fast schlecht vor Hunger war, verneinte er. In Zeugengesprächen versuchte er im Gegensatz zu Donovan immer, einen gewissen Abstand zum Befragten zu wahren. Außerdem war er kein großer Freund der vegetarischen Küche.

»Ich möchte wetten, Sie haben ein Problem mit Dicken.«

Ethan sah verwirrt auf. Weder er noch Jermyn hatten ein Gewichtsproblem.

»Sie mögen Disziplin, Männlichkeit. Sie strahlen Stärke aus. Alle Bilder, die ein fetter Mensch in unsere Köpfe projiziert, sind für Sie Zeichen von Trägheit und Selbstaufgabe. Des Sich-selbst-nicht-ernst-nehmens.«

Ethan musste an Mason denken, der ihn mit seinem Äußeren tatsächlich regelrecht anwiderte. Er hielt nichts davon, sich als Polizist körperlich gehen zu lassen. Er hatte immer zu den Besten gehören wollen, in allen Gelegenheiten, die sich ihm boten, und Dicke waren da eben eingeschränkt. Er war zu ehrgeizig, um fett zu werden, vielleicht auch zu eitel, aber war er wirklich diszipliniert? Wirklich streng mit sich? Wohl kaum. Jermyn verschätzte sich und irgendwie beruhigte ihn das.

Während der Therapeut seinen Teller zum Tisch balancierte und sich setzte, sah Ethan sich um. Die Küchenmöbel bestanden aus dunklem Holz, das sich stark von dem weißen, glatten Steinboden abhob. Unzählige Kellen, Wender und Messer hingen an Haken von einer chromfarbenen Leiste. Die Arbeitsplatte war voll mit Geräten, die für Ethan aussahen wie von einem anderen Stern. Offensichtlich war der Doktor ein passionierter Hobbykoch.

»Leben Sie allein?«

»Sehe ich aus wie einer, um den sich die Frauen reißen?«

Ethan betrachtete das hagere Gesicht des jungen Mannes. Er war zu höflich, um zu verneinen. »Was will ein alleinstehender Mann wie Sie mit einem so großen Haus?«

»Oh, das Haus ist mir nicht wichtig. Mir geht es nur um den Keller, wo ich die entführten Frauen foltere. So was in der Art wollten Sie doch hören, oder?«

Ethan platzte so langsam der Kragen. Dieser Kerl nervte ihn nicht weniger als der durchgedrehte Katzen-Freak vor ein paar Tagen.

»Was macht Sie so sauer, Detective?« Der Psychologe betrachtete Ethan und begann zu essen.

»Was mich sauer macht? Dass wir seit Wochen einem Mörder hinterher jagen, der sich Opfer um Opfer holt und wir kein Stück weiterkommen! Was denken *Sie* denn?«

»Ich glaube, das ist längst nicht alles. Sie fühlen sich unwohl in meiner Gegenwart. Sie fahren sich andauernd mit den Händen durchs Gesicht und vermeiden es, mich allzu lange anzusehen. Ich denke, Sie haben Angst vor mir.«

Ethan ließ ein überhebliches Lachen hören.

»Ja, Sie lachen, aber das beeindruckt mich nicht. Machos wie Sie sind leicht zu durchschauen. Sie verstecken Ihre Ängste und Fehler hinter Männlichkeit.«

»Ich verstecke gar nichts.«

»*Jeder* versteckt etwas, Detective.«

»Ach ja? Was verstecken *Sie*?«

Die beiden Männer sahen einander für einen Moment an, dann lachte Jermyn und deutete mit der Gabel auf Ethan. »*Touché*. Gut gekontert.«

»Hören Sie, Doktor Jermyn«, antwortete Ethan, der das Gefühl hatte, wieder Oberwasser zu bekommen. »Ich bin wegen Claire hier. Ich brauche Informationen, die mir helfen, sie zu finden. Sie *lebend* zu finden.«

»Sie ist nur meine Patientin. Ich glaube nicht, dass ich Informationen habe, die Ihnen weiterhelfen.«

»Bitte denken Sie genau nach.«

»Das habe ich, seit ich von ihrer Entführung erfahren habe.«

»Könnte es sein, dass Claire etwas belastet hat? Wissen Sie von einem Geheimnis, das sie hüten könnte?«

»Genau wie Sie, ja.« Jermyn sah auf und in seinen Blick mischte sich ein betroffener Ausdruck. »Wir wissen beide, dass dieser Vorfall nicht nur *Sie* getroffen hat, Detective Hayes. Claire war bei mir in Behandlung, weil sie noch Jahre nach dem Eingriff unter ihrem Entschluss gelitten hat.«

Ethan sah den Therapeuten noch für einen Moment an, dann nickte er und stand auf. Er wollte mit ihm nicht über seine Beziehung zu Claire sprechen und erst recht nicht über das, was schief gelaufen war. Es reichte, wenn sie es so offenherzig tat.

»Bitte halten Sie sich bereit. Es könnte sein, dass ich Ihnen noch weitere Fragen stellen muss. Und ich rate Ihnen, nichts zu verbergen zu haben.« Er steckte sein Notizbuch ein und ging zur Tür.

»Sie genießen es, unverschämt zu sein.«

Ethan blieb auf halbem Weg zur Tür stehen.

»Wann immer Ihr Gegenüber Sie für respektlos hält, fühlen Sie sich super, richtig? Weil Sie wissen, dass Ihr autoritärer Vater das nicht so super finden würde?«

Ethan fühlte sich, als hätte man ihm ins Gesicht geschlagen. Verdammt, dieser Psychologe war gut.

»Ich bitte Sie, Detective, jetzt stehen Sie nicht da wie ein begossener Pudel. Ich habe einen Marymount-Abschluss. Männer wie Sie haben meist einen sehr bestimmenden Vater. Ich gehe davon aus, dass es Erlebnisse in Ihrer Kindheit und Jugend gegeben hat, die Sie zu dem gemacht haben, was Sie sind: Zu einem Mann, der nach Perfektion strebt. Der seine eigene Unzulänglichkeit bekämpft und sich doch immer wieder wie ein kleiner Junge freut, wenn er seine gefestigte Fassade einstürzen lassen kann wie ein Kartenhaus. Welches Erlebnis verfolgt Sie bis heute, Detective?«

Ethan schloss für einen Moment die Augen und konzentrierte sich darauf, seine Fäuste zu lösen. Sein Herz raste und er spürte tatsächlich Wut in sich aufsteigen. Er wollte kein offenes Buch für diesen *Jungen* sein. Aber er konnte sich gegen die Erinnerungen nicht wehren, die wie Bilder in seinem Kopf aufblitzten.

*Es war der Morgen seines elften Geburtstages, als der Albtraum begann. Ethans Mutter hatte ihn geweckt und in die Küche an den gedeckten Tisch geführt. Sein Vater saß bereits dort und reckte ihm die Hand entgegen, um ihm zu gratulieren. Er verzog den Mund zu einem Lächeln, doch seine Augen blieben wie immer kalt. Seine Mutter schnitt schweigend den Kuchen an, während sein Vater Pfeife anrauchte. Dichter, nach Vanille riechender Qualm vernebelte die Küche. Die Anspannung lag spürbar im Raum, aber Ethan hatte nur Augen für das bunt verpackte Geschenk vor sich auf dem Tisch.*

*Als er es endlich öffnen durfte, war er enttäuscht. Anstatt des Rennwagens, den er sich so sehr gewünscht hatte, befand sich nur ein schweres, goldenes Kreuz mit der Inschrift ‚Saint Andrew the Apostle of Detroit' darin.*

*Er blickte seinen Vater an, der sich erhob, und wandte den Blick seiner Mutter zu, die mit Tränen in den Augen den Raum verließ. An ihre Stelle trat Father Stevens, ein langjähriger Freund der Familie. Sein Vater erklärte, dass Ethan nun auf die Junior High des Saint Andrew's-Ordens gehen würde, ein katholisches Internat, das es sich zum Ziel gesetzt hatte „junge Menschen aus christlicher Weltsicht zum Dienst an Gesellschaft und Kirche hinzuführen". Noch in derselben Woche verließ er sein Zuhause.*

Wegen der Freundschaft zwischen seinem Vater und Father Stevens genoss Ethan auf dem Internat eine sehr spezielle Sonderbehandlung. Auf Anraten seiner Eltern wurde er von Stevens jeden Sonntag in den Beichtstuhl gezerrt. Obwohl Ethan wusste, dass sein Vater jedes Wort seines Sündenbekenntnisses erfahren würde, berichtete er anfangs bereitwillig über alles, was er die Woche über verbrochen hatte. Eine Prügelei mit einem Mitschüler, gestohlene Plätzchen aus der Internatsküche. Doch als er sich mit vierzehn in die Tochter der Internatsköchin verliebte und mit ihr seine ersten sexuellen Erfahrungen machte, verweigerte er die Beichte. Auch wenn er wochenlang verbissen schwieg, bekam Stevens Wind von der Sache und beschloss, zu drastischen Mitteln zu greifen.

*Es war Sommer und die anderen Schüler wurden von ihren Eltern in die Ferien abgeholt. Auch Ethan stand mit gepackten Koffern vor dem Gebäude und wartete ungeduldig darauf, dass der grüne Ford seines Vaters endlich um die Ecke bog. Doch er wartete vergeblich. Anstelle seines Vaters tauchte Stevens auf und befahl ihm, mit in die Kapelle zu kommen. Mit Hilfe zweier weiterer Kirchendiener überwältigte und fesselte er Ethan, der sich heftig wehrte, mit dicken Stricken ans Trenngitter des Beichtstuhls und ließ ihn dort zurück.*

*Zuerst hielt Ethan das Ganze für einen üblen Scherz. Eine Erziehungsmethode seines Vaters. Als Stevens sich jedoch die gesamte Nacht und den darauf folgenden Morgen nicht blicken ließ, bekam er es langsam mit der Angst zu tun. Obwohl er wusste, dass sich außer ihm und den Kirchendienern niemand mehr auf dem Internatsgrundstück befand, rief er um Hilfe. Vergebens.*

*Erst in der nächsten Nacht tauchte Stevens auf. Ethans Handgelenke waren bereits wund gescheuert und seine Augen brannten vor Übernächtigung.*

*Father Stevens setzte sich schweigend auf die andere Seite des Beichtstuhls. Ethan wusste, das er ihn erst losmachen würde, wenn er ausgiebig über seine Sünden mit Mary gesprochen hatte. Doch Ethan dachte gar nicht daran. Zorn und Rebellion nahmen von ihm Besitz und er schwieg eisern.*

*Insgesamt kauerte er fünf Tage schweigend im Beichtstuhl, bis sein Körper entkräftet nachgab. Doch anstatt ihn loszumachen, zwangen ihn Stevens und seine Gehilfen zu essen und flößten ihm Wasser ein, bevor die Prozedur erneut losging. Als er sich immer noch weigerte, mit einem Fremden über seine intimsten Geheimnisse zu sprechen, versuchten sie es mit Schlägen, die zu regelrechter Folter ausarteten.*

*Nach fast zwei Wochen im Beichtstuhl beichtete Ethan alles, was Stevens von ihm hören wollte.*

»Detective?«

Ethan blickte auf und verstand, dass er sich immer noch in der Küche des Therapeuten befand.

»Worum ging es damals?« Ein siegessicheres Lächeln lag auf Jermyns Zügen. »Ich bin mir sicher, dass es Sie bis heute verfolgt. Dass Sie auf eine bestimmte Art noch in Ihrer Jugend gefangen sind. Was war es, Detective? Hat Ihr Vater

Ihnen einmal zu oft seine Macht demonstriert? Sind Sie deshalb Polizist geworden? Um Macht über andere auszuüben? Oder um Unrecht zu verhindern und die Schwachen zu schützen? Jetzt schauen Sie nicht so überrascht. Solche Dinge lösen Spannungen aus, die ein Mann meines Faches sofort sieht. Also, was war damals los?«

Ethan spürte, wie schwer ihm das Atmen auf einmal fiel. Er musste an seine Besuche bei den Huren denken. Vielleicht sollte er sich gleich einen Termin bei Dr. Jermyn geben lassen. Vielleicht war Jermyn aber auch nur ein gerissener Psychopath, der Ethan einfach für eine Weile im Auge behalten hatte und deshalb von seinem abnormalen Hobby wusste. Vielleicht hatte Claire etwas weiter ausgeholt, vielleicht ...

»Gar nichts. Mein Vater und ich haben uns immer blendend verstanden. Sollte ich mich unverschämt verhalten haben, so tut es mir leid.« Damit ergriff Ethan die Flucht. Das nächste Gespräch mit Jermyn, falls noch eins nötig sein sollte, würde er Gladys führen lassen.

## *-40-*

Das Gespräch mit Doktor Jermyn hatte Ethan nicht nur aufgewühlt, sondern auch verwundert. Der Mann hatte zu hundert Prozent ins Schwarze getroffen. Menschen wie er und Gladys erstaunten ihn immer wieder. Für einen kurzen Moment zog er es in Betracht, Jermyn in den Fall einzuweihen. Der Psychologe und die Analystin würden gemeinsam sicher ein zweihundertprozentig richtiges Täterprofil erstellen. Schade, dass Jermyn immer noch zum Kreis der Verdächtigen gehörte.

Es war bereits nach elf, als er sein Haus in einem ruhigeren Wohnviertel des Stadtzentrums erreichte. Überrascht stellte er fest, dass in der Küche Licht brannte. Er schloss die Tür auf und hörte Haley lachen. Es roch nach Kuchen.

»Haley?«

Ein zweites Lachen aus der Küche. *Evangeline.*

»Dein Vater«, bemerkte sie knapp und Haley kam aus der Küche.

»Hey Dad! Rate, wer hier ist.«

Ethan wurde es heiß. Es war Freitag und genau das, was er am Montag schon befürchtet hatte, war eingetreten. Er hatte die Verabredung mit Evangeline total vergessen.

»Dad, hast du gehört? Evangeline ist hier. Sie hatte die Idee, einen Kuchen für Abbys Geburtstag zu backen.«

»Scheiße ...« Ethan überlegte, wie er Evangeline am besten erklären konnte, weshalb er sie nicht abgeholt hatte.

Bevor er zu einem Schluss kam, trat sie in die Tür. Ihr Lächeln war streng, ihre Wangen waren von der Hitze in der Küche gerötet, das Haar wurde von einem Haarreifen hinten gehalten. »Auch schon da, Detective?«

»Entschuldige, Eve. Ich war bei einem Verdächtigen und –«

Evangeline hob die Hand und Ethan verstummte.

Nicht zu fassen, wozu diese Frau ihn brachte.

»Haley, geh und sieh nach dem Kuchen, ja?«

Haley lächelte und ging in die Küche. Noch weniger zu fassen, wozu sie *ihn* brachte.

Evangeline kam auf Ethan zu, blieb dicht vor ihm stehen und beugte sich leicht nach vorne. Ihm wurde noch wärmer und er spürte sein Blut schneller durch seinen Körper pulsieren. Sie zog Ethan an der Knopfleiste seines Hemdes näher zu sich, bis ihre Lippen beinahe sein Ohr berührten und er ihr Parfüm riechen konnte. Kirschblüte, wieder einmal.

»Ich sage es dir nur einmal, Ethan Hayes«, flüsterte sie und Ethan hielt den Atem an. »Ich bin keine von deinen Eroberungen, merk dir das. Wenn du also eine ernsthafte Chance bei mir haben willst, dann kommt so etwas wie heute nicht wieder vor.« Ethan setzte an, um etwas zu sagen, aber Evangeline schüttelte den Kopf und sprach leise weiter: »Und damit meine ich nicht, dass du mich versetzt hast. Ich kann mir gut vorstellen, dass dein Job nur selten Planungen im Voraus zulässt und habe vollstes Verständnis dafür, doch erwarte ich von jetzt an, dass du mir absagst, wenn du es nicht zu einem Date mit mir schaffst. Haben wir uns da verstanden?«

Ethan senkte den Kopf und erhaschte einen Blick in ihre Bluse, doch er riss sich zusammen und richtete die Augen lieber auf ihr ebenmäßiges Gesicht. Er nickte schwach. »Verstanden. Ja.« Seine Stimme klang heiser und er hoffte, dass Evangeline weit genug von ihm entfernt stand, um nichts von seiner Erektion zu merken.

Sie lächelte zufrieden, dann packte sie Ethans Hemd auch noch mit der zweiten Hand, zog ihn an sich und küsste ihn.

Der Kuss kam so plötzlich, dass Ethan im ersten Augenblick vollkommen überrumpelt war. Nachdem er sie versetzt hatte, hätte er geglaubt, sie würde wütend sein. Mit ihm streiten. Ihn nie wieder sehen wollen. Stattdessen drückte sie ihre weichen Lippen auf seine und ließ zu, dass er ihr behutsam die Zunge in den Mund schob. Sie schmeckte anders als die Frauen von der Strandpromenade. Süßer.

Dieser erste Kuss reichte, um Ethan klarzumachen, dass er in diesem Leben nicht mehr genug davon bekommen würde.

***

Nachdem Evangeline gegangen war, hatte auch Haley sich von Ethan verabschiedet und war in seinen Saturn SL gestiegen, um zu Abby zu fahren. Die Stille im Haus war ungewöhnlich.

Am liebsten wäre es Ethan gewesen, Eve wäre über Nacht geblieben oder am besten gleich eingezogen. Er wunderte sich über sich selbst. Eigentlich brauchte er seine Freiheit und empfand Frauen, mit denen er mehr als zweimal das Bett geteilt hatte, eher als lästig. Bei Evangeline war das ganz anders.

Er beschloss, seine Wohnung ein bisschen frauenfreundlicher zu gestalten und begann im Schlafzimmer. Seine Playboy-Sammlung musste verschwinden, genau wie die wenigen Pornos, die er für Notfälle hatte. Notfälle, die nie eintraten, weil er eigentlich immer irgendwo irgendeine Frau abschleppen konnte. Er ließ die Magazine und die DVDs in einem Müllsack verschwinden, was ihm nicht halb so schwer fiel, wie er gedacht hatte. Dann ersetzte er ein paar Bilder an den Wänden durch neutrale Landschaftsaufnahmen, die er von seiner Mutter geerbt hatte und die sicher auch Evangeline gefallen würden. Als letztes räumte er noch ein wenig auf und schmiss alles weg, was klischeehafterweise auf einen reinen Männerhaushalt hinwies. Leere Bierdosen zum Beispiel. Dann trug er den Sack nach draußen und atmete durch.

Sobald er keine Ablenkung mehr hatte, kreisten seine Gedanken wieder um die Resort-City-Bestie. Die Tatsache, dass der Mörder offenbar ihm persönlich schaden wollte, hatte alles geändert. Es musste jemand sein, der ein ziemlich großes Problem mit ihm hatte und Ethan kam immer wieder zu einem Schluss, der ihm ganz und gar nicht gefiel: Wilbur Birch. Er war der Einzige, der Ethan jemals ernsthaft gedroht hatte und er war einer der wenigen Menschen, denen Ethan ohne Weiteres Morde dieser Art zutraute. Es gab da nur ein Problem: Wilbur Birch lebte seit zehn Monaten in seinem Haus in Detroit. Gesichert durch eine elektronische Fußfessel.

Ethan wusste nicht, ob ihn diese Tatsache freuen oder deprimieren sollte. Er hatte Madison immer wieder aus voller Überzeugung erklärt, dass Birch nicht hier in Virginia Beach sein, die Morde nicht begonnen haben konnte, doch kamen ihm langsam selbst Zweifel. Nicht auszudenken, wenn Maddi Recht gehabt und er ihr einfach nicht geglaubt hatte. Hatte sie sich aus Verzweiflung umgebracht, weil selbst Ethan, ihre einzige Bezugsperson, ihre Besorgnis auf ihre Psychosen und Wahnvorstellungen geschoben hatte?

Er verbot sich den Gedanken. Es konnte unmöglich Birch sein.

## -41-

Es war ein Mittwoch, einer jener verregneten Tage, an denen es in Detroit gar nicht richtig hell zu werden schien. Die Scheibenwischer des Einsatzwagens verursachten ein beständiges Quietschen auf der Windschutzscheibe, das Ethan den letzten Nerv raubte. Die Männer des SWAT-Teams blieben ruhig und unbewegt, fast stoisch auf dem Weg zum Versteck des Wahnsinnigen.

Die gesamte Fahrt über starrte Ethan das Bild des jungen Mädchens an, das sich seit mehr als drei Wochen in seiner Gewalt befand. Er konnte an nichts anderes denken als an die Qualen, die Madison West während dieser Zeit möglicherweise erlitten hatte. Sie hätten sie längst finden müssen.

Seit fast einer Woche lebte Ethan quasi nur noch auf dem Polizeirevier, ohne Pausen, so gut wie ohne Schlaf. Und heute, endlich, hatte sie jemand gesehen. Am Fenster eines leerstehenden Hauses in Old Redford hatte sie Handzeichen gemacht, bevor sie jemand fortgerissen hatte.

Ethan sah aus dem Wagen. Er wusste, dass es jetzt ums Ganze ging. Sein erster Fall als Einsatzleiter und er kam sich vor wie am ersten Schultag. Sogar die kugelsichere Weste löste Beklemmungen bei ihm aus.

»Wir sind da«, riss ihn Logan Franklyn, sein Partner, aus seinen Gedanken. Logan war seit dreißig Jahren Detective, ein Schwarzer von zwei Metern Größe, dem am Jahresende der Ruhestand winkte.

Fast wie in Trance verließ er mit den Männern den Mannschaftswagen und gab die nötigen Kommandos. Das Haus, in dem Madison West gefangen gehalten wurde, wirkte als stünde es kurz vor dem Zusammenbrechen. Die Fassade war schmutzig und der verwilderte Garten bot mehr als genug Verstecke für die Scharfschützen. Der Regen hatte nachgelassen, es blieben ihnen noch eine bis zwei Stunden bis zum Einsetzen der Dunkelheit.

Da, plötzlich, eine Bewegung am Fenster.

Ethan blickte auf und entdeckte einen Mann mit feistem, kindlichem Gesicht und Wangen, die bedeckt waren von nervösen Flecken.

»Ich will Ethan Hayes sprechen!«, rief der Mann.

Franklyn warf ihm einen bedeutsamen Blick zu, einen Versau-es-jetzt-nicht-Blick erster Güte.

Ethan trat einen Schritt vor und antwortete dem Verrückten: »Ich bin hier!«

Die unruhigen Augen des Mannes fanden ihn und Ethan empfand nichts als Abscheu.

*»Ethan Hayes, kommen Sie nach oben. Allein!«*

*Logan und er sahen einander an. Sie beide hörten das Zittern in der Stimme des Entführers. Er war nervös. Er wusste, sie würden nicht gehen, ohne Madison West befreit zu haben – wenn das überhaupt noch möglich war.*

Ethan ignorierte den kalten Schauer, der ihm über den Rücken jagte. »Ich soll zu Ihnen hochkommen? Wieso?«

»Ich will Ihnen alles erklären! Ihnen allein! Ohne Waffen, ohne Verletzte! Los, kommen Sie!«

»Das ist ein ziemlich armseliger Versuch«, knurrte Josh Maxwell, der Boss des SWAT- Teams. »Darauf dürfen Sie auf keinen Fall eingehen, Hayes.«

»Los, kommen Sie, oder ich tu der Kleinen weh!«

Ethans Puls beschleunigte sich. »Sie hören ihn doch!« Er machte einen Schritt aufs Haus zu, doch Maxwell riss ihn zurück.

»Hayes, wenn Sie jetzt gehen, verstoßen Sie gegen das Protokoll! Lassen Sie uns diesen Scheiß sauber beenden und zwar so schnell wie möglich, sonst gerät die Situation noch außer Kontrolle! Meine Männer sind Profis.«

Ethan warf einen prüfenden Blick herüber zu Logan.

»Max ist schon ewig im Geschäft, Ethan. Vertrau ihm.«

Ethan blickte herauf zum Fenster. Der Mann war verschwunden. »Scheiße«, knurrte er. »Okay, stürmen wir.«

»Stürmen!«, sagte Maxwell in sein Funkgerät und damit war Madisons Schicksal besiegelt.

***

*Ethan erreichte den Dachboden zuerst und was er dort vorfand, raubte ihm den Atem. Hunderte von Puppen, alle mit rotblondem Haar, saßen auf dem Boden, auf Puppenmöbeln und auf Dachbalken, alle waren sorgsam arrangiert und sahen aus, als spielten sie Ball oder tränken Tee. Doch die schönste aller Puppen saß in einem weißen Kleid auf einem weiß getünchten Stuhl, hatte das Haar zu zwei Zöpfen gebunden und starrte Ethan aus glasigen Augen an. Er erkannte sie sofort. Es war Madison West, fünfzehn Jahre alt. Sie war ein klassischer Fall von Trailer Trash, aber sie sah aus wie ein Kindermodell.*

*Voller Verachtung, die Waffe im Anschlag, blickte Ethan zu dem Perversen, der sich seit neunzehn Tagen an ihr aufgeilte und der jetzt mit einem Feuerzeug bewaffnet hinter ihr stand.*

*»Einen Schritt näher und ich zünde sie an«, zischte er.*

*»Beruhigen Sie sich.« Ethan blieb, wo er war. »Kommen Sie zur Vernunft. Sie hatten Ihren Spaß, jetzt lassen Sie das Mädchen mit uns nach Hause gehen.«*

*Birch sah ihn einen Moment lang an. Nervös, das Pro und Contra abwägend. Dann hörte er die Schritte auf der Treppe. »Sie sollten allein kommen!« Seine Stimme überschlug sich vor Wut und er ließ das Feuerzeug aufflammen. Das dünne, weiße Kleid brannte sofort wie trockenes Holz.*

*Von diesem Moment an schien alles gleichzeitig zu passieren. Schüsse fielen, Madisons Peiniger sank zu Boden, Ethan stürzte zu Madison, die die Tortur erschreckend bewegungslos über sich ergehen ließ, vermutlich, weil sie mit Drogen vollgepumpt war.*

*Ethan zog eine Picknickdecke unter zwei rotblonden Puppenmädchen hervor und stürzte sich damit auf das brennende* echte *Mädchen. Mittlerweile hatte auch ihr Haar Feuer gefangen und Ethan konnte Brandbeschleuniger riechen. Während er verzweifelt versuchte, die Flammen zu ersticken, wünschte er sich nichts mehr, als dem Wahnsinnigen eine Kugel in den Kopf zu jagen. Und dieser Wunsch sollte ihn von nun an begleiten.*

## *-42-*

Als er erwachte, war es tiefste Nacht. Es hatte sich nur wenig abgekühlt und von draußen wehte ein leichter Wind ins Zimmer. Eine Mischung aus salziger Meeresluft und dem würzigen Geruch von Pinien erfüllte den Raum. Doch darunter lag noch etwas. Der Gestank von Feuer.

Ethan sprang aus dem Bett und hätte fast das Gleichgewicht verloren. Er hastete zum Fenster und riss den Vorhang zur Seite. In der Ferne sah er Flammen und eine Menge Rauch. Die örtliche Feuerwehr war bereits dabei, den Brand zu löschen. Obwohl so ein Häuserbrand durch allerlei Dinge verursacht werden konnte, wuchs Ethans ungutes Gefühl.

Mürrisch schloss er die Fenster. Er dachte schon tags genug über die Geschehnisse von damals und ihre Konsequenzen nach.

Wilbur Birch war bei seiner Verhaftung nur ins Bein getroffen und nicht ernsthaft verletzt worden. Madisons Körper hingegen war zu dreißig Prozent verbrannt.

Bei seiner Verhandlung hatte Birch Ethan gedroht, ihm das Leben zur Hölle zu machen, sollte er jemals wieder freikommen und diese Drohung sprach für sich. Eine Mordserie in Ethans neuer Heimatstadt, das Feuer an der Raststätte, die Art, wie die Leichen arrangiert worden waren – wie Puppen – und jetzt ein Brand in unmittelbarer Nähe seines Hauses. Leider ließen sich diese Tatsachen nicht von der Hand weisen. Morgen früh würde er sein Team zusammenrufen und ihnen von seinem Verdacht erzählen müssen.

***

»Aber Birch hat rotblonde Mädchen bevorzugt, Ethan.« Gladys lehnte an der Wand des Büros und sah ihn skeptisch an.

»Ich weiß.« Birch hatte zwar vor Madison noch nie jemanden entführt, doch war er mehrmals dabei erwischt worden, wie er abends in die Fenster fremder Kinderzimmer starrte. Die Mädchen, die Birch beobachtet hatte, waren alle rotblond gewesen. Wie seine Puppen. »Warten wir es ab.«

Ethan trat ans Fenster und wischte sich den Schweiß von der Stirn. Hier, in seinem Büro, stand die Luft. Der Ventilator war seit ewigen Zeiten kaputt und eine Klimaanlage gab es nicht. Das Fenster konnte er nicht öffnen, weil draußen eine Baustelle war, deren Lärm jede Unterhaltung unmöglich gemacht hätte.

Donovan saß auf Ethans Schreibtischstuhl und betrachtete nachdenklich die kleine Post-its voller Fakten und Vermutungen, die neben den Tatortfotos an der Wand hingen. Mason lehnte an der geschlossenen Tür, sein Kopf sah geschwollen aus. Die Anspannung hing spürbar im Raum. Alle warteten auf Dewey, der in Detroit anrufen und Birchs Alibi überprüfen wollte.

»Vielleicht hat er seinen Frauengeschmack einfach geändert«, warf Donovan ein.

Gladys zog eine Augenbraue hoch. »Von rotblond, jung und hübsch auf egal?«

Ethan blickte aus dem Fenster und sah herunter auf die Bauarbeiter, die mit hochroten Gesichtern in der heißen Morgensonne beschäftigt waren.

»Ethan hat aber Recht. Birch hat ihm gedroht, ihm das Leben zur Hölle zu machen. Und dadurch, dass er nur Leute aus Ethans Umfeld ermordet und jetzt sogar Claire Travis entführt hat …«, fuhr Donovan fort.

»Macht er ihm das Leben zur Hölle, richtig. Aber es war trotzdem nicht Birch«, beharrte Gladys.

»Und die Verbrennungen an Roxanna Johnsonns Leiche?«

»Stammen von einem Gasbrenner. Der Mörder könnte genauso gut jeder x-beliebige Chemiker oder Koch sein.« Gladys schüttelte den Kopf. »Birch war es nicht.«

»Was macht dich da so sicher?« Jetzt war Mason wieder mal an der Reihe, Gladys' Fähigkeiten in Frage zu stellen. Er tat es mit einem selbstgefälligen Schmunzeln.

»Mein Verstand. Birch ist zwar verrückt, aber nicht dumm. Es wäre zu offensichtlich, zu einfach.«

»Vielleicht sollten wir ganz von vorn anfangen«, überlegte Ethan. »Alles vergessen, was wir bisher angenommen haben. Möglich, dass wir vollkommen falsch an die Sache heran gehen. Vielleicht ist unser Täter gar nicht so integer und unauffällig, wie wir glauben, oder …«

»Vielleicht handelt es sich auch um eine *Täterin*«, sprang Donovan ein.

»Eine verrückte Chemikerin, die Leichen stemmt und sie unauffällig an der Promenade arrangiert«, scherzte Mason.

Gladys sah ihn böse an. »Manchmal frage ich mich wirklich, wie Mason Detective werden konnte.«

»Vorsicht, Larkin!« Mason löste sich von der Wand. Er hatte die kleinen Schweineaugen zu schmalen Schlitzen zusammengekniffen. Unwillkürlich fragte sich Ethan, ob er überhaupt noch etwas sehen konnte. »Pass auf, was du sagst, sonst –«

»Sonst?« Ethan baute sich zwischen Gladys und Mason auf.

Gladys blieb gelassen und legte Ethan eine Hand auf die Schulter. »Danke, aber ich hätte gerne gehört, was Mason mir zu sagen hat.«

In Masons kleinen Augen funkelte der Zorn. Als er neu ins Team gekommen war, hatten alle direkt gespürt, dass er ein Auge auf die unnahbare Gladys geworfen hatte. Ethan hatte ihm damals den Tipp gegeben, sich von ihr fern zu halten, aber Mason wollte nicht hören. Auf einem Weihnachtsessen, unter dem Einfluss von einer Menge Alkohol, wagte er dann einen Annäherungsversuch bei Gladys, die ihn vor der versammelten Mannschaft abblitzen ließ. Mason fühlte sich seitdem in seiner Männlichkeit gekränkt und versuchte Gladys bloßzustellen und zu provozieren, wo es nur ging.

»Was ist? Hat's dir die Sprache verschlagen?« Gladys verschränkte die schlanken, aber drahtigen Arme vor der Brust.

»Du weißt genau, dass ich der bessere Analyst wäre«, zischte Mason.

»Ach, daher weht der Wind. Du willst meinen Job. Du willst *Ethans* Job ... willst du auch noch Donovan ersetzen? Was meinst du, Mason, leitest du die Homicide Unit bald alleine?«

»Ich will einfach mehr Verantwortung! Ich habe es satt, mir von zwei Schwachköpfen wie euch sagen zu lassen, was ich zu tun habe. Ethan mag mal ein guter Detective gewesen sein, aber im Moment wirft er nur mit Theorien um sich, die allesamt nutzlos sind. Und wir müssen dann die Drecksarbeit erledigen. Befragungen von hunderten unwichtigen Leuten in der Mittagshitze, das Auswerten von beschissenen Hinweisanrufen, Akten sortieren, Fotos aufkleben und uns von irgendwelchen Huren schlagen lassen! Es reicht mir!« Bevor jemand etwas erwidern konnte, riss Mason die Tür auf und stürmte auf den Flur, wobei er Dewey, der gerade den Gang entlang kam, fast umgerissen hätte. Er sah nicht aus, als hätte er gute Nachrichten.

»Mason, wo –?«, begann er.

»Leck mich doch!«

Dewey sah Mason, der mit einem lauten Knall die Tür zum Treppenhaus hinter sich zuschlug, verwundert hinterher.

»Was ist denn in den gefahren?«, wunderte sich Donovan und begann, einen von Ethans Kugelschreibern auseinander zu bauen.

Ethan atmete durch und lehnte sich ans Fenster.

»Stress und Hitze.« Gladys schüttelte den Kopf und wartete, bis Dewey hereingekommen war und die Tür geschlossen hatte. »Was hast du herausgefunden?«

»Nichts Gutes. Wilbur Birch ist seit acht Wochen verschwunden.«

Donovan sog erschrocken die Luft ein.

»Wie, verschwunden?«

»Weg, Glad. Niemand weiß, wo er sich aufhält.«

»Verdammt noch mal, wie kann das sein? Er hatte doch eine Fußfessel!« Ethan spürte, wie ihm schwindelig wurde. Nicht ausgerechnet Birch.

»Er durfte sein Haus nur verlassen, um zur Arbeit zu gehen. Am Morgen des achtundzwanzigsten Mai ist er gegen sieben Uhr früh aufgebrochen. Bei der Arbeit kam er jedoch nie an. Die Fessel fand man gegen Mittag in einem See. Er hatte sie gewaltsam von seinem Fuß gelöst. Ob der zuständige Beamte den Alarm, den die Fessel ausgelöst hat, überhört hat oder ob ein Defekt vorlag, konnte nicht geklärt werden.«

»Wieso hat man uns nicht benachrichtigt? Die hätten uns Bescheid geben müssen!« Ethan schüttelte ungläubig den Kopf. Seine Stimme klang heiser.

»Beamtenpannen werden gern vertuscht. Es lag kein offizieller Fahndungsbefehl vor, Birch wurde intern gesucht.« Dewey zuckte die Achseln.

»Diese Idioten!« Ethan schlug mit der Faust gegen die Wand.

»Beruhig dich.« Gladys legte ihm wieder die Hand auf die Schulter. »Jetzt haben wir wenigstens ein Gesicht, nach dem wir suchen können.«

Donovan erhob sich zögernd und kam näher. »Ich möchte dir keine Angst machen, bisher besteht ja auch kein Grund dazu, weil der Täter es anscheinend nur auf Frauen abgesehen hat, aber vielleicht solltest du dir etwas für Haley überlegen.«

Gladys nickte leicht. »Wir könnten Polizeischutz für ihn beantragen.«

»Er ist im Moment in New York, bei seiner Freundin.« Ethan hatte alle Mühe, seine Stimme unter Kontrolle zu bringen und sich die Angst um Haley und die Vorwürfe, die er sich machte, weil er Maddi nicht geglaubt hatte, nicht anmerken zu lassen. »Ich rufe ihn an. Er soll ein paar Tage länger bleiben.«

»Vielleicht reichen ein paar Tage nicht, Eth. Wenn –«

Ethan sah auf und die Entschlossenheit in seinem Blick ließ Gladys verstummen. »Ein paar Tage müssen reichen.«

# -43-

Seufzend legte Evangeline den Roman zur Seite, der sie schon den ganzen Morgen über nicht fesseln konnte. Ein wenig ärgerte sie sich darüber, sich den Samstag freigenommen zu haben, aber sie hatte ja nicht ahnen können, dass ihr Date mit Ethan so früh enden würde. Dieser Fall setzte ihm offenbar mehr zu, als er zugeben wollte.

Sie dachte darüber nach, eine Freundin anzurufen, doch die ganze Stadt kannte im Moment nur ein Thema und Evangeline hatte wenig Lust, sich schon wieder mit dem Serienmörder zu beschäftigen. So fand sie sich kurz darauf, wie so oft, am Herd wieder. Sie konnte sich nirgends besser entspannen als hier, wenn sie neue Gerichte entwarf oder das handgeschriebene Kochbuch ihrer Großmutter aufarbeitete. Sie wusste, dass sie einen besseren Job als den in der Dinerküche bekommen konnte, aber sie hatte keine Lust auf Stress, was ihr mehr und mehr klar wurde, je besser sie Ethan Hayes kennen lernte.

Sie warf einen Blick in den Kühlschrank und stellte überrascht fest, wie leer er war. Anders als die meisten Frauen hasste sie Shopping, und Lebensmittel einkaufen rechnete sie mit ein. Zum Glück gab es einen kleinen Supermarkt ganz in der Nähe, keine dieser riesigen Wal-Mart-Filialen, wo gestresste Mütter ihre Zweijährigen durch die Gänge zerrten. Sie war froh, dass Ethans Junge schon erwachsen war, denn Kinder waren nicht ihr Ding. Durchwachte Nächte, Windeln wechseln, mindestens sechzehn Jahre keine Spur mehr von Unabhängigkeit, das musste nicht sein.

Sie griff nach ihrer Handtasche, verließ das Haus und stockte. Da stand ein Polizeiwagen, ein paar Meter von ihrer Einfahrt entfernt. Darin saßen zwei ernst dreinschauende Officers mit Kaffeebechern in der Hand. Der Fahrer, ein schmalgesichtiger Asiate um die fünfzig, blickte zu ihr herüber und lächelte freundlich. Verärgert runzelte Evangeline die Stirn und ging zurück ins Haus. Sie musste dringend mit Ethan sprechen.

# -44-

Ethan versuchte ruhig zu bleiben, während Evangeline aufgebracht vor seinem Schreibtisch auf und ab lief.

»Eve, komm schon.« Er hatte jetzt keine Lust auf Beziehungsstress. Oder vielmehr auf Stress mit der Frau, mit der er gerne einen Beziehung hätte. »Sei nicht sauer.«

»Ich bin nicht sauer. Ich bitte dich einfach nur, deine Kollegen wieder abrücken zu lassen.«

Ethan erhob sich und machte ein paar Schritte auf sie zu. Seit sie vor zehn Minuten hereingeplatzt war, versuchte er ihr zu erklären, warum sie Polizeischutz brauchte, doch sie wollte es nicht einsehen. Sie war der Ansicht, der Killer habe bis jetzt nur Menschen aus Ethans Vergangenheit getötet und glaubte nicht, dass sie selbst in Gefahr war.

»Ich brauche keine Überwachung, Ethan. Ich will auch keine. Ich konnte bis jetzt auch sehr gut auf mich selbst aufpassen.«

Er fasste sie vorsichtig an den Oberarmen. »Bisher warst du aber nicht mit einem Cop aus dem Morddezernat zusammen.«

Irritiert erwiderte sie seinen Blick. »Wir sind nicht –« Sie schüttelte den Kopf und ihr Ärger schien ein wenig zu schwinden.

»Hast du niemanden, bei dem du für ein paar Tage untertauchen kannst?«

Sie atmete durch und erklärte sich bereit, für eine Weile zu ihrer Mutter zu ziehen. »Aber nicht für lange, sonst bringe ich sie um und dann kannst du eine neue Resort-City- Bestie jagen.«

Stünde Ethan nicht so unter Strom, hätte er den Spruch komisch gefunden. So drückte er Evangeline lediglich einen Kuss auf die Stirn. Er würde sie selbst zu ihrer Mutter fahren, um sicherzugehen, dass ihr niemand folgte. Er fragte sich, ob er einen privaten Wachdienst beauftragen sollte, heimlich ein Auge auf sie zu haben oder ob er sich damit gefährlich dem paranoiden Wahn nähern würde. Sie war so zerbrechlich. Er würde sie nicht ohne Schutz lassen können, wenn er auch nur noch eine halbwegs ruhige Minute haben wollte. Zum Glück gab es in seinem Handschuhfach eine Schusswaffe, eine 38er, die er ihr geben konnte.

Evangeline löste sich von ihm und wandte sich in Richtung Tür. »Dann los, bringen wir's hinter uns.«

»Hey, Eve?«

Sie blieb mit der Hand an der Klinke stehen und sah ihn an.

»Das mit deiner Mutter war doch nicht ernst gemeint, oder?« Er zwang sich zu einem Grinsen, nur um ihr bezauberndes Lächeln sehen zu dürfen.

»Warte es ab, mein Lieber.«

***

Wieder zurück im Büro, machte Ethan sich daran, die Aufgaben neu zu verteilen.

Dewey leitete von jetzt an das Suchteam, das schon seit Mittwoch die Parks und Waldstücke in der Nähe von Claires Wohnort und dem Ort ihrer Entführung durchkämmte.

Gladys hatte sich ein weiteres Mal an ihr Täterprofil gesetzt und verglich es mit allem, was sie über Birch wussten. Sie konnte sich nach wie vor nicht mit der Idee anfreunden, dass der vorbestrafte Kidnapper und Brandstifter gleichzeitig der gesuchte Serienmörder sein sollte. Auch wenn Birch ein Motiv hatte und Ethan mehr und mehr an seine Schuld glaubte, versuchte er, auf Gladys' Kenntnisse zu vertrauen. Sie war gut auf Ihrem Gebiet.

Donovan stritt derweil mit der Detroiter Polizei und durchsuchte das Protokoll nach Veränderungen in Birchs regulärem Tagesablauf, der dokumentiert worden war, seit er die Fußfessel trug.

Mason war seit seinem Wutausbruch nicht mehr aufgetaucht und Ethan erreichte ihn auch nicht über sein Handy. Wenn die Sache geklärt war, musste er dringend ein paar offene Worte mit ihm sprechen. Er konnte niemanden in seinem Team gebrauchen, der von Loyalität nichts verstand und mit Druck nicht umgehen konnte.

Ethan selbst hatte sich zur Aufgabe gemacht, sich den Ort genauer anzusehen, an dem man Claires verlassenes Auto gefunden hatte.

Als er das Polizeigebäude verließ, wurde er sogleich von Reportern umzingelt. Mittlerweile schienen Hunderte von ihnen die Stadt zu bevölkern. Ethan senkte den Blick und ignorierte die Diktiergeräte, die ihm vors Gesicht gehalten wurden, doch die Reporter folgten ihm zu seinem Wagen, schossen Fotos und stürmten mit Fragen auf ihn ein. Idiotischen Fragen, die nur dazu dienten, ihn aus der Reserve zu locken.

»Mister Hayes, gibt die Polizei zu viel Geld für die Autos ihrer Mitarbeiter aus? Ist Image wichtiger als Ergebnisse?«

Ethan schloss wortlos seinen G6 auf. Manche Cops waren ganz scharf auf diese Aufmerksamkeit, auf den Ruhm, den man als Polizist erlangen konnte. Er gehörte definitiv nicht dazu.

»Detective Hayes, was sagen Sie dazu, dass die Polizei von Virginia Beach dabei ist, in diesem Fall total zu versagen?«

Was für eine blöde Frage. Als er sich ins Auto setzte, wurde erneut ein Foto geschossen. Er sah die Schlagzeile schon vor sich.

»Hätten Sie einen Augenblick Zeit, um der ‚*Post*' ein paar Fragen zu beantworten, Mister Hayes?«

Mit einem lauten Knall schlug er die Tür zu.

»Ist es wahr, dass eine fünfte Frau vermisst wird?« Ein besonders aufdringlicher Reporter klopfte ans Fenster, während sein Kameramann das Objektiv seiner Kamera gegen die Scheibe presste.

Ethan ließ den Motor aufheulen. Die Presseleute sprangen erschrocken zur Seite und er fuhr los. Die ersten Teams rannten sofort zu ihren Wagen. Er würde einen Umweg nehmen müssen, um sie abzuhängen.

***

Der Parkplatz, auf dem Claires Wagen gefunden worden war, gehörte zu einer Konditorei, die auf Hochzeitstorten spezialisiert war. Von der Spurensicherung wusste Ethan, dass auf ihrem Rücksitz ein Foto gelegen hatte, auf dem die Hochzeitsgesellschaft vor einer riesigen Torte zu sehen war. Ethan hatte das Bild gesehen und es hatte ihm einen Stich ins Herz versetzt, wie glücklich Claire wenige Tage vor ihrem Verschwinden noch gewirkt hatte. Neben dem Foto hatten ein kleiner Blumenstrauß und eine Grußkarte gelegen. Anscheinend hatte Claire sich für ihren unvergesslichen Tag bei der Bäckermeisterin bedanken wollen.

Den Parkplatz teilte sich die Konditorei mit einem großen Supermarkt. Es gab nur wenige Stellplätze, die von der Straße aus uneinsehbar waren, weil sie an der Seite des Gebäudes lagen. Genau dort hatte Claire ihren Wagen geparkt.

Ethan steuerte die Stelle an und stellte fest, dass dieser Teil des Parkplatzes heute gänzlich ungenutzt war. Um ihn ein wenig ansehnlicher zu gestalten, hatte man Palmen in großen Kübeln aufgestellt. Ethan entdeckte kleine Lämpchen, die von Palme zu Palme gespannt waren und dem grauen Parkplatz in den Abendstunden sicher ein zum Hochzeitstortengeschäft passendes Flair verliehen. Die beiden Kübel, die am nächsten zum Eingang standen, waren mit Spitze überzogen und in der Palmenerde steckten weiße Plastikherzen am Stiel.

Ethan hatte keinen Sinn für so etwas. Und auch die Resort-City-Bestie hatte sich von der romantischen Atmosphäre dieses Ortes sicher nicht beeindrucken lassen. Aber was hatte der Killer dann hier getan? Wie hatte er Claire in seine Gewalt gebracht? Manchmal half es, sich einen Tat- oder Fundort noch einmal anzusehen, wenn die Spurensicherung ihre Arbeit längst beendet hatte. Das hatte er von Logan Franklyn damals in Detroit gelernt.

Zuerst parkte er seinen Wagen dort, wo Claire den Tatortfotos nach geparkt hatte. Außer einer weiteren Palme, einer von Gestrüpp begrenzten Wiese und der Rückseite des Supermarktlagers war von hier aus nichts zu sehen.

Ethan schloss die Augen und stellte sich den Tathergang vor. Anscheinend war Claire nicht ausgestiegen, sonst hätte sie doch die Geschenke für die Bäckerin mitgenommen. Doch wie war sie dann an die Visitenkarte gelangt? Schon früher war sie ziemlich zerstreut gewesen, vielleicht hatte sie die Sachen schlicht im Auto vergessen und es kurz vor der Tür der Bäckerei bemerkt. Dann war sie zurückgekehrt und hatte die Karte entdeckt. Vielleicht hatte sie unter dem Scheibenwischer geklemmt. Möglich. Nur wo hat der Täter gelauert?

Ethan öffnete die Augen und sah sich um. Dann stieg er aus und ging ein paar Schritte. Die Sträucher am anderen Ende der Wiese waren zu weit weg. Die Wiese selbst bot natürlich keinerlei Versteckmöglichkeiten, außer, die Resort-City-Bestie war extrem klein oder grün. Das Supermarktlager hatte eine Tür, doch diese war verschlossen. Ethan bezweifelte, dass der Täter – er vermied es, ihn in Gedanken Birch zu nennen – zu diesem Geschäft gehörte.

Er rieb sich die Schläfen, blieb auf der Wiese stehen und betrachtete den Parkplatz aus dieser Richtung. Seine Vorstellungskraft reichte, um Claires blauen Toyota vor sich zu sehen. Warum hatte sie am Rande des Parkplatzes gehalten und war nicht direkt bis vor die Bäckerei gefahren? Ethan bezweifelte, dass der Parkplatz komplett voll gewesen war. Die Supermarktkunden würden auf dem größeren Teil geparkt haben und er konnte sich auch nicht vorstellen, dass es einen plötzlichen Ansturm auf Hochzeitstorten gegeben hatte. Nein, es musste einen anderen Grund geben, aus dem Claire ihr Auto hier hinten abgestellt hatte. Gut möglich, dass der Täter sie genau hier hatte haben wollen.

Ethan konzentrierte sich weiter. Was an diesem Ort fiel auf? Was war ungewöhnlich? Auf dem Parkplatz gab es gerade mal zwei Bremsspuren und eine davon führte auf Claires Stellplatz. Das musste natürlich nichts heißen, aber Ethans Gefühl sagte ihm, dass die Abdrücke aus Gummi und Bitumen genau zu den Reifen ihres Toyota passten.

*Der Kerl hat sie geschnitten. Claire ist, um eine Kollision zu vermeiden, auf diesen Platz gefahren und hat eine Vollbremsung machen müssen.*

Ethan ließ den Blick über den Parkplatz wandern. Um sie genau hierher zu lenken, musste der Täter sich rechts, auf einem der Supermarktparkplätze befunden haben und im richtigen Moment losgefahren sein. Das bedeutete, dass er seine Opfer lange vor der Tat beobachten musste. Er hatte gewusst, dass Claire herkommen würde. Was war dann passiert?

*Claire hat gehalten und erst einmal durchatmen müssen.*

Doch wie war die Karte in ihr Auto gelangt?

*Der Täter hat an ihre Scheibe geklopft und sich mit einem sympathischen Lächeln – was wiederum nicht auf Birch schließen lässt – entschuldigt. Die beiden haben ein bisschen geredet und dann ist er zurück zu seinem Wagen gegangen. Vor ihrer Autotür hat er die Visitenkarte fallen lassen. Claire hat es gesehen und die Tür geöffnet. Sie hat dem Mann hinterher gerufen, aber er hat sich nicht umgedreht, weil ...*

Warum war es Claire nicht komisch vorgekommen, dass er nicht auf ihr Rufen reagierte? Sicher. Der Killer hatte unmittelbar neben ihr geparkt und den Wagen bereits gestartet. Claire hatte nach ihm gerufen, dann war ihr Ethans Name auf der Karte aufgefallen. Was weiter geschehen war, wusste er ja bereits.

Langsam ging Ethan zu dem Parkplatz, auf dem, wie er vermutete, das Auto des Kidnappers gestanden haben musste. Hier gab es ebenfalls frisch aussehende, deutlich erkennbare Reifenspuren. Er ging in die Hocke, um sie genauer zu betrachten. Wie Claires Reifen hatten auch die vom mutmaßlichen Wagen des Killers kleine Gummiablagerungen auf dem Asphalt hinterlassen. Aber das war nicht alles und bei Weitem nicht das Interessanteste. Ethan fand, passend zum Muster der Reifenspur, Matsch und Dreck, durchzogen von winzigen, grünen Partikeln.

Mit der Spitze seines Schlüssels legte er eine Tannennadel frei. Sein Puls beschleunigte sich, als ihm klar wurde, dass dies mit etwas Glück eine entscheidende Spur sein konnte. Hektisch kramte Ethan sein Handy aus der Tasche. Er verständigte zuerst die Spurensicherung und dann Dewey.

Sie hatten keine Zeit zu verlieren.

# -45-

Ethan schlängelte sich mit seinem Pontiac durch die ausweichenden Fahrzeuge, wobei er immer wieder Gebrauch vom mobilen Blaulicht machen musste.

Nachdem er persönlich im Labor angerufen und die Forensiker darauf hingewiesen hatte, dass es möglicherweise um Leben und Tod ging, hatte es nicht lange gedauert, bis ihn das Ergebnis der Untersuchungen erreicht hatte. Die Reifenspuren waren nicht auszuwerten gewesen, mit dem Grünzeug hatten die Techniker allerdings mehr Glück gehabt. Es handelte sich dabei um einen Teil der bis zu fünfundvierzig Zentimeter langen Nadel der Sumpfkiefer. Das Vorkommen dieses Baumes war in Virginia nicht besonders häufig und so hatten sie ihre Suche kurzerhand auf acht Orte beschränken können.

Gladys hatte darauf bestanden, dass sich Ethan mit ihr zusammen einem Suchtrupp in Richmond anschloss. Dort lag ihrer Meinung nach der einzig wahrscheinliche Ort, an dem der Mörder eine Geisel für längere Zeit verstecken konnte, ohne aufzufallen. Nachdem er sichergestellt hatte, dass Dewey mit der Koordination der restlichen Trupps zurecht kam, war er sofort losgefahren.

Auf dem Weg ins hundert Meilen entfernte Richmond rief Ethan bei Haley an, der ihm gut gelaunt von Abbys Geburtstagsparty erzählte.

»Und heute fahren wir ins *Museum of Modern Art*. Abby hat es sich gewünscht.«

»Hör mal, Haley.« Es war an der Zeit, ihm die Laune zu verderben. »Es gibt hier ein paar Probleme. Wir glauben, dass es sich bei dem Serienmörder um Wilbur Birch handelt.«

»... Was? Wie kommt ihr denn darauf?«

»Ich kann dazu nichts sagen, aber ich möchte dich bitten, noch eine Weile in New York zu bleiben. Ich habe Angst, dass er uns aufspüren und dir etwas tun könnte.« Er fügte schnell hinzu: »Das ist natürlich sehr unwahrscheinlich, aber ich möchte kein Risiko eingehen. Mach dir noch ein paar schöne Tage mit Abby.«

»Und das College?«

»Ich kümmere mich darum.«

# -46-

Ames mochte Detroit. Die breiten Straßen, den gesprungenen Asphalt, die heruntergekommenen Gebäude und den grauen Himmel. Das Wetter war fast immer schlecht, die Winter waren lang und kalt und die Sommer viel zu kurz. Zahlreiche Häuser standen leer und verfielen, andere waren angezündet worden und ihre Skelette ragten wie Mahnmale in den Himmel. Nicht einmal die bunten Graffitis ließen die Stadt farbenfroher und lebendiger wirken. Es war, als hätte sich Amerikas hässliche Seite diese Stadt zum ultimativen Rückzugsort auserkoren. Es gab schlechte Zeiten in L.A., in Boston und Miami, doch einzig hier schienen die Zeiten immer schlecht zu sein.

Er lenkte seinen Wagen aus dem Zentrum und kurbelte das Fenster herunter, um den Geruch der Stadt anstelle der stickigen Luft im Wageninneren einatmen zu können. Die Außenbezirke waren noch schäbiger als die Innenstadt. Von den Fassaden der Wohnhäuser bröckelte die Farbe, Fensterscheiben waren notdürftig geflickt worden, schrottreife Wagen flankierten die Straßen. Alles hier fühlte sich an, als habe man Ames' Innerstes in Form einer Großstadt nach außen gekehrt.

Seine Suche führte ihn immer tiefer in ein Labyrinth aus identischen Vorort-Häuserblöcken, sodass er ohne Straßenkarte nicht weiterkam. Mit roten Kreuzchen hatte er die Punkte markiert, die er abfahren musste, und zwar bestenfalls heute noch. Ihm blieb nicht viel Zeit für seine Suche.

Die Joy Road, auf die er jetzt abbog, verlief parallel zur Clairmount Street. Er musste an Claire denken und presste die Lippen aufeinander. Es war nicht gut gelaufen mit ihr. Nicht so, wie er es geplant hatte. Doch er konnte es jetzt nicht mehr ändern. Er musste nach vorne blicken. Claire Travis würde nicht seine letzte Freundin gewesen sein.

Ein kurzer Blick auf die Karte, die ausgebreitet auf seinem Schoß lag, verriet ihm, dass er die Quincy Street fast erreicht hatte. Dort wartete einer von vielen leerstehenden Spielzeugläden in Detroit. Und ein Spielzeugladen war jetzt genau das Richtige, das spürte Ames. Was er suchte, würde er zwischen Puppenstuben und Marionetten finden.

***

Einer der wenigen Orte in Virginia, an denen die Sumpfkiefer wuchs, war ausgerechnet eine Geisterstadt mit dem Namen Elko Tract. Während Gladys und er sich mit dem Suchtrupp durchs Unterholz kämpften, ärgerte sich Ethan, überhaupt hergekommen zu sein. Es erschien ihm zu klischeehaft, dass der Killer Claire ausgerechnet hierher gebracht haben sollte.

Gladys erklärte ihm indes flüsternd, dass Serienmörder oft versuchten, einen Kult um sich aufzubauen, durch den sie sich noch mehr vom Rest der Menschheit abheben konnte. »Wie Pogo der Clown oder der Zodiac Killer. Fantasiefiguren, Tierkreiszeichen, Masken aus Menschenhaut, eine Geisterstadt. Serienmörder ergehen sich nur zu gern in übertriebener Symbolhaftigkeit.«

Auch wenn ihm ihre Worte einleuchteten, blieb Ethan skeptisch. Er wollte diesem Kerl endlich zeigen, dass sie nicht machtlos waren und vor allen Dingen wollte er nicht, dass ihm seine Exfreundin zum Opfer fiel, nur weil sie in die falsche Richtung fahndeten.

Die Beziehung mit Claire war Ethans bisher einziger Versuch gewesen, sich fest zu binden und sie war kläglich gescheitert. Bis heute verstand er nicht, was damals in ihr vorgegangen war. Wieso sie nicht mit ihm gesprochen hatte, bevor sie den Termin gemacht hatte oder zumindest, bevor sie in die Klinik gefahren war. Er war sich sicher, er hätte sie umstimmen können. Auch wenn er ihr bis heute nicht verzeihen konnte, gab es in diesem Augenblick nichts, was er sich mehr wünschte, als sie unversehrt zu finden.

Hundegebell ließ ihn aus seinen Gedanken aufschrecken. Einer der Deutschen Schäferhunde, die sie die Witterung von Claire hatten aufnehmen lassen, war stehen geblieben und kläffte lautstark.

»Das Unterholz ist niedergetrampelt worden«, rief der Hundeführer und wies auf eine Stelle, an der die Äste, die den Boden bedeckten, mehrfach gebrochen waren. Auch das dichte Geäst darüber war an mehreren Stellen abgeknickt, als habe jemand versucht, sich einen Weg hindurch zu bahnen.

Der Hund schnüffelte und kläffte erneut, dann zog er an seiner Leine und versuchte, tiefer ins Gebüsch einzudringen.

»Er hat definitiv eine Spur, oder?« Ethan bemerkte den nervösen Unterton in seiner eigenen Stimme.

»Los, ihm nach!« Der Hundeführer ging vor und die Suchstaffel schloss sich ihm an. Ethan und Gladys sahen einander an, dann folgten sie dem Hundeführer ebenfalls durch die Bresche, die die Bestie möglicherweise ins Gebüsch geschlagen hatte, um die wehrlose Claire in den Wald zu schleifen.

Ethan zwang sich zur Ruhe. Genauso gut konnte das hier einfach nur der Weg sein, über den ein paar übermütige Jugendliche oder Wanderer die Gegend erkundet hatten.

Der Hund führte sie immer tiefer in den Wald. Die Stimmung war angespannt, niemand sprach mehr. Jeder von ihnen fürchtete, beim nächsten Schritt über die leblose Claire zu stolpern oder einen anderen grausamen Fund zu machen. Trotzdem suchten ihre Blicke beständig das Unterholz ab.

»Halt!« Ethan blieb stehen und Gladys wäre beinahe aufgelaufen. Sie setzte zu einem verärgerten Kommentar an, aber dann fiel ihr Blick auf seine Entdeckung. Ein blutiger Stofffetzen hing an einem Dornenstrauch. Er schien von einem weißen Kleidungsstück zu stammen.

»Claire Travis hat eine weiße Bluse getragen, als sie entführt wurde. Da war sich ihr Mann zu hundert Prozent sicher«, bemerkte Gladys.

Ethan winkte die beiden Mitarbeiter der Spurensicherung heran. Man reichte ihm einen transparenten Plastikbeutel, in den er das Beweisstück gleiten ließ. Einer der Männer kniete sich auf den Boden und verstaute den verpackten Stofffetzen in einem chromfarbenen Koffer.

»Es ist Blut daran.« Ethan sah Gladys an.

»Das muss nichts heißen. Es kann genau so gut *sein* Blut sein..« Sie mochte eine gute Ermittlerin sein, aber sie war eine miserable Lügnerin.

***

Als sie Elko Tract erreichten, war Ethans Anspannung ins Unermessliche gewachsen. Der Ort trug nicht gerade dazu bei, dass er sich besser fühlte. Verwitterte Fundamente von Häusern aus dem zweiten Weltkrieg, überall Zäune und Warnschilder, dazu der Wasserturm, der bedrohlich in die Höhe ragte. Unter dem Blätterdach herrschte ein stetiges Dämmerlicht und der Fabriklärm aus der nahen Halbleiter-Produktionsanlage sorgte für eine irreale Stimmung, die jeder Geisteskranke einfach sofort ins Herz schließen musste.

Sie hatten keine weiteren Hinweise gefunden. Wind und Wetter waren die perfekten Verbündeten von Mördern und Perversen und konnten jede Spur zunichte machen. Trotzdem hatte der Hund die Spur nicht mehr verloren. Er führte sie unaufhaltsam durch die Überreste der Stadt, weiter in Richtung Wasserturm.

Die Stimmung war gedrückt, daran konnten auch die grellen Sonnenflecken nichts ändern, die den Waldboden an einigen Stellen erhellten. Alle hatten Angst vor dem, was sie erwartete. Ethan hoffte noch immer, dass sie Claire lebend und möglichst unversehrt vorfinden würden, doch der blutige Stofffetzen war ihm wie ein schlechtes Omen vorgekommen.

Vor dem Zaun, der um den Wasserturm gezogen worden war, blieb der Suchhund stehen. Er schnüffelte einen Moment, dann zog er seinen Führer daran entlang bis zu einem Tor. Es hing schief in den Angeln, war aber mit einer dicken Kette verschlossen.

»Die kann noch nicht alt sein«, sagte Ethan leise und deutete mit dem Kinn darauf. »Sie glänzt noch richtig.«

Gladys schwieg, doch ihr Blick verfinsterte sich. Das war Antwort genug.

»Umrunden wir den Zaun«, befahl Ethan und ging vor. Er wischte sich die schweißnassen Hände an der Hose ab und zog seine Waffe. Sein Herz raste und er musste sich zügeln, um mit Bedacht vorzugehen und nicht einfach loszustürmen. Der kleinste Fehler konnte Claire in Gefahr bringen.

Nach wenigen Metern entdeckte er ein Loch im Zaun, groß genug für einen menschlichen Körper. Er zögerte nicht lange und schob sich durch die Öffnung. Hinter sich hörte er die Schritte der anderen auf dem Waldboden. Sie folgten ihm und hielten ihm den Rücken frei.

Mit erhobener Waffe näherte er sich der Hinterseite der Hütte. Dort befand sich ein kleines Fenster. Die Scheibe war eingeschlagen. Langsam schlich Ethan näher, hielt sich dicht an der verwitterten Holzfassade. Dann beugte er sich vor und war einen Blick ins Innere. Das, was er hinter den gezackten Glasresten sah, ließ ihm das Blut in den Adern gefrieren. Eine Frau lag auf dem Boden. Ihr Körper war blutverschmiert und auf ihrer Stirn prangte das obligatorische A. Die blau-gelbliche Färbung ihrer Haut zeigte deutlich, dass sie nicht mehr am Leben war. Die zerfetzte weiße Bluse, die sie trug, verriet noch etwas anderes: Es war Claire. Seine frisch verheiratete Exfreundin, die offensichtlich hatte sterben müssen, weil sie ihn gekannt hatte.

Ethan wandte sich ab und übergab sich auf den Waldboden.

***

Wie in Trance hatte er zugesehen, wie die Tür geöffnet worden war und man nach einer Weile Claires Leiche, mit kleinen Plastiktüten über ihren Händen, aus der Hütte getragen hatte. Sie war erdrosselt worden. Man musste kein Rechtsmediziner sein, um die Würgemale an ihrem Hals als solche zu erkennen.

Die Hütte selbst war voll mit Werkzeugen, die der Killer vermutlich als Folterinstrumente benutzt hatte. Der Boden unterhalb des Stuhls war blutverklebt und es hing ein Gestank in der Luft, der das Atmen unerträglich machte.

Ethan nahm das alles nur am Rande wahr. Er wusste, dass er die Fakten kennen sollte, auch wenn sich alles in ihm dagegen sträubte. Er konnte und wollte nicht glauben, dass jemand herum lief und Menschen tötete, nur um ihn fertig zu machen. Mit diesem Mord hatte der Täter ihn getroffen, einen Punkt gelandet. Ethan wusste nicht, wie er jemals mit der Schuld fertig werden sollte, die er, wenn auch ungewollt, auf sich geladen hatte. Wenn er doch nur eher verstanden hätte, dass es dem Killer um persönliche Rache an ihm ging, dann hätte er ... ja, was eigentlich? Jeden warnen können, der ihm jemals begegnet war? Jeden, mit dem er irgendwie in Verbindung stand? Das konnte er nicht einmal jetzt, wo er wusste, was Sache war.

## *-47-*

Besorgt nahm Evangeline wahr, wie angespannt Ethan war. Er umklammerte sein Glas und starrte, seit sie die Bar betreten hatten, fast ausschließlich düster auf den Boden. Sie fragte sich, warum er ausgerechnet ein Lokal als Treffpunkt gewählt hatte. Offensichtlich bedrückte ihn etwas und sie bezweifelte, dass sie hier genügend Ruhe finden würden, um darüber sprechen zu können.

»Vielleicht gehen wir besser zu dir oder zu mir, Ethan.«

»Nein, schon gut.« Er sah auf und sein Blick war voll unterdrückter Wut. Sicherlich nicht auf sie, aber der Ausdruck gefiel ihr trotzdem nicht.

»Dann sag mir wenigstens endlich, was los ist.« Auch wenn sie sich bemühte, einfühlsam zu sprechen, wirkten ihre eigenen Worte drängend auf sie. Vorsichtig legte sie eine Hand auf seine Schulter.

»Sie ist tot.«

Evangeline schluckte. Es war zu erwarten gewesen, dass sie Claire Travis nicht lebend finden würden, auch wenn sie insgeheim alle das Gegenteil gehofft hatten.

Ethan leerte seinen Drink, dann wandte er sich ihr zu. »Ich muss dir etwas sagen, Eve. Claire war früher meine Verlobte.«

Ein dumpfes Gefühl machte sich in Evangelines Magengegend breit. Sie hatte mit Vielem gerechnet, aber nicht damit.

»Dieser Kerl kommt mir immer näher, verstehst du? Er beobachtet mich. Bei mir zuhause ist es nicht mehr sicher.« Er schüttelte den Kopf. »Wir … Eigentlich sollten wir uns auch nicht mehr gemeinsam in der Öffentlichkeit sehen lassen. Wer weiß, ob ich ihn abhängen konnte …« Er winkte die Kellnerin heran, um ihre Drinks zu bezahlen.

»Nicht mehr in der Öffentlichkeit oder …«

Ethan blickte sie an und Verwunderung machte sich in seinen Augen breit. Er lachte kurz. Es klang hart und verbittert. »Bitte, zieh jetzt keine falschen Schlüsse. Ich habe einfach Angst um dich.« Er starrte auf die Tischplatte.

Evangeline wurde mulmig bei dem Gedanken an das, wie sie Ethan noch hatte sagen wollen. Der Moment war denkbar ungünstig und sie konnte sich vorstellen, welch ein Theater gleich folgen würde. Trotzdem musste sie da jetzt durch.

»Hör mal, Eth. Wegen heute Mittag … ich hab' mich anders entschieden. Ich kann nicht bei meiner Mutter wohnen.«

Überrascht sah er sie an.

»Wir hatten heute Nachmittag einen Streit. Einen heftigen Streit, der mir wieder vor Augen geführt hat, wieso ich sie so selten sehe und –«

Er ließ sie nicht ausreden. »Es geht hier möglicherweise um dein Leben. So dumm kannst du doch nicht sein!«

»Mein Leben ist immer noch meine Angelegenheit, Ethan! Wenn du mit mir zusammen sein willst, akzeptier bitte, dass ich keine Schachfigur auf deinem Polizei-Spielbrett bin, die du herum schieben kannst, wie es dir gerade passt. Ich habe bisher auf mich selbst aufpassen können und ich sehe keinen Grund, wieso sich das ändern sollte.« Sie stand auf und schulterte ihre Handtasche. »Ich warte vor der Tür.«

***

Als Ethan heraus kam, hatte er sich offensichtlich beruhigt. Er entschuldigte sich für sein besitzergreifendes Verhalten und Evangeline war froh, dass er sich bemühte, sie zu verstehen. Sie hatte kein großes Interesse daran, wieder das duldende Frauchen eines dominanten Mannes zu werden. Allein beim Gedanken daran schnürte sich ihr die Kehle zu.

Ethan und sie hatten einiges zu klären. Sie ergriff seine Hand und zog ihn mit in Richtung Auto. Da ging plötzlich alles so schnell, dass sie kaum wusste, wie ihr geschah. Ein Kerl im Trainingsanzug riss ihr im Vorbeirennen die Handtasche weg, sodass sie ein paar Schritte mitstolperte und schließlich gegen Ethans Wagen prallte. Dieser hatte sie längst losgelassen und setzte dem Taschendieb nach, bekam ihn zu fassen und schleuderte ihn mit dem Gesicht voran gegen die Wand der Bar, aus der sie eben gekommen waren.

Erst jetzt verstand Evangeline und erschrak. In dieser Tasche war einfach alles. Ihr Schlüssel, ihr Handy, ihr Geld ...

Ethan drehte den Kerl zu sich herum und verpasste ihm einen Faustschlag mitten ins Gesicht. Evangeline schluckte und trat näher. Einige Passanten hatten sich um ihn und den blutenden Dieb versammelt, der aussah wie ein Junkie oder Obdachloser und beteuerte, dass er das alles nicht böse gemeint habe.

»Ist mir total egal, wie du's gemeint hast«, schrie ihn Ethan an und zog ein paar Handschellen aus seiner Innentasche.

»Ethan, jetzt übertreib bitte nicht!« Evangeline trat energisch näher und fasste ihn an der Schulter.

Die Nase des Taschendiebs blutete heftig und auf seiner Stirn bildete sich ein leuchtend roter Fleck, der sicher zum Bluterguss werden würde. Auch die Passanten schienen empört über das schroffe Vorgehen des Cops.

»Ethan, komm schon. Es ist doch noch mal gut gegangen und ich will jetzt wirklich nach Hause.«

Für einen Moment war Ethan abgelenkt und sah sie an. Der Junkie nutze die wertvollen Sekunden, riss sich los und stolperte davon. Noch ehe Ethan ihm erneut folgen konnte, war er zwischen den Passanten verschwunden. Niemand machte Anstalten, ihn aufzuhalten.

Ethan befreite sich aus Evangelines Griff. Frustriert rammte er die unbenutzten Handschellen in seine Tasche und wandte sich ab.

Evangeline schüttelte den Kopf über seinen Zorn. Sie wünschte, er würde einen anderen Weg finden, mit der Trauer über Claire Travis' Tod fertig zu werden.

»Fahr mich jetzt bitte nach Hause, ja?«

***

Die Fahrt zu Evangelines Haus verlief schweigend. Sie wusste nicht, was sie zu seinem Ausraster sagen sollte, auch wenn es ihr insgeheim schmeichelte, dass er sich so für sie eingesetzt hatte. Trotzdem hatte es sie erschreckt, mit welcher Brutalität er vorgegangen war. Natürlich, Ethan war kein Mann, der andere mit Samthandschuhen anfasste, aber dass er zu solchen Ausbrüchen neigte, hätte sie nicht erwartet.

Ethan parkte den Wagen und wartete, bis sie die Initiative ergriff. Doch sie dachte nicht daran. Stattdessen öffnete sie ihre Handtasche und gab ihm seine Pistole zurück, die er ihr auf der Fahrt zu ihrer Mutter angedreht hatte.

»Was ...?« Ethan sah sie so verwirrt an, als hätte sie ihn gerade aus dem Tiefschlaf gerissen.

»Die brauche ich nicht. Es macht mich nervös, sie in meiner Tasche zu haben. Stell dir vor, so etwas wie gerade passiert noch einmal. Dann hat irgend so ein Junkie deine Pistole. Gott weiß, was er damit anrichtet.« Evangeline wollte noch mehr Argumente vorbringen, doch das war nicht nötig.

Ethan sah sie einen Moment lang ausdruckslos an, dann verstaute er die Waffe in seiner Innentasche. »Du glaubst, ich will dich unterdrücken oder so einen Unsinn. Aber das ist nicht wahr.« Er schaute sie an und sie erschrak über den traurigen Ausdruck in seinen geröteten Augen. »Ich will dich nicht verlieren, Eve. Weder dich noch Haley, aber ihr macht es mir beide so verdammt schwer, euch zu schützen.«

Evangeline schluckte, als sie begriff, wie es ihm gehen musste.

»Über kurz oder lang könntet ihr an der Reihe sein. Stell dir vor, euch passiert etwas, nur weil ich nicht gut genug aufgepasst habe. Weil ich euch nicht zu nahe treten wollte ... Wie würdest du dich an meiner Stelle fühlen?«

»Ich lasse mich nur ungern einengen.«

»Und ich lasse dich nur ungern aus den Augen. Ich hoffe, irgendwann wirst du mich verstehen.« Ethan widmete sich dem schwarzen Nichts vor dem Fenster. Einen Augenblick lang sah es so aus, als würde er in Tränen ausbrechen, dann verhärtete sich sein Gesicht wieder.

Evangeline blieb noch einen Moment sitzen und dachte nach. Eigentlich verstand sie ihn. Er hatte nacheinander zwei Menschen verloren, die ihm nahe standen und nun sorgte er sich um die, die er liebte. Konnte sie ihm das zum Vorwurf machen?

»Ich glaube, wir haben beide falsch reagiert.« Evangeline schloss Ethan in die Arme. »Wir sind es eben nicht gewöhnt, jemanden an unserer Seite zu haben, auf den wir Rücksicht nehmen müssen.«

Ethan blickte überrascht zu ihr herab, dann erwiderte er ihre Umarmung.

Sie wusste, dass es nun kein Zurück mehr gab, und auf unbestimmte Weise war sie froh darüber.

## *-48-*

Birch kauerte zwischen einer wunderschönen Reborn und einer nicht ganz so schönen Lee-Middleton-Puppe hinter einem umgestoßenen Kinderwagen. Es war dunkel und stickig. Staubflocken tanzten durch den alten Spielzeugladen und zwangen ihn, flach zu atmen, um nicht husten zu müssen. Er durfte sich unter keinen Umständen verraten.

Seit sich die Tür des Geschäfts vor wenigen Sekunden geöffnet hatte, versuchte er, keinen Laut von sich zu geben. Seine Hände zuckten leicht und sein rechtes Auge brannte, wie immer, wenn er nervös war oder Angst hatte. Die Bullen schienen ihn gefunden zu haben. Es war dumm von ihm gewesen, sich ausgerechnet hier zu verstecken, doch der Drang, endlich wieder die sorgfältig verarbeiteten Spitzenkleidchen und die weiche Plastikpuppenhaut berühren zu können, war einfach zu stark gewesen.

Die Fußfessel hatte ihm nicht erlaubt, sich woanders hin zu bewegen als zu seiner Arbeitsstelle und nach Hause. Zu Hause war er einsam gewesen. Keine seiner Puppen hatte damals das Feuer überlebt und die Trauer darüber saß immer noch tief. Er hätte ihnen gern einen symbolischen Platz auf dem Friedhof gekauft, wo er einen Grabstein aufstellen und ihrer gedenken konnte, aber er wusste, dass man ihm das niemals gestatten würde.

Das Haar der Reborn-Puppe kitzelte in seiner Nase und er ließ sie etwas lockerer. Vor lauter Anspannung hatte er den kleinen Körper zu fest gegen seine Brust gepresst. Auch wenn er Angst hatte, ein Geräusch zu verursachen, hob er die Puppe ein Stück und küsste sie auf die glatte Stirn. Er lächelte beim Anblick ihrer engelsgleichen Züge und sprach in Gedanken eine Entschuldigung.

»Ich weiß, dass du da bist.«

Birch erstarrte. Die sanfte, amüsierte Stimme des Mannes, der gerade in seinen Laden eingedrungen war, ließ ihn wissen, dass es sich nicht um einen Polizisten handeln konnte. Doch diese Tatsache beruhigte ihn nicht. Im Gegenteil.

»Ich bin nicht dein Feind, Birch, hörst du? Ich möchte dein Freund sein.« Die Worte des Mannes klangen schmeichelnd und hatten gleichzeitig etwas Furchteinflößendes an sich.

Birch drückte die kleine Reborn wieder an sich und zog den Kopf so weit es ging zurück, um zwischen dem ganzen Spielzeug nicht aufzufallen.

Der Fremde setzte sich langsam in Bewegung. Seine Schritte verursachten kaum Geräusche. »Willy Wilbur ... Wo steckst du? Wo hast du dich versteckt?«

Birch hielt den Atem an.

»Ich finde dich doch, glaub mir.« Die Stimme des Mannes war immer noch freundlich. »Wilbur ...«

Am liebsten hätte Birch den Mann angeschrien und ihn zur Hölle gejagt. Aber dazu war er viel zu feige. Er war immer feige gewesen. Schon in der Schule hatte er sich aus jedem Streit heraus gehalten. Zu Hause bei seinen Puppen, da hatte er sich wohl gefühlt, sonst nirgends.

»Birch!« Der Tonfall des Fremden war plötzlich umgeschwungen und klang wütend. »Komm raus oder ich reiße der kleinen Rothaarigen den Kopf ab!«

»Nein«, flüsterte Birch. Er wusste genau, wen der Mann meinte. An der Tür des Ladens saß eine wundervolle Puppe. Sie war fest sechzig Zentimeter hoch und hatte langes, lockiges Seidenhaar. Ihre Wangen waren rosa, genau wie ihre Lippen. Gleich als er sie zum ersten Mal gesehen hatte, hatte er ihr versprochen, sie zu adoptieren. Jetzt wollte dieser kranke Perverse ihr etwas antun.

»Birchy ... Die Kleine schreit nach dir ... Hörst du, wie sie schreit?«

Birch kniff die Augen zusammen und redete sich ein, dass es nur um eine Puppe ging. Eine Puppe, mehr nicht. Trotzdem tat ihm der Gedanke, dass ihr jemand etwas tun könnte, in der Seele weh.

»Ich werde ihr jetzt ganz langsam die großen Kulleraugen ausstechen. Willst du daran schuld sein? Komm raus, ich möchte nur mit dir sprechen.«

Es hörte sich an, als würde der Fremde sich immer noch in der Nähe der Tür befinden. Birch wagte es nicht, nachzusehen. Einen Moment lang herrschte Schweigen, dann erklang die Stimme dichter an seinem Ohr als zuvor.

»Autsch.«

Ein leises *Knack*, dann rollte ein rundes Puppenauge in Birchs Versteck.

Er sog erschrocken die Luft ein und starrte das Auge so entsetzt an, als wäre es sein eigenes.

»Daran bist du schuld, Birch. Komm raus und ich bringe dich kurz und schmerzlos um«, versprach der Mann. Er klang jetzt wieder fröhlich.

Birch schluckte und starrte den Puppenkinderwagen vor sich an. Er brauchte dringend einen Plan.

»Weißt du, warum ich dich töten will? Nein? Na macht nichts, ich erklär's dir, es ist eigentlich ganz einfach. Jeder Idiot könnte von selbst darauf kommen, aber gut, für dich will ich eine Ausnahme machen. Du befindest dich ja schließlich auch in einer Ausnahmesituation. Ich habe mir viel Mühe gegeben, meine Opfer sorgfältig ausgewählt, mich lange mit ihnen beschäftigt und mich angestrengt, sie angemessen zu hinterlassen. Doch gibt es da eine Polizeieinheit, die meine Werke nicht zu schätzen weiß und neuerdings dir triebgesteuertem, infantilem Grobmotoriker die ganze Aufmerksamkeit zukommen lässt. Verstehst du jetzt, warum ich dich töten muss?«

Ein Schluchzen kam über Birchs Lippen und er konnte nicht vermeiden, dass Tränen in das weiche Reborn-Puppenhaar tropften.

Der Fremde lachte leise. »Ich sehe, du verstehst es. Wir haben Zeit, Willy. Wir wissen beide, dass ich weiß, wo du steckst. Du quälst dich nur selber, wenn du dort sitzen bleibst. Dich selbst und die kleine Rothaarige.«

Mit diesen Worten ließ er ein zweites braunes Puppenauge in Birchs Versteck kullern.

## *-49-*

Auch wenn heute Sonntag war, hatte Ethan um acht einen Anruf vom Captain erhalten, der ihn postwendend in sein Büro zitierte. Er konnte sich denken, worum es ging, doch er hatte auf der gesamten Fahrt versucht, sich nicht den Kopf darüber zu zerbrechen. Besser, er ging nicht allzu nervös in dieses Gespräch.

Er betrat das holzvertäfelte Büro seines Vorgesetzten, der Zigarre rauchend am Schreibtisch saß. Der Tisch des Captains war stets aufgeräumt und leer bis auf ein silbernes Namensschild, ein Familienfoto und ein zugeklapptes Notebook.

»Gut, dass Sie so schnell kommen konnten, Hayes. Bitte setzen Sie sich.«

Ethan ließ sich schwer in den dick gepolsterten Drehstuhl fallen und hoffte, dass es nur um seinen Ausraster gestern Abend ging. Jeder Cop verlor mal die Nerven. Immerhin hatte er keine Frau und keinen Afroamerikaner misshandelt. Und es war keine Presse zugegen gewesen. Pluspunkte, wie er fand.

Cooper betrachtete ihn nachdenklich, dann ließ er den Blick zu dem Foto wandern, welches seine Frau und seine zwei erwachsenen Töchter zeigte. »Wenn ich mir vorstelle, einer von ihnen würde etwas zustoßen ...«

Ethan mochte keine Andeutungen. Er wünschte sich manchmal, die Menschen würden auf Andeutungen verzichten und einfach geradeheraus sagen, was sie dachten, wollten oder nicht wollten. »Sie wollen, dass ich den Fall abgebe.«

Cooper blickte auf und nahm einen Zug von seiner Zigarre, bevor er antwortete. Tabakgeruch mit einer kaum wahrnehmbaren Vanillenote erfüllte den Raum. »Das letzte Opfer stand Ihnen ziemlich nah. Ich kann mir kaum vorstellen, dass Sie nicht befangen sind.«

Energisch schüttelte Ethan den Kopf, doch der Captain ließ ihn nicht zu Wort kommen. »Ich sehe doch, wie Sie das Ganze mitnimmt. In so einer Situation kann niemand einen klaren Kopf bewahren.«

»Ich kann, Cooper.« Er wusste, dass er der Sache gewachsen war. Und mit noch größerer Sicherheit wusste er, dass er den Verstand verlieren würde, wenn er den Killer nicht mehr jagen durfte und dazu verdonnert wurde, tatenlos zuzusehen.

»Wir funktionieren nur als Team. Durch wen wollen Sie mich ersetzen? *Mason*?«

»Dewey.«

»Das wird nicht funktionieren.«

»Wollen Sie damit andeuten, dass Sie besser sind als Ihr Kollege?«

Verdammt, der Captain hatte eine miese Art an sich. »Nein, natürlich nicht.«

Cooper beugte sicht vor. »Ich weiß, wie viel Ihnen an diesem Fall liegt, Hayes, aber denken Sie doch mal nach. Wenn wir Sie aus dem Spiel nehmen, nehmen wir gleichzeitig dem Killer den Wind aus den Segeln. Wenn Sie wollen, dass das Töten aufhört, unterstützen Sie uns dabei und akzeptieren Sie, dass die Sache für Sie gelaufen ist.«

Er wusste nicht, was er davon halten sollte. Ihm schwirrte der Kopf. Es war klar, dass er Coopers Entschluss nicht ändern konnte, aber er hatte gehofft, der Captain würde zumindest zögern. Ihm eine Chance geben, bevor er eine Entscheidung fällte.

»War das dann alles?«, brachte er hervor und ähnlich wie gestern Abend gelang es ihm nur schwer, seine Wut zu zügeln.

»Nehmen Sie ein paar Tage Urlaub. Ich stelle das Team um und suche Ihnen für die nächste Zeit eine andere Aufgabe. Ein wenig Innendienst hat noch keinem geschadet.«

Ethan nickte und murmelte eine Verabschiedung, dann verließ er fluchtartig das Büro.

***

Auf dem Weg zu seinem Wagen begegnete er keinem Geringeren als Dewey, der es offenbar ziemlich eilig hatte. Als er Ethan erblickte, verlangsamte er jedoch seine Schritte und ließ die Hände in die Hosentaschen gleiten.

»Dewey.« Ethan blieb vor seinem Kollegen stehen. »Du weißt schon Bescheid, was?«

Dewey nickte mit einem fast schuldbewussten Ausdruck in den Augen. »Der Captain hat mich eben angerufen. Tut mir leid für Sie, Hayes.«

Ethan selbst tat es auch leid, und wie. Doch er wusste, dass Dewey am wenigsten etwas dafür konnte. Anstatt wütend auf ihn zu sein, klopfte er seinem jungen Kollegen freundschaftlich auf die Schulter und wünschte ihm viel Erfolg.

»Das ist ‚ne Riesenchance für dich, Dewey. Versau es jetzt nicht.«

Dewey nickte dankbar, straffte die Schultern und betrat das Gebäude. Ethan wusste, dass der Junge eine große Karriere vor sich hatte. Anders als Mason war er zurückhaltend und besonnen, was ihn befähigte, die richtigen Entscheidungen zu treffen und selbst im größten Chaos den Überblick zu behalten. Trotzdem war ein Teil von Ethan neidisch auf ihn – der große Teil, der den Killer fangen wollte, anstatt anderen das Feld zu überlassen. Der Teil, der alles gegeben hätte, um den Fall zu behalten.

Alles?

Nein, dachte er und schloss seinen Wagen auf. Es gab eine Handvoll Menschen, die er nicht für den Fall hergeben würde, um die er sowieso eine Riesenangst hatte und die davon profitierten, wenn er sich zurückzog.

***

Trotz seiner Beurlaubung spukte ihm der Fall im Kopf herum. Ethan beschloss, seinen Vater aufzusuchen, nicht zuletzt, weil ihn die Tatsache, dass Claires Leiche in Richmond und noch dazu in der Nähe des Altenheimes gefunden worden war, beunruhigte. Er musste einfach sehen, dass es dem alten Mann gut ging. Vielleicht war es aber auch nur das schlechte Gewissen im Angesicht seines drohenden Todes ...

Ethan schüttelte den Gedanken ab.

Auf dem Weg zum Altenheim sah er immer wieder nervös in den Rückspiegel und kurvte für eine Weile ziellos durch die Straßen, bevor er sich sicher war, dass ihm niemand folgte und er die richtige Richtung einschlug. Trotz seiner Vorsicht wurde er den Verdacht nicht los, dass er längst eine Marionette des Mörders war und ihn geradewegs zu seinem nächsten Opfer führte. Hoffentlich tat er nicht Schritt für Schritt das, was der Killer von ihm erwartete. Immer mehr fühlte er sich wie eine Figur in einem Spiel voller Leichen und böser Überraschungen. Doch wahrscheinlich war er einfach übernervös. Die Tatsache, dass der Mörder seine Geschwindigkeit so rasend schnell erhöhte, machte ihm zusätzlich Angst. Zwischen dem Fund der Leichen von Roxanna Johnsonn und Claire hatte nicht einmal eine halbe Woche gelegen.

Er lenkte den Wagen in eine der Parklücken vor dem St. Francis Home in Richmond. Das St. Francis war ein rotes Backsteingebäude mit ausladendem Dach und einem kleinen Garten auf der Rückseite. Es lag in einem vergleichsweise ruhigen Außenbezirk und in der Nähe eines Parks, den sein Vater allerdings, soweit Ethan wusste, nicht nutzte.

Entschlossen betrat er das Gebäude und begrüßte kurz die Schwarzhaarige an der Rezeption. Vor ein paar Jahren hatte er sie mal zum Essen ausgeführt, aber ihre mütterliche Art hatte ihn zu sehr irritiert, um mit ihr ins Bett zu gehen. Heute deprimierte ihn ihr Anblick, vielleicht weil ihn Altenheime generell deprimierten. Hier zu sein war wie ein Blick in die Zukunft. Irgendwann endete doch jeder in einem Schaukelstuhl, mit einer Zeitschrift auf dem Schoß, deren Inhalt er nicht mehr kapierte.

Er nahm die Treppe in den ersten Stock und versuchte, flach zu atmen, damit ihn der Geruch nicht mit voller Wucht traf. Desinfektionsmittel, Essen und Diabetes. Eine Mischung, die wahrscheinlich in jedem Krankenhaus und in jedem Seniorenheim auf der ganzen Welt gleich roch und einen immer dazu trieb, möglichst schnell wieder zu verschwinden.

Sein Vater bewohnte das Einzelzimmer mit der Nummer zweiundzwanzig. Das Bad musste er sich mit dem Bewohner aus Zimmer einundzwanzig teilen, aber Ethan bezweifelte, dass dieser Umstand ihn noch störte.

Er klopfte kurz und öffnete dann die Tür, ohne eine Antwort abzuwarten. Das Zimmer war groß genug für eine einzelne Person und vergleichsweise wohnlich eingerichtet. Das Bett mit dem unvermeidbaren Metallgestell stand in der linken Ecke, daneben ein Nachttisch. Mithilfe eines Vorhanges konnte man den Schlafbereich vom Rest des Raumes trennen. Außer dem Bett gab es einen kleinen Essplatz direkt am Fenster und rechts davon zwei Sessel, einen Tisch und einen Fernsehschrank mit dem entsprechenden Gerät darin.

Ethans Vater Matthew saß vor dem Fernseher auf einem der Sessel, patriarchalisch, die Arme auf den Armlehnen und die Fernbedienung in der Hand. Er drehte den Kopf zur Tür und Ethan erkannte sich selbst in ihm: Das scharf gezeichnete Gesicht, die hohen Wangenknochen, die zerfurchte Stirn. Ethan hatte generell viel von ihm geerbt, doch vor allem das autoritäre Äußere, was ihm zumindest beruflich schon oft weiter geholfen hatte.

»Joseph«, begrüßte ihn sein Vater und Ethan spürte eine leichten Anflug von Zorn, der sich als heißes Glühen auf seinen Wangen äußerte.

»Alle Welt nennt mich Ethan.« Er ließ die Tür hinter sich zufallen und trat ins Zimmer.

»Ich nenne dich Joseph.«

Sein Vater war früher Religionslehrer gewesen und hatte immer streng nach christlichen Traditionen gelebt. Ethan war froh, dass er nicht Jesus hieß, aber auch Joseph ließ ihn immer gleich zurückdenken an die unterkühlte Atmosphäre, die seine Kindheit und Jugend beherrscht hatte. An die Sonntage in der Kirche und die Liste mit Teufelswerk, die sein Vater an den Kühlschrank gepinnt hatte. Das obligatorische Tischgebet unter seinen strengen Augen.

Ethan ließ sich schwer in den freien Sessel fallen. Matthew sah einen alten Film, in dem gerade eine hochgeschlossene Blondine auf einen Mann mit Hut einredete. Sein Vater stellte den Ton ab.

»Und? Wie geht's?«, versuchte es Ethan.

»Wie soll es mir schon gehen? Die Stadt, die mein Großvater mit aufgebaut hat, versinkt in Gewalt!«

»Vater. Die Stadt, die dein Großvater mit aufgebaut hat, ist Detroit. Du bist in Virginia.«

Matthew überging seine Berichtigung, indem er den Kopf wieder zum Fernseher drehte. Ethan bemühte sich, sich von der Demenz des alten Herrn nicht zur Weißglut treiben zu lassen, er konnte schließlich nichts dafür.

»Dann sollte die Polizei von Virginia vielleicht härter durchgreifen. Wer

Menschenblut vergießt, dessen Blut soll durch Menschen vergossen werden! Genesis neun, fünf –«

»Bis sechs, ich weiß.« Er ballte die Hände zu Fäusten und atmete tief durch. Wenn sein Vater sich sonst auch nichts merken konnte, Bibelzitate brachte er immer im passenden Moment. Ethan sehnte sich nach Small Talk, nach einem normalen Gespräch zwischen Vater und Sohn. Einfache Fragen nach Ethans Befinden, nach Haley, nach den Spielergebnissen der Lions. Aber für Ethans Vater war es nie wichtig gewesen, wie es Ethan ging, Haley war seiner Meinung nach ein Bastard und Football Teufelszeug.

Mit diesem ganzen religiösen Kram war Ethan bis zu seinem Auszug von zu Hause vollgestopft worden. Morgens, mittags, abends, genau wie seine Mutter, die sich dem tyrannischen Matthew und seinen fundamentalistischen Lebensregeln nie hatte widersetzen können. Sie war seit mehr als zehn Jahren tot und Ethan hatte sich damals, so schlecht er sich dabei vorgekommen war, gewünscht, es hätte Matthew an ihrer Stelle erwischt.

»Wenn du das weißt, dann sorg endlich dafür, dass es auch eintritt. Du willst schließlich irgendwann noch Detective werden.«

»Ich bin längst Detective, Vater.«

Wieder ignorierte Matthew die Korrektur. Seiner Meinung nach war Ethan immer noch Streifenpolizist in Michigan und Ethan wünschte sich bei jedem Besuch aufs Neue, er hätte seinen Vater dort in einem Heim untergebracht. Dann hätte er wenigstens einen Vorwand, ihn noch seltener besuchen zu können.

Ein paar Minuten lang herrschte unangenehme Stille, dann stellte Matthew den Fernseher wieder lauter. Das war seit jeher ein Zeichen dafür, dass sein er nicht mehr reden wollte. Ethan stand also auf und versuchte, sich nicht anmerken zu lassen, dass er sich vor den Kopf gestoßen fühlte.

»Ich geh' dann jetzt.«

Matthew hatte wahrscheinlich sowieso kein Gefühl mehr dafür, wie lange Ethans Besuch gedauert hatte.

Als keine Antwort kam, wandte Ethan sich ruckartig ab und ging zur Tür.

»Ach, Joseph?«

»Ethan.« Er drehte sich noch mal um.

»Wenn du am Sonntag in die Kirche gehst, bestell Father Stevens einen schönen Gruß von mir.«

»Wird gemacht.« Damit verließ Ethan das Zimmer. Er schloss die Tür und sagte sich, dass sein Vater nicht wusste, was damals im Internat vorgefallen war. Er mochte es irgendwann geahnt haben, doch mittlerweile hatte er es mit großer Sicherheit vergessen. Father Stevens war für Matthew immer ein Vorbild gewesen, ein Muster an Tugendhaftigkeit und Gottestreue.

Stevens war vor sechzehn Jahren bei einer Schießerei in Detroit ums Leben gekommen – ein Junkie hatte den Opferstock aus seiner Kirche stehlen wollen. Es hatte Stevens den ganzen Hinterkopf weggerissen, Ethan hatte es am Tatort mit eigenen Augen gesehen. Demenz konnte ein Segen sein.

## -50-

Evangeline liebte Tage wie diesen. Der Himmel war wolkenlos, aber ein kräftiger Wind wehte und wühlte den Atlantik auf. Schon heute Morgen war sie zum Strand gefahren, um das perfekte Wetter zu nützen. Ihr Mittagessen nahm sie an einer der Strandbars zu sich, während sie die Menschen beobachtete, die sich von den Strapazen der Woche erholten. Sie selbst war bisher immer allein hier gewesen. Es hatte ihr nichts ausgemacht, denn bislang hatte sie niemanden gehabt, mit dem sie diese ungestörten Stunden am Strand teilen wollte. Bislang.

Wie auf ein Zeichen hin klingelte in dem Moment ihr Handy und auf dem Display sah sie, dass es Ethan war. Gespannt, wie er sich nach gestern Abend verhalten würde, klappte sie das Telefon auf und meldete sich.

»Hi, hier ist Ethan.« Zumindest in seiner Stimme schwang wieder die gewohnte Selbstsicherheit mit.

»Guten Tag, Detective.«

»Beurlaubter Detective trifft es leider eher.«

»Beurlaubt?«

»Ich erkläre es dir später. Hast du nachher Zeit? Ich würde mir gern mal dein Haus ansehen.«

»Wie bitte?«

Er räusperte sich, dann erklärte er, dass er nur sichergehen wolle, dass niemand bei ihr einbrechen und ihr etwas antun konnte. Beim Gedanken an den Serienmörder überzog eine Gänsehaut Evangelines Arme, aber ihre Stimme blieb ruhig.

»Hol mich in einer Stunde am Strand ab. Gegenüber vom Sheraton.« Sie legte auf und rührte mit dem Strohhalm in ihrer Coke.

Eigentlich hatte sie sich vorgenommen, sich mindestens für die nächsten fünf Jahre nicht mehr zu verlieben und jetzt fand sie ausgerechnet Gefallen an diesem braungebrannten, muskelbepackten Vorzeige-Cop. Sie leerte ihr Glas und erwiderte flüchtig das Lächeln des dunkel gelockten Barkeepers. Sie hatte die diffuse Angst, geradewegs in die nächste Beziehungskatastrophe zu steuern. Als hätte sie all das nicht gerade erst hinter sich. Einen Mann, der sie nicht als seine Partnerin, sondern als sein Eigentum betrachtet hatte. Der sie von morgens bis abends bevormundete und ständig über ihren Kopf hinweg entschied. Der mit cholerischen Wutausbrüchen oder eisigem Schweigen auf jeden Versuch der Gegenwehr reagierte. Sein Kontrollwahn war darin gegipfelt, dass er Evangeline in seiner Wohnung einschloss, als er morgens ins Büro ging. Sie war aus dem Fenster geflüchtet und hatte sich bei ihrer Mutter versteckt, die bis heute nicht verstand, wie Evangeline so einen verantwortungsbewussten, erfolgreichen Mann hatte gehen lassen können.

Sie erschauerte. Irgendwann würde sie Ethan davon erzählen und dann würde er verstehen, weshalb sie sich so ungern einengen ließ. Aber noch nicht jetzt. Er kämpfte zurzeit an genug eigenen Fronten und sie wollten ihn nicht belasten.

Eve leerte ihr Glas, dann drehte sie das Gesicht in die Sonne. Sie freute sich darauf, Ethan zu sehen und der Gedanke an ihn brachte sie unwillkürlich zum Lächeln.

## *-51-*

Ames spürte die wohlbekannte Vorfreude in sich, während er sein Auto über den Highway steuerte und über sein neuestes Werk fantasierte. Der Mord an Wilbur Birch hatte ihn nicht befriedigt. Nicht so, wie er es gewöhnt war. Er tötete nicht gern Männer. Sie gefielen ihm nicht und er wollte am Ende des Tages etwas vollendet haben, das er voll und ganz schön fand. Etwas, das perfekt für ihn war.

Wilbur Birch war nichts als ein großer Trottel gewesen, der wahrscheinlich als Kind gerne die Kleider seiner Mutter getragen hatte und dabei erwischt worden war oder etwas ähnlich Absonderliches. Ein Wichtigtuer, der vor Jahren erfolglos versucht hatte, seiner Obsession etwas Leben zu verleihen und sich die letzten Wochen seines Lebens in einem Spielzeugladen verschanzt hatte.

Gott, es war so einfach gewesen, ihn zu erledigen!

Ähnlich wie sein zweites Opfer, das schon eine ganze Weile unter der Erde war, hatte er ihn einfach erschlagen. Die rohe Gewalt war so ungewohnt für ihn, dass er jetzt einen leichten Muskelkater in den Armen spürte. Vielleicht hätte er es etwas ruhiger angehen lassen sollen. Aber Detroit war nun einmal ein hartes Pflaster und wenn er gut in etwas war, dann darin, sich anzupassen.

Trotzdem war er froh, dass er dem kühlen Michigan jetzt den Rücken zukehren konnte, um in sein eigentliches Revier, das heiße Virginia Beach, zurückzukehren. Seine nächste Freundin wartete bereits darauf, Teil seines Werkes zu werden.

Er hatte sich in einem Detroiter Baumarkt neue Werkzeuge besorgt, mit denen er ganz neue Dinge würde ausprobieren können. Mit den Utensilien, die er jetzt besaß, konnte er das nachholen, was bei Birch keinen Sinn gemacht hätte und zu dem er bei Claire nicht gekommen war.

Wehmütig dachte er zurück an den Moment, als ihm bewusst geworden war, dass er sie erdrosselt hatte. Im Wald, wo sie ihm fast entkommen war, hatte er Blut geleckt. Zu spüren, wie sie langsam das Bewusstsein verlor, während er die Schlinge enger und enger zog, fühlte sich großartig an. Eigentlich wollte er dieses Gefühl nur wiederholen, in seinem Versteck, wo er seine Ruhe hatte, doch er überschätzte seine eigene Selbstbeherrschung. Es war wie ein Rausch, ihren Hals langsam zu zerquetschen. Für ein paar Sekunden hatte er die Kontrolle verloren. Es machte wenig Spaß, noch etwas mit ihnen anzustellen, wenn sie schon tot waren. Tot und nutzlos. Dennoch bereute er es zutiefst, Claires dunkle Seite nicht der Öffentlichkeit präsentieren zu können.

Egal, Claire war Vergangenheit und er würde sich einen solchen Fehler nicht noch einmal erlauben. Schließlich war er ein Meister seines Fachs, mit einer klaren Handschrift – und Schreibfehler ließen sich nicht so einfach ausmerzen wie auf Papier.

Verstohlen tastete er nach dem Multifunktionsmesser in seiner Hosentasche. Es hatte neben der üblichen Klinge einen Korkenzieher, eine kleine Schere, eine Pinzette und eine Lupe. Ein wenig ärgerte er sich darüber, dass er kein noch Effektiveres gefunden hatte. Die Lupe würde er nämlich kaum gebrauchen können.

Er liebte die ausgefeilten Methoden, die er mittlerweile entwickelt hatte, um seine Opfer zu den Geständnissen zu bringen, die er brauchte, um sie nach ihrem Tod gebührend darstellen zu können.

Selbstzufrieden lenkte er seinen Wagen in Richtung Heimat. Jetzt, wo Birch tot war, würde sich wenigstens niemand mehr unrechtmäßig in seinem Ruhm sonnen.

## -52-

Hier unten am Strand war Virginia Beach trotz des Killers noch immer die perfekte Urlaubskulisse für die amerikanische Durchschnittsfamilie. Zu Ethans Überraschung herrschte im Gegensatz zum Rest der Stadt eine fast schon trotzig anmutende Sorglosigkeit. Kleine Kinder aßen Eis, Hundebesitzer warfen Frisbeescheiben und ein Stück südlich fand ein kleines Beachvolleyball-Turnier statt.

Er hatte seinen G6 abseits geparkt, schlenderte durch den Sand und gab sich alle Mühe, nicht wie ein paranoider Cop auszusehen. Er sah sich nach Evangeline um, konnte sie jedoch nirgends entdecken – weder auf einem Handtuch noch auf einer Liege oder an einer der Strandbars. Als er unten am Wasser ankam, blieb er stehen und nahm sein Handy aus der Tasche.

»Hey, Ethan!«

Verwirrt sah er auf. Die Stimme kam aus dem Ozean und wurde vom Wind an sein Ohr getragen. Er musste einen Moment lang suchen, dann erblickte er Evangeline, die zu seiner Überraschung auf einem pink und gelb gemusterten Surfbrett stand und sich übers Wasser tragen ließ. Lachend winkte sie ihm zu. Sie machte beim Surfen eine genauso elegante Figur wie sonst. Ihr schlanker Körper war selbst in dem Neoprenanzug, den sie trug, noch sexy und wie sicher sie auf ihrem Brett stand, beeindruckte ihn.

Er selbst hatte es genau einmal mit dem Surfen versucht, mit einer seiner zahllosen Exfreundinnen kurz nach seinem Umzug nach Virginia Beach. Bis heute konnte er sich nicht erklären, wie er sich dabei eine blutige Nase hatte zuziehen können.

Evangeline kam mit ihrem Brett unter dem Arm aus dem Wasser.

»Du surfst?«, fragte er überrascht. »Kiffst du auch?«

Sie boxte ihm mit ihrer kleinen Faust vor die Brust und hinterließ einen feuchten Abdruck. Obwohl ihm im Moment eigentlich nicht danach zumute war, musste er lachen.

»Das hast du mir wohl nicht zugetraut?« Sie drückte ihm das Brett in die Hände und ging ein paar Meter weiter, wo ihr Handtuch und eine kleine Tasche im Sand lagen.

Ethan folgte ihr grinsend. »Dir traue ich alles zu.«

Jetzt war es Evangeline, die lachte und für einen Moment bekam er eine Vorstellung davon, wie es sein oder besser gesagt *werden* könnte, wenn dieser ganze Mist, in dem er steckte, erst einmal ausgestanden war.

## -53-

Verstohlen beobachtete Evangeline Ethan, während er seinen Wagen in ihrer Auffahrt parkte. Er sah nicht mehr so mitgenommen aus wie am Samstag, doch sie entdeckte dunkle Ringe unter seinen Augen. Sie überprüfte ihr eigenes Äußeres kurz im Außenspiegel. Ihr Haar war während der Fahrt getrocknet, ihr buntes Top unterstrich ihren Teint.

Als sie aus dem Wagen gestiegen waren und zum Haus gingen, legte Ethan den Arm um sie. Evangeline war überrascht, wie wenig komisch sich diese plötzliche Vertrautheit anfühlte. Vielleicht hatte sie gestern Abend ein großes Stück vom echten Ethan kennen gelernt.

»Gehen wir rein.« Sie lächelte und schloss die Tür auf. »Ich demonstriere dir gern, dass meine Alarmanlage und die Riegel an meinen Türen allesamt gut in Schuss sind.«

»Du hast eine Alarmanlage?«

»Ich bin eine Frau und lebe allein. Ich fand das eine sinnvolle Investition.«

Er lächelte und sie erkannte eine Spur von Erleichterung darin. Vielleicht wurde ihm bewusst, dass sie kein armes kleines Bambi war, das hilflos durch den dunklen Wald irrte. Anscheinend gefiel ihm das.

Er zog sie an sich. »Na dann zeig mal her.«

Evangeline erwiderte sein Lächeln kurz, dann führte sie ihn durch ihr gemütliches Haus. Wenn sie ehrlich war, hatte sie diesen Moment herbeigesehnt.

***

Nachdem sie Ethan jeden Winkel ihres Zuhauses gezeigt hatte, war das einzige, das ihm noch Sorgen machte, das winzige Kellerfenster in ihrer Waschküche. Sie hatte die Maschine und den Trockner angestellt, bevor sie zum Strand gefahren war, weshalb die Luft hier unten klebte und das Rattern der beiden Geräte jedes Gespräch unmöglich machte.

Evangeline beobachtete, wie Ethan sich den Schweiß aus dem Gesicht wischte, während er einen massiven Riegel, den er schnell im Baumarkt besorgt hatte, an der kleinen Luke befestigte. Sie bezweifelte, dass der Killer winzig und dürr genug war, um durch dieses Fenster zu passen, aber Ethan hatte sich nicht beirren lassen und wollte auf Nummer sicher gehen.

Sie beobachtete ihn eine Weile, dann wagte sie es und schlang von hinten die Arme um ihn, während er die letzte Schraube fest zog.

»Es gefällt mir, dass du das für mich tust«, flüsterte sie.

»Ach, auf einmal?« Er legte den Schraubenzieher auf den Fenstersims und drehte sich zu ihr um.

Sie spürte den Griff seiner Hände an ihren Hüften und sah in seine blauen Augen. Der Ausdruck darin war aufrichtig und ließ jeden ihrer Zweifel verblassen. Sie stellte sich auf die Zehenspitzen und küsste ihn. Die Hitze in der Waschküche, die durch seine Körperwärme noch verstärkt wurde, störte sie plötzlich nicht mehr, auch wenn ihr etwas schwindelig wurde.

Sie ließ Ethan los und griff kurzerhand nach dem Saum seines T-Shirts, dann zog sie es ihm über den Kopf und betrachtete zum ersten Mal seinen nackten Oberkörper. Unmerklich musste sie schlucken. Sie hatte nicht übertrieben, als sie ihn in ihren Gedanken als muskelbepackt bezeichnet hatte.

Seine Arme spannten sich, als er sie in die Luft hob und auf die Waschmaschine setzte, die immer noch lief. Er zog ihr das Top aus und bedeckte ihren Hals mit Küssen, während sie sich gegen die kühle Wand lehnte. Er öffnete ihre Jeans und zog sie an sich.

Sie wusste, dass sie jetzt noch nein sagen konnte, aber vielleicht hatte sie ihre eigene Selbstbeherrschung ein wenig überschätzt, denn wenn sie ehrlich war, wollte sie dem hier gar keinen Riegel vorschieben. Sie hob das Becken an, damit er ihr die Hose ausziehen konnte.

Er griff nach den dünnen Bändern an den Seiten ihres Slips und entkleidete sie gleich vollständig. Als sie ihm Hose und Shorts herunter geschoben hatte, zog er sie noch enger an sich und küsste sie leidenschaftlich. Sie spürte seine Erektion und schlang die Beine um seine Hüften, drückte sich gegen ihn und stöhnte auf, als er eine Hand von ihr löste und mit den Fingern ihren Bauch hinab glitt. Seine Berührungen waren zärtlich, dann fordernd und ihr Puls beschleunigte sich, bis sich der ganze Raum zu drehen schien. Sie wollte ihn, wollte ihn ganz, und das so schnell wie möglich.

»Mach schon«, raunte sie und biss ihm spielerisch ins Ohrläppchen.

Ethans Körper erschauerte spürbar, dann zog er die Hand langsam zurück, nur um im nächsten Moment sanft ihre Brüste zu streicheln, während er endlich in sie eindrang.

Wieder konnte Evangeline ein Stöhnen nicht unterdrücken. Sie lehnte sich zurück und hatte das Gefühl, die Wand augenblicklich mit ihrem Körper zu erwärmen. Ethans Haar war feucht von Schweiß und Evangeline versuchte, sich ganz auf ihn zu konzentrieren, während sie miteinander schliefen. Es war anders, als sie erwartet hatte. Es dauerte länger und Ethan schien nicht nur daran interessiert zu sein, selbst auf seine Kosten zu kommen.

Nach einer halben Ewigkeit, wie es ihr vorkam, sank sie erschöpft in seine Arme und spürte, wie heftig sein Atem ging. Ihre Körper klebten aneinander und es war mittlerweile völlig still.

Für einen Moment genoss sie einfach seine Nähe, dann räusperte sie sich, um ihre Stimme wieder zu finden. »Wollen wir duschen gehen?«

Er drückte ihr wortlos einen Kuss auf den Hals und hob sie von der Waschmaschine.

Sie lächelte und schloss die Augen. Zumindest zog er sich nicht an und verließ fluchtartig die Wohnung. Jetzt konnte sie nur noch hoffen, dass das hier nicht alles gewesen war, was er von ihr gewollt hatte.

## *-54-*

Delilah Linney schloss die Wagentür hinter sich und wurde zu Cara-Mia. So schnell ging das, von jetzt auf gleich, wenn man es erst mal ein paar Jahre geübt hatte. Das Taxi rauschte davon und schenkte ihr den wahrscheinlich letzten kühlen Luftzug für heute Abend. Die Schwüle war unerträglich und die ganze Stadt schien nervös auf ein Gewitter zu warten, das diesem Wetter endlich ein Ende bereiten würde. Es war noch nicht dunkel und die Sonne bot als orangefarbener Feuerball am Himmel eine beeindruckende Show. Sie warf ein schmeichelhaftes Licht auf den Straßenstrich von Virginia Beach, sodass der ganze Platz aussah wie eine Filmkulisse oder wie ein aufwendig produzierter Werbespot für High Heels und billige Klamotten.

Es waren viele Mädchen da, wie immer im Sommer, aber das ängstigte Cara-Mia nicht besonders. Die meisten Konkurrentinnen waren älter als sie oder man sah ihnen die Geschlechtskrankheiten förmlich an. Sie hingegen bemühte sich, immer frisch zu wirken. Als sei sie gerade erst hier angekommen. Naiv und jung, darauf standen die Kerle, aber offensichtlich hielt sie nicht jeder hier für naiv.

Sie ärgerte sich immer noch über Ethan. Wie konnte er ausgerechnet *sie* dieser Morde verdächtigen? Sie hatte geglaubt, zwischen ihnen beiden herrsche so etwas wie ein Vertrauensverhältnis. Vielleicht war sie doch ein bisschen naiv. An irgendetwas musste es ja liegen, dass sie immer in so eine Scheiße geriet. Immerhin hatte er sie gehen lassen, im Knast hätte sie keinen Tag überlebt. Wahrscheinlich hatte er zu viel Angst davor gehabt, dass sie von ihren kleinen Spielchen, bei denen er sie regelmäßig mit seiner Dienstwaffe bedrohte, hätte erzählen können. Wenn sie daran dachte, wie Ethan ihr die Knarre an die Schläfe drückte, fröstelte sie. Sie hatte ihn nie gebeten, die Pistole zu entladen. Vertrauen, eben. Außerdem zahlte er nicht schlecht und sie gab sich der Illusion hin, dass er kein Mistkerl sein konnte, weil er ein Cop war, wenn er auch einen leichten Knall hatte.

Cara-Mia überquerte die Straße, nahm ihren angestammten Platz vor einem niedrigen Stromkasten ein und sah sich um. Noch immer warf die Abendsonne ein künstliches Licht auf die Szenerie. Sie musste an zu Hause denken, die Kleinstadt, in der sie aufgewachsen war. Dort hatte es Sonnenuntergänge gegeben, von denen Virginia Beach nur träumen konnte. Aber es hatte auch genug Dinge gegeben, die es sich hatten lohnen lassen, wegzugehen.

Cara-Mia schüttelte den Gedanken ab und konzentrierte sich lieber aufs Geschäft als auf längst verblasste Erinnerungen. Heute war einfach nichts los. Viele Mädchen, wenig Freier. Vielleicht war es bloß noch zu früh. Aber an manchen Tagen lief es auch einfach schlecht. Valentinstag, zum Beispiel, war der umsatzschwächste Tag des ganzen Jahres. Sie hatte es aufgegeben, am Valentinstag überhaupt herzukommen und verbrachte den Abend in irgendwelchen Bars. Regelmäßig wunderte sie sich, dass es viel schwieriger war, jemanden kennen zu lernen, wenn man *kein* Geld dafür verlangte.

Warum es heute so leer war, war ihr jedoch ein Rätsel. Sollten etwa all die braven Ehefrauchen von Virginia Beach gleichzeitig Geburtstag haben? Hatte es eine riesige Massenhochzeit gegeben und heute war der allgemeine Hochzeitstag?

Lediglich drei Autos fuhren in Schrittgeschwindigkeit an den Mädchen vorbei. In einem saßen ein Mann und eine Frau, also waren es mit ziemlicher Sicherheit Schaulustige. Es kamen oft Pärchen oder sogar ganze Gruppen von Leuten her, nur um sich einmal die Nutten anzugucken. Cara-Mia war das längst nicht mehr unangenehm. Sollten sie doch wissen, was sie war. Wenigsten verdiente sie ihr Geld ehrlich.

In dem zweiten Wagen saß ein Kerl, der immer nur herkam, um Felicity zu treffen, eine stark übergewichtige Hausfrauen-Hure, die damit warb, dass sie sich auf die Gesichter ihrer Kunden setzte, bis diese fast erstickten.

Als Cara-Mia den Insassen des dritten Wagens erblickte, stieß sie sich von ihrem Stromkasten ab und machte ein paar Schritte in Richtung Straße. Sie hatte ein gutes Gespür für potenzielle Kunden und dieser hier schien keine schlechte Partie zu sein. Sein Wagen war sauber und die Blicke, mit denen er die Mädchen maß, wirkten respektvoll.

Sie blieb am Straßenrand stehen und betrachtete ihn, während er näher kam. Sein Haar war dunkel, der Ausdruck in seinen Augen irgendwie verwegen. Der Schwung seiner Lippen gefiel ihr. Nah an der Bordsteinkante blieb sie stehen und lächelte ihn an, als sein Auto auf ihrer Höhe war. Es war ein professionelles Lächeln, sie hatte es ewig vor dem Spiegel geübt.

Er hielt an und kurbelte die Scheibe herunter.

Sie beugte sich ins Wageninnere. »Naa?« Anfangs hatte sie versucht, die Männer anders zu begrüßen, aber sie schienen einfach auf dieses ‚Naa' zu stehen. Sie wollten die typische Prostituierte in ihr sehen. »Wie wär's?«

»Wie wär *was*?« Seine Lippen verzogen sich zu einem Grinsen.

Sie mochte die Selbstsicherheit, die er ausstrahlte. Sie rasselte ihre Preise herunter.

»Wie wär's, wenn ich dich einfach für die ganze Nacht bezahle?«

»Da ist wohl jemand einsam?« Sie klopfte sich innerlich selbst auf die Schulter. Eine ganze Nacht mit nur einem Kunden, das war der Jackpot, denn irgendwann schliefen sie alle ein und Cara-Mia hatte ihre Ruhe. Natürlich gab es Unterschiede: Manche buchten sie mit der festen Überzeugung, die ganze Nacht ausnutzen zu können, andere wollten einfach eine kleine Auszeit, bevor sie nach Hause zurück kehrten und weiter heile Familie spielten. Wieder andere konnten auch einfach nicht während der Nacht zurück, weil sie zu Hause erzählt hatten, sie wären auf einer Geschäftsreise. Manche wiederum hatten Probleme mit dem Alleinsein.

»Nein, da hat jemand was zu Feiern.«

»Und was, wenn man fragen darf?«

Er wandte den Blick ab und schien für einen Moment die richtigen Worte zu suchen. Dann zuckten seine Mundwinkel, als hielte er ein Lachen zurück. »Sagen wir, ich habe mir das Copyright an etwas gesichert, das mir gehört.«

Das hörte sich doch alles sehr vielversprechend an. Vielleicht war er ein Geschäftsmann und gab ihr noch ein dickes Trinkgeld. Sie bot ihm an, jetzt gleich in ihr Motelzimmer zu fahren und nannte ihm die Adresse. Fische wie diesen durfte man nicht von der Angel lassen.

Er lächelte und entriegelte die Tür. Sie ließ sich elegant auf den Beifahrersitz gleiten, wobei ihr nicht entging, dass er auf ihre langen Beine glotzte. Es waren die Overknees. Immer, wenn sie die Overknees trug, machte sie ein gutes Geschäft. Er fuhr los, der Motor des Wagens gab nichts von sich außer einem leisen Summen. Die Klimaanlage füllte das Wageninnere mit angenehmer, kühler Luft.

Sie hätte am liebsten die Augen geschlossen und für ein paar Minuten diesen Luxus genossen, aber sie wusste, dass die Kundschaft unterhalten werden wollte.

»Darf ich fragen, um was für ein Copyright es ging?« Sie sah herüber zu ihrem Begleiter und betrachtete sein Profil.

»Das ist schwer zu erklären. Es ist sehr speziell.« Er setzte den Blinker und bog ab.

Cara-Mia blickte in den Rückspiegel und sah, wie die neidischen Blicke der Mädchen ihr folgten.

»Sagen wir, ich arbeite mit Menschen.«

Sie lehnte sich zurück und blickte wieder zu ihm herüber. »Na so was. Das tue ich auch.«

## -55-

Ethan blickte besorgt aus Evangelines Wohnzimmerfenster, während er zum dritten Mal versuchte, Haley anzurufen.

Leise näherte sie sich ihm und umarmte ihn von hinten. Sie trug nur ein dünnes Nachthemd und er spürte ihren Körper durch seine Shorts.

»Ich erreiche Haley nicht.«

Evangeline streichelte seinen Oberkörper. »Und das wundert dich?«

»Nein. Es macht mir Sorgen.«

»Ethan… dein Sohn ist zwanzig. Er hat Zwangsferien und ist bei seiner Freundin. Wir haben gerade erst zehn Uhr morgens. Jetzt versuchen Sie mal zu kombinieren, Detective…«

»Er schläft noch?«

»Bravo!« Evangeline drehte ihn an den Schultern zu sich herum und küsste ihn kurz.

Ethan ließ das Handy sinken und betrachtete sie. Ihr Äußeres passte genau zu ihrem Wesen. Sie versuchte niemals, jemanden darzustellen, der sie nicht war und sie schien nie etwas zu sagen, das sie nicht so meinte. Ihre großen Augen schauten leicht spöttisch zu ihm hoch und er konnte nicht anders, als ihr beizupflichten.

»Vielleicht hast du Recht.«

»Sicher habe ich das.« Sie lächelte und ging vor in die geräumige Küche. »Komm, ich habe Kaffee gemacht.«

»Ich versuche es nur noch einmal«, rief er ihr nach und wählte erneut.

Nach dem sechsten Schellen ging Haley endlich ran. Er klang verschlafen. »Dad«, jammerte er. »Hast du mal auf die Uhr gesehen?«

»Tut mir leid. Geht es dir gut?«

»Nein. Ich hab einen mörderischen Kater und wurde zu früh geweckt. Wieso?«

Ethan grinste erleichtert. »Schlaf weiter.«

»Jetzt sag schon. Was ist los?«

Ethan hörte, wie Haley sich stöhnend aufsetzte. Neben ihm murmelte eine ihm bekannte Frauenstimme etwas in ihr Kissen.

Ethan grinste noch breiter. »Es ist nichts. Ich wollte ehrlich nur wissen, ob es dir gut geht. Grüß Abby von mir.«

»Einen schönen Gruß von –«, er brach ab und lachte. »Hey!«

Ethan runzelte die Stirn.

»Sie hat mich vernichtend angefunkelt und sich ein Kissen über den Kopf gezogen. Bei ihr hast du mit deinem Weckruf so was von keinen Punkt gelandet, Dad.« Haley lachte noch immer.

»Sie wird mir schon verzeihen. Hör mal, meldest du dich ab und zu?«

»Klar. Aber nicht um diese Uhrzeit, das kannst du vergessen. Ich muss meine geschenkten freien Tage genießen, verstehst du?«

»Geht klar. Ruf nur ab und zu mal an, schreib eine SMS oder E-Mail. Dann bin ich beruhigt.«

»Okay.« Haley gähnte ungeniert und legte auf.

Ethan betrachtete sein Handy einen Moment lang ungläubig, dann folgte er Evangeline kopfschüttelnd in die Küche.

***

Ethan saß in seinem Arbeitszimmer und versuchte vergebens, die Zeit totzuschlagen. Es war Montagnachmittag und er verbrachte den Tag, seit er von Evangeline nach Hause gekommen war, weitgehend mit Nichtstun. Er musste sich entspannen, um die nächsten Schritte genau zu planen.

Die wenigen Menschen, die sein persönliches Umfeld ausmachten, wusste er einigermaßen in Sicherheit und vor einer Stunde war auch endlich Madisons Mutter ans Telefon gegangen. Das Gespräch war enttäuschend verlaufen. Ihre Trauer schien nicht sonderlich groß zu sein, wahrscheinlich, weil sie ihre Tochter schon vor Jahren abgeschrieben hatte. Vielleicht aber auch einfach, weil Maddi ein „Unfall" gewesen war, wie sie auch ihn ihrem Beisein stets gesagt hatte. Da ihr das Geld für die Überführung der Leiche nach Detroit fehlte, sagte Ethan zu, sich um die Beerdigung zu kümmern. Hier, in Virginia Beach. Madisons Mutter wirkte erleichtert, sich der Verantwortung entziehen zu können und Ethan war seinerseits erleichtert, Maddi so weiterhin in seiner Nähe zu wissen. Madisons Mutter hatte ihm keinen Vorwurf gemacht, weil sie wahrscheinlich gar nicht so weit dachte, dass ihrer Tochter möglicherweise nichts passiert wäre, wenn sie ihre Heimatstadt damals nicht verlassen hätte.

Ethan hatte sich eigentlich vorgenommen, auch noch mit Claires Mann zu sprechen, aber wenn er ehrlich war, wäre das reine Heuchelei gewesen. Sein Gewissen würde er höchstens beruhigen können, indem er sich an die Arbeit setzte und etwas Sinnvolles tat.

Er konnte immer noch nicht glauben, dass die Resort-City-Bestie ihre Opfer nur wenige Kilometer vom Altenheim seines Vaters entfernt festgehalten und getötet hatte. Vielleicht war Ethan völlig ahnungslos an ihnen vorbeigefahren. Ein unerträglicher Gedanke, aber dieser Fall hatte ohnehin eine gewisse Unerträglichkeit an sich.

Trotzdem musste er die Trauer, die Selbstvorwürfe und nicht zuletzt die dumpfe Lethargie, die ein Übermaß an beidem in ihm auslöste, in den Hintergrund drängen, wenn er noch irgendetwas Nützliches zur Lösung des Falles beitragen wollte. Er durfte sich nicht verrückt machen lassen, durfte nicht zulassen, dass Birch – sofern es denn Birch sein sollte – sein Ziel erreichte und ihn ernsthaft fertig machte.

Er war gespannt, was das forensische Labor alles aus den Spuren würde lesen können, die in der Hütte sichergestellt worden waren. Eine Menge Blut, dazu Haare und Hautschuppen sowie Fingerabdrücke von verschiedenen Personen, aber Ethan dachte realistisch: Die Hütte stand seit mehr als sechzig Jahren dort und die gefundenen Spuren konnten genauso gut irgendwelchen Teenagern gehören, die sich in den Achtzigern darinvergnügt hatten. Das war leider wahrscheinlicher, als dass es Haare der Resort-City-Bestie waren, denn der Kerl war bis jetzt immer unglaublich vorsichtig gewesen, hatte Handschuhe getragen und die Leichenfundorte gereinigt.

Ethan blätterte zum hundertsten Mal die Akte durch, die sich mit dem Serienmörder beschäftigte, als plötzlich sein Telefon schellte. Er hob ab und meldete sich.

»Hier ist Jillian.«

Ethan kniff fragend die Brauen zusammen. »Die Prostituierte?«

»Nein, die Zahnärztin, Boss.« Am Telefon klang ihre Stimme nasaler als im echten Leben. Als wäre sie erkältet oder hätte geweint.

»Bist du verrückt, hier anzurufen? Woher hast du meine Nummer?«

Sie erklärte ihm leicht angefressen, dass er sie mal von dieser Nummer aus angerufen habe. Er sei betrunken gewesen, hatte es wohl nicht mehr ausgehalten und unbedingt ein Treffen mit ihr gewollt.

Ethan stöhnte beschämt. Manchmal zweifelte er an sich selbst. »Schieß los, was gibt es?«

»Cara-Mia hat rumgezetert, dass du sie verdächtigen würdest.« Sie sprach schnell.

»Und? Willst du mir deswegen Ärger machen?«

Sie ließ ein trockenes Lachen hören. »Nein, im Gegenteil. Ich will dir einen Hinweis geben.«

»Du?«

»Die Frau, die ihr als letztes gefunden habt. Die war schon mal hier, am Straßenstrich.«

»*Claire*?« Ethan konnte sich beim besten Willen nicht vorstellen, was Claire dort gesucht haben sollte. Sie war nicht der Typ gewesen, der abrutschte.

»Ihr Bruder hat sich mit einer von uns im Auto vergnügt und dann nicht bezahlt. Es gab einen Riesenaufstand. Er hat behauptet, er hätte sein Portemonnaie verloren und hat wohl gehofft, so an eine Gratisnummer zu kommen. Wir haben ihn aber nicht gehen lassen und ihn gezwungen, jemanden anzurufen, der ihm Geld vorbei bringt. Tja, und dieser Jemand war seine Schwester. Claire.«

Ethan überlegte, ob er Claires Bruder jemals kennen gelernt hatte, war sich aber nicht sicher.

»Ja und jetzt darfst du drei mal raten, welche Hure der Kerl damals bescheißen wollte.«

»Cara-Mia.«

»Ganz genau. Sie war fuchsteufelswild. Hat ihm das Gesicht zerkratzt und einen Heidenaufstand gemacht.«

Ethan nickte und seine Gedanken rasten. Drei Verbindungen zu Cara-Mia. Ein Freier, den sie widerlich fand, ein säumiger Freier und einer, den sie als lächerlich beschrieben hatte. Drei tote Frauen aus dem Umfeld der Freier. »Du erzählst mir das jetzt nicht nur, weil da irgendwas zwischen dir und Cara-Mia schief läuft?«

Wieder das trockene Lachen. »Ethan. Ich bin Hure. Ich mache illegale Sachen und du weißt das. Ich will mir mit euch Bullen wirklich keinen Ärger einhandeln. Ich habe einfach das Gesicht dieser Claire im Fernsehen erkannt und wusste, da war was. Also geh meinem Hinweis nach, Boss, oder lass es.« Damit legte sie auf.

***

Langsam nahm Ames das Messer vom schlanken Hals der blondierten Prostituierten. Er stand hinter ihr, sodass sie ihn nicht sehen konnte und hatte sie eindrucksvoll davor gewarnt, sich umzudrehen.

»Toll gemacht«, hauchte er. Er konnte ihre Angst fast riechen. Sie war ein braves Mädchen gewesen, hatte ihre Aufgabe perfekt erfüllt.

»Jetzt musst du mich gehen lassen, du Bastard!« Jillian versuchte offensichtlich, ihr Selbstbewusstsein wiederzufinden, doch sie klang immer noch wie ein verunsichertes Kind.

»Wirst du auch weiterhin brav sein?« Ames hielt sie nun nicht mehr fest und war überrascht, dass sie nicht einmal den Reflex zeigte, sich zu ihm umzudrehen. Er war einschüchternd, hatte gelernt, einschüchternd zu sein.

Jillian nickte heftig, wobei ein Hauch ihres billigen Parfüms gemischt mit dem Geruch von altem Fett zu Ames herüber wehte, der angeekelt das Gesicht verzog.

»Gut. Zähl bis hundert und sieh dich nicht um.« Ames entfernte sich fast lautlos und ließ die eingeschüchterte Blondine verdutzt stehen.

Wie versprochen würde er ihr nichts tun. Warum auch? Et hatte ihr eine Chance gegeben und sie hatte diese Chance genutzt. Ames sah keinen Grund, sich ihrer zu entledigen. Vielleicht würde sie eines Tages noch einmal nützlich sein. Man konnte ja nie wissen.

## -56-

Das Motel, in dem Cara-Mia lebte, war ein einstöckiger, hufeisenförmiger Bau mit einem riesigen Parkplatz davor. Es war einst in hellen Pastelltönen angestrichen worden, doch Abgase hatten die Fassade dunkel gefärbt und die kalten Winter die Farbe abplatzen lassen. Trotzdem erweckte es für ein Motel noch einen einigermaßen gepflegten Eindruck.

Ethan kannte es nur zu gut. Er kannte Cara-Mias Zimmernummer, er kannte die Einrichtung, den Geruch nach Schimmel, Parfüm und Desinfektionsmittel und vor allen Dingen kannte er das quietschende Bett.

Da er sie am Straßenstrich an ihrem Stammplatz nicht vorgefunden hatte, hoffte er, dass sie hier war und nicht mit irgendeinem Kunden unterwegs. Er würde erst einmal in aller Ruhe mit ihr sprechen und ein bisschen Vertrauen aufbauen, falls das nach ihrer Verhaftung noch möglich war. Vielleicht hatte sie eine plausible Erklärung für all die merkwürdigen Zufälle.

Er parkte seinen Wagen und trat hinaus auf den vom Sonnenlicht erwärmten Asphalt.

Delilah alias Cara-Mia bewohnte das Zimmer mit der Nummer neunundsechzig, eine Tatsache, die sie immer wieder zu komisch fand. Er schlenderte herüber zu der kleinen Treppe, die hinauf zu ihrer Tür führte, nahm die fünf Stufen mit zwei großen Schritten und klopfte an.

Keine Antwort.

Er wartete, dann klopfte er erneut, diesmal mit Nachdruck. Keine Menschenseele war weit und breit zu sehen, trotzdem entschied Ethan sich für die offizielle Version. Man konnte nie wissen, wer sich gerade im Nachbarzimmer vergnügte.

»Miss Linney? Hier ist die Polizei. Bitte öffnen Sie die Tür!«

Keine Reaktion.

Ethan blickte zum Fenster. Die Vorhänge waren zugezogen. Wenn sie schlief, dann hoffentlich allein. Er klopfte erneut und wartete. Als wieder keine Antwort kam zog er seine Dienstwaffe, entsicherte sie, postierte sich seitlich von der Tür und drückte vorsichtig die Klinke herunter.

Sollte Delilah Linney für die Morde verantwortlich sein, war sie klüger als er geglaubt hatte und lauerte womöglich drinnen. Es konnte eine Falle sein und Ethan hatte nicht vor, sich noch einmal so zu verhalten, wie es die Bestie erwartete.

Die Tür war nicht verschlossen. Ethan ließ sie aufschwingen, stieß sich von der Wand ab und zielte blitzschnell von einer Zimmerecke in die andere.

Was ihn tatsächlich erwartete, ließ seine heldenhafte Pose zu einer lächerlichen Farce werden: Cara-Mia lag nackt auf dem Bett, die Handgelenke mit Handschellen ans Bettgestell gefesselt. Sie trug eine Dienstmütze der Polizei und jemand hatte sie kunstvoll mit gelb-schwarzem Absperrband umwickelt, auf dem die Worte *POLICE LINE – DO NOT CROSS* prangten. Ihre Augen waren entfernt worden und geronnenes Blut klebte an den unzähligen Wunden, mit denen ihr Körper übersäht war. An ihrer Kehle prangte eine tiefe Schnittwunde, die mit schwarzem Garn vernäht worden war. Das Laken unter ihr hatte sich tiefrot gefärbt. Der Mord an ihr konnte noch nicht lange her sein, denn ihr Körper schien sich noch nicht in der Leichenstarre zu befinden.

Ethan ließ die Waffe sinken und blickte erschüttert auf den leblosen, malträtierten Körper. Nahm das denn nie ein Ende? Er wankte einen Schritt ins Zimmer und fuhr erschrocken zusammen, als plötzlich sein Handy klingelte. Während er die Waffe sicherte, zog er es aus der Tasche.

Unbekannte Nummer.

Er nahm ab, kam jedoch nicht dazu, sich zu melden.

»*Detective Hayes.*«

Ethan erschauerte beim unnatürlichen Klang der offenbar verzerrten Stimme. Er musste nicht mehr hören, um zu wissen, wer dran war.

»Du verdammter Mistkerl!«

Ein metallisches Lachen erklang aus der Leitung. »*Wer wird denn gleich so gemein werden? Hast du schon erkannt, welches kleine, dunkle Geheimnis sie hatte?*«

Woher konnte der Kerl davon wissen? Wie lange hatte der Killer ihn schon im Auge? Ethan entsicherte seine Pistole wieder.

»*Ich weiß, was Sie sich fragen, Hayes und ich will Ihnen die Frage beantworten: All diese Frauen verraten mir ihre düsteren Geheimnisse nur zu gern. Sie haben immer ein großes Redebedürfnis, nachdem ich sie ein wenig bearbeitet habe.*«

»Du perverses Arschloch!« Ethan fand keine Worte, um seine Abscheu für diesen Mann gebührend zum Ausdruck zu bringen. »Was soll das alles? Wieso kommst du nicht her und stellst dich mir?«

Wieder dieses Lachen. »*Weil ich mit Ihnen nicht halb so viel Spaß hätte wie mit Grace und Cara-Mia und Claire ...*«

Eine Bewegung auf dem Parkplatz. Ethan fuhr blitzschnell herum zur Tür und zielte in die Richtung, doch es war nur ein alter Mann mit einem kleinen Hund an der Leine. Der Hund ließ die Zunge hängen und wedelte fröhlich mit dem Schwanz.

Ethan wischte sich über die Augen.

»*Wen wollen Sie erledigen, Detective? Den Greis oder den Pudel?*«

»Du kannst mich sehen? Wo steckst du?« Ethans Blick wanderte unruhig über den Parkplatz.

»*Wäre ich nicht ein Idiot, Ihnen das zu verraten?*«

»Wieso tust du das alles? Was zur Hölle willst du?« Ethan ärgerte sich über die offenkundige Verzweiflung in seiner Stimme.

Aus dem Handy ertönte ein metallisches Atmen. »*Was ich will ... Was ich will ... Sie finden schon heraus, was ich will, Detective. Sie sind doch ein kluger Bursche. Nur eines, das will ich mit Sicherheit nicht: Dass Sie mein Werk irgendwelchen Idioten unterschieben. Wieso haben Sie zum Beispiel diese Nutte verhaftet? Weshalb haben Sie sie verdächtigt?*«

»Glaubst du, ich weihe dich jetzt in die Ermittlungen ein?« Ethan rang um Fassung. Noch immer suchte er den Parkplatz mit den Augen ab. Dann trat er vorsichtig nach draußen.

»*Ich* bin *die Ermittlungen, Detective. Und ich rate Ihnen eins: Geben Sie sich in Zukunft etwas mehr Mühe bei Ihrer Arbeit. Das, was ich tue, ist nicht das Werk einer minderbemittelten Nutte.*«

Die Stimme klang jetzt kalt und verächtlich, wie die eines Menschen, den man in seinem Stolz gekränkt hatte. Aber der Mörder war kein Mensch. Ein Mensch hätte Delilah Linney nicht so zurichten können.

Ethan schwieg und warf einen Blick in die parkenden Autos, die Pistole im Anschlag. Warum hatten sie Cara-Mia beschuldigen müssen? Und wie um alles in der Welt hatte die Presse davon erfahren? Wären diese verdammten Reporter nicht gewesen, dann hätte niemand Wind von ihrer Verhaftung bekommen und sie würde jetzt noch leben.

»*Haben Sie verstanden, Detective? Ich will, dass Sie sich bemühen. Dass sie meine Genialität anerkennen, anstatt krampfhaft nach Sündenböcken zu suchen. Denn was Sie damit bewirken, sehen sie ja. Setzen Sie eine falsche Figur, setze ich sie matt. Und ich bin offenkundig ziemlich gut darin.*« Wieder ein Lachen, dann wurde die Verbindung unterbrochen.

Ethan fluchte lautlos und verharrte. Er lauschte auf einen anspringenden Motor, Schritte, irgendetwas.

Der Kerl konnte doch nicht einfach verschwinden!

Schnell lief er über den Parkplatz und fand weiter entfernt eine leere Telefonzelle zwischen zwei Kastanienbäumen. Er war sich ziemlich sicher, dass der Killer hier gestanden und ihn aus dem Schatten der Bäume beobachtet hatte.

Die ganze Geschichte wurde immer mysteriöser – und immer persönlicher. Ethan hatte noch vor ein paar Tagen mit Cara-Mia geschlafen. Was das bedeutete, wurde ihm schlagartig bewusst. Die Spurensicherung würde seine DNA in diesem Zimmer finden. Ein geschickter Schachzug von dem Mann mit der metallischen Stimme. Wenigstens wussten seine Kollegen mittlerweile, dass der Killer darauf abzielte, ihm zu schaden. So würde er nicht selbst des Mordes verdächtigt werden. Und falls doch, hatte er immer noch ein wundervolles Alibi für gestern Nacht und den heutigen Morgen. Doch seine geheimen Vorlieben würden nicht länger geheim sein und mit viel Pech konnte ihn diese Angelegenheit endgültig den Job kosten. Was Ethan und seinen Kollegen nicht gelingen wollte, gelang dem Täter anscheinend mühelos: Er führte einen geschickten Schachzug nach dem anderen aus. Sollte Ethan Recht haben und es sich um Birch handeln – was nach Cara-Mias Tod wieder das einzig Logische zu sein schien – hatte er sich im Knast verändert, hatte an seinen Fähigkeiten und seiner Ausdrucksweise gearbeitet. Ethan wusste, dass er sich jetzt trotzdem nicht einschüchtern lassen durfte. Die *Bestie* mochte klug sein, doch sie hatte Schwachstellen

Während er die Nummer der Zentrale wählte, machte er sich schon mal auf eine Menge unbequemer Fragen gefasst.

***

Gladys stand vor der Tür von Zimmer neunundsechzig und rauchte die erste Zigarette, die Ethan seit Jahren zwischen ihren Fingern sah. Die Analystin war vom Anruf des Killers wie elektrisiert. Sie sprach davon, dass er jetzt offenbar ein Bedürfnis habe, über seine Taten zu sprechen und dass sie dieses Bedürfnis würden nutzen können. Sie war auch die erste aus seinem, zugegeben *ehemaligen*, Team gewesen, die sich am Tatort eingefunden hatte. Dann war Donovan mit Mason aufgetaucht, der sich mittlerweile wieder einigermaßen im Griff hatte. Dewey war mit den Streifenbeamten und der Spurensicherung angerückt und jetzt sichtlich darum bemüht, dass am Tatort alles glatt lief.

Ethan hatte den anderen erzählt, dass ihn eine Kollegin von Cara-Mia angerufen habe, die er vorher nicht gekannt hatte. Ansonsten war er bei der Wahrheit geblieben. Jetzt hielt er sich im Hintergrund und registrierte erleichtert, dass niemand, nicht einmal Mason, versuchte, ihn fortzuschicken. Er war froh über den Respekt seiner Kollegen.

»Ich wette, er hat von einem Einweg-Handy aus angerufen«, mutmaßte Donovan.

Ethan blickte ins Motelzimmer, wo gerade das gewohnte Schauspiel vonstatten ging. Die Spurensicherung packte potenzielle Beweise ein und nahm Fingerabdrücke mithilfe verschiedenfarbiger Pulver, mit denen nach und nach alle Oberflächen bestäubt wurden. Auch Cara-Mias Hände befanden sich jetzt in Plastiktüten, die um ihre dünnen Handgelenke mit Gummibändern fest verschlossen waren.

»Da vorne steht eine Telefonzelle. Die überprüfen sie gerade.« Gladys deutete nach draußen.

Donovan folgte ihrem Blick, betrachtete die Männer und Frauen in den Papieranzügen für einen Moment und atmete tief durch.

Ethan machte ein paar Schritte ins Zimmer und sein Blick fiel auf eine kleine Pinnwand mit Fotos, die das einzig Private hier zu sein schien. Die Spurensicherung hatte sie in Folie gepackt und beschriftet. Ethan wusste, dass Cara-Mia die Pinnwand immer schnell umgedreht hatte, wenn sie Kunden mit her brachte – also hatte der Killer ihr entweder keine Zeit dazu gelassen oder er hatte sie nach getaner Arbeit wieder umgedreht, damit alle sehen konnten, was das Leben ausgemacht hatte, das hier zerstört worden war. Die Fotos zeigten die verschiedensten Szenen aus dem Leben der Toten. Ein blondes Kind, vermutlich sie selbst, das auf einem Heuballen saß. Ein paar junge Leute, die wahrscheinlich ihre Freunde gewesen waren. Sie mit einem Mann im Arm, der ihr nicht unähnlich sah und ihr Bruder gewesen sein mochte.

Wie sie wohl gelebt hatte, wenn sie nicht gerade am Straßenstrich auf Freier gewartet hatte?

Ethan schalt sich selbst dafür, dass ihn ihr Leben erst jetzt interessierte, wo sie tot war. Da war es wieder, das schlechte Gewissen, weil er all diese Frauen benutzte, obwohl er wusste, dass es meist Notlagen und persönliche Tragödien waren, die sie in die Prostitution trieben.

»Er foltert sie also, bis sie ihm ihre Geheimnisse verraten?« Gladys stand wie Ethan in der Nähe der Tür und beobachtete die Szene, ohne der Spurensicherung im Weg zu stehen.

»So wie ich es verstanden habe, ja.«

»Dann frage ich mich, was das hier für ein Geheimnis darstellen soll. Die Prostituierte, die heimlich bei der Polizei war? Eine Undercover-Beamtin vielleicht?«

Ethan schüttelte den Kopf und blickte herüber zum Bett. Er kannte die Wahrheit und konnte nur hoffen, dass die Reinigungskräfte hier gründlicher waren, als das gesamte Etablissement vermuten ließ.

»Ich habe nicht die geringste Ahnung«, log er, den Blick noch immer finster auf die Leiche der ehemals bildhübschen Prostituierten gerichtet. Die Spurensicherung hatte ihre Augenhöhlen abgedeckt, damit sich dort keine Fliegen einnisteten. Wenigstens hatten sie Delilah Linney nicht im selben Zustand gefunden wie Rusty Hilbredge.

»Ethan? Dein Handy klingelt.«

Ethan schreckte auf und sah Gladys an, die auf seine Hosentasche deutete. Er holte das Mobiltelefon aus der Tasche und ging ran.

»Spreche ich mit Detective Hayes vom Virginia Beach Police Department?«

Ethan bejahte. Dewey und Gladys blickten ihn erwartungsvoll an, hofften auf einen weiteren Anruf der Bestie. Doch er musste sie enttäuschen. Er schüttelte den Kopf und entdeckte sogleich Ernüchterung in ihren Gesichtern.

»Hier ist Detective Williamson aus Detroit. Einer Ihrer Mitarbeiter hat uns vergangene Woche wegen dem Fall Wilbur Birch kontaktiert.«

»Und?«

»Tja, es gibt Neuigkeiten.«

Ethan war froh, dass es der Beamte zuerst bei ihm und nicht auf dem Revier versuchte, wo man ihn zweifellos von seiner Beurlaubung in Kenntnis gesetzt hätte. »Schießen Sie los!«

»Wir haben vor zwei Stunden Birchs Leiche gefunden. In einem alten Spielzeugladen hier in Detroit.«

Ethan schloss für einen Moment die Augen. »Sind Sie sicher?«

Gladys schaute fragend und legte ihr Ohr an die andere Seite des Handys.

»Ganz sicher.«

»Todesursache? Und ungefährer Zeitpunkt?«

»Den ersten Erkenntnissen nach wurde er mit einem stumpfen Gegenstand zu Tode geprügelt. Die Jungs von der Spurensicherung vermuten, dass das nicht länger als zwei, drei Tage her ist.«

Ethan öffnete die Augen und erhaschte ausnahmslos fragende Blick. Auch Donovan und Mason waren rein gekommen. Er bedankte sich für die Information und bat Detective Williamson, ihn auf dem Laufenden zu halten. Dann legte er auf und wandte sich an seine Kollegen.

»Wilbur Birch ist nicht unser Mann. Er ist tot.«

»Was? Wie –« Dewey brach ab und sah herüber zum Bett. Ethan wusste, was er dachte.

»Vergiss es. Sie ist erst seit ein paar Stunden tot. Birch hingegen seit zwei bis drei Tagen.«

Gladys verschränkte die Arme. »Damit wären wir dann unsere beiden Hauptverdächtigen los.«

»Wir stehen also wieder vor dem Nichts. Oder weiß man schon, wer Birch erledigt hat?« Mason schüttelte den Kopf und presste die Lippen zu einem schmalen Strich zusammen.

»Das kann jeder gewesen sein. In Detroit gibt es 2000 Gewaltverbrechen im Jahr«, erklärte Ethan.

»Großartig.« Donovan fuhr sich mit der Hand durchs dichte Haar. So langsam wirkte selbst er frustriert. »Die Presse wird uns auffressen.«

Die Presse war Ethans kleinste Sorge. Sie hatten sechs Morde, die eindeutige Handschrift eines Täters, der sie jetzt schon anrief und sich am Telefon über sie lustig machte und trotzdem keine Spur. Keinen Hinweis. Nicht einmal mehr eine ungefähre Richtung. Ethan sah seinem Team die Deprimiertheit förmlich an.

Einzig Gladys hatte schon wieder einen nachdenklichen Ausdruck in den Augen. »Delilah Linney wurde getötet, weil wir sie verdächtigt haben, richtig?« Gladys blickte herüber zu der Leiche, die immer noch Gegenstand der Untersuchung war. »Und Wilbur Birch wurde ebenfalls ermordet.« Sie sah Ethan an.

»Du glaubst, die Bestie ist nach Detroit gefahren, um Birch zu töten?« Es war Dewey, der ihr antwortete.

Gladys nickte.

Für einen Moment herrschte Schweigen, dann fiel bei Ethan der Groschen: »Nur woher wusste er, dass wir die beiden verdächtigen? Die Presse war nicht eingeweiht, was unsere Verdächtigungen gegen Birch angingen. Davon wussten nur wir, die Forensiker und die Polizei in Detroit.«

Gladys nickte. Die Ermittler sahen einander an. Ihnen war klar, was das bedeutete: Wenn es kein Leck gab, musste einer von ihnen der Täter sein.

Zum zweiten Mal an diesem Tag war Ethan froh, dass er ein Alibi hatte.

## *-57-*

Es war später Dienstagabend, als sich das gesamte Team in Ethans Wohnzimmer einfand. Niemand hatte etwas dagegen gehabt, die Besprechung hierher zu verlegen, um Cooper nicht zu verärgern. Dewey machte einen regelrecht erleichterten Eindruck, was Ethan nicht wunderte. Er wusste, dass der junge Detective stets zu ihm aufgesehen hatte und es noch immer tat. Wie bei seinem eigenen Sohn fühlte er sich auch hier in der Rolle des Vorbildes seltsam deplatziert.

»Also, ich fasse zusammen«, begann Gladys, die sich den hässlichen Sessel herangezogen hatte. »Wir haben sechs weibliche Opfer, alle aus Ethans weitem Umfeld.«

Dewey schrieb die Namen untereinander auf ein Flipchart: Grace Mitch, Tiffany Jaiden, Ava Draper, Roxanna Johnsonn, Claire Travis und Delilah Linney.

Ethan hörte bei der Zusammenfassung der Erkenntnisse nur mit einem Ohr hin. Er hatte so langsam genug von Erkenntnissen. Er wollte den Killer in einem orangefarbenen Overall in der Todeszelle sehen. So weit war es mit ihm schon gekommen; eigentlich war er gar kein Befürworter der Todesstrafe.

»Allem Anschein nach hat unser Täter sich mit Wilbur Birch sein siebtes und somit erstes männliches Opfer geschnappt.« Dewey zog einen Strich unter die Frauennamen, dann setzte er Birch ebenfalls auf die Liste.

»Womit bewiesen wäre, dass ich Recht hatte. Wilbur Birch war nicht unser Mann«, bemerkte Gladys beiläufig, dann fuhr sie fort: »Fünf der insgesamt sieben Opfer wiesen den obligatorischen Kehlenschnitt auf. Birch und Travis jedoch *nicht*. Bei Claire Travis gehe ich davon aus, dass der Täter übereilt handeln musste. Bis auf das eingeritzte A weist sie keines der üblichen Merkmale auf, die die anderen Opfer der Bestie tragen.«

»Vielleicht war's jemand anders. Irgendein kranker Nachahmer«, grübelte Donovan.

Ethan horchte auf und wandte sich ihm zu. »Die Handschuhspuren an den verschiedenen Fundorten der Opfer und in der Hütte waren identisch. In der Hütte wurde außerdem das gleiche aggressive Mittel gefunden, mit dem der Täter die Leichenfundorte reinigt. Es ist derselbe. Kein Nachahmer, da bin ich mir sicher.«

»Ich vermute, dass Claire fliehen wollte. Der Täter hat sie erwischt und erdrosselt. Versehentlich erdrosselt. Da sie gestorben ist, bevor er sie foltern konnte, bis sie ihm ihr Geheimnis verrät, fehlte ihm das, was seine Werke ausmacht.«

Dewey sah auf. »Soll ich aufschreiben, dass der Mörder ratlos ist?«

Gladys schaute fragend in die Runde. »Ich weiß nicht, ob ratlos das richtige Wort ist. Irgendetwas hat ihn überrascht oder abgelenkt, deshalb hat er Claire Travis dort zurück gelassen – nicht weil er ratlos war. Vermutlich eher, weil Birch Vorrang hatte. Ich denke, dass er vorhatte, zurückzukommen. Dass er versucht hätte, ihr Geheimnis auf andere Weise herauszukriegen und dass er dann das übliche Prozedere an ihr vollzogen hätte.«

»Wir sind ihm zuvorgekommen.« Obwohl Ethan versuchte zu verdrängen, dass er sowohl Claire als auch Delilah näher kannte, fiel es ihm schwer, über ihre Fälle zu sprechen. Die beiden als Puzzlestücke in einer Mordserie anzusehen erschien ihm auf einmal absurd.

»Gut, gehen wir davon aus, dass es so ist. Er tötet sonst nur Frauen, wieso dann jetzt Birch?«, fragte Mason.

Für einen kurzen Moment blitzte es triumphierend in Gladys' Augen auf. »Er hat panische Angst davor, nicht im Mittelpunkt zu stehen. Die Tatsache, dass wir Linney und Birch verdächtigt haben, scheint ihn rasend gemacht zu haben. Er will die Bewunderung und die Anerkennung für seine Werke für sich allein. Er hat Birch rein zweckmäßig aus dem Weg geräumt.«

»Warum hat er ihn nicht zur Schau gestellt?« Seit Ethan von Birchs Tod gehört hatte, fragte er sich immer und immer wieder, warum Madison nicht noch ein paar Tage länger hatte stark sein können. Sie war immer so tapfer gewesen und jetzt, wo keine Bedrohung mehr von Birch ausging, hätte sie ihr Leben sicher in den Griff bekommen.

»Weil er kein Interesse an Männern hat.«

Dewey notierte die wichtigsten Stichworte, dann war er selbst an der Reihe. »Ich habe den Kreis der Verdächtigen eingegrenzt. Ich habe die Forensiker, die anderen Cops aus Detroit und unsere Leute überprüft. Für mindestens zwei der Tattage hat fast jeder ein Alibi.« Dewey kramte einen handschriftlichen Zettel aus der Tasche, auf dem er offenbar die Namen der Verdächtigen notiert hatte. »Nur fünf von ihnen haben kein Alibi. Richard Keyton, vierunddreißig, IT-Forensiker, nicht verheiratet, keine Kinder.«

Gladys schaute nachdenklich.

»Cynthia Blythe, zweiundvierzig, Detective aus Detroit und –«

»Keine Frau«, unterbrach ihn Gladys.

Dewey zuckte die Achseln. »Dann habe ich niemanden mehr.«

»Alle anderen Männer haben Alibis?« Donovan klang ungläubig.

»Tatsächlich.« Dewey nickte.

»Halt die Namen unter Verschluss, Dewey«, sagte Donovan. »Wir wollen der Bestie ja nicht den Nächsten ans Messer liefern.«

»Werde ich. Und dann überprüfe ich Keytons Verbindung zu den Opfern.«

»Außerdem sollten wir uns so langsam ernsthaft darum kümmern, den zu finden, der andauernd die Presse informiert«, fügte Donovan an.

Beim Gedanken an die Reporter spürte Ethan Wut in sich aufsteigen. Heute Morgen hatte groß und breit auf der Titelseite aller Zeitungen gestanden, dass Delilah Linney ermordet worden war. Es musste einen Informanten unter ihnen geben und Ethan schwor sich, dass er diesen Mistkerl einen Kopf kürzer machen würde, wenn er ihn erst erwischt hatte. Irgendwer war so geldgierig, dass er das Leben Anderer dafür aufs Spiel setzte.

Jeder aus dem Team wusste, wie viel Schaden es mit sich brachte, wenn die Presse in den Ermittlungen herumpfuschte. Erstens war schlechte Presse für die Polizei absolutes Gift und ließ die Bevölkerung an der allgemeinen Sicherheit zweifeln, zweitens freute sich der Killer über jede Schlagzeile, die ihn betraf und drittens wurde durch den Tod von Linney deutlich gezeigt, was passierte, wenn die Presse vorschnell falsche Informationen veröffentlichte. Sie durften und konnten einfach keine Ratte in ihrem Kreis dulden. Wenn überhaupt, mussten die Reporter der Polizei in die Hände spielen – keinesfalls aber dem Täter. Dass es im Moment genau andersherum war, zeigte Ethan nur, wie viel in diesem Fall verkehrt lief.

# -58-

Es war kurz vor Mitternacht, als Ethan bei Evangeline auftauchte. Sie war noch wach und hatte den Tag neben ihrer Schicht im South Easy damit verbracht, sich um Madisons Beerdigung zu kümmern. Er war froh, dass sie ihm diese Angelegenheit abnahm. Sie hatte Stil und Feingefühl, er nur blank liegende Nerven.

Sie hatte für ihn gekocht und ihn dazu gebracht, den Abend mit ihr vor dem Fernseher ausklingen zu lassen. Er sehnte sich keine Sekunde lang nach den Bars, Drinks und fremden Mädchen unten an der Promenade.

Nach einer Weile stellte sie ihren Teller beiseite und lehnte sich an Ethan, der bereits aufgegessen hatte. Er legte ihr einen Arm um die schmalen Schultern und lächelte.

»Danke für die Einladung.« Er hatte seine Stimme zu einem Flüstern gesenkt und küsste ihre Schläfe.

»Nichts zu danken.« Sie schmiegte sich an ihn, wobei sie ihm eine Hand auf den Oberschenkel legte und ihn streichelte.

Ethan beugte sich herunter, um sie zu küssen. Sie drehte sich zu ihm um und setzte sich auf seinen Schoß. Dann knöpfte sie sein Hemd auf, streifte es ihm über die Schultern und zog lächelnd ihr dünnes Shirt aus.

Ethan rang nach Atem, als sie auch noch ihren BH auszog und sich sanft gegen ihn drückte. Vorsichtig schob er ihr die Shorts über die Hüften, doch sie machte keine Anstalten, mitzuhelfen. Stattdessen fing sie an, seinen Oberkörper mit Küssen zu bedecken, wobei sie langsam immer weiter nach unten wanderte. Irgendwann kniete sie vor ihm auf dem Boden und machte sich mit zittrigen Fingern an seinem Gürtel zu schaffen.

Ethan schnappte nach Luft, als ihm klar wurde, was sie vorhatte, Schweiß rann über seine Stirn. Er hob den Kopf, um ihr zuzusehen, wie sie ihm die Kleidung auszog. Er musste sich beherrschen, um nicht sofort zu kommen, als ihre Lippen seine Erektion umschlossen.

Sie schliefen in dieser Nacht zwei Mal miteinander, doch er wollte so viel mehr von ihr als nur Sex. Für Ethan fühlte sich ihre Gegenwart von Treffen zu Treffen und von Sekunde zu Sekunde richtiger an. Er wollte sie für immer an seiner Seite wissen. Die Resort-City-Bestie wollte ihn vielleicht fertig machen – aber Evangeline gab ihm etwas, um das es sich zu kämpfen lohnte.

***

Während der Nacht hatte ein heftiges Gewitter die Schwüle aus der Stadt vertrieben und es hatte morgens angenehme zwanzig Grad. Der Himmel war blau und ein leichter Wind wehte. Madison hätte dieses Wetter gemocht.

Für Evangeline war es offenbar selbstverständlich, dass sie an Maddis Beerdigung teilnahm. Sie stand schweigend neben Ethan und strahlte außer Betroffenheit eine Ruhe aus, die ihm half.

Es hatten sich nur wenige Menschen auf dem Rosewood Memorial versammelt. Donovan und Gladys waren darunter, drei Pflegerinnen und ein Arzt aus der Psychiatrischen Klinik. Madisons Eltern fehlten .

Ethan schaffte es nicht, der Grabrede zuzuhören. Er blickte auf den Boden, die rechte Hand hielt Evangelines Hand, die Linke einen Topf mit einem Stiefmütterchen. Er kämpfte mit den Tränen, wahrscheinlich als Einziger hier. Madison hatte ihm so unglaublich viel bedeutet. Ihr Verhältnis ließ sich nicht beschreiben. Er hatte sich verantwortlich für sie gefühlt, hatte sie geliebt und beschützen wollen. Jetzt waren nur noch tiefe Trauer und ein nagendes Schuldgefühl in ihm.

Ethan schloss die Augen und versuchte, sich an die guten, glücklichen Momente mit Maddi zu erinnern: Wie sie auf einem ihrer Spaziergänge durch den Park ein Stiefmütterchen aus einem Beet gegraben und sich wie zwei Schwerverbrecher davon gestohlen hatten. Wie er mit ihr „Titanic" geschaut hatte und ihr die Tränen gekommen waren.. Es waren nicht viele schöne Erinnerungen, doch dafür waren sie umso kostbarer. Anfangs, kurz nach der Tat, hatte sie ständig Selbstmordpläne geschmiedet. Nach zwei Jahren hatte sie immer noch in einer tiefen Depression gesteckt. Nach fünf Jahren war es langsam bergauf gegangen. Madison hatte ihr Äußeres akzeptiert, ihr Schicksal angenommen und angefangen, bei der Therapie aktiv mitzuarbeiten. Und zehn Jahre nach der Tat war sie tot.

Evangeline schlang wortlos beide Arme um Ethan. Instinktiv schien sie zu spüren, wie es in ihm aussah. »Lass uns ein paar Schritte gehen.«

»Jetzt?« Ethan blickte auf, seine Stimme klang heiser, seine Augen waren feucht.

Evangeline erwiderte seinen Blick ernst. »Jetzt.« Sie zog ihn langsam mit sich und er wehrte sich nicht dagegen.

***

»Ich frage mich immer wieder, wann ich angefangen habe, alles falsch zu machen ...«

Ethan und Evangeline hatten sich auf einer Bank am Rande des Friedhofs niedergelassen. Er saß zusammengesunken da, stützte den Kopf auf den Händen ab, den Blick ins Leere gerichtet.

Evangeline hatte eine Hand auf seiner Schulter, die andere auf seinem Oberschenkel abgelegt. Sie schwieg und hörte zu. Das war alles, was Ethan jetzt wollte und brauchte. Niemanden, der ihm widersprach. Niemanden, der das Gesagte infrage stellte oder leere, tröstende Worte sprach.

»Ich hätte mit ihr über die Mordfälle sprechen sollen, anstatt sie zu schonen. Wahrscheinlich wäre sie ohne meine Heimlichtuerei gar nicht auf Birch gekommen und wäre jetzt ...« Ethans Stimme versagte und er schüttelte den Kopf. »Lass uns zurück gehen.«

Sein Blick wanderte zu dem violetten Stiefmütterchen zu seinen Füßen. Auf dem Topf stand die letzte Strophe aus Audens Funeral Blues, Madisons Lieblingsgedicht. Mit Edding geschrieben. Genauso, wie Maddi es immer gemacht hatte.

»Ich will ihr noch ihre Blume bringen.« Ethan erhob sich.

Evangeline nahm das Stiefmütterchen und stand ebenfalls auf. »Geht es dir etwas besser?« Sie musterte ihn besorgt.

»Ja. Es geht schon. Es muss gehen.« Ethan ergriff ihre Hand und ging mit ihr los. Wieder einmal bekam Maddi nicht die Aufmerksamkeit, die sie verdient hätte. Donovan und Gladys waren bereits gegangen und auch Ethan würde sich gleich wieder um die Bestie kümmern müssen, die nicht nur indirekt Maddis Tod zu verantworten hatte, sondern sie selbst nach ihrem Tod noch um das letzte bisschen Zeit brachte, das man ihr geben konnte.

## *-59-*

Ethan hatte Evangeline auf der Arbeit abgesetzt. Sie hatte hundert Mal erklärt, wie leid es ihr tue, dass sie arbeiten müsse, doch er war eigentlich froh darüber. Trotz seiner Beurlaubung hatte er selbst genug Arbeit vor der Brust. Bis er sie heute Nacht aus dem South Easy abholen würde, konnte er den Fall ein weiteres Mal durcharbeiten. Nach Details suchen, die sie übersehen hatten.

Er hielt vor seinem Haus, stieg aus dem kühlen Wagen und verdrängte sowohl Evangeline als auch Madison aus seinen Gedanken. Gerade als er die kurze Auffahrt zu seinem Haus hinter sich gelassen hatte, hörte er ein leises Geräusch neben sich.

Schnell zog er seine Waffe und zielte geradewegs auf Jillian, die sich im Schatten auf den Terrassenstufen niedergelassen hatte und entsetzt aufsprang. Das Haar hing ihr stumpf über die Schultern und ihre Augen waren gerötet.

»Scheiße, ich bin's nur, Boss!« Sie hob abwehrend die Hände.

Ethan runzelte die Stirn, sicherte die Waffe und befestigte sie wieder am Gürtel. »Was suchst du hier, verflucht noch mal? Hat dich jemand gesehen?« Er schloss eilig die Tür auf und schob sie ins Haus. Ein kurzer Blick nach draußen zeigte ihm, dass an den Fenstern der umliegenden Häuser und auf der Straße niemand war.

»Woher weißt du, wo ich wohne?« Mit einem lauten Krachen knallte er die Tür zu.

»Schicker Anzug.« Jillian sah sich um. »Schicke Bude.« Ihre hohen Schuhe klackerten auf dem alten Holzboden, während sie ein paar Schritte ins Haus machte.

»Spar dir das.« Ethan drehte sie an den Schultern zu sich herum. »Was suchst du hier?«

»Nicht so grob. Ich bin nicht im Dienst. Wollen wir uns nicht in dein Wohnzimmer setzen? Vielleicht stellst du mir mal deinen Kleinen vor.« Sie lachte gestellt. »Tut mir leid, den kenne ich ja schon. Ich meine, deinen Großen. Deinen Sohn. Haley? Oder wie heißt er doch gleich?«

»Kein Wort über Haley.«

»Schon gut, schon gut!« Jilly lachte erneut und hob die Hände.

Ethan fragte sich, was mit ihr los war. So überdreht kannte er sie gar nicht. Irgendetwas stimmte nicht mit ihr. Vielleicht sollte er mit Ruhe an die Sache herangehen, doch dass die Prostituierte plötzlich vor seiner Tür gestanden hatte, beruhigte ihn ganz und gar nicht. Im Gegenteil.

»Hör mal, Jilly. Ich möchte nicht, dass ihr hierher kommt, okay?«

Jilly zog ihre dunkel nachgezeichneten Brauen hoch. »Ach nein? Passen wir nicht in deine perfekte Idylle?« Er setzte an, etwas zu erwidern, aber sie kam ihm zuvor. »Keine Sorge. Ich verrate keinem deine Adresse, dafür solltest du aber langsam damit anfangen, mich als Teil deines Privatlebens zu akzeptieren.«

»Sicher nicht.« Ethan setzte sich auf die Treppe nach oben und blickte Jilly müde an. »Raus mit der Sprache. Warum bist du hier?«

»Wir bekommen ein Baby.« Sie lächelte breit, aber ihre Augen blieben ernst.

Langsam und ungläubig schüttelte Ethan den Kopf. »Die Scheiße kannst du jemand anderem erzählen.« Seine Stimme klang nicht halb so überzeugt, wie er es gerne wollte. »Ich glaube dir weder, dass du schwanger bist, noch, dass du weißt von wem!«

»Solltest du aber.« Jillian verschränkte trotzig die Arme. »Ich hatte nur mit dir ungeschützten Sex.«

»Wir hatten keinen ungeschützten Sex, verdammt noch mal. Hast du Drogen genommen oder was?«

»Einmal. Also ich meine ... einmal hatten wir unge –«

»Wann?« Ethan stand auf. »Wann soll das gewesen sein?«

Ethan wollte kein Kind. Er war fertig mit dem Thema. Vor Jahren hatte er diesen Traum gehabt, diese typische Vision von einer Familie, von langen gemeinsamen Fernsehabenden und staunenden Kinderaugen, wenn er von seinen spannenden Verbrecherjagden erzählte. Er hatte dieses Leben mit Claire führen wollen, doch die Dinge hatten sich geändert. Sie war von ihm schwanger geworden, hatte Panik bekommen, hatte sich nicht bereit gefühlt – und dann hatte sie das Baby abgetrieben, es einfach entsorgen lassen wie ein Stück Dreck. Ethan wollte so etwas nie wieder erleben. Er hatte einen Sohn, und damit war es genug.

»Vor zwei Monaten. Als du so betrunken warst. Als du mich angerufen hast. Sag nicht, du erinnerst dich nicht.«

»Doch«, knurrte Ethan. Er erinnerte sich vage an den Abend, aber nicht daran, ob sie verhütet hatten, obwohl es eigentlich selbstverständlich sein sollte, wenn man es mit einem Mädchen von der Straße tat. Gott, nicht auszudenken, wenn er sich bei ihr irgendetwas geholt und damit womöglich Evangeline angesteckt hatte. »Bist du ... gesund?«

»Ja ja, keine Sorge.« Jilly schluckte hart und blickte sich nervös um. »Also, was ist jetzt?«

»Was soll jetzt sein?«.

»Heiraten wir und ziehen zusammen?«

Ethans Augen weiteten sich ungläubig.

»Kleiner Scherz, Boss.« Sie räusperte sich und versuchte offenbar, so förmlich wie möglich zu klingen. »Ich will dreißigtausend. Nur, um mich und das Baby über die Runden bringen zu können. Du siehst und hörst nie wieder was von uns und –«

»Moment, Moment! Ich weiß weder ob du wirklich schwanger bist noch ob ich der Vater bin«, beharrte Ethan.

»Du *bist* der Vater!«

»Und du eine Nutte! Du treibst es mit mehreren Dutzend Kerlen am Tag und willst jetzt ausgerechnet mir deinen Bastard anhängen? Das kannst du vergessen und jetzt raus.«

»Was?« Jillians Kiefer klappte nach unten.

Ethan ergriff ihre Schulter und zog sie mit zur Tür. »Ich habe dich raus gebeten. Und ich warne dich, noch mal herzukommen, außer du willst, dass die Cops öfter mal den Pavilion Drive besuchen.«

»Du drohst mir?« Jilly stolperte zur Tür, Tränen standen in ihren Augen. »Du machst mir ein Baby und dann drohst du mir?«

»So sieht's aus.« Er öffnete die Tür und schob Jilly nach draußen. »Hau schon ab!«

»Das wirst du bereuen, Ethan Hayes!«, zeterte sie und richtete ihren Zeigefinger auf ihn. »Ich verrate aller Welt, was du so in deiner Freizeit treibst, das schwöre ich dir!«

Ethan wusste, dass sie nur verletzt war und ihre Drohung nicht ernst meinte. Sie würde ihn nicht verraten, denn sie hatte viel zu viel Angst, dass er dann dasselbe mit ihr machen würde. Er schloss die Tür und ließ Jilly draußen weiter schimpfen.

»So eine Scheiße...«, flüsterte er. »So eine Scheiße.«

## *-60-*

»Hey!«

Jilly war die Cypress Avenue entlang gelaufen und hatte die ganze Zeit gehofft, Ethan würde es sich anders überlegen und ihr das Geld doch noch geben. Anscheinend waren ihre Gebete erhört worden und er war ihr hinterhergefahren. Da ihre gekünstelten Tränen getrocknet waren, setzte sie wenigstens schnell ein betrübtes Gesicht auf, bevor sie sich zum Wagen umwandte. Doch es war ein schwarzer Dodge, der neben ihr hielt und nicht Ethans Pontiac.

»Kennen wir uns?« Misstrauisch trat sie einen Schritt vom Auto zurück.

»Ich bin am Haus der Hayes vorbeigekommen und habe Sie und den Detective streiten gehört, Jilly.« Der Mann lächelte freundlich. »So ist doch Ihr Name, richtig?«

Jillys Gedanken überschlugen sich. Irgendwoher kannte sie diese Stimme. Ihr Herz begann zu rasen und ihre Hände zitterten. Sie hatte sich bisher eigentlich immer auf ihre Menschenkenntnis verlassen können, die ihr bei ihrem Job ein ums andere Mal das Leben gerettet hatte. Und auch diesmal –

»Heilige Scheiße!«, durchfuhr es sie, als es ihr wieder einfiel. Es war die Stimme des Gestörten, der sie gezwungen hatte, den Anruf bei Ethan Hayes zu tätigen. Blitzschnell wandte sie sich um und rannte los. Einer ihrer Absätze brach ab und sie kam ins Wanken, verlangsamte ihre Schritte jedoch nicht.

Hinter ihr heulte der Motor des Dodge auf. Es war dumm, sich auf einen ungleichen Wettlauf mit einem Auto einzulassen, doch der Zaun neben ihr war zu hoch, um ihn zu überwinden und der nächste Garten mehrere Dutzend Meter entfernt. Der Wagen holte auf, war jetzt auf ihrer Höhe. Wenn sie –

Ein harter Schlag, gefolgt von einem brennenden Schmerz traf ihr Rückgrat und ließ sie bäuchlings auf dem Asphalt aufschlagen. Für einen viel zu langen Moment drehte sich alles, dann hob sie benommen den Blick. Der Verrückte hatte die Wagentür aufgestoßen und sie damit erwischt. Aus dem Augenwinkel sah sie, dass er ausgestiegen war und auf sie zukam. Panik übermannte sie, doch bevor sie schreien konnte, presste der Fremde etwas gegen ihren Mund und ihre Nase. Sie atmete ein paar Mal verzweifelt ein und aus, dann wurde alles schwarz.

## *-61-*

Ethan saß in seinem Pontiac am Straßenrand, irgendwo auf dem Weg zwischen seinem Haus und dem South Easy. Der Verkehr donnerte an ihm vorbei und erschütterte den Wagen dabei immer wieder leicht, doch das bemerkte er kaum. Seine Hände umklammerten das Lenkrad, seine Augen starrten trüb ins Leere. Den ganzen Nachmittag lang hatte er über sich und Evangeline nachgedacht, hatte sich die Frage gestellt, ob er eine Beziehung mit ihr wollte oder sie nur eine seinen üblichen Eroberungen war. Leider war er immer wieder zu dem Schluss gekommen, dass es ihm verdammt ernst mit ihr war. Doch er wusste, dass es unmöglich war, mit ihr zusammen zu sein, während da draußen zu allem Unglück auch noch eine von ihm schwangere Prostituierte herum lief. Es schien sich einfach alles gegen sie verschworen zu haben.

Ethan wischte sich durchs Gesicht und startete den Motor. Er hatte versprochen, sie am South Easy abzuholen und das würde er auch tun. Auf der Fahrt konnte er ihr die Sache dann erklären. Nein. Wahrscheinlich würde er nicht *alles* erklären, denn er wollte sie nicht mehr als nötig verletzen. Außerdem war er, wenn er ehrlich war, einfach zu feige.

Ein weiterer Laster raste vorbei, bevor Ethan den Blinker setzte. Er war froh über jede Sekunde mehr, die ihm blieb.

***

Evangeline trat gut gelaunt aus dem South Easy und winkte ihm schon von Weitem zu. In einer Hand trug sie eine kleine Pappschachtel mit dem Diner-Logo darauf.

Ethan hatte nicht den Mut, auszusteigen. Er blickte ihr ernst entgegen und versuchte, seine Gefühle für sie so gut es ging zu unterdrücken.

War es möglich, dass er sie jetzt schon vermisste?

Evangeline stieg ein und brachte den Geruch von Fast-Food-Küche und Kirschblüten mit ins Innere des Wagens. Sie lächelte und drückte ihm einen Kuss auf die Wange.

»Hast du den Tag gut überstanden? Ich habe dir was mitgebracht.« Sie legte ihm die Pappschachtel auf den Schoß. »Spareribs. Ich wette, du hast mal wieder nichts gegessen, habe ich Recht?«

»Danke.« Er ließ den Wagen an und fuhr los. Ihr fragender Blick, während sie sich anschnallte, entging ihm nicht, doch er sagte nichts dazu.

Evangeline lehnte sich seufzend zurück. »Es war viel zu tun. Ich bin froh, dass ich Feierabend habe.« Wie selbstverständlich ergriff sie seine Hand. »Du bist so schweigsam. Ist es wegen heute Morgen?«

Ethan schluckte und wagte es nicht, die Augen von der Straße zu nehmen. »Ich muss mit dir sprechen.«

»Gerne. Genau das möchte ich ja auch.«

»Das mit uns ...«

Evangeline ließ seine Hand los, als ahne sie, was jetzt kommen würde. Sie schwieg.

»Das funktioniert nicht, Eve.« Er nahm all seinen Mut zusammen und schaute einen Moment lang zu ihr herüber. Ihr Blick sprach Bände und brach ihm das Herz.

»Halt an.« Ihre Stimme klang belegt.

»Evangeline ...«

»Ich sagte: Halt an!« Sie hob die Hand und fuhr sich über die Augen.

»Nicht hier.«

»Ethan, ich will aussteigen!«

»Das kann ich mir vorstellen und ich kann das verstehen, aber ich werde dich nicht hier raus lassen. Das ist viel zu gefährlich. Ich bringe dich nach Hause. Du musst nicht mit mir sprechen, wenn dir das hilft, aber du steigst auch nicht aus.«

Evangeline schwieg erneut einen Moment, dann verpasste sie ihm eine schallende Ohrfeige.

»Wow, das saß.« Ethan rieb sich die Wange. »Ich verstehe wirklich, dass du böse bist, aber ich kann dir nicht erklären, warum es mit uns nichts werden kann. Es hat –«

»Nichts mit mir zu tun, ja ja.« Sie verschränkte die Arme und starrte aus dem Fenster.

Ethan erhaschte einen kurzen Blick auf ihr Gesicht. Tränen glitzerten in ihren Augen, ihre Lippen waren fest zusammen gepresst.

Wie konnte er ihr das antun?

Er war versucht, die Hand nach ihr auszustrecken, ihre Tränen zu trocknen und sie in die Arme zu nehmen, aber er tat es nicht. Stattdessen atmete er nur tief durch und zwang sich, sich auf den Verkehr zu konzentrieren.

Beide schwiegen die Fahrt über und selbst, als sie bei ihr zu Hause angekommen waren, stieg Evangeline nur wortlos aus. Sie knallte die Wagentür zu und eilte zu ihrem Haus. Ethan sah ihr hinterher, bis sie im Flur verschwunden war. Er wartete und wagte es nicht, loszufahren. Vielleicht würde sie noch einmal über die Sache sprechen wollen.

Nein, das war Unsinn. Wenigstens sich selbst gegenüber sollte er ehrlich sein. Er blieb nur, um noch ein bisschen in ihrer Nähe zu sein.

Im oberen Stock des kleinen Hauses ging Licht an und Ethan beobachtete, wie Evangeline ihre Jeansjacke aufs Bett warf. Dann kam sie ans Fenster und für einen Moment trafen sich ihre Blicke, bevor sie ihm den erhobenen Mittelfinger entgegen streckte.

Ethan schluckte, wandte das Gesicht ab und sah nicht mehr, wie sie die Vorhänge mit einer ruckartigen Bewegung zuzog.

***

Die Nacht von Mittwoch auf Donnerstag war noch grauenhafter als alle anderen Nächte seit dem Beginn der Mordserie. Deprimiert nahm Ethan einen Schluck von dem starken irischen Whisky, den Donovan ihm verordnet hatte und verzog angewidert das Gesicht. Selbst nach ein paar Gläsern hatte er sich noch nicht an den erdigen Geschmack gewöhnt.

Donovan lehnte neben ihm an der Bar und kaute auf einer Salzstange herum. »Weißt du, wie du aussiehst?«

Ethan bat seinen Kollegen, es ihm nicht näher zu beschreiben. Zu seiner Überraschung grinste Donovan nicht, sondern sah ihn nur weiter nachdenklich an. Wahrscheinlich machte er einen noch erbärmlicheren Eindruck, als er befürchtet hatte. Unrasiert und betrunken an einer Theke – so sah ein Mann aus, der verlassen worden war. Dabei war er der Mistkerl, nicht der Betrogene oder im Stich gelassene.

Donovan nagte das Salz von einer weiteren Salzstange, während er den Blick durch die Bar schweifen ließ, dann wandte er sich wieder Ethan zu. »Gut, du hattest also was mit der hübschen Köchin. Finde ich übrigens gut. Und jetzt hast du sie verlassen.«

»Wir waren ja nicht wirklich ein Paar, glaube ich.« Ethan erschrak, wie sehr er lallte.

»Okay, dann hast du eben diese Sache zwischen euch, was auch immer das für eine Sache war, beendet. Ist doch richtig, oder?«

Statt zu antworten, fuhr sich Ethan mit einer Hand durchs Gesicht. Ihm war nicht nach Reden. Konnten sie nicht einfach nebeneinander sitzen und trinken?

»Aber du willst mir nicht sagen, warum?«

»Es passte einfach nicht, Donovan. Was willst du hören?« Er versuchte, nicht gereizt zu klingen, doch er hatte jegliche Kontrolle über seine Sprache verloren.

»Ach, komm schon, Eth. Du kannst dir selber in die Tasche lügen, aber nicht mir.« Donovan zog sich mit einem schabenden Geräusch einen freien Barhocker heran und ließ sich darauf nieder. Bevor er weiter sprach, orderte er erneut zwei Whisky. Obwohl er genau soviel von dem Zeug intus hatte wie Ethan, schien er noch vollkommen nüchtern zu sein. Er schwieg noch einen Moment, dann knallte er ganz unvermittelt einen zweifach gefalteten Zettel auf die Theke. »Hat es vielleicht hiermit zu tun?«

»Was soll das sein?«, fragte Ethan gleichgültig, ohne aufzusehen. Dass er

Jilly geschwängert hatte, würde sein Partner, bei allem Respekt, wohl kaum ahnen können.

»Sieh es dir an, dann weißt du's.«

Mit einem genervten Stöhnen klaubte er das Blatt Papier vom Tisch, faltete es auf und kniff verdutzt die Augenbrauen zusammen. In der oberen Ecke befand sich der Briefkopf des forensischen Institutes. Und darunter eine Menge Zahlen und Daten, die ihm nichts sagten. Eine Zeile war mit neongrünem Textmarker angestrichen.

»Ich weiß gar nichts!«, beschwerte sich Ethan und donnerte den Wisch zurück auf die Theke.

Donovan betrachtete ihn sauer, die Augen zu schmalen Schlitzen zusammengekniffen.

»Das sind die Ergebnisse der DNA-Spuren aus Linney's Motelzimmer. Ich habe sie durch den Computer laufen lassen und dreimal darfst du raten, wessen DNA in der grünen Zeile dargestellt ist. Und versuch ja nicht, mich für dumm zu verkaufen!«

Langsam begriff er. Wieso ausgerechnet jetzt? Seine Hände begannen zu zittern und er bekam plötzlich stechende Kopfschmerzen.

»Du erklärst mir jetzt sofort, was das zu bedeuten hat, Eth! Für mich gibt es nur zwei Möglichkeiten: Entweder, du hängst irgendwie in dieser Mordserie mit drin oder –«

Ethan fuhr herum, packte ihn mit einer Hand am Kragen und zog ihn ein Stück zu sich herüber. »Ich bin kein beschissener Mörder!«

Der Ire blieb ungerührt. »Dann bist du ein Freier.«

Leises Getuschel drang von den benachbarten Tischen zu ihnen herüber.

Ethan ließ Donovans Kragen los und wandte sich wieder ab. Der Barkeeper stellte zwei gefüllte Gläser vor sie und Ethan griff nach einem davon.

»Bist du das?«, hakte Donovan nach. »Jemand, der illegale Prostitution unterstützt?«

»Ach Scheiße, Donovan, sei kein bescheuerter Moralapostel!«

»Ist das ein ‚Ja'? Hast du deswegen deine Freundin verlassen? Weil du wusstest, dass es rauskommen würde?«

Ethan schüttelte den Kopf. Es war kindisch. Er wusste, er musste jetzt reinen Tisch machen, aber er hatte nicht den Mut dazu.

Donovan schwieg für eine Weile, dann versuchte er es auf die freundschaftliche Tour: »Du kannst von Glück sagen, dass ich dein Partner bin. Von mir aus bleibt das unter uns. Ich lösche die Zeile einfach aus dem Dokument und drucke es neu.«

»Im Ernst?«

»Was habe ich denn davon, wenn du suspendiert wirst? Die Beurlaubung reicht schon.« Donovan zuckte die Achseln. »Gladys rätselt immer noch über die Verkleidung, die der Killer dieser Prostituierten verpasst hat, aber ohne diesen Wisch hier wird sie schon nicht die richtigen Schlüsse ziehen.« Er ließ den Zettel in seiner Innentasche verschwinden. Wie Ethan ihn kannte, hatte er sicher schon die manipulierte Version im Büro deponiert.

»Danke, Mann. Du bist echt der beste Freu–«

»Deine whiskyseligen Lobesreden kannst du dir schenken.« Donovan hob abwehrend die Hände. »Ich will einfach, dass du ehrlich zu mir bist. Was lief da zwischen dir und dieser Prostituierten?«

Wenn es nur die eine gewesen wäre. Ethan lachte humorlos und Donovan deutete sein Lachen falsch.

»Was *genau* lief, will ich gar nicht wissen. Ich will wissen, wieso du deine Freundin verlassen hast und wieso du für Sex bezahlst, den du hier mit jeder x-beliebigen Touristin haben kannst und meiner Meinung nach auch dauernd hast.«

»Ich hab' eine von denen geschwängert.« Ethans Stimme war jetzt nur noch ein Flüstern.

Donovan blickte ihn entgeistert an, dann schlug er mit der Faust auf den Tisch. »Herrgott noch mal! Weißt du das sicher?«

»Sie behauptet es.«

»Seit wann weißt du davon?«

»Seit heute. Ich habe sofort danach mit Evangeline gesprochen und –«

»Du hast mit ihr Schluss gemacht, weil du ,ne Nutte geschwängert hast?«

»Wegen dieser ganzen Sache. Wahrscheinlich bin ich gestört oder so.«

»Jetzt machst du mir Angst.« Donovan trank von seinem Whisky.

»Nein nein, so schlimm ist es nicht.« Ethan lachte bitter und war für einen Moment versucht, seinem Partner die ganze Geschichte mit seinem Vater und Stevens zu erzählen, doch es würde lediglich wie eine kindische Anekdote aus der Vergangenheit klingen. »Vergiss es einfach. Hat mit meinem Elternhaus zu tun.«

Donovan betrachtete ihn kritisch, nahm sich dann eine weitere Salzstange und seufzte. »Weiß Haley Bescheid?«

»Natürlich nicht. Ich will, dass er hier ein unbeschwertes Leben führt. Er hat schon genug durchgemacht.«

»Diese Hurengeschichte muss jedenfalls aufhören. Früher oder später fliegst du auf und du weißt selber, dass es dann düster für dich aussieht.«

An Donovans Tonfall erkannte Ethan, dass die Sache damit für ihn erledigt war. Er fuhr sich erneut mit der Hand durchs Gesicht. Seine Bewegungen fühlten sich fahrig und unsicher an. Der Whisky half ihm nicht, zu vergessen, was er vergessen wollte. Im Gegenteil. Pausenlos spukten Evangeline, Jillian und die Resort-City-Bestie mit all ihren Opfern in seinem Kopf herum.

Trotzig leerte er sein Glas und gab dem Barkeeper ein Zeichen, es wieder aufzufüllen.

## *-62-*

Ethan lehnte an der Fensterbank und durch die Lücken in der geschlossenen Jalousie brannte die Sonne auf seinen Rücken. Der Whisky vom Vorabend machte ihm noch immer zu schaffen. Sein Kopf schmerzte und er war todmüde, weil er die halbe Nacht über der Kloschüssel verbracht hatte. Wenigstens hatte er die Pausen zwischen den Übelkeitsattacken zum Nachdenken nutzen können und seine Idee war, wie er glaubte, gar nicht so schlecht. Jetzt musste er nur noch das Team davon überzeugen.

Hoffentlich war sein Plan nicht so wahnwitzig, wie man es von einem Plan erwartete, der einem Gehirn entsprungen war, das gerade mit gefühlten fünf Promille Alkohol fertig werden musste.

Das Team betrat geschlossen den Raum und niemand wunderte sich, dass er hier war und den Teamleiter mimte. Nicht einmal Dewey.

»Hey, wie geht's?«, fragte Donovan. Der Versuch, es beiläufig klingen zu lassen, bewies einmal mehr sein fehlendes schauspielerisches Talent.

»Bestens. Ich habe mir etwas überlegt.« Er begann, ohne die anderen zu begrüßen, denn er musste seine Idee loswerden, erfahren, ob sie Sinn machte. »Wir werden dem Täter eine Falle stellen. Diese Geschichte muss endlich ein Ende haben und eine andere Möglichkeit fällt mir nicht mehr ein.«

»Eine Falle.« Gladys zeigte sich angetan.

Ethan sammelte sich kurz, dann stieß er sich vom Fensterbrett ab und ging ein paar Schritte durch den Raum. Während er sein ehemaliges Team über den Plan aufklärte, herrschte Schweigen. Und auch danach schien erst einmal jeder für sich über das Gesagte nachzudenken. Ethan ließ ihnen Zeit, setzte sich und machte sich ein paar Notizen. Er konnte Masons neidischen Blick förmlich spüren. Damals, als er zur Homicide Unit gestoßen war, hatte er fest damit gerechnet, leitender Detective der Mordkommission zu werden und den jüngeren Ethan von seinem Posten zu kicken. Mittlerweile war auch noch der deutlich jüngere Dewey an ihm vorbeigezogen und Masons Laune schien sich stündlich zu verschlechtern.

Dewey war der Erste, der das Schweigen brach. »Das ist Anstiftung zur Straftat.« Er warf einen Blick in die Runde. »Ich will damit nicht sagen, dass wir es nicht tun sollten. Ich will nur, dass uns allen klar ist, worauf wir uns einlassen.«

»Die Presse wird uns zerfetzen«, warf Donovan ein. »Und Cooper wird dich zerfetzen, Eth, weil du dich einmischst.«

Ethan fiel auf, dass Donovan deutlich weniger versoffen aussah, als er selbst sich fühlte. Entweder hatte ihm der Whisky nicht so zugesetzt oder er war es gewöhnt, Schnaps in großen Mengen zu konsumieren. Das gestern Abend waren weit mehr als die üblichen ein, zwei Gläser gewesen, die er sich sonst genehmigte, wenn sie gemeinsam unterwegs waren. Ethan nahm sich vor, mal ein ernstes Wörtchen mit ihm zu sprechen.

»Möglich. Aber wenn wir durch diesen Trick den Killer fangen, ist das ganz schnell vergessen.«

***

Ethan hielt immer noch nichts von Pressekonferenzen. Der ganze Medienrummel war pervers und unangebracht im Angesicht all der Toten und trauernden Familien. Durch eine Pressekonferenz würden sie die Berichterstattung nur weiter anheizen. Es war, als würde man einer Meute wilder Tiere Fleischbrocken hinwerfen. Glücklicherweise diente zumindest diese Konferenz einem vernünftigen Zweck und je mehr Sender berichteten, desto wahrscheinlicher war es, dass der Killer davon Wind bekam.

Ethan hatte sich heute nicht die Mühe gemacht, sich in Schale zu werfen. Man sah ihm ohnehin mehr als deutlich an, dass er gestern in einer Bar versackt war und um seine Eitelkeit war es im Moment auch nicht allzu gut bestellt. Es war egal, er würde diesmal nicht im Mittelpunkt stehen. Er drückte sich wie ein ungebetener Gast in der Nähe der Tür herum und wartete nervös darauf, dass es losging.

Gladys sah im Gegensatz zu ihm hinreißend aus. Sie trug ein eng anliegendes Kostüm und das rote Haar fiel ihr locker auf die Schultern. Vielleicht hätte Madison ihr irgendwann sehr ähnlich gesehen, wäre sie älter als fünfundzwanzig geworden.

Nachdem der Captain sie und Dewey, der einen etwas zu steifen Anzug trug, angekündigt hatte, traten beide ans Rednerpult. Die Stimmung im Raum war angespannt. Es war still unter den Reportern und trotz der geöffneten Fenster unerträglich warm.

»Meine Damen und Herren«, begann Dewey mit fester Stimme. »Wir haben diese Pressekonferenz einberufen, um Ihnen offiziell mitzuteilen, dass es in der Mordserie von Virginia Beach möglicherweise eine entscheidende Wendung gegeben hat.«

Kameras klickten, obwohl es gar nichts Neues zu sehen gab.

»Es ist uns gelungen, einen dringend Tatverdächtigen zu ermitteln.«

Wie zu erwarten, ging eine Raunen durch die Menge der Journalisten. Gladys blickte Ethan an, als wolle sie sagen: *Es funktioniert.*

»Genauso dringend wie diese Prostituierte Delilah Linney, Detective Dewey?«, fragte ein Reporter in einem glänzenden, schwarzen Sakko mit schleimiger Stimme. Einer dieser Widerlinge, die versuchten, es durch unverschämtes Verhalten nach ganz oben zu schaffen.

Beim Gedanken an Cara-Mias übel zugerichtete Leiche wäre Ethan dem Journalisten am liebsten an die Kehle gegangen. Kaum war die Rede von ihr, riefen alle durcheinander und wollten neue Informationen zu ihrer Ermordung.

»Wie hat er sie erledigt?«

»Gibt es Fotos vom Tatort?«

»Ist es wahr, dass der Killer angerufen –«

»Ruhe, oder ich breche die Pressekonferenz ab«, drohte Dewey mit einer Autorität, die Ethan ihm gar nicht zugetraut hätte.

Das wirkte. Es war, als würde man einem Kind in Aussicht stellen, ihm sein Lieblingsspielzeug wegzunehmen.

»Wäre sie dringend tatverdächtig gewesen, hätte es damals auch eine Pressekonferenz gegeben«, erwiderte Dewey auf die ursprüngliche Frage. »Aber zurück zum Thema.« Er sah Gladys an und sie wandte sich an die Journalisten.

»Unser Mann ist Patrick Hanson, ein Gärtner vom Lake Tecumseh, Virginia Beach.« Sie drehte sich demonstrativ zu dem Monitor um, der hinter ihnen installiert worden war. Wie auf Abruf erschien ein Foto, welches das Gesicht des Verdächtigen zeigte. Sein Haar war kurz und dunkel, seine Augen blickten verschlagen auf die Reporter herab. Seine Lippen waren schmal und ein diabolisches Lächeln umspielte seine Züge.

Ethan fand, dass die Computerfachleute bei der Erstellung des Gesichts etwas dick aufgetragen hatten, aber alle anderen schienen dem Mann sofort den eiskalten Killer abzukaufen und das war es schließlich, worum es hier ging. Blitzlicht zuckte, Kameras klickten, Mikrofone wurden noch näher ans Rednerpult gerückt.

»Hanson ist einundvierzig Jahre alt und arbeitet bei Jeffries' Garten- und Landschaftsbau im Stadtzentrum. Er lebt allein in einem Haus am Lake Tecumseh, wo er jedoch nicht aufzufinden war. Auch zur Arbeit ist er heute nicht erschienen. Allem Anschein nach ist er zurzeit in seinen Dienstwagen, einen auffälligen, hellgrünen Sprinter unterwegs.« Gladys brach ab und wandte sich Dewey zu.

»Seit letzter Nacht sind wir fieberhaft auf der Suche nach diesem Mann. Wir sind dringend auf Hinweise aus der Bevölkerung angewiesen«, fuhr dieser fort. »Wer kennt Patrick Hanson und hat ihn eventuell gesehen? Wer hat seinen Wagen irgendwo gesehen? Wer weiß, wo er sich aufhalten könnte?« Er machte eine kurze, dramatische Pause. »Ich nenne Ihnen jetzt die Nummer des Hinweistelefons und dann würden meine Mitarbeiter und ich gern wieder an die Arbeit gehen.«

Ethan fiel ein Stein vom Herzen. Der erste Schritt war getan.

## *-63-*

Dewey war sichtlich froh, als er aus dem Rampenlicht heraus und zurück in seinem Büro war. Auch den anderen war die Erleichterung deutlich anzumerken. Ethan fühlte sich immer noch beschissen. Nervös blickte er auf die Uhr. Sie durften jetzt nur nichts überstürzen, sonst würde der Killer noch Verdacht schöpfen.

Donovan schaltete den kleinen Fernseher ein, den sie auf Deweys Schreibtisch platziert hatten. Die Pressekonferenz lief auf allen Kanälen, regional und überregional. Sie hatten eine Sondernummer für Hinweise auf Patrick Hanson eingerichtet und die Leitungen glühten förmlich. Es war grotesk. Obwohl sie noch nicht einmal eine Belohnung ausgesetzt hatten, wollte plötzlich jeder derjenige sein, der Hanson das Messer verkauft hatte, mit dem er seine Opfer tötete oder eines der Instrumente, mit denen er sie folterte. Drei Männer behaupteten unabhängig voneinander, ihm in den vergangenen Monaten ein Zimmer vermietet zu haben. Einer davon lebte in Vancouver, bescheidene dreitausend Meilen weit weg. Es riefen angebliche Nachbarn, Bekannte und sogar Verwandte sowie eine Exfrau an – und das wirklich Absurde daran war, dass Patrick Hanson gar nicht existierte. Er war eine Kunstfigur, die sie entworfen hatten, um die wahre Resort-City-Bestie in die Falle zu locken. Der Killer wollte alle schachmatt setzen, die an seiner statt verdächtigt wurden? Gut, denn an Patrick Hanson würde er sich die Zähne ausbeißen.

Im Moment wurde das Haus am Lake Tecumseh, in dem Hanson angeblich leben sollte, vorbereitet. Es stand erst seit etwa anderthalb Jahren leer und war von außen noch ganz ansehnlich. Verfallener als das Hexenhäuschen, in dem Rusty Hilbredge sein Dasein gefristet hatte, war es auf keinen Fall. Schon bald würden sich dort überall Scharfschützen verstecken, die nur auf den richtigen Moment warteten.

Ethan hätte die ganze Geschichte lieber über mehrere Tage hingezogen, um für mehr Glaubwürdigkeit zu sorgen, aber Gladys hatte ihn überzeugen können, dass das bei der Geschwindigkeit, mit der der Killer sich mittlerweile neue Opfer suchte, ein Spiel mit dem Leben irgendeines Menschen gewesen wäre. Also veranstalteten sie die ganze Aktion im Schnelldurchlauf, um den Mörder bei der Stange zu halten.

Während Mason die Newsticker im Internet checkte und die anderen gebannt die Berichterstattung verfolgten, blickte Ethan aus dem Fenster des Büros. Wie es Evangeline wohl ging? Hoffentlich würde sie ihn einfach als dummen Fehler abtun und ihre Gefühle für ihn waren nicht so ernsthaft wie seine für sie. Schluss damit. Es wurde Zeit, den nächsten Schritt im Fall der Resort-City-Bestie zu tun und Eve zu vergessen.

## *-64-*

»Das ist der helle Wahnsinn.« Donovan schlürfte einen Schluck Kaffee aus einem dunkelblauen Becher, ohne den Blick vom Fernseher abzuwenden.

Auch Gladys und Mason starrten gespannt auf den Bildschirm. Gerade hatten sie Hansons Verhaftung bekannt gegeben und jetzt flimmerten Bilder von einem Mann, der sich eine grüne Arbeitsjacke über den Kopf gezogen hatte und in Handschellen ins Polizeipräsidium von Virginia Beach geführt wurde, über sämtliche Sender. Die Medien spielten total verrückt. Manche Magazine berichteten fälschlicherweise, dass der *Mörder* und nicht nur ein *Verdächtiger* gefasst worden sei, was den Imageschaden für die Polizei im Ernstfall nur zusätzlich vergrößern würde.

Mittlerweile war es Mittag und Ethan hoffte, dass es glaubhaft war, wenn sie ihn nachmittags wieder frei ließen. Niemand hatte Einblick in die Polizeiarbeit, also würde es wahrscheinlich glaubhaft sein, doch die Kürze des Verhörs würde auch zeigen, dass die Beweise gegen Hanson nicht sehr stichhaltig gewesen waren, was wiederum schlecht für das gesamte Team war. Ihr Plan *musste* einfach funktionieren, ansonsten könnten sie alle ihre Jobs verlieren.

Ethan warf einen Blick auf die Uhr. Die Unruhe fraß sich immer tiefer in seine Nerven. Im Fernsehen löste ein aufgeregter Nachrichtensprecher den anderen ab. Donovan leerte seinen Kaffee und grummelte, dass er mal eben zum Supermarkt gehen würde. Es war ein alter Scherz unter ihnen, dass der kleine Laden in der Nähe des Polizeireviers wohl nur wegen ihm existenzfähig war – doch heute war niemandem nach Scherzen zumute.

***

Eine Stunde später hatte sich die Lage im TV immer noch nicht beruhigt. Mittlerweile wurden Gespräche mit sogenannten Experten gezeigt, die mutmaßten, ob denn ein Gärtner aus der Vorstadt tatsächlich der gesuchte Serienmörder sein könne. Die Zeit kroch nur so dahin. Donovan war längst zurück und kaute angestrengt Kaugummi. Auch Gladys wirkte angespannt. Ihnen allen spukte im Kopf herum, was später möglicherweise alles würde schief laufen können. Das Warten war bei solchen Einsätzen immer das Schlimmste. Es war nervenzehrend und ohne Ablenkung hatte man ständig das Gefühl, verrückt zu werden. Ethan stand auf und blickte kurz in die Runde.

»Ich muss mir mal die Beine vertreten. Wir haben doch noch Zeit, oder?«

»Eine Menge. Soll ich mitgehen?« Nach gestern Abend wirkte Donovan wie ein besorgter,großer Bruder auf ihn, obwohl sie nahezu gleich alt waren.

Ethan verneinte und wandte sich zur Tür. Es war völlig unmöglich, dass ihn jemand begleitete.

***

In der Mittagssonne offenbarte der Straßenstrich seine hässlichsten Seiten. Der Boden war übersät mit zerknüllten Taschentüchern und benutzten Kondomen. Aus den Abfalleimern quollen Fast-Food-Verpackungen und Getränkedosen. Die Fenster der Wohnwagen waren trüb vor Schmutz und die Mädchen, die sich in ihren kurzen Sachen an der Straße die Beine in den Bauch standen, zeigten Schönheitsfehler, die man in der Nacht nicht sah.

Jillian fehlte. Und Cara-Mia, natürlich. Bei Talisha konnte er sich nach seinem Ausfall von neulich nicht mehr blicken lassen und die meisten anderen Mädchen hier waren nicht Ethans Fall. Sie waren entweder zu jung oder zu alt und verbraucht. Manchen stand die Drogensucht so deutlich ins Gesicht geschrieben, dass sie nichts Anziehendes mehr an sich hatten. Ethan hatte schon öfter Freier beobachtet, die sich gerade solche Mädchen herausgesucht hatten. Was für eine Neigung dahinter steckte, konnte er nur vermuten.

Ausgerechnet an Cara-Mias altem Platz entdeckte Ethan eine Frau, die ihm gefiel, vielleicht, weil sie so völlig anders aussah als die Mädchen, die er sonst mitnahm. Ihr Haar war lang und pechschwarz, ihr Teint dunkel. Ihre Lippen waren knallrot und sie hatte etwas Ungewöhnliches an sich, eine gewisse Eleganz, mit der sie sich von allen anderen hier abhob. Er fuhr an sie heran, unschlüssig, ob er nicht einfach kehrt machen und zum Revier zurückkehren sollte.

Gestern Abend hatte er sich noch für das geschämt, was er jetzt schon wieder im Begriff war, zu tun. Doch das hier war die einzige Möglichkeit, ruhig zu werden für heute Abend.

*Und wenn es das nicht wäre, würdest du schon eine andere Ausrede finden,* dachte er sarkastisch.

In diesem Moment wurde Ethan die Entscheidung abgenommen, denn es klopfte an die Fensterscheibe der Beifahrerseite. Vor der Wagentür stand die Prostituierte, die er eben an dem vollgesprayten Stromkasten entdeckt hatte. Sie grinste ihn an, als er das Fenster herunter ließ. Ihre Zähne waren strahlend weiß im Vergleich zu ihrer gebräunten Haut. Ihre Augen waren groß und dunkel, wie die von Evangeline, was dieser ganzen Aktion einen Hauch von Masochismus verleihen würde.

»Was ist, bist du noch unentschlossen?«, fragte sie und ihr mexikanischer Akzent überzeugte ihn endgültig davon, sie in den Wagen zu bitten.

# -65-

Sie trug kurze Jeans-Hotpants und eine passende bauchfreie Bluse. Ihre Figur war perfekt, wie die einer Sportlerin. Nachdem Ethan ihr erklärt hatte, wie das Spielchen laufen würde, hatte sie ihn überreden wollen, die Waffe zu entladen. Doch das wäre nicht das Gleiche gewesen. Stattdessen hatten sie für den Notfall ein Codewort vereinbart und die Prostituierte hatte darauf bestanden, es selbst wählen zu dürfen. Sie hatte sich für *Piñata* entschieden. Ethan wusste, was das war: eine große Figur aus Pappmaché, auf die man mit Stöcken einschlug, bis sie platzte und Süßigkeiten und Konfetti heraus regneten. Ein großer Witz. Dass er jetzt, kurz vor seinem vielleicht wichtigsten Einsatz, nach dem gescheiterten Versuch einer hoffnungsvollen Beziehung, wieder hier war, in einem schmuddeligen Motelzimmer, mit einer Frau, die ihn vermutlich für das verachtete, was er von ihr verlangte, war auch nichts anderes als ein großer Witz.

Er hatte seiner Begleitung, die vorgab, Giannina zu heißen, gesagt, dass er sich auf das Rollenspiel vorbereiten wolle und war ins Bad verschwunden. In Wahrheit versuchte er bloß, seine Gedanken unter Kontrolle zu kriegen. Er drehte das kalte Wasser auf und schüttete es sich mit den Händen ins Gesicht. Heute wollte es ihm einfach nicht gelingen, abzuschalten. Es war, als beobachte er sich selbst und was er sah, ließ ihn ernsthaft an seinem Verstand zweifeln.

Verdammt, er hatte eines von diesen Mädchen geschwängert und dafür Evangeline verlassen, die ihm jetzt schon so sehr fehlte, dass er eigentlich nichts anderes wollte, als sich in seinen Wagen zu setzen und zu ihr zu fahren. Was tat er stattdessen?

Er sog die stickige, feuchte Badezimmerluft ein und verabschiedete sich innerlich von dem Ambiente, das dieser Ort verströmte. Dann trat er aus dem Bad.

»Ich werde mich nicht ausziehen!«, verkündete Giannina.

Offensichtlich glaubte sie, das Spiel würde nun beginnen. Doch Ethan kam sich einfach nur noch lächerlich vor. Er sah Evangelines perfektes Gesicht vor sich. Sie würde ihn verachten, wenn sie je erfahren würde, was er hier tat. Plötzlich hatte er das Gefühl, dass es auch in diesem Raum viel zu stickig und zu heiß war und eilte zum Fenster, um es zu öffnen. Das Motel war zweistöckig und über ein paar niedrige Nebengebäude hinweg konnte er den Freeway sehen, auf dem jetzt, in der Mittagshitze, zahllose Menschen aus der Innenstadt heraus in ihre Pause strömten. Menschen, in deren Leben weder durchgeknallte Serienmörder noch schwangere Prostituierte eine Rolle spielten.

»Was ist denn?« Giannina näherte sich ihm vorsichtig, aber Ethan nahm sie gar nicht richtig wahr. »Ethan?«

Er schüttelte leicht den Kopf und atmete tief durch. Giannina schien zu spüren, dass es vorbei war, bevor es überhaupt begonnen hatte. Sie schlang die Arme um seinen Oberkörper und fragte, ob alles in Ordnung sei. Ihr schwerer Duft raubte ihm fast den Atem. Wortlos blickte er hinaus auf die nicht enden wollende Kette von Autos, die sich über den Freeway schlängelte. So langsam sollte er zurück zum Revier fahren. Sein Team wartete dort darauf, einen der grausamsten Serienmörder, den Virginia je gesehen hatte, endlich zu stellen. Er sollte sich nicht hier, in dieser Absteige, mit einem weiteren Mädchen verstecken, dessen Leben er zu allem Übel auch noch gefährdete, indem er sie kennen gelernt hatte.

»Entschuldige.« Er löste sich aus ihrer Umarmung und drehte sich zu ihr um. Wofür er sich entschuldigte, war ihm selbst nicht ganz klar. Dass er darauf verzichtete, sie zu demütigen oder dass er es überhaupt erst hatte tun wollen?

Der Blick aus ihren dunklen Augen war leicht amüsiert. Sie schien ihm weder das eine noch das andere übel zu nehmen. »Aber du zahlst trotzdem für die ganze Stunde!«

***

Es war Nachmittag, als Ethan zurück aufs Revier kam. Er benutzte wie schon zuvor den Lieferanteneingang und schaffte es erneut unbemerkt ins Gebäude.

Nach seinem kurzen Zwischenstopp bei Giannina hatte er in einem nahe gelegenen Schnellimbiss zu Mittag gegessen. Nachdem er dem Pavilion Drive den Rücken gekehrt hatte, war es ihm vorgekommen, als sei plötzlich eine tonnenschwere Last von ihm abgefallen. Er würde nie wieder dorthin zurückkehren, so viel stand für ihn fest.

»Hayes!«

Auf der Treppe nach oben blieb Ethan stehen und blickte auf. Zu seinem Unglück sah er sich ausgerechnet Captain Cooper gegenüber.

»Wollen Sie mich eigentlich für dumm verkaufen?«

»Captain, ich ...«

»Glauben Sie, ich merke nicht, dass Sie seit Ihrer Beurlaubung hier herum schleichen?«

Ethan schluckte und senkte den Blick. Diese Tatsache konnte er wohl kaum von sich weisen.

»Was ist mit Ihnen, Hayes? Waren Sie nicht Manns genug, mir zu widersprechen, als ich Sie von dem Fall abgezogen habe?«

Auf einmal fühlte sich Ethan wie ein kleiner Junge. Schon möglich, dass er dafür nicht Manns genug gewesen war – wie für so viele Dinge nicht, die er hätte anders machen sollen.

»Ich nehme an, dieser irrwitzige Plan ist auch auf Ihrem Mist gewachsen?«

»Ja, Sir.«

»Und jetzt lassen Sie mich raten, wer den Lockvogel für diesen Irren spielen wird.«

Ethan atmete durch, sah den Captain an und hob ratlos die Hände. Was sollte er dazu sagen?

Cooper schüttelte den Kopf, seine Schultern hingen. Auf einmal sah er unglaublich alt aus. »Sie sind ein verdammter Sturkopf, Hayes. Sie können von Glück sagen, dass ich Sie nicht suspendiere.«

»Tun Sie nicht?« Ethan spürte, wie ihm ein Stein vom Herzen fiel.

Cooper betrachtete ihn kühl und gab sich sichtlich einen Ruck. »Nein, tue ich nicht. Aber wenn diese Sache schief geht, stehen Sie dafür gerade.«

***

Der Captain hatte ihnen einen eigenen Teil des Korridors absperren lassen, damit sie in Ruhe und vor allen Dingen *geheim* arbeiten konnten. Zwischen ihnen und den Büros der anderen lagen eine Glastür und vier leerstehende Räume. Ethan kletterte über das Absperrband, das noch zusätzlich angebracht worden war und schritt den Gang zum Versammlungszimmer entlang, in dem die anderen auf ihn warteten.

Er atmete durch, fuhr sich mit den Fingern durchs Haar und genoss die wenigen ungestörten Sekunden, die er noch hatte. Gerade als er die Tür öffnen wollte, hörte er Geflüster aus dem Toilettenraum. Stirnrunzelnd schlich er näher, presste das Ohr an die Tür und lauschte. Eindeutig. Es war Mason, der dort sprach.

»In zwei Stunden, genau.« Mason schwieg einen Moment. Anscheinend telefonierte er. »Dann wird er freigelassen.«

Ethan schloss kurz die Augen und schüttelte ungläubig den Kopf.

» Sie haben die Informationen aus unbekannter, aber zuverlässiger Quelle. Das Geld können Sie – «

Das reichte. Ethan stieß die Tür auf und stürmte auf Mason zu, der am Fenster stand und erschrocken zu ihm herum fuhr. Mit einer Hand verdeckte er das Mobiltelefon.

»Gib das her!« Ethan packte ihn am Kragen seines Hemdes und entriss ihm mit der freien Hand das Handy. Er drückte das Gespräch weg, während er Mason mühelos gegen die Wand presste.

»Hey, das war meine ... Mutter!«

Ethan holte aus und donnerte Mason seine Faust ins Gesicht. Der übergewichtige Detective jaulte vor Schmerz auf, strauchelte und fiel zu Boden. In selben Augenblick klingelte sein Telefon. Ethan stieß die Tür zur Toilettenkabine auf und ließ das Handy ins Klo fallen. Dann wandte er sich wieder an Mason, der sich aufgerappelt hatte.

»*Du* leitest geheime Informationen an die Presse weiter?«

Mason setzte zu einer Antwort an, aber Ethan schlug erneut zu. Es war nicht zu fassen. Ausgerechnet jemand aus seinem eigenen Team war derjenige, der nicht dicht halten konnte.

»Ist dir eigentlich klar, dass Delilah Linney wegen dir getötet wurde, du egoistisches Arschloch?« Er zerrte Mason, der mittlerweile aus der Nase blutete, am Kragen in die Höhe. »Du bist Polizist, verflucht noch mal! Du sollst Menschen beschützen und nicht ans Messer liefern! Kapierst du, was du da getan hast?«

Er ließ Mason los, der schwer atmend gegen das Fenster sank und sich das Blut von der Nase wischte. Offenbar hatte er nicht vor, irgendetwas zu erklären oder abzustreiten, denn er schwieg einfach, was Ethan noch wütender machte. Obwohl er sich eigentlich schon abgewandt hatte, um zu gehen, fuhr er noch einmal herum und schlug erneut zu. Diesmal in den Magen.

Mason gab ein schmerzvolles *Pfff* von sich und fiel hart auf die Knie.

Ethan ließ ihn achtlos zurück und eilte ins Besprechungszimmer.

***

Die Mitglieder seines Teams saßen um den Tisch herum und aßen verspätet zu Mittag. Es gab irgendetwas Asiatisches aus weißen, mit bunten Schriftzeichen bedruckten Pappschachteln.

»Wir geben Hanson noch zwei Stunden, um alles zu gestehen«, begrüßte Gladys Ethan. Sie war die Einzige, die mit Stäbchen aß. »Wow, was ist denn mit dir passiert? Du siehst aus wie ein ramponierter Racheengel. Warum so sauer?«

»Mason.« Schwer atmend ließ Ethan sich auf einen der Stühle fallen. »Er ist der Presseinformant.«

»Ist nicht wahr!«, entfuhr es Donovan.

Ethan berichtete seinem Team kurz von seiner Entdeckung. »Hier wird nachher die Hölle los sein. Wir müssen eine Möglichkeit finden, dass die Pressemeute unseren Täter nicht an seiner Verfolgung hindert.«

Dewey sprang auf. »Ich kümmere mich darum. Ich verspreche euch, die Presse wird uns nicht behindern.« Er sicherte sich mit einem fragenden Blick bei Ethan ab und eilte nach draußen.

Ethan spürte einen Anflug von väterlichem Stolz, was er irgendwie seltsam fand. Er warf einen Blick in die kleine, verbliebene Runde. Mason war ein Kollateralschaden, den sie so gerade eben noch verkraften konnten. Wäre er selbst allerdings nicht hier, sondern zu Hause, um seinen Zwangsurlaub zu genießen, stünde dem Killer ein lächerlich kleines Team entgegen. Cooper würde schon sehen, dass es richtig war, ihn mitmischen zu lassen.

»Mason, also.« Donovan reichte Ethan eine Dose Cola. »Dieser kleine Widerling.«

»Es ist nicht mehr zu ändern.« Aus Gladys sprach wie immer die Vernunft. Sie steckte sich den letzten Bissen in den Mund, dann stand sie auf. »Wir müssen auch los.«

Donovan erhob sich ebenfalls und klopfte Ethan auf die Schulter. »Wir sehen uns später.«

»Melde dich in vierzig Minuten unten beim SWAT-Team.«

»Ich weiß Bescheid, Gladys.« Ethan rang sich ein Lächeln ab. Sie hatten den Plan heute Morgen mindestens zwanzig Mal durchgesprochen.

»Nun geht schon.«

»Viel Glück, Partner.«

# -66-

Auch wenn es heute fast dreißig Grad warm war und sich der Dodge aufgeheizt hatte wie ein Backofen, fror Ames. Er fror immer, wenn er aufgeregt war. Eines der erträglicheren Symptome von Nervosität, wie er fand. Wenigstens war er keines dieser Nervenbündel, die sich immer gleich übergeben mussten, wenn mal etwas Aufreibendes passierte.

Er hatte die Jacke bis unters Kinn zugemacht, die Kapuze weit ins Gesicht gezogen und eine tiefschwarze Sonnenbrille aufgesetzt. Der Wagen gehörte nicht ihm und er parkte so weit abseits des Gebäudes, in dem Patrick Hanson gerade seine Entlassungspapiere unterschrieb, dass er zwar den Hintereingang sehen, aber selbst nicht gesehen werden konnte.

Die Nachricht, dass der Mann freigelassen werden würde, hatte sich vor einigen Minuten verbreitet wie ein Lauffeuer. Die Presse war in hellem Aufruhr und sämtliche Fernsehteams und Zeitungsfotografen hatten sich vor der Tür postiert, um über den Skandal zu berichten. Glücklicherweise warteten die meisten von ihnen vorne, aber Ames glaubte nicht, dass Hanson die direkte Konfrontation suchen würde. Nicht nach einer solchen Verdächtigung. Außerdem stand Hansons Sprinter hier hinten bereit. Ames fragte sich, warum. Hatten sie den Wagen als Beweisstück konfisziert?

Ein paar schlaue Reporter hatten sich ebenfalls hinter dem Gebäude versammelt und warteten dort auf die Schlagzeile für die Abendausgabe ihrer Zeitung, die nächste Sondersendung oder den Newsticker ihrer Website. Patrick Hanson war der zweite falsche Verdächtige, von dem die Öffentlichkeit wusste. Die Polizei war mittlerweile das Gespött der Leute geworden. Aber Ames munterte dieser Umstand nicht besonders auf. Er wollte nicht, dass die Presse über das Versagen der Polizei berichtete, sondern über ihn. Nicht über die Ermittlungen, sondern seine Taten. Es ärgerte ihn, dass er sich damit in eine Reihe von Menschen einfügte, die vor ihm ähnliche Taten begangen hatten und wegen denen das ‚klassische Profil eines Serienmörders' existierte.

In der letzten Zeit hatte er viel darüber gelesen, hatte im Internet recherchiert und sich oft, zu seinem Missfallen, selbst in den Beschreibungen von Männern wie Ted Bundy oder Henry Lee Lucas wiedergefunden. Obwohl er seine Opfer nie vergewaltigte und in seiner Laufbahn kein einziges Tier verstümmelt, gequält oder getötet hatte, verbanden ihn viele Gemeinsamkeiten mit diesen Männern. Doch wenn er tötete, hatte er jedes Mal das Gefühl, etwas Einzigartiges zu schaffen. Für ihn war es eine Frechheit, dass der Sammelbegriff *Serienmörder* überhaupt existierte. Da gab es Leute, die jede neue Mordserie auf bestimmte, sich wiederholende Muster überprüften. Dann analysierten sie den Täter und fügten ihn ein in ihre lange Reihe von Gacys, Bundys, Jack the Rippers und Tschikatilos ein. So wurde man einer von Vielen. Ein Teil einer Gruppe. Ames fühlte sich in Gruppen seit jeher unwohl. Es hatte ihn immer nur glücklich gemacht, herauszustechen.

Was ihn jetzt gerade, trotz Aufregung und Ärger, einigermaßen zufrieden stimmte, waren die kleine schwarze Tasche auf seinem Beifahrersitz, die voll war mit allen möglichen nützlichen Dingen und Jillian, die gefesselt und geknebelt im Kofferraum lag. Hoffentlich würde er später, im Laufe der Nacht, genügend Zeit finden, sich mit ihr zu beschäftigen. Zuerst würde er herausfinden, ob Jillian Cherry ihr wirklicher Name war und dann hatte er ihr eine ganz andere, weitaus entscheidendere Frage zu stellen.

Vorher musste er jedoch noch diesen armen Idioten erledigen, der das Pech gehabt hatte, ins Visier der Ermittler und somit auch in seines zu rücken – aber das würde ein Kinderspiel werden.

Ames zwang sich selbst zur Ruhe. Er war hier, war dem Mann bereits auf den Fersen. Er hatte die Nutte und er hatte sein Werkzeug. Alles lief genau nach Plan. Doch trotzdem ließ ihn irgendetwas frösteln.

Am Hintereingang tat sich etwas. Ames schaute genauer hin. Die Tür hatte sich geöffnet und Hanson kam heraus. Blitzlichter zuckten, Mikrofone wurden in seine Richtung gehalten. Er wurde begleitet von zwei bis an die Zähne bewaffneten Streifenpolizisten, die ihn von der Reportermeute abschirmten, so gut es ging. Pfefferspray, Schlagstöcke und beeindruckende Schusswaffen hingen an ihren Gürteln, dunkle Sonnenbrillen im Einheitslook gaben ihnen etwas Bedrohliches, Unnachgiebiges.

Ames warf einen kurzen Blick in den Spiegel. Ihn selbst ließ die Brille eher stylish aussehen. Fast wie einen Filmstar. Es war vielleicht dieses Gesicht, was seinen durchschlagenden Erfolg bei Frauen erklärte. Gegen seinen Willen musste er lachen, dann hörte er, dass drüben auf dem Parkplatz Fragen gebrüllt wurden. Er konnte sich denken, worum es ging, obwohl er kein Wort verstand.

Es war ein Anblick wie in einer Gerichtsserie. Hanson trug diesen dämlichen, hellgrünen Anzug, in dem er auch verhaftet worden war. Die Mütze, farblich passend zur Arbeitskleidung, hatte er tief ins Gesicht gezogen und hielt den Kopf gesenkt.

Zorn stieg in Ames auf.

Die Reporter von der Vorderseite schienen mittlerweile mitbekommen zu haben, was hinten los war, denn jetzt rannten Männer und Frauen mit Mikrofonen und Kameras zum hinteren Parkplatz, als wäre der Tod höchstpersönlich hinter ihnen her. Ein Mann in einem schwarzen Metallica-Shirt legte sich mitsamt einer teuer aussehenden Kamera lang, nachdem er sich mit den Füßen hoffnungslos in einem Mikrofonkabel verheddert hatte.

Ames ließ den Motor an, wartete jedoch noch. Jeder Muskel in seinem Körper war angespannt und er umklammerte das Lenkrad so fest, dass seine Fingerknöchel weiß hervor traten. Geduld war nur bedingt seine Stärke und es dauerte ewig, bis Hanson mithilfe der zwei Polizisten seinen grünen Sprinter erreicht hatte. Einer der Beamten redete auf ihn ein und zeigte in Richtung Straße, dann schloss er Hansons Tür und half seinem Kollegen, die aufgebrachten Journalisten davon abzuhalten, dem Sprinter zu folgen. Polizeiwagen blockierten nun die Presseautos.

Ames hatte Glück. Der Verkehr auf der Straße war fließend und so konnte er sich unauffällig zwischen die anderen Autos mischen. Schon bald, da war er sich sicher, würde es mit seiner Nervosität vorbei sein. Alles würde gut gehen, wie es bis jetzt immer gut gegangen war.

## *-67-*

Ethan war sich sicher, dass der Killer ihn beobachtete, auch wenn er im Rückspiegel niemand Auffälliges entdecken konnte. Er checkte noch einmal, ob sich die Waffe an Ort und Stelle befand und das Funkgerät funktionierte, dann startete er den Motor und fuhr los. Er war nervös. Wenn etwas schief lief, würden Köpfe rollen, soviel stand fest.

Nach einem weiteren kurzen Blick in sämtliche Spiegel steuerte Ethan den Wagen auf die Hauptstraße. Keiner der Reporter folgte ihm; Dewey hatte gute Arbeit geleistet. Bis zu dem Haus, in dem er alias Patrick Hanson angeblich lebte, waren es gut sechs Meilen – eine perfekte Entfernung. Nicht zu nah, um den Killer misstrauisch werden zu lassen und nicht so weit, dass Ethan fürchten musste, ihn abzuhängen. Wieder ein kurzer Blick in den Rückspiegel. Noch waren zu viele Autos hinter ihm, doch je weiter er aus der Innenstadt heraus fuhr, desto weniger wurden es. Nach einer Weile fuhren direkt hinter ihm nur noch eine überforderte Frau samt Baby in einem weißen Van und ein silbernes Cabrio mit vier ausgelassenen Jugendlichen. Als er um eine Kurve bog, entdeckte er jedoch noch einen unauffälligen, schwarzen Wagen mit einem einzelnen Fahrer darin. Ethan griff nach seinem Funkgerät.

»Gladys? Mir folgt ein schwarzer Dodge Charger. Bitte im Auge behalten.« Er unterbrach die Verbindung, ohne auf eine Antwort zu warten und schaute noch einmal in den Spiegel. Der schwarze Wagen hatte die Jugendlichen im Cabrio überholt. Ethan setzte den Blinker und scherte auf die linke Spur aus. Der Dodge tat es ihm gleich.

»Wer sagt's denn?« Grinsend drosselte er die Geschwindigkeit, um einen Blick auf den Fahrer werfen zu können.

***

»Verflucht, was soll das?!« Auf einmal hatte Ames das Gefühl, dass Hanson ihn bemerkt hatte. Er bremste heftig. Der Fahrer des Wagens hinter ihm hupte verärgert und zog auf die rechte Spur, überholte dann und schnitt ihn beim Einscheren. Ames war das nur recht. Besser, er hatte mindestens ein Auto zwischen sich und seinem Opfer.

Es konnte Zufall sein, dass Hanson solche Manöver fuhr, doch die Ahnung, dass etwas nicht so lief, wie es sollte, wurde zunehmend quälender. Möglicherweise übersah er etwas, möglicherweise war er verblendet durch den unbedingten Wunsch, Hanson aus dem Weg zu räumen.

Er beobachtete, wie dieser seinen Sprinter wieder auf die rechte Spur lenkte und wartete, bis sich auf der Nebenfahrbahn auch eine Lücke für ihn auftat. Sie verließen das Stadtzentrum und bogen ab in Richtung Lake Tecumseh. Die Straßen hier waren nicht besonders gut ausgebaut und Ames hörte Jillian im Kofferraum stöhnen, als sie ein tiefes Schlagloch passierten. Grinsend folgte er dem klapprigen Gartenbauwagen tiefer in den Wald. Er durfte sich den Spaß mit den Schlaglöchern allerdings nicht zu oft erlauben, schließlich wollte er nachher auch noch etwas von Jillian haben.

Der Lake Tecumseh glitzerte im Sonnenlicht, doch Ames hatte keine Zeit, sich lange an der Schönheit der Gegend aufzuhalten. Vielleicht würde er sich irgendwann, in vielen Jahren, eines der Häuser am Seeufer leisten und dort einen ruhigen Lebensabend verbringen. Oder er würde die Vorzüge eines großen Grundstückes und eines unterkellerten Hauses auf seine Art genießen, denn wenn er ehrlich war, fand er mit jeder weiteren Tat mehr Gefallen an seinem blutigen Handwerk.

Im Moment hatte er allerdings andere Sorgen. Er hatte alle Mühe, den Dodge auf der holprigen Straße halbwegs in der Spur zu halten. Zwischen ihm und Hanson befand sich jetzt nur noch ein Kombi mit einer Familie darin. Der Wagen kroch über die unwegsame Straße und sorgte dafür, dass der Abstand zwischen dem Sprinter und seinem Charger immer größer wurde. Die Kinder der Familie streckten aufgeregt die dicklichen Arme aus den Fenstern und winkten ihm zu.

Ames ignorierte sie, setzte dazu an, die Familienkutsche zu überholen und konnte seinen Wagen gerade noch rechtzeitig zurück reißen. Beinahe wäre er in eine Kolonne von Motorradfahrern geraten, die mit überhöhter Geschwindigkeit auf der Gegenspur unterwegs waren und in Schlangenlinien den tiefen Schlaglöchern auswichen.

Fluchend musste Ames mit ansehen, wie Patrick Hanson hinter der nächsten Biegung verschwand.

***

Ethan überlegte, was er jetzt tun sollte. Er war sich mittlerweile fast sicher, dass der Mann im Dodge, der ihm so hartnäckig gefolgt war, der Killer sein musste. Doch das Familienauto und die Motorradgruppe hatten sie voneinander getrennt. Wenn er jetzt rechts ran fahren und warten würde, hätte er gleich ein Auto mit dem Logo der Virginia Beach Police nehmen können.

»Scheiße.« Er wischte sich durchs Gesicht und sah erneut in den Rückspiegel.

Nichts, nur die glücklichen Gesichter von Mummy und Daddy, die es sichtlich genossen, dem hektischen Stadtverkehr entflohen zu sein.

»Jetzt komm schon.« Er drosselte das Tempo ein wenig. Nur wenn der Mörder Ethan vor versammelter Mannschaft angriff, würden sie ihn in Haft nehmen können. Eine andere Möglichkeit blieb ihnen nicht, denn leider war das Verfolgen von verkleideten Polizisten in Virginia Beach nicht verboten. Auch wenn sich Ethan noch so sicher war, dass ihm der Killer folgte, würde ihn ohne einen Angriff oder ein Geständnis jeder Hinterhof-Anwalt binnen weniger Stunden aus dem Gefängnis holen können. Er griff wieder nach dem Funkgerät.

»Er ist mir bis zum See gefolgt. Im Moment sehe ich ihn nicht mehr, aber ich bin sicher, dass er noch da ist und hoffe, dass er mir auch aufs Grundstück folgen wird.«

Das Funkgerät rauschte, dann antwortete Gladys: »Wir achten auf ihn. Sobald er etwas Verdächtiges tut, schlagen wir zu.«

Ethan schwitzte. Die kugelsichere Weste machte ihm das Atmen schwer und der grüne Arbeitsanzug kratzte. Es war heiß im Auto, doch aus Sicherheitsgründen durften die Fenster nicht geöffnet werden und eine Klimaanlage besaß der alte Wagen nicht. Immer wieder warf er nervöse Blicke in den Rückspiegel. Sein Puls beschleunigte sich. Es durfte einfach nichts schief gehen.

Nach schier endlosen Minuten tauchte der schwarze Charger endlich wieder in seinem Blickfeld auf.

***

Ames hatte es kapiert. Den ganzen Tag über, seit dem Beginn dieser komischen Hanson-Aktion, hatte er sich gefragt, warum zur Hölle er das Gefühl hatte, dass etwas nicht stimmte. Jetzt war ihm endlich ein Licht aufgegangen: Die Mordkommission war wohl doch aufgeweckter, als er gedacht hatte. Sie wollten ihm eine Falle stellen. Er hatte es verstanden, nachdem er den Kombi überholt hatte und um die Kurve gebogen war. Er hätte es schon verstehen müssen, als der grüne Sprinter auf dem Parkplatz für Hanson bereit gestanden hatte – denn wieso um alles in der Welt sollte die Polizei einem Verdächtigen sein Auto aufs Revier holen? Das auffällige Gefährt diente zweifelsohne einem ganz bestimmten Zweck.

Der grüne Wagen, in dem angeblich Patrick Hanson sitzen sollte, war langsamer geworden, sodass Ames leicht zu ihm aufholen konnte. Jemand, der gerade aus Mangel an Beweisen entlassen worden war, hätte sicher nichts dergleichen getan, denn wie alle anderen musste auch Hanson aus der Presse erfahren haben, dass Delilah Linney, nachdem sie verdächtigt worden war, ein schnelles Ende gefunden hatte. Es wurde offen darüber spekuliert, dass sie wegen des Verdachtes gegen sie getötet worden war und Hanson hätte sicher kein Interesse gehabt, der Nächste auf der Liste zu sein. Er hätte sich auf dem schnellsten Weg nach Hause oder besser noch zu Freunden oder Verwandten begeben und sich dort verschanzt. Dass er Ames' Charger mit Absicht aufholen ließ, konnte nur eines bedeuten: Hanson wollte, dass er ihm folgte. Wer auch immer hinter der Verkleidung steckte, wollte ihn in eine Falle locken.

Ames lachte humorlos. Verdammt gerissen. So gerissen, dass er sich überrumpelt, beinahe betrogen fühlte. Seine Gedanken überschlugen sich. Er war wütend. Wütend auf die Bullen, weil sie ihn für einen solchen Idioten hielten und auf sich selbst, weil er fast ein solcher Idiot gewesen wäre. Dann kam ihm eine Idee.

***

Ethan setzte gerade den Blinker, um auf das Grundstück zu biegen, auf dem seine Kollegen und die Scharfschützen in ihren Verstecken lauerten, als hinter ihm plötzlich ein Motor aufheulte. Der schwarze Dodge gab Gas, scherte aus und raste an ihm vorbei. Leider zu schnell, als dass Ethan etwas hätte erkennen können.

Er zwang sich zur Ruhe und lenkte den Wagen sicher auf die Auffahrt. Indem er den Schlüssel umdrehte, brachte er den röhrenden, nervtötenden Motor zum Schweigen. Er wünschte sich seinen G6 her. Vor seinem inneren Auge sah er für einen kurzen Moment eine wilde Verfolgungsjagd, bei der er in seinem Pontiac hinter dem schwarzen Dodge her brauste. Er hätte vielleicht mehr schlafen sollen in der letzten Nacht.

***

Ames hatte einen Blick in das Innere des Sprinters werfen und seinen Augen nicht trauen können. Am Steuer saß ein Mann, den er trotz Verkleidung noch unter Tausenden erkannt hätte. Jede Bewegung dieses Kerls war ihm absolut vertraut. Er fühlte sich verraten und hintergangen. Und er schwor Rache.

Eine Weile raste er ziellos umher, dann, als er sich sicher war, dass ihm niemand folgte, bremste er, wobei Jillian hart gegen die Hinterseite der Rückbank knallte. Ein weiteres Mal ermahnte Ames sich zur Vorsicht. Er verhielt sich ihr gegenüber nicht gerade wie ein Gentleman. Langsam steuerte er den Wagen über einen Trampelpfad tiefer in den Wald.

Die Sonne würde bald untergehen und die Dämmerung würde Ames' Verbündeter sein im Kampf gegen Detective Joseph Ethan Hayes.

# -68-

Ethan saß draußen, auf der verwitterten Bank vor dem kleinen Haus im Wald. Er hatte sich mit seinem Team darauf geeinigt, bis zur Dunkelheit im Garten zu bleiben, auch wenn Gladys der Meinung gewesen war, dass sich Hanson logischerweise eher hätte im Haus verstecken müssen. Drinnen war es jedoch zu verwinkelt, um den Killer risikofrei zu stellen, weshalb sie Hanson nun als einen Mann darstellen mussten, der nach den aufreibenden Stunden im Verhörraum erst einmal die frische Luft genoss und zudem reichlich dickfellig war.

Das SWAT-Team hatte mit der sorgfältigen Auswahl des Grundstückes dafür gesorgt, dass weit und breit kein Zivilist getroffen werden konnte, sollte es zu einer Schießerei kommen. Es konnte also losgehen.

Ethan wandte den Blick nach Westen und sah der Sonne beim Untergehen zu. Das Gewicht seiner Dienstwaffe am Gürtel und der 38er in seinem Schuh beruhigten ihn. Die Luft kühlte sich langsam ab, sodass er nicht mehr das Gefühl hatte, kollabieren zu müssen. Trotzdem war er angespannt. Er hatte keine Angst, denn er wusste, dass seine Kollegen ihn und die Straße im Blick hatten. Er fürchtete vielmehr, dass der Killer sie entdecken und fliehen würde. Und was dann auf ihn und seine Leute zukam, wollte er sich gar nicht ausmalen.

***

Gladys stand am Fenster und wartete. Es dämmerte bereits. Nicht mehr lange, dann würde es ganz dunkel sein und Ethan würde ins Haus kommen müssen.

»Bist du nervös?« Donovan war neben sie getreten. Er hatte seine Stimme zu einem Flüstern gesenkt, obwohl sie allein im Raum waren.

»Natürlich.« Gladys ließ Ethan nicht aus den Augen. Seine Sicherheit stand an erster Stelle, auch wenn sie alle wussten, dass es für *ihn* an erster Stelle stand, den Mörder zu schnappen. Es nervte sie, dass sie nur noch zum SWAT-Team und nicht mehr zu Ethan Funkkontakt aufnehmen durfte.

»Er hat noch zwei Minuten, dann ist es für die Scharfschützen zu dunkel.« Sie hob das Funkgerät zum Mund. Ein kurzes Rauschen. »Noch zwei Minuten, dann kommt er ins Haus.«

Langsam wurde die Anspannung unerträglich. Es ging hier um zu viel, der Mörder war zu schlau, als dass irgendwer die Sache noch gelassen sehen konnte.

Im hohen Gras nahe des Sees entdeckte Gladys einen Scharfschützen, der angestrengt in das Dämmerlicht starrte. Sie hoffte, dass er von der Straße aus nicht genauso gut zu erkennen war, denn das würde erklären, warum der Täter sich nicht blicken ließ. Sie sprach diesen Gedanken laut aus. Dann blickte sie wieder auf die Uhr und gab erneut die Zeit durch.

»Vielleicht ist er einfach doch nicht so ein Superhirn und braucht ein paar Tage, um einen Plan auszuhecken.«

»Solange kriegen wir dieses Spiel hier niemals genehmigt.«

Draußen erhob sich Ethan langsam.

Nervös überblickte Gladys erneut die Gegend.

»Die Presse wird das zerfleischen, was der Captain von uns übrig gelassen hat, darauf kannst du Gift nehmen«, lachte Donovan, wobei eine tiefe Furche zwischen seinen Augenbrauen seine Anspannung verriet.

»Achtung, Jungs«, rief Gladys ins Funkgerät. »Ethan verlässt seinen Platz und kommt ins Haus!«

***

Ethan gab sich größte Mühe, sich seine Enttäuschung nicht anmerken zu lassen. Tausend Szenarien hatten sich innerhalb der letzten Stunden hinter seiner Stirn abgespielt, aber am Ende war rein gar nichts geschehen. Wenn der Mann, der ihm gefolgt war, tatsächlich der Killer war, wartete er vielleicht auf den Schutz der Dunkelheit. Oder es war ihm einfach komisch vorgekommen, dass *Patrick Hanson* stundenlang wie auf dem Präsentierteller da gesessen hatte. Oder er hatte jemanden aus dem SWAT-Team entdeckt. Eine Bewegung am Fenster wahrgenommen. Es konnte so viel geben, das ihn abgehalten hatte. Ethan versuchte, mit den Spekulationen aufzuhören. Das führte zu nichts. Sie hatten die Aktion bis jetzt planmäßig durchgeführt und konnten nur noch hoffen.

Seufzend schlenderte er zu der hölzernen Tür, die vom Garten in die Küche führte und unterdrückte den Impuls, sich umzusehen. Er musste sich auf seine Kollegen verlassen, ihnen voll und ganz vertrauen. Er lauschte noch einmal, doch er hörte nichts. Kein Atmen, kein Knacken im Geäst, nicht einmal das leise Rauschen der Autos auf dem nahen Highway. Die Stille war gespenstisch.

Was, wenn der Mörder es nach Birch und Cara-Mia aufgegeben hatte, alle falschen Verdächtigen zu eliminieren?

Ethan streckte eine Hand nach dem Türgriff aus und gestand sich frustriert ein, dass sein Plan wohl nicht funktioniert hatte, als ihn auf einmal ein Rascheln hinter ihm zusammenzucken ließ.

Ames wusste, dass jetzt der perfekte Zeitpunkt war. Er hatte die Bullen lange genug schmoren lassen. Ihre Nerven mussten förmlich blank liegen. Die Vorstellung, dass sie in ihren Verstecken kauerten und voller Angst darauf warteten, dass er auftauchte, entzückte ihn. Er selbst kannte dieses Gefühl nur zu gut. Ja, er wusste, wie es war, angstvoll zu warten und sich von Augenblick zu Augenblick schlimmere Szenarien auszumalen. Sie mussten sich all die Stunden über gefühlt haben wie Insekten, gefangen in einem Spinnennetz. Und wie es sich für eine Spinne gehörte, tauchte Ames genau jetzt auf dem Spielplan auf – bei Einbruch der Dunkelheit.

***

Ein Rascheln hinter ihm ließ Ethan zusammenfahren. Er verharrte für einen Moment mit der Hand an der Klinke, bevor er ruckartig herum fuhr.

Eine Gestalt hatte sich aus den tiefen Schatten der Sträucher und Bäume gelöst und stand jetzt nur wenige Meter von ihm entfernt. Er hätte nicht damit gerechnet, dass der Mörder sich durch die Büsche schlagen und nicht über die kleine Landstraße kommen würde. Ob es dem SWAT-Team wohl ähnlich ergangen war?

Er verdrängte den Gedanken und zwang sich, die Gestalt kurz und gründlich zu mustern. Sie war hochgewachsen und hob sich durch die schwarze Kleidung kaum vom dunklen Astwerk hinter sich ab. Die Kapuze der Jacke hing ihr tief ins Gesicht.

Ethans Herz begann schneller zu schlagen und die Anspannung stieg ins Unermessliche. Endlich stand er der Bestie gegenüber und konnte mit ihr abrechnen, sie für das hinter Gitter bringen, was sie getan hatte. Unauffällig legte er die Hand auf die Waffe, die er unter der Arbeitsjacke verborgen hielt.

»Wer sind Sie?«, rief er »Was wollen –?« Ethan brach ab und schloss blitzschnell die Finger um seine Waffe.

Die Bestie hatte in die Tasche ihrer Jacke gegriffen und zog etwas daraus hervor, fast zeitgleich registrierte er das dünne, silberne Armband mit dem Herzanhänger, das um ihr Handgelenk baumelte.

Dann nahm er eine Bewegung im Gebüsch wahr. Ohne nachzudenken, schnellte Ethan nach vorn und warf sich auf die Gestalt, um sie zu Boden zu reißen. Zur selben Zeit zerriss der Schuss die abendliche Stille. Ethans rechte Schulter fühlte sich an, als würde sie explodieren. Dann fielen er und Jillian schwer ins nasse Gras.

Für einen Moment drehte sich alles, dann öffnete Ethan die Augen und blickte in ihr Gesicht. Hätte sie nicht das silberne Armband getragen, wäre sie nicht zu erkennen gewesen. Ihr Gesicht war übersät mit Blutergüssen, ihre Augen geschwollen und ihr Mund mit dickem, schwarzem Garn zugenäht.

Es war das letzte Bild, das Ethan sah, bevor er bewusstlos wurde. Es würde für alle Ewigkeiten in sein Gedächtnis eingebrannt bleiben.

## *-69-*

Als Ethan erwachte, musste er sich erst einmal orientieren. Zögernd öffnete er die Augen und blinzelte das grelle Neonlicht weg, das seine Sicht trübte. In seiner Schulter tobte ein pochender Schmerz und seine Gedanken waren seltsam vernebelt. Keuchend stemmte er sich in die Höhe und lehnte sich gegen das dicke Kissen in seinem Rücken. Er war in einem Krankenhaus. Zweifellos. Nur wieso?

Bruchstückhaft setzten sich Teile der Ereignisse in seinem Kopf wieder zusammen. Die Falle. Der Köder. Die Resort-City-Bestie. Jillian.

Dann fiel ihm schlagartig alles wieder ein und er streckte den Arm aus, um die Nachttischschublade nach seinem Handy zu durchsuchen. Die übereilte Bewegung ließ ihn vor Schmerz aufstöhnen, doch immerhin fand er das Telefon. Er brauchte drei Versuche, um Donovans Nummer zu wählen. Seine rechte Hand war durch die Schusswunde nicht voll funktionsfähig und die Linke zitterte unnatürlich stark.

Es dauerte eine Ewigkeit, bis Donovan sich meldete und als er es tat, klang er wütend. »Ja? Caulfield?«

Ethan war überrascht, dass seine eigene Stimme nicht mehr als ein Flüstern war. »Hey Donovan. Ich bin's.«

»Tut mir Leid, dass keiner von uns da sein kann, Eth. Hier ist die absolute Hölle los.«

Ethan war froh darüber, dass niemand an seinem Krankenbett saß. Er hätte sich in seiner momentanen Verfassung nichts Unangenehmeres vorstellen können.

»Ist es so schlimm?«, nuschelte er. Man musste ihm eine Riesenportion Schmerzmittel verabreicht haben.

»Schlimmer. Der Captain tobt, der Bürgermeister fängt gleich an zu weinen. Mensch, Ethan, wir haben den Killer entwischen lassen und fast eines seiner Opfer getötet!«

»Habt ihr ihn gesehen? War er dort irgendwo?«

»Nein, nur diese verstörte Frau. Sie sagt, er habe sie in seinen Wagen gezerrt und mit Chloroform betäubt, aber mehr konnten wir noch nicht in Erfahrung bringen. Die Arme steht völlig unter Schock.«

»Ist sie noch im Krankenhaus?«, wollte er wissen. Wenn er nur daran dachte, dass sie und das Baby beinahe erschossen worden wären, drehte sich ihm der Magen um.

»Wag es nicht, voreilig aufzustehen. Wenn du aufstehst, bringe ich dich eigenhändig um.«

»Ist sie denn noch hier?«

»Sie liegt auf der Intensivstation, aber ihr Zustand verbessert sich fast stündlich«, gab Donovan zu. »Die Verletzungen sind größtenteils oberflächlich.«

Ethan schloss kurz die Augen. Wenigstens war sie am Leben.

»Ich habe Haley informiert. Er macht sich auf den Weg zu dir.«

»*Wieso*?« Ethan war entsetzt. »Das kann nicht dein Ernst sein! Du weißt –«

»Er ist dein *Sohn*, Ethan. Und er ist erwachsen. Irgendwo hört der Spaß auch mal auf. « Donovan wechselte das Thema, bevor Ethan erneut protestieren konnte. »Hör mal, ich habe dir eine Kopie von diesem Brief gemacht. Ich dachte, du willst sicher nicht warten, bis er aus dem Labor zurück ist.«

Ethan wusste zunächst nicht, wovon die Rede war, bis Donovan ihm erklärte, dass es sich bei dem Gegenstand, den alle versehentlich für eine Waffe gehalten hatten, in Wahrheit um nichts als ein zusammengefaltetes Blatt Papier gehandelt hatte. Um einen Brief, der adressiert an Ethan war.

»Lies ... lies ihn mir vor«, bat er seinen Partner.

Donovan räusperte sich, bevor er begann: »Detective Ethan Hayes, ich bin enttäuscht. Sehr enttäuscht sogar. Du und deine Kollegen, ihr wolltet mir eine Falle stellen? Wolltet mich in einen Hinterhalt locken, und dann? Mich eiskalt abknallen wie ein Stück Vieh? Ich hatte wirklich etwas mehr Taktgefühl erwartet. Ihr erfindet Verdächtige, ihr verdächtigt Nutten und Perverse und lasst mir dabei einfach nicht die Aufmerksamkeit zukommen, die ich verdiene.

Machst du das mit Absicht, Hayes? Willst du auch noch zerstören, was von meinem Leben übrig ist? Das werde ich nicht zulassen, das verspreche ich dir.«

»War das alles?«

Donovan bejahte. »Es sieht eilig hingekritzelt aus. Gladys findet seine Ausdrucksweise auffällig. Sie meint, er ist wohl ziemlich durch den Wind.«

Den Eindruck hatte Ethan auch. *Willst du auch noch das zerstören, was von meinem Leben übrig ist* ... Worauf spielte der Kerl an?

»Bist du noch dran?«

Ethan riss sich aus seinen Gedanken und ließ sich kurz die Lage auf dem Revier schildern. Seine Kollegen hatten alle Hände voll zu tun, die Reporter zu beruhigen und den Captain davon zu überzeugen, dass ihnen kein Riesenfehler unterlaufen war. Sie kämpften um ihre Jobs.

uUter dem Vorwand, sich ausruhen zu wollen, beendete Ethan das Gespräch. In Wahrheit wollte er jedoch nichts weniger, als weiter im Bett zu liegen, während die Presse vor dem Revier und der Killer weiter in der Stadt wütete. Die Schmerzen waren erträglich, wenn er den rechten Arm ruhig hielt und auch die Benommenheit verflog langsam.

Er brauchte einen Moment, um seinen geschwächten Kreislauf in den Griff zu bekommen, dann stand er auf und war sogleich dankbar für den Infusionsständer, an dem er sich festhalten konnte.

## *-70-*

Ames war ein Fan von ziemlich vielen Dingen. Von gut gemachten Sitcoms, zum Beispiel. Von Mountain Dew Code Red. Von Werkzeugen, die über Akku genauso gut liefen wie unter Stromversorgung. Aber er war definitiv kein Anhänger von blonden Huren, die zu blöd waren, sich erschießen zu lassen.

Er hatte das Ganze perfekt geplant.

*Detective Ethan Hayes erkennt die Frau im letzten Moment, doch er ist machtlos, denn als sie die Hand mit dem Brief hebt, trifft sie der tödliche Schuss aus dem Scharfschützengewehr. Unschuldige Frau tot, Hayes am Ende seiner Kräfte.*

Es hätte so schön sein können, aber dieses Miststück hatte ja zögern müssen.

Ames ließ sich aufs Sofa fallen und schaltete den Fernseher ein. Die *Bestie* auf allen Kanälen. Er verbreitete Schrecken und säte Misstrauen wie eine Mischung aus mittelalterlicher Pest und Gestapo. Er musste grinsen, doch es kam ihm wie eine Grimasse vor. Ethan Hayes hatte ihn gestern Abend besiegt. Hatte die erste Schlacht in diesem Krieg gewonnen. Nicht einmal die Loblieder, die ihm die Nachrichtensprecher in ihrem monotonen Singsang widmeten, konnten ihn jetzt beruhigen.

*Es wird Zeit*, dachte er und nahm einen Schluck von der süßen Limonade. Es wurde wirklich Zeit, die Sache zu beenden. Auch wenn dieses dumme blonde Miststück noch lebte, waren seine Argumente stark. Stark genug, um einen Mann wie Hayes kaputt zu machen. Um einen anderen Menschen aus ihm zu machen.

Ames schloss die Augen und gestattete sich, einige Minuten vor sich hin zu träumen. Seine neuesten Erlebnisse Revue passieren zu lassen und Kräfte zu sammeln für den letzten Schachzug.

*Es war so verdammt still und friedlich in diesem Wald, dass Ames sich wünschte, es würde Nacht werden und all die Bäume und Büsche würden zu undurchschaubaren, mysteriösen Schatten, die sich seiner düsteren Gedankenwelt anpassten. Aber jetzt im Moment war es noch helllichter Tag, genau genommen später Nachmittag und die Sonne glitzerte durch die Lücken im dichten Blätterdach.*

Ames atmete tief durch, bevor er die Tür hinter sich zuschlug und ums Auto ging. Er hatte den Wagen gestohlen und würde ihn nicht mehr lange nutzen können, denn sicher war er schon als vermisst gemeldet worden. Vielleicht würde er ihn später in der Nacht anzünden oder in diesem See hier versenken.

Er seufzte bedauernd, dann öffnete er den Kofferraum und was er sah, ließ sein Herz für einen Moment schneller schlagen.

Seine unvorsichtige Fahrweise hatte Jillian eine kleine Platzwunde am Kopf zugefügt, so dass ihr hübsches Gesicht von dünnen Blutfäden überzogen war. Auch in ihrem Haar klebte frisches Blut und bildete einen interessanten Kontrast zu dem künstlichen Blond. An dem Wagenheber, der lose im Kofferraum lag, hatte sie sich das linke Bein aufgeschlagen, weshalb auch ihr Körper voller Blutspritzer war. Trotz der Wunde am Kopf war sie bei Bewusstsein und starrte ihn ängstlich aus großen, trüben Augen an.

Ames war begeistert. Er lächelte breit und griff nach einer Strähne blutig blonden Haares. Jillian zuckte bei jeder seiner Bewegungen verängstigt zusammen. Sie war das perfekte Opfer, die perfekte Freundin für ihn. Es war zu schade, dass er sie aufgeben musste, nur weil die Bullen nicht anständig genug waren, ihn mit fairen Mitteln zu jagen.

»Hab‘ keine Angst«, bat er Jillian, aber es klang in seinen eigenen Ohren nicht glaubhaft. Er hatte ihren Mund zugeklebt und ihr die Arme mit dem gleichen Klebeband auf den Rücken gefesselt. Auch ihre dünnen Beine hatte er damit zusammengebunden.

Wenn er sich vorstellte, dass er in ihrer Lage wäre. Wehrlos einer Bestie gegenüberstehend ...

Er stöhnte unwillig und presste eine Hand an seine linke Schläfe, als ihm für einen Moment schwindelig wurde. Er war nicht in ihrer Situation, das durfte er nicht durcheinander bringen.

Sie betrachtete ihn immer noch verängstigt, aber ein fragender Ausdruck hatte sich zu der Panik in ihren Blick geschlichen.

»Du musst etwas für mich tun, Jillian«, fuhr er fort. »Etwas Wichtiges. Einen kleinen Kurierdienst.«

Er ließ den Kofferraum offen stehen und ging erneut ums Auto, diesmal zur Beifahrerseite, um die Tür zu öffnen und seine schwarze Tasche herauszunehmen. Er trauerte immer noch seiner Ausrüstung hinterher, die ihm in der Geisterstadt gestohlen worden war. Nicht, weil die Werkzeuge so speziell gewesen wären, sondern rein wegen ihres ideellen Wertes.

Ames öffnete die Tasche und suchte in einem der Seitenfächer nach dem kleinen, braunen Glasfläschchen, welches den Rest seines LSD enthielt. Als er es gegen die Sonne hielt, erkannte er, dass nicht mehr viel übrig war. Er war nicht sehr geschickt vorgegangen bei der Herstellung der präparierten Visitenkarte. Aber das, was noch da war, würde definitiv reichen, um Jillian ein wenig zu benebeln und ihre Erinnerungen an ihn undeutlicher zu machen. Nur für den Fall der Fälle.

Weil er angenommen hatte, dass sie in lebendigem Zustand nicht noch einmal mit anderen Menschen als ihm in Kontakt treten würde, hatte er vorhin, bei ihrer Entführung, darauf verzichtet, sich großartig zu verkleiden. Mittlerweile trug er wegen dieser ärgerlichen Patrick-Hanson-Sache zum Glück Kapuze und Sonnenbrille.

Ames steckte das Fläschchen in die Hosentasche. Bevor das LSD allerdings zum Einsatz kam, hatte er noch etwas weitaus Unangenehmeres zu erledigen. Eine persönliche Notiz an Ethan Hayes.

***

Mittlerweile stand die Sonne tief über dem See und Ames hatte seine Schreibarbeit mehrmals unterbrochen. Einmal, um den Kofferraum mit der Hure darin wieder zu schließen und einmal, um sich einfach ein wenig die Beine zu vertreten. Dieser Brief hatte ihn mehr Mühe gekostet, als er geglaubt hatte. Zweimal hatte er neu begonnen und war auch mit dem Endresultat nicht zufrieden, aber ihm lief die Zeit davon. Jetzt würde er Jillian in ihre Verkleidung stecken, dann würde er ihr die Lage erklären und ihr klar machen, was er mit ihr anstellen würde, wenn sie sich nachher verriet. Sie hatte die Wahl - schneller, schmerzloser Tod oder langsamer Tod voll unendlicher Höllenqualen.

Er wusste auch schon, was er tun würde, um ihr diese Wahl zu erleichtern. Wenn sie nachher Hayes, dem Helden gegenüberstand, durfte sie auf gar keinen Fall Hoffnung schöpfen. Sie durfte auf gar keinen Fall um Hilfe rufen können.

Ames nahm ein kleines Etui aus seiner Tasche und ging damit zum Wagen. Er öffnete den Kofferraum und fand Jillian als bewusstloses Bild des Jammers vor. Mit einer festen Ohrfeige holte er sie zurück ins Reich der Lebenden. Sie riss die Augen auf und schrie gedämpft durch das Klebeband. Ames lächelte und öffnete das Etui. Er nahm die dickste Nadel, die er in dem Nähset finden konnte, das er in einem kleinen Gemischtwarenladen irgendwo zwischen Michigan und Virginia erstanden hatte. Dann riss er gut fünfzig Zentimeter von dem dicksten Garn ab, das im Set enthalten war.

Jillians Augen folgten entsetzt seinen Bewegungen.

Er fädelte das Garn umständlich ein, dann wandte er sich an seine neueste Freundin.

»Wenn du schreist ...« Er riss ihr das Klebeband vom Mund und sprach erst dann seine Drohung aus. »... schlitze ich dich bei vollem Bewusstsein von oben bis unten auf.«

Sie schluchzte und presste sofort angstvoll die Lippen aufeinander.

Ames lächelte zufrieden, dann ließ er das Stück Klebeband auf den Waldboden fallen und packte Jillians Gesicht fest mit der frei gewordenen Hand.

Als er die Nadel ansetzte, fragte er fast beiläufig: »Sag mal, heißt du eigentlich wirklich so? Jillian Cherry?«

Sie nickte hektisch.

Ames grinste und stieß die Nadel durch die dünne Haut oberhalb ihrer roten Lippen.

## -71-

Ethan hatte es irgendwie geschafft, sich ein Hemd überzuhängen und es provisorisch zu schließen. Weit mehr Probleme hatte ihm die Hose bereitet, aber nach ein paar Minuten hatte er auch das hinbekommen und sich langsam auf den Weg durch den Flur gemacht.

Seine Kräfte verließen ihn schon nach wenigen Metern und er spürte, dass er sich maßlos überschätzt hatte. Sein rechter Arm tat weh, alles drehte sich und die Schmerzmittel vernebelten ihm immer noch die Sinne, doch die Sorge um Jillian und das ungeborene Kind war zu groß, als dass er sich einfach tatenlos zurück in sein Bett legen konnte. Das Ungeborene. Ethan hoffte wirklich, dass Jilly sich irrte, bei all den Männern durcheinander gekommen und er nicht der Vater war. Eines stand jedoch fest: Wenn er es war, dann würde er nicht den gleichen Fehler wie bei Haley machen. Auch wenn Jillian um einiges anständiger zu sein schien als Katy, Haleys Mutter.

Ethan schlich weiter den Gang entlang. Die Unsicherheit, mit der er sich fortbewegte, nervte ihn selbst. In seinem Kopf herrschte ein Chaos aus Empfindungen. Er verspürte Hass, der von Schuldgefühlen und Sorge um die Menschen überlagert wurde, die ihm etwas bedeuteten. Stärker noch als das war das beklemmende Gefühl der Machtlosigkeit, mit der er der Situation gegenüberstand. Es musste einen Weg geben, den Mörder zur Strecke zu bringen. Irgendwann machte jeder Fehler.

Ethan hatte die Tür erreicht, welche die Intensivstation vom Rest der Klinik trennte.

***

Jillians Anblick war furchtbar. Ihre Lippen waren geschwollen und wiesen eine Reihe tiefer, dunkler Einstichlöcher auf. Die Blutergüsse in ihrem Gesicht und am sichtbaren Teil ihres Körpers waren frisch, dunkelrot und blau. Sie hatte die Augen geschlossen, aber Ethan konnte auch so erkennen, dass sie gerötet waren. So sah man also aus, wenn man eine Begegnung mit der Resort-City-Bestie überlebt hatte.

Vor Jillys Tür war ein Beamter abgestellt worden. Zur Kontrolle ihrer Organfunktionen hatte man sie an einen Herzmonitor angeschlossen, der gleichmäßig piepste. Ein Arzt hatte Ethan erklärt, dass eigentlich kein Herzstillstand mehr durch das LSD zu erwarten war, Jillian aber zur Sicherheit die Nacht auf der Intensivstation verbringen würde. Außerdem riet er ihm von einer Befragung ab und machte ihm nachdrücklich klar, dass er ins Bett und nicht hierher gehöre.

Ethan hatte sich angehört, was der Arzt ihm zu sagen hatte, nichts erwidert und es erst recht nicht gewagt, nach dem Baby zu fragen. Gott, er wollte es nicht wissen. Er wollte nicht bestätigt wissen, was er befürchtete.

Eine Weile saß er einfach schweigend an Jillys Bett und betrachtete sie. Wenn diese Geschichte hier endlich vorbei war, würde er einige Dinge grundlegend ändern müssen. Und er würde Evangeline aufsuchen und sie um eine zweite Chance bitten.

Ein schwerer Seufzer riss ihn aus seinen Gedanken. Jillian hatte sich bewegt. Ethan blickte schnell zu ihr herüber und sie öffnete die Augen.

»Jilly«, sagte er, die Stimme zu einem Flüstern gesenkt. Er beugte sich zu ihr herunter und berührte mit seiner linken Hand vorsichtig ihre.

»Ethan«, krächzte sie kaum hörbar. Ihr Blick war von den Medikamenten so verwirrt und abwesend wie Ethan sich fühlte. Anscheinend gingen sie hier nicht sonderlich sparsam mit dem Zeug um.

»Es ist alles gut. Du bist in Sicherheit«, sagte er, ohne es selbst zu glauben und die Machtlosigkeit übernahm erneut die Führung über das Gefühlschaos in seinem Kopf. Trotzdem sprach er weiter so beruhigend und leise auf sie ein, wie es ihm momentan möglich war. »Niemand wird dir mehr etwas tun.«

»Ihr habt ihn gekriegt?« Hoffnung blitzte in ihren Augen auf.

Ethan schüttelte den Kopf. »Nein.«

Die Hoffnung in Jillys Blick erlosch schlagartig. »Dann bin ich verloren.«

So theatralisch hatte er sie noch nie erlebt; es verunsicherte ihn und zeigte ihm, wie furchteinflößend der Serienmörder sein musste.

»Kannst du mir irgendetwas sagen, das uns weiter helfen könnte?«

»Ich weiß nicht. Mir ist so schwindelig, es ist alles wie hinter Watte.«

»Versuch, dich zu erinnern. Was ist hinter dieser Watte?« Er streichelte ihre Hand und sah Jilly aufmerksam an.

»Dieser Typ war plötzlich da. Neben mir, nachdem ich ... ich kam von dir, weißt du?«.

Ethan schluckte und nickte. Anscheinend beobachtete dieser Scheißkerl ihn immer noch.

»Er hat mich in sein Auto gezerrt und dann ... ab da ist alles weg.«

Ethan spürte, wie schwer es Jillian fiel, sich an ihre Entführung zu erinnern. Glücklicherweise schien sie so stark zu sein, wie sie sich immer gab. Sie sammelte sich kurz, dann fuhr sie fort. »Es war ein schwarzes Auto.« Sie dachte nach, dann schüttelte sie den Kopf.

»Ein Dodge Charger. Richtig?«

»Gut möglich, dass es ein Dodge war.«

Ethan lächelte sie aufmunternd an und hoffte, dass seine Kollegen bereits nach dem Wagen fahndeten. »Denk nach. Vielleicht fällt dir noch etwas ein. Wie sah der Mann aus, der dich entführt hat? Wie alt war er?«

»Jung ... er wirkte ziemlich jung, Boss. Auch wenn ich mich nicht an sein Gesicht erinnere.«

Ethan spürte, wie erschöpft sie war und wollte so viel wie möglich aus ihr herausbekommen, bevor sie nicht mehr konnte. »Gar nicht?«

»Er hat eine Kapuze getragen und eine Sonnenbrille. Als er mich das erste Mal angesprochen hat, da hat er mir gedroht, dass er mich tötet, wenn ich ihm ins Gesicht sehe. Und als er mich in seinen Wagen gezerrt hat ... Ich weiß nicht, es war alles so irreal. Die Art wie er geredet hat, erinnerte mich an dich, Ethan und –«

»Das erste Mal, als er dich angesprochen hat? Bist du ihm mehrmals begegnet?«

Jilly schloss erschöpft die Augen und Ethan fürchtete, dass sie gar nicht mehr antworten würde. Dann tat sie es doch noch. »Er hat mich gezwungen, dich anzurufen.« Sie fuhr sich mit der Zunge über die geschwollenen Lippen.

Ethan konnte zusehen, wie sie an Kraft verlor und drückte ihre Hand. Er wollte ihr so viel wie möglich von dem Gespräch abnehmen, durfte sich aber auch nicht zu viel zusammenreimen.

»Jilly«, begann er. »Hat er dich gezwungen, mich anzurufen, um mich zu Cara-Mia zu locken?«

»Ja.« Jilly verzog die Lippen. Ethan erkannte nicht, ob sie lächeln wollte oder es vor Schmerz tat. »Er hat mich gezwungen, dir diese Lügengeschichte zu erzählen.«

Offenbar hatte der Mörder gewollt, dass Ethan persönlich die tote Prostituierte fand.

»Und das zweite Mal, als du ihm begegnet bist, war nachdem du bei mir warst, wegen dem Baby?«

»Ethan, es tut mir leid.«

»Muss es nicht.« Er streichelte ihre Hand wieder. »Dazu gehören immer zwei. Irgendwie –«

»Ethan.«

Er brach ab und sah sie verwirrt an. »Ja?«

»Ich war nie schwanger.« Sie öffnete die Augen wieder. Auf ihrer Stirn klebte eine blonde Haarsträhne, die sie nervös zur Seite strich.

Ethan schluckte und musste erst einmal kapieren, was er da gehört hatte. Bis vor wenigen Minuten hatte er gehofft, dass es sich bei der Schwangerschaft nur um ein Missverständnis handelte, doch jetzt fühlte er sich hintergangen wie noch nie zuvor in seinem Leben.

»Es tut mir leid.« Ihre Stimme war ein heiseres Flüstern. »Als der Typ mich das erste Mal bedroht hat, wollte ich nur noch weg aus Virginia Beach und ich dachte ...«

»Du dachtest, wenn du mir vorschlägst, mich für dreißigtausend Dollar von der Verantwortung freizukaufen, dann gehe ich darauf ein und du kannst dich irgendwo anders hin absetzen?«

»Ja«, gab sie kleinlaut zu.

»So ein Unsinn!« Ethan schüttelte ungläubig den Kopf und ließ Jillys Hand los. »Wie konntest du nur?«

»Ich hatte Angst.«

»Scheiße.« Er zwang sich zur Ruhe. »Warum hast du mir nicht einfach erzählt, was passiert ist, anstatt mir diese Lüge aufzutischen?«

»Er hatte mir doch gedroht.«

»Du hättest es mir sagen können!«

»Und dann?«

»Wir hätten eine Lösung gefunden.« Er musste das Thema wechseln. »Lass uns nicht weiter darüber sprechen. Es ist ja –«

Was? Noch mal gut gegangen? Verflucht, er hatte wegen ihr Evangeline verlassen und wenn er Pech hatte, hatte er sie für immer verloren. Er schüttelte den Kopf und blickte aus dem Fenster, um sich zu sammeln.

»Also«, begann er erneut. »Noch mal von vorne: Wir waren bei seiner Art zu reden.«

# -72-

Schwer atmend ließ er die Tür hinter sich ins Schloss fallen und lehnte sich dagegen. Es war Freitagmittag und obwohl er keine zwanzig Stunden im Krankenhaus verbracht hatte, fehlte Ethan die Ruhe, noch länger dort zu bleiben. Er würde sich auskurieren können, wenn alles vorbei war, auch wenn das dumpfe Pochen in seiner Schulter ihn regelrecht anflehte, es jetzt zu tun.

Aus Jillian hatte er nicht mehr viel herausbekommen. Keine Besonderheiten im Auftreten oder den Bewegungen des Killers. Für Ethan und den Rest des Teams war das Bewegungsschema eines Menschen wichtig. Es waren schon Mörder wegen eines leichten Hinkens oder ihrer Linkshändigkeit überführt worden. Doch die Bestie war nach wie vor nicht mehr als ein Phantom – wenn auch ein Phantom, das näher kam.

Das Telefon klingelte. Ethan hastete zum Apparat in der Küche und nahm ab.

»Was zur Hölle machst du zu Hause, Ethan?« Donovan klang nach wie vor wütend, aber auf eine andere Art als vorige Nacht. Etwas musste passiert sein. »Und wieso ist dein Handy aus? Wir versuchen seit einer knappen Stunde, dich zu erreichen!«

Verwirrt nahm Ethan das Gerät aus seiner Hosentasche. Tatsächlich, der Akku musste den Geist aufgegeben habe. »Wieso? Was ist passiert?«

»Es gab eine Entführung. Heute Vormittag in Salem.«

Ethans Puls beschleunigte sich und gab dem Pochen in seiner Schulter neuen Antrieb. Schwindel überkam ihn. »Gib mir die Details, Donovan. Mach schon.«

»Ich weiß nicht, Ethan. Du bist nicht fit. Die Belastung –«

»Verdammt noch mal, raus damit!!«

Donovan zögerte. »Die Entführung fand diesmal auf offener Straße statt, die nicht ganz so einsam war, wie der Täter anscheinend gehofft hatte. Laut Zeugen war er in einem blauen Saturn SL – Kennzeichen unbekannt – unterwegs, hat das Opfer einfach angefahren, dann noch mal zurückgesetzt und es in seinen Wagen gezerrt.«

Ethan schloss die Augen, seine Stimme klang gepresst. »Weiß man Genaueres über ... das Opfer?«

»Wir haben eine Beschreibung der entführten Person, aber keine des Täters, der Kerl war vermummt und –«

»Die Beschreibung der Frau«, forderte Ethan ungehalten.

»So um die dreißig, schlank, kurze, dunkle Haare ...« Donovan unterbrach sich selbst. »Du musst –«

Ethan legte auf, ohne seinen Partner ausreden zu lassen. Mit zitternden Fingern wählte er Evangelines Nummer, aber sie nahm nicht ab. Er hastete zur Treppe. Die Entführung war etwa eine Stunde her. Der Täter konnte Eve längst in sein Versteck gebracht haben, konnte ihr längst etwas angetan haben. Er hatte sie sich in Salem geschnappt. In einem blauen Saturn SL.

Ethan blieb wie vom Donner gerührt stehen und musste sich am Geländer abstützen, um nicht durch seinen eigenen Schwung weiter zu stolpern.

*Haley* fuhr einen blauen Saturn SL. Ethan hatte ihm den Wagen zum High-School-Abschluss vor mehr als zwei Jahren geschenkt. Das konnte entweder ein ganz blöder Zufall sein oder es bedeutete, und das hielt Ethan in seinem adrenalindurchströmten Kopf für wahrscheinlicher, dass die Bestie sie sich beide geschnappt hatte.

Er hastete nach oben, denn er brauchte dringend Schmerzmittel und Munition, um etwas ausrichten zu können. Er hatte keine Zeit zu verlieren, doch als er am Bad vorbei kam, stockte er. Mit den Jahren hatte er ein ganz gutes Gespür dafür entwickelt, wenn etwas nicht stimmte.

Langsam betrat er den Raum. Das Fenster war geschlossen und die Luft war feucht, als habe hier vor kurzem noch jemand heiß geduscht. Ethan entdeckte eine kleine Wasserlache, die sich vor der Duschkabine gebildet hatte und seinen Verdacht bestätigte.

Dann fiel sein Blick auf ein viel kleineres, doch tausend Mal bedeutenderes Detail: Am Spiegel hing ein gelber Post it-Zettel, die Sorte, auf der man sich im Büro schnelle Notizen machte. Doch die Nachricht, die er hier vorfand, war keine harmlose Notiz.

Komm nach Hause, Ethan Hayes.
Keine Verstärkung, keine Presse.
Ich warte auf dich.

# -73-

Im Auto hatte er sein Handy angeschlossen. Während er den Wagen einhändig aus Virginia Beach heraus lenkte, versuchte er abwechselnd Evangeline und Haley zu erreichen. Erfolglos. Mit zitternden Fingern suchte er die Nummer von Haleys Freundin heraus – vielleicht war er noch dort. Vielleicht war zumindest er in Sicherheit.

»Mister Hayes?« Abbys Stimme klang fragend.

»Ja. Abby, ich muss dringend wissen, ob Haley noch bei dir ist.« Ethan klang gehetzt, hatte seine Stimme nicht unter Kontrolle.

»Noch? Aber er wollte doch erst heute kommen.«

»Heute.« Seine Stimme war tonlos.

»Ja, heute. Zu meinem Geburtstag. Am Samstag. Hat er gar nichts gesagt?«

»Dein Geburtstag war doch am letzten Wochenende!«

Abby lachte. »Nein, Mister Hayes. Der ist morgen. Wir feiern rein.«

Ethan ließ langsam das Telefon sinken und spürte, wie ein ungutes Gefühl ihm die Kehle zuschnürte. Er drückte das Gespräch weg.

Warum hatte Haley ihm erzählt, dass er am letzten Wochenende nach New York zu Abby fahren wollte, wenn er dann doch nicht dort gewesen war? Wo hatte er sich die ganze Woche über herumgetrieben, wenn er nicht bei seiner Freundin gewesen war?

Haley hatte Ethan noch nie etwas vorgemacht. Das konnte nur bedeuten, dass etwas nicht stimmte. Im schlimmsten Fall, dass der Killer ihn vielleicht schon seit einer Woche in seiner Gewalt hatte. Doch wer war dann die Frau, die er bei einem ihrer letzten Gespräche im Hintergrund gehört hatte? Ethan versuchte, sich zu beruhigen, auch wenn ihm das Herz bis zum Hals klopfte. Vielleicht hatte Haley eine Andere. Ein Mädchen, von dem Abby nichts wissen sollte. Das war logisch.

Er bog auf die Interstate und beschleunigte den Wagen. Er wusste, was der Killer mit *nach Hause* meinte – es gab nur einen Ort außer seinem Haus in Virginia Beach, den er jemals als sein Zuhause betrachtet hatte: Detroit. Und dass die Bestie diesen Ort wählte, bestätigte Ethans düstere Vorahnung ein weiteres Mal. Er, als Mensch und nicht als Cop, war der Mittelpunkt dieses Falls. Er war das Zentrum der Virginia-Beach-Mordserie.

# -74-

Cleveland, Pittsburgh, Washington und Richmond – Richmond, Washington, Pittsburgh, Cleveland. Es schien, als würden alle wichtigen Wendepunkte in Ethans Leben von der Strecke zwischen Detroit und Virginia Beach bestimmt. Vor zehn Jahren, um vor dem Fall zu fliehen, durch den er Madisons Leben zerstört hatte und jetzt den gleichen Weg zurück, um seinen Sohn und die Frau zu retten, die er schon genug verletzt hatte.

Seit Stunden jagte er über die Interstate und seine Schulter brannte wie Feuer. Der Verband fühlte sich feucht an, als sei er durchgeblutet, und Ethans Vorrat an Aspirin neigte sich dem Ende zu. In regelmäßigen Abständen schluckte er Tabletten ohne Wasser. Sie hinterließen einen bitteren Geschmack in seinem Mund und glitten seine Kehle herunter wie aufgeweichte Kreidestücke.

Anrufe auf seinem Handy ignorierte er gewissenhaft. Was sollte er Gladys oder Donovan sagen? Dass ihn die Bestie persönlich und *allein* nach Detroit gerufen hatte und er dabei war, diesem Ruf zu folgen?

Er passierte die ersten Stahlwerke, die vom Qualm aus den riesigen Schornsteinen und Kühltürmen vernebelt wurden und wusste, dass er fast am Ziel war. Katy Ames, Haleys Mutter, hatte nicht im Stadtzentrum gelebt, sondern in einem Vorort ganz in der Nähe von Ethans Elternhaus. Sie waren gemeinsam auf die High School gegangen und pünktlich zum Abschluss hatte er sie geschwängert. Er redete sich heraus und wollte nie Verantwortung übernehmen. Fünfzehn Jahre lang beschränkte sich seine Vaterschaft auf monatliche Zahlungen an Katy, die sie wahrscheinlich in Alkohol oder Drogen investierte, aber sicher nicht in Haley. Von Nachbarn hatte er später erfahren, dass sie zusehends abgerutscht war. Ethan war es nie in den Sinn gekommen, dass Haley vielleicht einen Vater gebraucht hätte.

Er passierte Melvindale und folgte der 75 nach Delray. Das Haus, in dem Ethan aufgewachsen war, hatte vor Jahren eine andere Familie gekauft, doch die Ruine von Katys Haus stand vermutlich bis heute leer. Wenn er dort nicht fündig werden sollte, waren Evangeline und Haley verloren, das wusste er, aber etwas sagte ihm, dass er auf dem richtigen Weg war.

***

Delray war ein ehemaliger Chemie- und Stahlstandort, der jetzt mehr und mehr dem Verfall überlassen wurde. Nur noch wenige Tausend Menschen lebten hier und ganze Häuserzüge glichen eher Elko Tract als einem Teil einer Großstadt. Schmutzig rote Bauten mit vernagelten Fenstern reihten sich aneinander, Strom- und Telefonleitungen zogen sich vielfach über die Straßen und endeten dann im Nichts. Einige der abrissreifen Gebäude waren von Gräsern und Efeu überwuchert, der Asphalt war überall brüchig und von tiefen Schlaglöchern durchzogen. Jedes einzelne davon jagte neuerliche Schmerzen durch Ethans Schulter, er fühlte sich fiebrig und benommen und hatte alle Mühe, das Lenkrad nicht zu verreißen und keine Schlangenlinien zu fahren.

Erneut wählte er Haleys Nummer und wieder hatte er nur die künstliche Stimme der Mailbox dran. Zum wahrscheinlich hundertsten Mal an diesem Tag stiegen ihm Tränen in die Augen. Er zwang sich, an die Chance zu glauben, sie beide unversehrt zu finden.

***

Ethan war fast am Ziel. Er hatte die Interstate verlassen und bog nun auf die West End Street ab. Obwohl er so lange nicht mehr hier gewesen war, hätte er den Weg blind gefunden. Es schmerzte, wieder in seiner Heimatstadt zu sein, wegen der Erinnerungen und wegen dem, was noch kommen würde. Dies hier war die perfekte Kulisse für den Horror, der ihm bevorstand. Es war die Kulisse, die die Bestie für ihren größten Schlag gegen ihn gewählt hatte.

Ethan steuerte den Wagen nach links in die Melville Street und von dort in die Solvay Street, die Straße, in der Katy mit Haley und ihren ständig wechselnden Liebhabern gelebt hatte. Die alten Wohnhäuser standen weit auseinander und große Rasenflächen, die in längst vergangenen Zeiten einmal Gärten gewesen waren, dominierten das Bild. Die meist zweistöckigen Backsteinbauten waren verlassen oder wurden von Obdachlosen und Junkies bewohnt. Die Fenster waren eingeworfen oder vernagelt. Laub hatte sich im Rinnstein gesammelt, ein schmutzig orangfarbener Basketball lag mitten auf der Straße.

Ethan nahm all diese Eindrücke auf und nahm sie doch nicht wahr. Er suchte das Haus mit der Nummer 272 oder besser gesagt das, was davon übrig war und entdeckte das mehrstöckige, ehemals teure Nachbargebäude, das Katys kleines Haus seit jeher verdeckte. Es war verfallen wie alles hier, die weiße Farbe fast komplett abgeblättert, das Holz darunter rissig und morsch.

Im Sichtschutz des Hauses stellte er den Wagen ab und atmete durch. Er wusste nicht, was ihn gleich erwarten würde. Es mochte alles sein, es gab keine Einschränkungen, nichts, was er ausschließen konnte.

Nachdem er die ihn erneut überkommende Übelkeit halbwegs im Griff und den Zündschlüssel abgezogen hatte, stieg Ethan aus dem Wagen. Mit der linken Hand nahm er das Fläschchen Aspirin aus der Hosentasche und kippte sich die letzten Tabletten in den Mund. Nach der langen Fahrt war ihm der bittere Geschmack vertraut und er bildete sich ein, dass der Schmerz in seiner Schulter sofort erträglicher wurde. Er hatte seine Glock am Gürtel und die 38er unter dem Hosenbein versteckt, beide waren voll geladen. Er war bereit.

Die Sonne war untergegangen und nur noch als schwaches, rötliches Glühen am Himmel zu sehen. Die Lichter und Geräusche der Großstadt, die von Osten herüber wehten, ließen diesen verlassenen Ort surreal erscheinen. Es war kühl, sicher unter zehn Grad und ein starker Wind pfiff um die verwahrlosten Gebäude.

Ethan setzte sich im Schutz der Dunkelheit in Bewegung. Er zog die Glock und hielt sie nach unten, um zumindest erst einmal kein großes Aufsehen zu erregen.

Die Spuren des Brandes, der hier vor fünf Jahren gewütet hatte, waren nie beseitigt worden. Vom ursprünglichen Rostrot des Hauses war nicht mehr viel zu erkennen. Die Fensterscheiben fehlten, die Rahmen waren schwarz vom Ruß und sichtbar verzogen. Das Dach fehlte an einigen Stellen, die kleine Veranda war teils eingestürzt und statt einer Haustür gab es nur eine große Holzplatte, mit deren Hilfe der Eingang sicher irgendwann einmal vernagelt gewesen war, die jetzt aber nur noch lose davor lehnte.

Die beiden Zimmer, die zur Straße zeigten, waren die Küche und einer der Schlafräume. Ethan rief sich den gesamten Grundriss des Hauses vor Augen. Im hinteren Bereich befand sich ein vergleichsweise großes Wohnzimmer und im ausgebauten Dachgeschoss das Kinderzimmer und das Bad. Durch den Brand waren einige der Wände eingestürzt und was noch da war, war mit ziemlicher Sicherheit instabil.

Ethan wusste, dass es klüger gewesen wäre, Verstärkung zu rufen. Die Einheit hätte das Haus umstellen können, es zu allen Seiten absichern, es gemeinsam mit ihm nach dem Täter und seinen Opfern durchkämmen können. Aber er würde denselben Fehler kein zweites Mal machen. Er war wieder hier, in derselben Stadt, die Wilbur Birch als Schauplatz für seine Horrorshow gewählt hatte. Damals hatte er vor genau der gleichen Entscheidung gestanden: Allein hineingehen und vielleicht nie zurückkehren oder auf Nummer sicher gehen. Doch diesmal wollte er kein Flammeninferno riskieren. Er würde die Sache selber regeln müssen.

Er sammelte sich und umrundete das Gebäude, so leise es ging. Die Rückseite des Hauses war von den Flammen nahezu unversehrt geblieben. Zwar waren die Mauern auch hier voller Ruß, aber bis auf die Fensterscheiben vollständig. Von dem Raum, der einst das Wohnzimmer gewesen war, führte eine ehemals weiß getünchte Tür in den verwilderten Garten. Vor Jahren hatte die Feuerwehr die verkohlten Möbel aus dem Inneren des Hauses hier gestapelt und mittlerweile hatte das Wetter dafür gesorgt, dass von dem Berg an Polstermöbeln, Teppichen und Brettern, die einst zu Schränken und Regalen gehört hatten, ein modriger Geruch ausging.

Er atmete durch und legte vorsichtig die Hand an den Griff der Hintertür. Wenn er jetzt hinein ging, würde es kein Zurück mehr geben – ganz egal, was ihn drinnen erwartete. Unwillkürlich musste er an damals denken, den letzten, entscheidenden Moment, bevor sie Wilbur Birchs Versteck gestürmt hatten. Ethan hatte noch nie darüber gesprochen, aber sein Instinkt hatte ihm gesagt, dass sie einen Riesenfehler machten. Heute schwieg er.

Die Tür ließ sich leicht öffnen, das verräterische Quietschen in den Scharnieren musste er ignorieren. Ethan fröstelte, als er den leichten Brandgeruch wahrnahm, der sich noch immer in den Räumen staute. Vorsichtig trat er ein.

Im Inneren des Hauses war es fast vollkommen dunkel. Er ließ sich einen Moment Zeit, damit seine Augen sich auf die Verhältnisse einstellen konnten. Der Raum war leer, abgesehen von einem Lampenkabel, das von der Decke hing und dessen Ende verschlungen war, als habe sich jemand daran erhängen wollen. In der rechten Ecke, wo einst das Sofa gestanden hatte, konnte man durch die zerstörte Wand ins Schlafzimmer sehen. Dort ließ sich nichts erkennen, außer einem Gewirr aus helleren und dunkleren Schatten. Ethan schauderte. Katy war auf dem Sofa eingeschlafen, mit der Zigarette in der Hand. Dort war sie gestorben und dort war demnach auch das Zentrum des Brandes gewesen.

Als Ethan die Tür vorsichtig hinter sich schloss, war auch der Wind nicht mehr so laut. Er vernahm ein leises Scharren und Klackern, das sich auf dem Boden von rechts nach links bewegte und als er hinsah, erkannte er den gedrungenen Körper einer Ratte, die im nächsten Moment in einem kleinen Loch zwischen den Bodendielen verschwand. Der Boden war also morsch.

Vorsichtig machte er ein paar Schritte durchs Wohnzimmer und sah sich erneut um. Das Haus hatte etwas Finsteres an sich. Als Ethan Haley damals in einer Jugendeinrichtung in Springwells abgeholt hatte, hatte der Junge darauf bestanden, dass sie direkt nach Virginia fuhren, ohne noch einmal hierher zurückzukehren. Was sich hier abgespielt haben mochte, konnte auch Ethan nur erahnen. Haley hatte nie Details preisgegeben.

Er erreichte die kleine Diele, von wo eine Treppe nach oben führte. Außerdem konnte er von hier aus in die Küche und ins Schlafzimmer sehen. Beide Räume hatten keine Türen mehr und waren augenscheinlich leer. Ethan nahm sich nicht die Zeit, sie zu überprüfen. Seine Nerven waren bis zum Zerreißen gespannt. Was, wenn er sich geirrt hatte? Für Zweifel war es jetzt zu spät und doch waren sie da.

Er umfasste die Waffe fester und nahm die Treppe ins Visier. Dort oben war ebenfalls alles dunkel, aber jetzt *spürte* er, dass das Haus nicht leer war. Behutsam erklomm er die ersten Stufen und hoffte, dass sie seinem Gewicht standhalten würden. Das Holz knackte bedrohlich, aber es passierte nichts. Die nächsten drei Stufen waren bereits zusammengebrochen. Mit einem großen Schritt nahm er das Loch, das einmal den Mittelteil der Treppe dargestellt hatte. Danach kam er wieder problemlos voran und konzentrierte sich auf die Räume, die vor ihm lagen, als er plötzlich über den Vorsprung der obersten Stufe stolperte und sich am Geländer abstützen musste. Ein höllischer Schmerz schoss durch seine verletzte Schulter. Er erstarrte und hielt die Luft an, die Waffe schussbereit. Er lauschte. Nichts. Gerade als sich der Schmerz in seiner Schulter auf ein erträgliches Maß reduziert hatte und er weiter gehen wollte, durchbrach ein gedämpftes Schluchzen die Stille.

*Evangeline.*

Ruckartig wandte er sich um, sah die Tür des Badezimmers rechts vor sich und die des ehemaligen Kinderzimmers etwas weiter vorne links. Die Tür zum Bad stand offen und der Raum schien leer zu sein, die andere Tür war geschlossen. Ethan atmete durch und näherte sich vorsichtig. Er würde diesen Mistkerl erwischen, ihn zur Rede stellen und ihn ein für allemal unschädlich machen, das schwor er sich.

Das kleine Badezimmer, dessen Größe auch jetzt noch die ärmlichen Verhältnisse aufzeigte, in denen Katy und Haley gelebt hatten, war tatsächlich leer. Die Dusche war winzig, die Toilette aus der Verankerung am Boden gerissen, das Waschbecken zertrümmert.

Ethan bewegte sich weiter vorwärts, blieb vor dem Kinderzimmer stehen und ergriff das kalte Metall der Türklinke. In diesem Augenblick verstummte das Rauschen des Windes und es herrschte vollkommene Stille. Sekundenlang fühlte sich Ethan wie in einem Vakuum.

Dann ertönte das unverkennbare Aufheulen einer Motorsäge.

***

Als Ethan das Zimmer stürmte, traf ihn ein Schlag, den er hätte kommen sehen müssen und doch niemals erwartet hätte. Er erblickte Evangeline, gefesselt und geknebelt auf einem Stuhl, das Gesicht nass von Tränen, die Kleidung blutverschmiert. Und er erblickte seinen Sohn, der hinter ihr stand und die brüllende Kettensäge fest in beiden Händen hielt.

Haleys Gesicht war bleich und vor Hass verzerrt, das dunkle Haar hing ihm schweißnass in die Stirn. Seine blauen Augen blitzten heimtückisch. Ethan prallte zurück gegen das nachgebende Treppengeländer, für einen Moment glaubte und hoffte er, er würde einfach in die Tiefe stürzen. Doch das Schicksal meinte es gut mit ihm und er fing sich im letzten Augenblick.

Das Täterprofil schoss ihm durch den Kopf.

*Ich halte für wahrscheinlich, dass sich das Töten von Frauen auf seine Kindheit zurückführen lässt. Auf eine strenge, dominante Mutter.*

Ethan hatte erst nach Katys Tod von den Umständen erfahren, unter denen sein Sohn hatte leben müssen. Streng und dominant war maßlos untertrieben. Sadistisch und brutal traf es eher.

*Willst du auch noch das zerstören, was von meinem Leben übrig ist?*

Ethan schüttelte den Kopf. Das war völlig unmöglich, doch das Bild, was sich ihm in Haleys altem Kinderzimmer bot, erstickte jeden Zweifel im Keim.

*Die Art wie er geredet hat, erinnerte mich an dich, Ethan.*

Ethan richtete sich auf. Haley betrachtete ihn wie ein kleiner Junge, der auf die Pointe seines sorgsam vorbereiteten Streichs wartete. Er hielt die Säge in die Luft, bereit, sie herabsausen zu lassen.

»Detective!«, stieß er hervor und in seinen Worten lag blanker Hass.

»Haley.« Ethans Stimme versagte, er ließ langsam die Waffe sinken. »Was tust du denn da?«

»Hast du Angst um sie, Detective?« Haley ließ die Säge spielerisch ein kleines Stück sinken und Ethan machte einen Satz nach vorne.

»Haley, nein! Das –« Was sollte er sagen? Das ist falsch? Das willst du gar nicht tun? Woher sollte er wissen, was Haley wollte? Ganz offensichtlich wusste er nicht einmal, wer Haley war. »Schalt jetzt verdammt noch mal die Säge ab!«

Ethan hätte sich im Ernstfall ausnahmslos jeden als Täter vorstellen können. Birch. Delilah Linney. Jillian. Er hätte es sogar für möglich gehalten, dass Gladys oder Donovan der Täter war. Er hätte seinen eigenen Vater verdächtigt, er hätte jede Einzelne der Frauen in seinem Leben verdächtigt – aber niemals seinen eigenen Sohn. Es war eines dieser Bilder, die sich in sein Gedächtnis einbrannten und ihn nie wieder loslassen würden: Haley, der vor ihm stand, in den Händen eine Kettensäge, vor sich die Frau, die Ethan liebte.

Unendliche Sekunden lang starrten sie einander in die Augen. Dann schaltete Haley die Säge endlich ab.

»Die Knarre weg«, sagte er kalt.

Ethan sicherte die Waffe, ließ sie fallen und kickte sie fort.

»Jetzt nimmst du dir also doch noch die Zeit, mit mir zu reden.« Haley klang gekränkt und in seiner Stimme lag ein viel zu großer Schuss Wahnsinn.

»Was hast du nur getan?« Ethans Stimme klang hohl und kraftlos.

Haley ließ die schwere Säge zu Boden fallen.

Vorsichtig trat Ethan einen Schritt auf seinen Sohn zu, doch dieser ließ blitzschnell ein Messer aufschnappen, das er aus seiner Hosentasche gezogen hatte.

»Keinen Schritt näher, Detective.« Haley presste die Klinge an Evangelines blassen Hals.

Sie zuckte zurück, wagte es aber nicht, sich zu wehren. Ihr Blick ging angstvoll in Richtung des Messers. Dann fixierte sie Ethan und in ihren Augen blitzte ein Funken Hoffnung auf.

»Ich bin dein Vater, Haley. Wieso nennst du mich Detective?« Ethan war sich nicht sicher, ob Haley bei Sinnen war. Ob er ihn überhaupt erkannte.

»Das bist du doch! Ein *Detective*. Ein Cop der immer im Dienst ist! Der auf alle aufpassen kann, nur auf mich nicht!«

Fassungslos setzte Ethan an, etwas zu erwidern, doch Haley ließ sich nicht beirren.

»Fünfzehn Jahre lang hast du mich ignoriert! Ich habe immer gewusst, mein Dad ist irgendwo da draußen und sperrt Verbrecher ein, aber nur die, die fremden Leuten was tun!« Er nahm für einen Moment das Messer von Evangelines Hals.

Ethan bemerkte, wie sie schnell und tief durchatmete, während Haley den Reißverschluss seiner Sportjacke öffnete und sie über seine Schultern zu Boden fallen ließ. Darunter war sein Oberkörper nackt.

»Hier, das waren auch Verbrecher.« Haley deutete auf mehrere fast kreisrunde Narben an seinem linken Oberarm. »Zigarettenkippen.« Er zeigte auf eine längliche, weiß hervortretende Narbe an seinem Unterarm. »Ein verschissenes Küchenmesser.« Er breitete die Arme aus. »Das *alles* hättest du verhindern können!«

Ethan stockte der Atem. Er hatte Fotos gesehen, kurz nach Katys Tod, im Zuge der Adoption. Fotos, aber nie *das*.

Haley hatte immer pedantisch darauf geachtet, dass niemand seinen Oberkörper und seine Arme zu Gesicht bekam. Sogar bei seinen Tennisturnieren hatte er langärmlige Shirts getragen. Ethan konnte es ihm nicht verdenken. Sein Körper war wie das Mahnmal einer ruinierten Kindheit und jetzt ließ er seinem Vater Zeit, das ganze Ausmaß der Zerstörung zu begutachten. Ein scharfer Gegenstand hatte ein Netz feiner Striemen auf seiner Brust hinterlassen, eine Brandnarbe zog sich über den rechten Rippenbogen. Sogar Narben von Bisswunden waren zu erkennen und an Haleys rechtem Handgelenk zeigte sich deutlich die Spur eines verhinderten Suizidversuches.

»Ich habe es sogar richtig gemacht, aber sie konnten mich retten. Bedauerst du das, Detective?«

Ethan wusste nicht, was er sagen sollte. Sein Kopf fühlte sich an, als müsse er jeden Moment explodieren und einzig der winzige Hoffnungsschimmer in Evangelines Augen hielt ihn davon ab, endgültig den Verstand zu verlieren.

»Hast du genug gesehen, Ethan Hayes? Weißt du jetzt, wer ich bin?!«

*Haley Ames,* wisperte eine Stimme in Ethans Kopf und vor seinem geistigen Auge baute sich das Bild seines Sohnes auf, wie er ein blutiges A in eine bleiche Frauenstirn ritzte. Obwohl er seit der Adoption offiziell Ethans Nachnamen trug, identifizierte er sich offensichtlich immer noch mit dem Namen seiner Mutter – trotz des Martyriums, das er in den ersten fünfzehn Jahren seines Lebens hatte durchmachen müssen.

»Ich wusste damals nicht, dass du misshandelt wurdest, Haley«, erklärte er tonlos und wie mechanisch.

»Wenn du dich auch nur ansatzweise für mich interessiert hättest, hättest du es schon gemerkt!«

Ethan machte vorsichtig einen Schritt auf Haley zu und sofort presste dieser das Messer wieder an Evangelines Kehle.

»Keinen Schritt näher, sag ich.«

Ethan gehorchte. Er sah, wie sich Evangelines Brust unruhig hob und senkte. Ihre Hände waren um die Stuhllehnen verkrampft und mit der breiten Klinge an ihrem Hals wirkte sie zerbrechlicher denn je. Das konnte alles nur ein schlechter Scherz sein. Ethan wollte nicht glauben, was hier gerade geschah. Der wütende junge Mann, der dort vor ihm stand, war nicht der Junge, der letzte Woche nach New York aufgebrochen war. Und doch war er es. Auf einmal ergab das Chaos der letzten Wochen einen Sinn.

»Du hast sie alle getötet«, hörte er sich selbst sagen, doch er konnte nicht weiter sprechen.

»Ja, das habe ich«, schleuderte Haley ihm entgegen. »All die Heuchlerinnen und Lügnerinnen. Ich musste sie töten, Ethan. Jemand musste dich aufwecken!«

Evangeline schluchzte. Der Wahnsinn des Jungen schien ihr nahe zu gehen.

Haley schüttelte den Kopf und musterte Ethan abschätzig, wie einen Versager. »Ich habe wirklich gehofft, dass Mum reichen würde.«

»Du …« Mehr brachte Ethan nicht hervor.

»Ich habe ihren Schnaps mit dem Rohypnol aus ihrem Drogenarsenal gemischt und als sie tief und fest geschlafen hat, habe ich mit ihrer Kippe das verdammte Sofa in Brand gesetzt.«

Ethan schüttelte den Kopf. Das war unmöglich. Doch der mordlüsterne Ausdruck in Haleys Augen sprach eine andere Sprache.

»Ich dachte, wenn du mich aufnimmst, wird alles besser. Weil du Bulle bist! Aber es ist gar nichts besser geworden.« Er tippte sich fest gegen die Stirn. »Diese verdammten Träume … Du hast ja keine Ahnung, wie das ist! Und nie hast du gefragt. Nie hat dich interessiert, wie mein Leben so gelaufen ist, bevor du dich dazu herabgelassen hast, mein Vater zu sein!«

Er verlor zusehends die Kontrolle. An Evangelines Hals zog sich eine dünne Blutspur herunter, sie keuchte erschrocken.

Ethan musste an die zahlreichen Frauen denken, die mit durchtrennter, zugenähter Kehle in ihren Gräbern oder noch in der Pathologie lagen. Sie alle waren das grausame Werk seines Sohnes.

»Ich hatte keine Ahnung, dass du darüber reden willst, Haley.« Es stimmte. Ethan hatte seinen Sohn damals zu Doktor Jermyn geschickt, aber Haley hatte die Therapie nach wenigen Sitzungen abbrechen wollen. Ethan hatte geglaubt, er würde die Misshandlungen erfolgreich verdrängen, doch offensichtlich hatte er einen anderen Weg gefunden, damit *zurecht zu kommen*.

»Ich muss erst zum Mörder werden, um deine volle Aufmerksamkeit zu kriegen, das ist doch verrückt!« Haley drückte für einen Moment den Handrücken gegen seine Augen.

Ethan sah, wie Evangeline an ihren Fesseln zog und schüttelte ganz leicht den Kopf. Haley war eine tickende Zeitbombe. Er musste nur den Druck verstärken, um sie zu töten. Ethan zwang sich zu oberflächlicher Ruhe. Er hätte jetzt Gladys gebraucht. Ihr Psychologie. Durch den Schock war er wie benommen und nur langsam drang zu ihm durch, dass es hier immer noch um das Leben eines weiteren Opfers der Resort-City-Bestie ging. Es war noch nicht vorbei.

Verstohlen blickte er sich im Raum um. Das ehemalige Kinderzimmer war entkernt worden wie all die anderen Räume im Haus, um einen Schwelbrand zu vermeiden. Das Fenster hier oben war eine winzige Luke im Dach und durch einen Riss in der Außenwand fiel Mondlicht ins Zimmer. Die Tapete, deren ursprüngliche Farbe Ethan nicht mehr erkennen konnte, war vermodert. Der Teppichboden war herausgerissen worden und darunter lag ein hölzerner Dielenboden, welcher dem im unteren Stockwerk glich. Ethan spürte das Holz bei jeder Bewegung, die er oder Haley tat, unter ihrem Gewicht ächzen.

»Ich wollte einfach nur, dass du wie ein normaler Jugendlicher leben kannst, Haley. Dass du die Vergangenheit hinter dir lassen kannst.«

»Unsinn!« Wieder überschlug sich Haleys Stimme. »Du wolltest nur deine Ruhe! Gleich als ich mit der Schule fertig war, wolltest du mich loswerden. Ans verfluchte Kenyon College. Ist es dir nie komisch vorgekommen, dass ausgerechnet dort jemand getötet worden ist?« Haleys Lippen verzogen sich zu einem bitteren Grinsen. »Ich habe ihn mit einem Tennisschläger erschlagen, Dad. Gleich danach habe ich mich im Tenniskurs eingeschrieben.« Er schien beeindruckt von seiner eigenen Kaltblütigkeit.

In Ethan wuchs mit jedem Geständnis ein schrecklicher Verdacht. »Wie viele sind es noch, Haley? Wie viele Menschenleben hast du auf dem Gewissen?«

Haley lachte. »Ich weiß, worauf du hinaus willst.« Er zeigte auf Ethan. »Deine kleine, süße *Madison*.« Er spie ihren Namen förmlich aus.

Ethan zwang sich, durchzuatmen und fuhr sich mit der freien Hand durchs Gesicht, weil ihm schon wieder Tränen in die Augen stiegen. Madison hatte Angst um ihr Leben gehabt. Natürlich hatte sie sich nicht *selbst* umgebracht.

Haley war es gewesen. Er hatte sechs unschuldige Frauen, einen seiner Mitschüler, seine eigene Mutter und Madison getötet, die für Ethan wie eine Tochter gewesen war. Mit *ihr* hatte er über ihre Probleme gesprochen. Ein tiefes Gefühl der Schuld machte sich in ihm breit. Was war er seinem Sohn nur für ein Vater gewesen, dass dieser ein solches Monster hatte werden können?

»Wie viele waren es, Haley? Wen hast du noch auf dem Gewissen?«

»Das hier ist kein Verhör, *Detective*!«

Haley hatte Recht, aber Ethan war trotzdem noch ein Cop mit einem gewissen Maß an Spürsinn. »Wilbur Birch. Als du angeblich bei Abby warst, bist du hierher gefahren, um ihn zu töten. Damit du die volle Aufmerksamkeit hast und nicht ein falscher Verdächtiger.«

»Detective Hayes hat den Bösewicht durchschaut. Ich würde ja Beifall klatschen, wenn ich nicht damit beschäftigt wäre, deine Schlampe zu quälen!«

»Hör auf damit. So kaltblütig bist du doch nicht.«

Wieder lachte Haley und Evangeline zuckte unter seiner Bewegung zusammen. Ethan befürchtete, sie würde bald die Fassung verlieren. Gott allein wusste, wozu es Haley treiben würde, wenn sie hysterisch wurde.

»Du hättest mit mir sprechen können. Du hättest mir sagen können, dass du dir mehr Aufmerksamkeit wünschst. Das wäre okay gewesen, Haley.«

»Fick dich! Du willst doch nur dein schlechtes Gewissen beruhigen! Du willst doch nur die ganze Schuld auf mich abschieben, weil ich nicht um mehr Aufmerksamkeit gebettelt habe – aber so läuft das nicht! Du bist mein Vater. Du hättest mir helfen müssen! Aber du wolltest nicht, du warst ja zu beschäftigt. Du trägst mindestens genau so viel Schuld am Tod dieser Leute wie ich!«

Ethan wusste, dass er die Schuld, von der Haley sprach, nicht von sich weisen konnte. Er hatte mitgeholfen, dieses Monster zu schaffen.

»Was ist, willst du deiner Süßen noch was sagen, bevor ich sie erledige?«

Ethan sah auf und schüttelte hastig den Kopf. Haley hatte Evangelines Kinn gepackt und das Messer fest gegen ihren schlanken Hals gedrückt. Ihre Augen waren jetzt vor Schreck weit aufgerissen.

»Haley, nein! Tu das nicht!«

***

Evangelines Herz klopfte ihr bis zum Hals. Die Wunden, die der Verrückte, dem sie vor einer Woche noch das Abendessen gekocht hatte, ihr zugefügt hatte, schmerzten.

Er hatte sie nicht nur angefahren, sondern ihr auch überall am Oberkörper die Haut zerschnitten, hatte eine Kneifzange und – mit dem Argument, dass sie Köchin war – einen Fleischhammer benutzt, um irgendein dunkles Geheimnis aus ihr heraus zu kriegen, das sie nicht hatte. Als sie ihm nach über einer Stunde noch immer nichts Furchtbares über sich hatte verraten können, war er total durchgedreht. Er hatte gedroht, sie einfach in der Mitte durchzusägen, um ihre schlechten Eigenschaften *in ihr sehen zu können.* Sie hatte schreckliche Angst vor ihm, konnte nicht glauben, dass das derselbe Haley war, den sie als mustergültigen, gelassenen Tennisfan kennengelernt hatte.

Sie sah Ethan an, dass er noch viel fassungsloser war als sie. Noch nie hatte er so sehr am Boden zerstört auf sie gewirkt. In dem Moment, als Haley erneut drohte, sie zu töten, schien jedoch ein Ruck durch seinen Körper zu gehen. Irgendetwas musste sie ihm wohl doch bedeuten.

Haleys Hand an ihrem Hals war eiskalt und begann zu zittern, sie spürte seine Unruhe. »Wieso nicht?«, fragte er seinen Vater und klang verzweifelt. »Was macht es jetzt noch für einen Unterschied, ob ich sie töte? Du hast sowieso alles versaut. Unser Verhältnis geht gerade total den Bach runter!«

Ethan schüttelte den Kopf und straffte die Schultern. »Ich verzeihe dir, wenn du sie am Leben lässt. Wir machen doch alle Fehler.« Er lächelte seinen Sohn gequält an.

Evangeline bewunderte die Selbstbeherrschung, die er aufbrachte. Wenn es denn Selbstbeherrschung war und nicht beginnender Wahnsinn.

»Das hier bleibt unter uns, Haley. Wir fahren einfach zurück nach Hause. Die Bestie ist mir entkommen. Verstehst du? Evangeline wird sicher auch den Mund halten, wenn du sie dafür leben lässt, oder?«

Sie nickte, so gut sie mit dem Messer an ihrem Hals konnte.

»Alles, was sich hier gerade eben abgespielt hat, bleibt unser Geheimnis«, beschwor Ethan Haley. Seine Stimme klang jetzt etwas fester, wenn er auch immer noch ein Bild des Jammers bot. Evangeline hatte den Eindruck, dass er in den vergangenen zehn Minuten um Jahre gealtert war. Außerdem machte ihr der größer werdende Blutfleck an seiner Schulter Sorgen.

»Niemand außer uns dreien wird je davon erfahren, das verspreche ich dir.«

***

Ethan hatte keine Ahnung, ob auch nur ein Wort von dem, was er sagte, zu Haley durchdrang. Der Junge hatte sich seit gut einer Minute nicht mehr gerührt. Seine Augen schienen durch ihn hindurch zu starren, während er das Messer unbewegt an Evangelines Kehle presste. Es bedurfte nur einer winzigen Bewegung und sie würde innerhalb kürzester Zeit verblutet sein.

Ethans Herz hämmerte noch immer unkontrolliert und er fühlte sich, als fiele er, seit er den Raum betreten hatte, tiefer und tiefer in einen Abgrund. Ein wichtiger Teil seines Verstandes wollte einfach nicht kapieren, was hier geschah. Dass sein schlimmster, blutigster Fall das Werk seines eigenen Sohnes war. Immer, wenn die Erkenntnis zu ihm durchdringen wollte, war es, als kämpfe etwas in einem Kopf sie zurück, um ihn davor zu schützen, einfach verrückt zu werden. Er wusste, dass er auf ganzer Linie versagt hatte. Als Vater. Als Mensch.

Haley rührte sich noch immer nicht. Sein Gesicht war nass von Schweiß und Tränen. »Unser Geheimnis«, flüsterte er plötzlich. »Wie passend.« Er blickte auf und sah seinem Vater in die Augen. »Weißt du, es hat mir wirklich Spaß gemacht, diesen Menschen ihre Geheimnisse zu entlocken. Das hat mir gezeigt, dass ich nicht der Einzige bin, der kaputt ist. Dass wir nicht die einzigen sind, Dad.« Er lachte leise.

»Worauf willst du hinaus?« Ethan zwang sich zur Ruhe. Er versuchte, auf den Jungen einzugehen, auch wenn er ganz genau wusste, worauf er anspielte.

»Auf deine Nutten«, gab Haley zurück. »Glaubst du, ich habe nicht mitgekriegt, dass du in jeder freien Minute zum Pavilion Drive fährst?«

Trotz der Panik schlich sich jetzt ein fragender Ausdruck in Evangelines Augen.

»Weißt du, Eve, er hätte genug Gelegenheiten gehabt, mal mit mir zu reden. Aber wenn er nicht gerade ermittelt, treibt er's lieber mit Cracknutten, da bin ich überflüssig«, flüsterte Haley, die Augen starr auf Ethan gerichtet. »Ich habe durchs Fenster gesehen. Er fesselt sie und bedroht sie mit seiner Knarre. Er ist ein verfickter Sadist. Willst du ihn jetzt immer noch?«

Evangeline schluckte und senkte den Blick. Sie schien diese Informationen gerade nicht verarbeiten zu können oder zu wollen. Für Ethan spielte es keine Rolle, was sein Sohn noch alles verriet. Er hatte ohnehin nicht das Gefühl, dass diese Situation glimpflich ausgehen würde. Dafür hatte er bereits zu viel falsch gemacht. Er war viel zu blind gewesen, all die Jahre lang. War stets davon ausgegangen, dass mit seinem Sohn alles in Ordnung war. Wie war er nur darauf gekommen? Sein eigener Vater war ein Sadist gewesen, auf Ethan hatte diese Veranlagung noch viel stärker abgefärbt. Wie hatte er glauben können, dass Haley von dieser dunklen Seite verschont geblieben war?

»Haley, bitte. Wir können über all das in Ruhe sprechen. Lass uns von hier verschwinden. Niemand ist dir böse.« Das reichte nicht, er musste noch einen drauf setzen. »Wir können einander verzeihen. Wir drei können immer noch eine Familie werden. Du musst nur endlich mit diesem Wahnsinn aufhören. Bitte.«

***

Haley Ames sagte sich, dass das nur eine Masche war. Der Detective wollte seinen wunden Punkt treffen, mehr nicht. Trotzdem konnte er die Bilder nicht zurückdrängen, die sich in seinem Kopf aufbauten. Sonnige Bilder. Bessere als die, die er hier gerade erschuf. Vielleicht würde sein Vater ernst machen. Vielleicht liebte er ihn genug, um ihm zu verzeihen. Vielleicht liebte Evangeline seinen Vater genug, um alles, was Ames ihr angetan hatte, zu vergessen. Immerhin war jetzt alles gesagt. Sie konnten vielleicht ganz von vorne anfangen.

Eine Familie zu haben, das war doch nichts Verkehrtes. Was war die Alternative? Wenn er Evangeline tötete, würde sein Vater ihn erschießen, da war er sich sicher. Dabei wollte Ames doch gar nicht sterben. Er wollte einfach nur die Bilder loswerden, länger als für die paar Tage, die sie nach jedem Mord weg waren.

Tränen verschleierten seinen Blick und er nahm die Hand mit dem Messer, um sie fortzuwischen. In diesem Moment machte Evangeline den entscheidenden Fehler.

***

Fassungslos beobachtete Ethan, wie Evangeline sich mit all ihrer Kraft nach hinten warf. Der Stuhl kippte, dann knallte sie fest auf den Boden.

Haley fing sich, indem er Halt an der Wand links neben sich suchte. Der Aufprall des Stuhls ließ den Holzboden knacken wie trockene Äste. Haleys Gesicht, das zuletzt fast weich gewirkt hatte, wurde zu einer harten, zornigen Maske und er zog offensichtlich den einzig richtigen Schluss.

»Du Miststück! Ihr wolltet mich reinlegen!« Mit einem wütenden Schrei, der dem eines verwundeten Tieres glich, hob er die Kettensäge auf und warf sie über Evangelines reglosem Körper an.

Ethan dachte jetzt nicht mehr nach, dazu blieb ihm keine Zeit. Er wusste, Haley war zu allem entschlossen und er selbst musste es auch sein. Er bückte sich, zog die 38er aus dem Beinholster, zielte und drückte ab.

Haley sah blitzschnell zu ihm herüber. Seine Augen waren weit aufgerissen. Sein getroffenes Knie gab nach und sein Gleichgewichtssinn reichte nicht mehr aus, um die Last der Säge über dem Kopf zu balancieren. Er stolperte zur Seite, ließ seine Mordwaffe los und stürzte. Unter seinem Gewicht gaben die morschen Holzdielen endgültig nach. Mit einem lauten Krachen brachen die Dielen und Haley stürzte in die Tiefe. Die Säge landete knapp neben Evangelines Körper. Ethan war mit einem Satz bei ihr und schaltete sie ab. Sie öffnete benommen die Augen und blickte Ethan voller Schmerz an. Erst jetzt sah er, dass ihr T-Shirt von Blut durchtränkt war.

Er riss das Klebeband von ihrem Mund. Sie ließ ein erleichtertes Seufzen hören, dann verlor sie das Bewusstsein. Ethan starrte sie für einen Moment fassungslos an, dann drehte er langsam den Kopf und blickte herunter in das knapp zwei mal zwei Meter große Loch im Boden.

Haleys Körper lag ausgestreckt zwischen zersplittertem Holz. Seine Augen waren geschlossen, aber das änderte nichts an dem Ausdruck, der auf seinem Gesicht lag. Es war ein Ausdruck von tiefer Enttäuschung und unbeschreiblichem Schmerz.

# *Epilog*

Ethan verließ das kühle Gebäude und warme Spätsommerluft schlug ihm entgegen. Er setzte seine Sonnenbrille auf, bevor er den Blick hob und Evangeline anlächelte, die in seinem G6 auf ihn wartete. Sie hatte sich in den vergangenen zwei Monaten relativ gut erholt, sowohl physisch als auch psychisch. Die Narben an ihrem Körper, teils sichtbar, teils verdeckt durch das Sommerkleid, das sie trug, waren verblichen und den Schnitt an ihrem Hals versteckte sie unter einem dünnen Schal.

Ihre Rehaugen sahen Ethan besorgt entgegen. Auch wenn sie es selbst nicht fertig brachte, Haley zu begegnen, wartete sie jedes Mal geduldig im Wagen, während er ihn besuchte. Nach dem Vorfall in seinem ehemaligen Elternhaus in Detroit saß Haley in der psychiatrischen Gefängnis-Einrichtung in Richmond ein. Der Sturz durch die morschen Dachbalken hatte ihn Gott sei Dank nicht getötet, jedoch so schwer verletzt, dass ihm die Todesstrafe erspart blieb. Durch den Aufprall hatte er einen cerebralen Hirnschaden erlitten, konnte sich weder artikulieren noch seinen Körper kontrollieren. Er war ein kompletter Pflegefall, der nicht mehr für seine Taten zur Verantwortung gezogen werden konnte.

Ethan gab sich gleichermaßen die Schuld an Haleys Schicksal und dem seiner Opfer und befand sich deshalb selbst in psychologischer Behandlung bei niemand Geringerem als Doktor Jermyn.

Der Captain hatte ihn beurlaubt, was Ethan diesmal klaglos akzeptiert hatte. Donovan und Gladys waren ihm noch bessere Freunde, als sie es ohnehin schon gewesen waren und Evangeline gab ihm beinahe mehr Kraft als er ihr. Er hatte sich mehrfach mit ihr ausgesprochen und sie hatte ihm schließlich unter der Bedingung verziehen, dass er sich ab sofort vom Pavilion Drive fern hielt und absolut ehrlich zu ihr war.

Ethan wandte sich noch einmal zu dem großen Gefängnisgebäude um, bevor er sich einen Ruck gab und zurück zum Wagen ging. Er musste nach vorne blicken. Er war jetzt der Vater eines hilflosen Jungen, würde wieder Cop sein und vielleicht irgendwann sogar Ehemann. Er wusste, dass der Weg, der vor ihm lag, lang und steinig war – aber immerhin hatte er einen Weg vor sich.

Er dachte an seinen Sohn, der die Tage damit verbrachte, blicklos aus dem Fenster zu starren. Niemand konnte rückgängig machen, was Haley getan hatte. Doch Ethan hoffte, dass sie einander irgendwann würden verzeihen können.

## *Nebelflut*

Vor neunzehn Jahren verschwand die kleine Amy Namara spurlos – nun werden ihre blutigen Kleider in einem Fluss nahe Dublin entdeckt. Zeitgleich beginnt eine grausame Mordserie. Schnell wird Amys Bruder Patrick, ein unbescholtener Arzt, zum Hauptverdächtigen. Was keiner weiß: Auch an Amys Schicksal ist er alles andere als unschuldig...

Rau wie irischer Seewind und voll psychologischer Tiefe erzählt »Nebelflut« eine Geschichte von Schuld und Sühne, von Liebe und Abhängigkeit und davon, wie man am Ende immer wieder von der eigenen Vergangenheit eingeholt wird.

Finster, gefährlich, hintergründig: Nadine d'Arachart und Sarah Wedler haben ein Wortgemälde geschaffen, das wenig Licht, doch umso mehr Schatten zeigt.

Nadine d'Arachart und Sarah Wedler
**Nebelflut**
ISBN: 978-3941139-52-7
Softcover, 224 Seiten
Preis: 9,99 Euro

**Nadine d'Arachart und Sarah Wedler,** geboren 1985 und 1986 in Hattingen, schreiben seit mehr als 10 Jahren gemeinsam. Neben zahlreichen Veröffentlichungen in Anthologien erhielten sie verschiedene Preise für ihre Kurzgeschichten und Drehbuchideen. Außerdem nahmen sie am Finale des Open Mike 2011 teil. Zuletzt wurden sie im November 2012 mit dem Förderpreis des Literaturbüro Ruhr ausgezeichnet.

Ihr erster Roman „Die Muse des Mörders" wird für ZDF und ORF verfilmt. „Abgründe" ist ihre dritte Krimi-Veröffentlichung und zugleich das erste Buch, das sie je schrieben.

weitere Bücher:

- „Die Muse des Mörders" (ISBN: 3-902800-03-8) Labor Verlag, 2012
- „Nebelflut" (ISBN: 978-3-941139-52-7) Telescope Verlag, 2013
- „linie 14 letzte reihe ich" (ISBN 978-3-89733-282-9) projekt Verlag, 2013
- „Watcher. Ewige Jugend" (Die Niemandsland-Trilogie, Band 1) (ISBN: 3-646-60032-2) Carlsen Impress, 2014
- „Cupid. Unendliche Nacht" (Die Niemandsland-Trilogie, Band 2) (ISBN: 3-646-60052-7) Carlsen Impress, 2014